岩 波 文 庫

32-229-13

荒　涼　館

（三）

ディケンズ作
佐々木 徹訳

岩 波 書 店

Charles Dickens

BLEAK HOUSE

1852-53

凡　例

一、本書はチャールズ・ディケンズ『荒涼館』(Charles Dickens, *Bleak House*, 1852–53)の全訳である。翻訳にあたっては George Ford and Sylvère Monod (eds.), Norton Critical Edition (1977)を底本とした。

二、本訳には初版に付いていた H. K. Browne("Phiz")による図版を収録した。

三、訳注は本文中に割注として〔　〕に示した。

四、巻頭の地図には小説本文に出てくるロンドンの主な地名を入れた。

五、第一巻の巻末には裁判所関係についての訳注を入れた。

六、本書は月刊連載の形で出版された。本訳ではその切れ目を＊で示した。

目　次

凡　例
第二巻のあらすじ
主な登場人物
地　図

第三十三章　侵入者たち …… 19
第三十四章　締め上げ …… 49
第三十五章　エスターの物語 …… 81
第三十六章　チェズニー・ウォルド …… 116
第三十七章　ジャーンダイス対ジャーンダイス …… 152

第三十八章　胸中の葛藤……194
第三十九章　弁護士と依頼人……217
第　四　十　章　お国とお家……249
第四十一章　タルキングホーン氏の部屋にて……274
第四十二章　タルキングホーン氏の事務所にて……293
第四十三章　エスターの物語……308
第四十四章　手紙とその返事……345
第四十五章　友を託す……361
第四十六章　その子を止めて！……390
第四十七章　ジョーの遺言……409
第四十八章　近づく最期……438
第四十九章　義務感に満ちた友情……472

全巻の構成

第　一　－　十六　章　　本文庫（一）
第　十七　－三十二章　　（二）
第三十三－四十九章　　（三）
第　五十　－六十七章　　（四）

第二巻のあらすじ

職業の選択に際して一向に腰の座らぬリチャードの性格が徐々に明らかになる。ウッドコートはエスターに花を残して船医として東洋に旅立つ。エスターたちはリンカーンシャーにあるボイソーンの屋敷を訪れる。教会でレディー・デッドロックを見かけたエスターはなぜか激しい動揺を覚える。

ジョージが借金返済のためスモールウィード宅を訪ねると、ホードン大尉が話題に上る。ジョーはスナグズビーに謎の女について話す(たまたま居合わせたガッピーもそれを耳にする)。スナグズビーはその話をタルキングホーンにする。タルキングホーンはバケット警部に同席してもらった上で、レディー・デッドロックのメイド、オルタンスをモデル代わりに使い、謎の女についてジョーに質問する。

ガッピーはネモについての情報を得るため、友人ジョブリングをウィーヴルの名でクルックの下宿に住まわせる。ジャーンダイスの心遣いで、ネケットの娘チャーリーはエスターのメイドとなる。バケットはグリドリーを逮捕するためにジョージの射撃場を訪れるが、グリドリーはちょうど息絶える。

タルキングホーンに促され、スモールウィードはジョージにホードン大尉の筆跡がわかる書類を持っていないか尋ねる。バグネットの助言を得たジョージは大尉の件で協力できないと返事し、タルキングホーンの怒りを買う。デッドロック准男爵はメイドのローザとラウンスウェル夫人の孫の恋愛に大いなる不満を示す。ガッピーはレディー・デッドロックに面会し、エスターを憎からず思っていることに加え、近々ホードン大尉の所持していた手紙を入手するのでそれを持参するつもりであることを伝える。

ロンドンから移動させられ、伝染病に冒されたジョーは荒涼館で面倒を見てもらう。ジョーは姿を消し、彼の病気はまずチャーリーに、次いでエスターに伝染する。ガッピーとウィーヴルにホードンの手紙を渡す直前、クルックは自然発火により死亡する。

主な登場人物（アイウエオ順）

ヴォールズ　リチャードの弁護士。
ウッドコート　エスターを愛する青年医師。
ウッドコート夫人　その母。古い家系が自慢。
エイダ　↓クレア
エスター　↓サマソン
オルタンス　レディー・デッドロックのかつてのメイド。激しい気性のフランス人。
ガスター　スナグズビーの召使として働く、孤児院育ちの娘。
カーストン、リチャード　ジャーンダイスの親戚で、被後見人。エイダの従兄で恋人。「ジャーンダイス対ジャーンダイス」訴訟に権益を持つ。
ガッピー、ウィリアム　ケンジ・アンド・カーボイ法律事務所の事務員。
キャディー　ジェリビー夫人の娘。正式の名は「キャロライン」。
グリドリー　「シュロップシャーの男」と呼ばれる、悪名高い大法官裁判所の訴人。
クルック　「大法官」の異名を持つ古道具屋。

クレア、エイダ　ジャーンダイスの親戚で、被後見人。リチャードの従妹で恋人。「ジャーンダイス対ジャーンダイス」訴訟に権益を持つ。

ケンジ　ジャーンダイスの弁護士。「おしゃべりケンジ」の異名を持つ。

コウヴィンシズ　↓ネケット

サマソン、エスター　厳格な代母に育てられた後、ジャーンダイスの庇護を受ける若い女性。本作の主人公。

ジェニー　赤子を亡くした、煉瓦作り職人の妻。

ジェリビー夫人　アフリカ移住を促進する慈善事業家。夫は影の薄い存在。キャディー(キャロライン)とピーピィの母。

ジャーンダイス、ジョン　「荒涼館」の主人。訴訟との関わりを極力拒み、困窮にある者を見れば救いの手を差し伸べずにいられない人物。

ジョー　ロンドンの交差点を清掃する少年。

ジョージ　元騎兵で射撃場の持ち主。スモールウィードに借金がある。

ジョブリング、トニー　ガッピーの友人。偽名ウィーヴル。

スキンポール、ハロルド　ジャーンダイスの友人。金銭感覚のない「子供」。

スクオド、フィル　ジョージの使用人。

ステイブルズ、ボブ　サー・レスター・デッドロックの親戚。

スナグズビー　嫉妬深い妻を持つ法律関係の文具商。

スモール　スモールウィードの孫、バーソロミューのあだ名。
スモールウィード　耳の不自由な妻を持つ、金貸しの老人。バート(バーソロミュー)とジュディー(ジュディス)の祖父。
ターヴィドロップ　立ち居振る舞いの権威。プリンスはその子で、ダンス教師。
タルキングホーン　デッドロック家など一流の顧客を持つ、古風な服装の寡黙な弁護士。
チャドバンド　スナグズビー夫人の信頼を受ける、無宗派のいかがわしい説教師。
チャドバンド夫人　かつてのバーバリーの召使、レイチェル夫人。
チャーリー　ネケットの娘。正式の名は「シャーロット」。
デッドロック、ヴォラムニア　サー・レスターの親戚。
デッドロック、オノリア　サー・レスターの妻、レディー・デッドロック。社交界に君臨する気位の高い美人。
デッドロック、サー・レスター　チェズニー・ウォルドに居を構え、古い家柄を誇る傲慢な准男爵。
ネケット　借金の取立てをする執達吏。チャーリー(シャーロット)、トム、エマの父。別名「コウヴィンシズ」。
ネモ　法文書代書人。クルックの下宿人。アヘンの過剰摂取で死亡。
パイパー夫人　クルックの隣人。
パーキンズ夫人　クルックの隣人。

バグネット、マシュー　元軍人の楽士。ウリッジ、マルタ、ケベックの父。
バケット　首都警察の敏腕警部。
パーディグル夫人　強引な慈善を行う女性。
バーバリー　エスターの代母。
フライト　「訴訟書類」一式を携えて、大法官裁判所に日参する奇妙な老婦人。クルックの下宿人。
プリンス　ターヴィドロップの息子。ダンス教師。
ブリンダー夫人　ネケット一家の友人。
ボイソーン、ロレンス　ジャーンダイスの豪放磊落《らいらく》な友人。サー・レスター・デッドロックの隣人。
ホードン　ジョージの騎兵時代の上官。
ラウンスウェル夫人　サー・レスター・デッドロックに仕える女中頭。長男は鉄工所経営者（その子ワット）。次男は行方不明。
リズ　煉瓦作り職人の妻。
リチャード　↓カーストン
ローザ　レディー・デッドロックのメイド。ワット・ラウンスウェルに見初められる美女。

リージェンツ・パーク
サマーズ・タウン
ペントンヴィル
チャンスリー・レイン
リンカーンズ・イン
ホーバン
ニューマン・ストリート
シティ
オックスフォード・ストリート
フリート・ストリート
セント・ポール大聖堂
テンプル法学院
ピカデリー
レスター・スクエア
ハイド・パーク
ブラックフライアーズ橋
ロンドン塔
ウェストミンスター・ホール
国会議事堂
エレファント・アンド・カースル
ケニントン
テムズ川

『荒涼館』のロンドン

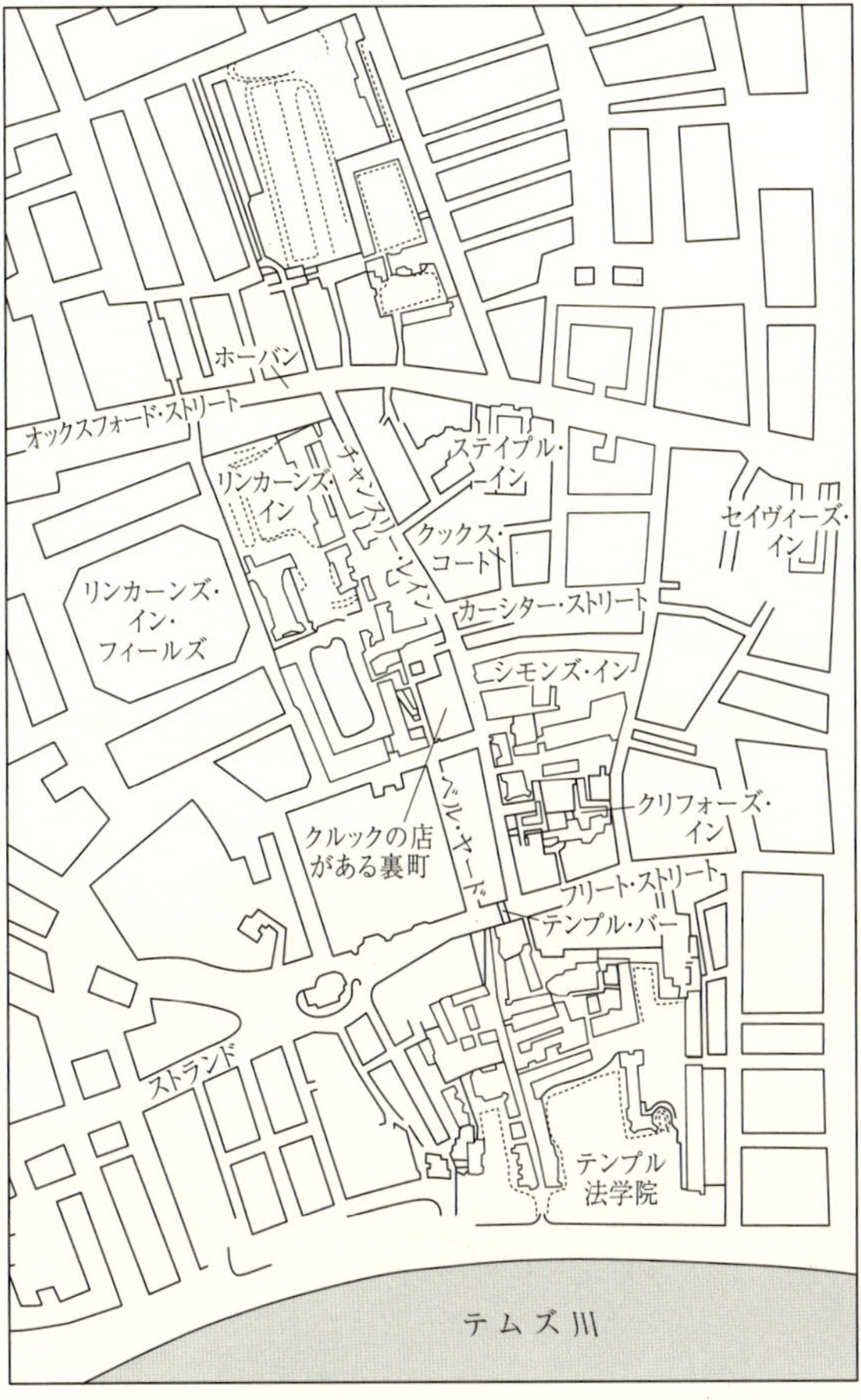
ホーバン
オックスフォード・ストリート
リンカーンズ・イン
チャンスリー・レイン
ステイプル・イン
クックス・コート
セイヴィーズ・イン
リンカーンズ・イン・フィールズ
カーシター・ストリート
シモンズ・イン
クリフォーズ・イン
クルックの店がある裏町
ベル・ヤード
フリート・ストリート
テンプル・バー
ストランド
テンプル法学院
テムズ川

『荒涼館』の裁判所周辺

荒涼館（三）

第三十三章　侵入者たち

ソルズ・アームズ亭における先の検死審問に出席した、あまり清潔とは言えない袖口とボタンを有する二人の紳士が、驚くべき迅速さでまたまた近隣に姿を見せ（実は、例の精力的で知性豊かな教区吏員によって、息をつく間もなく連れてこられたのである）、裏町の中庭のまわりの徹底調査を行い、ソルズ・アームズ亭の個室に飛び込み、字に飢えた小さなペンを薄い紙の上に走らせる。この深夜の突貫作業において、まず彼らは、昨晩真夜中ごろチャンスリー・レイン近隣が以下の血も凍る、瞠目《どうもく》に値する発見によってこの上なく強烈な興奮と不安に陥ったと書き記す。次いで、先ごろ暴飲癖の老奇人、古着・古船具商クルック宅の二階（正しくは三階）で、アヘンの使用による不可思議な死という、世人の胸を痛める事件があったことを述べる。次いで、驚くべき偶然により、クルックはその時の検死審問で取調べを受けたこと（読者諸賢も御記憶のとおり、この審問は件《くだん》の建物の西側に隣接し、世評高きジェイムズ・ジョージ・ボグズビー氏が営み、行き届いた采配ぶりを見せるパブ、ソルズ・アームズ亭にて開かれたのであった)、および、昨晩数時間にわたって当面の話題となっている悲劇的事件が発生した中庭周辺の住民によってまことに奇妙な臭気が知覚された由を可能な限り長々しく述べる。悪臭は一時激甚の域に達し、J・G・ボグズビー氏雇用下の喜劇歌手スウィルズ氏自ら記者に語ったところでは、ボグズビー氏監督のもとジョージ二世陛下の法令に従ってソルズ・アームズ亭において開催されていると思《おぼ》しき「音曲の集い」あるいは「音曲の会合」と称せられる一連のコンサートにおいて歌唱を披露すべくやはりボグズビー氏雇用下にある、相当の音楽的才能を誇るM・メルヴィルソン嬢に対して、スウィルズ氏は自分の声が大気の不純な状態によって深刻な被害を受けていると陳述したほどである。同氏は当時の体調を「肥料のなくなった田んぼだよ――コエナシさ」と剽軽《ひょうきん》に表現した。スウィルズ氏の見解は同じ中庭近辺に住む、パイパー夫人とパーキンズ夫人という知的な既婚女性によって完全に裏書きされた。二人とも漂う異臭を感じ、その源を不幸にも他界したクルックの占有する建物と判断した。これらに加えてさらに多くのことを、この陰鬱な惨事に際して友好的協調関係を築いた二人の紳士は即時に書き上げる。中庭周辺の少年たちは（たちまち寝床から脱け出て）彼ら二人がまだ仕事をしている間に、群れをなしてソルズ・アームズ亭の個室のよろい戸によじ登り、二人のおつむのてっぺんを拝む。

大人も子供も、中庭周辺の住民全員が、その晩は眠れない。彼らにできるのはただ、頭に被り物をして外に出てこの不幸な家について語り、それをまじまじと見つめることだけである。ミス・フライトは、彼女の部屋が炎に包まれてでもいるかのような勇猛果敢な救助作業の末に、ソルズ・アームズ亭のベッドに寝かされる。このパブは一晩中ガス灯を消さず、ドアも閉めない。人々が興奮するような事件が起これば、かならずや彼らは慰めを求め、ソルズ・アームズ亭を利することになる。検死審問以来ここでクローヴ〔チョウジのつぼみを干して作る香辛料〕入りの飲み物やブランデーのお湯割りといった胃薬がこれほどたくさん売れたことはない。ビール配達の小僧は事件について聞き知るや否や、シャツを肩までまくり上げ、「客がわんさと来るぞ！」と叫んだ。あたりが騒がしくなり始めるや、パイパー家の御曹司は消火ポンプを呼びに走っていき、フェニックス火災保険所有の消防車に乗って、その神話上の怪物に必死ですがりつき激しく縦揺れしながら、ヘルメットや松明《たいまつ》に囲まれて勝ち誇った様子で戻ってくる〔火の中から蘇る不死鳥フェニックスをトレードマークにした会社があった〕。あらゆる割れ目や裂け目が慎重に調べられた後、一つのヘルメットだけが残り、やはりクルックの家の見張りのために残された二人の警官のうちの一人とゆっくり家の前を行ったり来たりする。この三人に対して、近隣で六ペンスを所有する者全員が、歓迎の意を液体的に表現したいという抑え難い欲求を覚える。

ウィーヴル氏とその盟友ガッピー氏は、ソルズ・アームズ亭のバーにいる。彼らがそこにいてくれる限り、バーは二人にいかなる飲み物でも提供する。ボグズビー氏は「こんな時にけちくさいことを言っちゃいけませんや。お二方、どうぞご注文を。当店のおごりですから、何なりとお望みのものを」と口では言いつつ、カウンター越しに勘定高い鋭い視線を送る。

こうして懇願され、二人は(特にウィーヴル氏は)きわめて多くのものをお望みになり、やがて注文をはっきりと口にするのが困難になってくる。それでも、二人は依然として新しい客が来るたびに、その晩彼らがしたこと、言ったこと、考えたこと、見たことを(毎回少々異なりはするが)語って聞かせる。一方、警官のどちらか一人はしばしばパブの入り口に駆け寄り、腕をいっぱい伸ばしてドアを中に向かって押し開け、外の暗闇から中を見る。何か疑念を持っているというより、二人が何をしているか把握しておくに越したことはないという判断からである。

かくして夜は重々しく進む。中庭の近辺ではいつもならとっくに寝ている時間にまだみんなが起きていて、おごったりおごられたり、思いがけなく小金が転がり込んできたかのように振る舞う。かくして夜はゆっくり後ずさりしながらとうとう姿を消し、暴君を処刑する死刑執行人といった体《てい》で街灯の点灯夫がやってきて、暗闇を縮小せんとする大望を抱いていた炎の小さな頭を切断する。かくして、有無を言わさず、朝が訪れる。

ロンドンのかすんだ朝日の目にも、中庭の連中が一晩中起きていたことは明らかだ。眠くなってテーブルに突っ伏した顔や、ベッドではなく固い床の上にうつぶせになっている踵《かかと》に加え、中庭の(煉瓦《れんが》とモルタルの)顔自体が疲労困憊《こんぱい》の様相を呈している。そこへ今、目を覚ましてようやく事件の噂を耳にした近所の連中が服もろくに着ないまま、あれこれ聞き出そうと流れ込んでくる。二人の警官とヘルメットは——中庭に比べると、彼らの外観はほとんど変化を見せていない——ドアから人を入れないようにするのに忙しい。

「驚きましたな!」スナグズビー氏は近寄ってきて言う。「ちょっと耳に挟んだのですが、この話は一体どういうことなんでしょう?」

「なあに、本当のことさ」警官の一人が答える。「そうなんだ。さあ、行った、行った！」

「まあ、ちょっと待ってくださいよ」幾分邪険に押し戻された氏は言う。「私は昨晩十時から十一時の間、ここに下宿している若者とこの戸口で話をしてました」

「ほんとかね？」と警官。「その若者なら隣にいる。おい、そこのあんたたち、ここに立ち止まってちゃいかん」

「怪我はないんでしょうな？」

「怪我？　いいや。なんで怪我するんだね？」

スナグズビー氏は頭が混乱して、この質問にも他のどんな質問にもまったく答えられぬままソルズ・アームズ亭に赴き、そこで生気なく紅茶とトーストを食しているウィーヴル氏を見つける。彼の顔には興奮した後の消耗と多量の煙草の消費を偲《しの》ばせる表情がかなりはっきり出ている。

「やあ、ガッピーさんもここに！　いや、まったく！　どういう運命の巡り合わせでしょうな、これは！　うちのち——」

「うちのちっちゃいの」と言い終わる前に、スナグズビー氏は言葉を発する力を失ってしまう。かの傷つきし優女《やさおんな》が朝のこんな時間にソルズ・アームズ亭にやってきてビールポンプの前に立ち、糾弾する幽霊のように彼をじっと睨みつけているのを目にすると、しゃべれなくなったのである。

「お前、何か飲むかい?」口がきけるようになると、スナグズビー氏は尋ねる。「どうだい——その、有り体に言うとだね——シラブ〔ラム酒にレモン、砂糖などをまぜた飲み物〕を少しばかり?」

「いらないわ」と夫人。

「ねえ、お前、こちらのお二方を存じ上げてるだろ?」

「ええ!」夫人はしかつめらしい態度で両名の存在を認め、依然として夫君を睨みつけている。

愛情深いスナグズビー氏はこの仕打ちに耐え切れず、夫人の手を取り、脇にある樽の方に連れていく。

「ねえ、お前、どうしてそんな目で私を見つめるのかね? 頼むから、やめておくれ」

「目つきは今さらどうしようもないでしょ。どうにかなるにしても、どうするつもりもないけど」

スナグズビー氏は恭順の咳をし、「そうかい、本当に?」と答える。それから瞑想にふけり、不安の咳をして、依然夫人の目によってひどく心を掻き乱されつつ、「ねえ、これは恐ろしい謎だよ」と言う。

「そのとおり。恐ろしい謎よ」夫人はうなずく。

「ねえ、お前」氏は哀れっぽい様子で懇願する。「頼むから、そんな苦虫を噛みつぶしたような顔で話したり、探るような目でこっちを見たりしないでおくれ！　お願いだよ。まさか、私が出かけてって人を自然発火させるなんて思ってるんじゃないだろ？」

「わからないわ」

自らの不幸な立場について慌てて省みるに、スナグズビー氏本人も「わからない」と言うよりない。自分が一切何の関係もないと言い切る自信はない。何かの関わりが――何だかわからないが――謎に包まれた関わりがたくさんあるので、それとは知らず、事に加担してしまっている可能性だってある。彼は力なくハンカチで額を拭《ぬぐ》い、荒い息をする。

「ねえ、お前」不幸な文具商は尋ねる。「いつもは細かく気を遣って慎重に振る舞うのに、どうしてまた朝飯前にパブに来たりしたんだい？」

「あんたはなんで来たの？」

「それは、ただ――」氏はそこで言葉を切り、うめき声が出るのを抑える。「発火して亡くなった気の毒な人のだね、致命的な事故について真相を知るためさ。後でお前の手作りのフレンチ・ロールを食べながら、その話をするつもりだったんだ」

「そうでしょうね！　あんたは何でも包み隠さずおっしゃいますから」

「何でも……ねえ、おま……？」

夫君がますます混乱するのをいかめしい、不吉な笑みを浮かべて眺めた後、夫人は、「じゃ、一緒にうちに帰りましょうか。あんたは、どこよりも、家にいるのが一番安全なのよ」と言う。

「そう、そうだろうな、うん。じゃ、行こう」

スナグズビー氏は寂しげにパブ全体をぐるりと見回し、ウィーヴル、ガッピー両氏の無事を慶び、別れを告げ、夫人に連れ添ってソルズ・アームズ亭を後にする。近所中の噂になっている事件の、どこか想像も及ばない部分に自分も責任があるという疑念は、夫人の執拗な眼差しのせいで、その日が暮れる前にほとんど確信に変わる。彼の内心の苦悩たるや甚だしく、これから自首して、無罪なら身の潔白を証明してもらいたいし、有罪なら法が許す最大限の厳罰を与えてほしいと願い出ようかと思い巡らす。

ウィーヴル氏とガッピー氏は朝食をとった後、リンカーンズ・インに赴いて、暗く混乱した頭の中を整理するために芝生のまわりを歩き、ささやかな散歩が成し得る最大限の成果を得んとする。

「なあ、トニー」熟慮しながら芝の四辺を回った後、ガッピー氏は言う。「俺たちが直ちに合意しておくべき点について、ちょいと相談しとくのに今ほどいい機会もあるまい」

「いいかい、ウィリアム・ガッピー!」充血した目で相手を見据えながらウィーヴル氏は言う。「悪だくみについての話なら、口を開く必要はないぞ。もうたくさんだ。これ以上関わりたくない。次はお前が燃え出すか、ボカンと爆発するか、どっちかだよ」

この想定はガッピー氏にとって非常に不快なものであったから、彼は震える声で、「トニー、お前な、昨日の晩の経験で、決して人を傷つけるようなことは言っちゃならないって、悟らなかったのかよ」と説教たらしく言う。対してウィーヴル氏は、「ウィリアム、お前こそ、決して悪だくみはしちゃならないって、悟らなかったのか」と答える。対してガッピー氏は、「誰が悪だくみをするんだって?」と言う。対してジョブリング氏は、「そりゃ、お前だよ!」と答える。対してガッピー氏は、「俺はそんなことはせん」と言う。対してジョブリング氏は、「するとも!」と答える。対してガッピー氏は、「誰がそんな暴言を吐くんだ？」と言う。対してジョブリング氏は、「俺だ！」と答える。対してガッピー氏は、「ほほう？」と言う。対してジョブリング氏は、「ああ、そうともさ！」と答える。今や熱くなった両者は、頭を冷やそうと、しばらく無言で歩く。

その後でガッピー氏は切り出す。「トニー、腹を立てるかわりに、友だちが言うことを最後まで聞けば、勘違いしなくて済むんだ。だけど、お前は気が短いし、思いやりも足りん。お前は人の目を引く魅力を持ちながら――」

「ふん！　人の目が何だ！」ウィーヴル氏は口を挟む。「言いたいことをはっきり言えよ！」

友人がかくのごとく気難しく、人情の機微などとは縁のない状態にあるのを見て、ガッピー氏は自らの心の綾については傷ついた口調を通じて表現するにとどめ、再び話し始める。「トニー、俺たちが直ちに合意しておくべき点があると言ったのは、いかに無害なものにせよ、企み事とは何の関係もない。お前も知ってのとおり、裁判では、証人が何を証言するのか前もって弁護士がちゃんとお膳立てする。で、この不幸なや――紳士（ガッピー氏は「やつ」と言いかけて、「紳士」の方がこの際適当と判断する）の検死審問でいかなる事実を俺たちが証言するのか、お互い知っておいた方が望ましいか、望ましくないか、どっちだ？」

「どんな事実って、そりゃ、ありのままの事実だろ！」

「審問に関わる、ありのままの事実だ。それは――」ガッピー氏は指を折って数えてみせる。「あいつの習慣について俺たちが何を知ってたか、お前が最後にあいつを見たのはいつか、あいつはその時どういう状態だったか、俺たちが発見したこと、それから、いかにしてそれを発見したか、だ」

「ああ、そんなもんかな」

「どういうわけで俺たちが発見したかっていうと、それはあいつが変人ぶりを発揮して真夜中にお前と会う約束をしたからだ。あいつは字が読めないもんで、お前は前に度々そうしてやったように、ちょいと字の読み方を説明してやるはずだった。俺はお前とその晩一緒にいたから、階下《した》に呼ばれた――とか何とか。審問は故人の死に関する問題だけを扱うから、これ以上の事実を述べる必要はない。そうだよな？」

「ああ！　それ以上しゃべる必要はない」

「これは別に悪だくみじゃないだろ？」傷ついたガッピー氏は言う。

「うん。お前の考えてたのがそれだけなら、前言を撤回する」

「なあ、トニー」ガッピー氏は再び友人の腕を取り、彼をゆっくり歩かせる。「友だちとして訊くんだが、あそこに住み続けてたらまだ色々いいことがあるって考えてみたか？」

「どういう意味だよ？」トニーは足を止める。

「あそこに住み続けてたらまだ色々いいことがあるって考えてみたか？」ガッピー氏は先ほどの言葉を繰り返し、再び相手を歩かせる。

「どこのことだ？　あそこか？」彼は古道具屋の方向を指差す。

ガッピー氏はうなずく。

「あのな、お前が何をくれると言っても、もう一晩だってあそこで過ごすのはごめんこうむるね」ウィーヴル氏は荒々しい目を向ける。

「それ、本気かよ、トニー？」

「本気かって！　どうだ、俺、本気の顔してるか？　自分では本気だと思ってるよ。ああ、そうとも」ウィーヴル氏は本当に寒気がして身震いする。

「てことは、つまり、この世にただ一人の身寄りもない天涯孤独の老人にごく最近まで属していた諸々の財産をだぞ、そっくりそのまま所有する可能性とか――いや、可能性じゃなくて蓋然性《がいぜん》と言うべきだな――かつまた、老人が実際何を貯め込んでいたか確認できる必然性は、昨晩の経験の後ではいかなる重要性も持たない、そうなんだな、トニー？」ガッピー氏は苛立ちが高じて親指を噛みながら言う。

「ああ、そうだ。お前、あの部屋に住むなんてことを、よくもそんなに落ち着き払って口にできるもんだ！」ウィーヴル氏は怒りを露わに叫ぶ。「自分があそこに行って住みゃいいんだよ」

「おいおい、俺かよ、トニー！」ガッピー氏は相手をなだめにかかる。「俺はあそこに住んだことはないし、今ではもう借りる部屋もない。でも、お前はちゃんと部屋を持ってる」

「俺の部屋を使えよ。でもって、あそこで――うっ、あの気持ち悪いところで――くつろいだらいいさ」

「じゃ、お前はもうこの件からきれいさっぱり手を引きたい、そういうことなんだな？」

「ああ」トニーは誰の目にも明らかな確固たる信念を見せて答える。「お前は生まれてこの方それほど正しい言葉を発したことはないぞ。俺は手を引く！」

彼らがこんな風に語らっている間に、馬車がリンカーンズ・インに入ってくる。山高帽が御者席から世間に自らの存在をはっきりと見せつける。車中に――ということは世間からはっきり見えないところに(ただし、馬車が目の前に止まったため、友人二人組には十分鮮明に見えたが)――孫娘ジュディーを伴ったスモールウィード老夫婦の姿がある。

一行は落ち着きなくせかせかしている。その下に若きスモールウィード氏を伴って山高帽が降りると、スモールウィード老は窓から顔を出し、大きな声でガッピー氏めがけて叫ぶ。「御機嫌いかが！　御機嫌いかが？」

「朝のこんな時間にチック一家が何の用事でここにいるんだろ！」ガッピー氏はそう言うと、自分の助手に向かってうなずく。

「なあ、あんた」老人は大声で言う。「ちょっとお願いがあるんじゃ。あんたとあんたのお友だちでわしを裏町のパブまで運んでくださらんか？　バートとジュディーは婆さんを連れてく。どうか、老人を助けておくれ」

「裏町のパブ？」ガッピー氏は友人の顔を見つめ、怪訝《けげん》そうに老人の言葉を繰り返す。

二人は崇敬すべき貨物をソルズ・アームズ亭まで運ぶ仕事に取りかかる。

「これが馬車賃じゃ！」老人は不快な笑い声を上げ、御者に向かって力のない拳を振る。「これ以上一ペニーでも多く請求してみろ、訴えて取り返してやるからな。なあ、若い衆よ、どうかお手柔らかにな。首につかまらせてくだされ。無茶にしがみついたりせんから。おお！　ああ！　骨が！」

ソルズ・アームズが遠くなくて幸いだ。というのも、道を半分も行かないうちにウィーヴル氏は卒中を起こしそうな様子を見せるからである。しかし、呼吸不全に由来する様々なうめき声を除いてそれ以上悪化する兆候も見せずに、氏は運送の任を果たし、有徳の老紳士は本人の希望に従ってソルズ・アームズの個室に安置される。

「ふうーっ！」　スモールウィード老は肘掛け椅子に座ってあたりを見回し、切れ切れの息で言う。「やれやれ！　ああ、骨が、背中が！　あ痛た！　おい、飛んだり跳ねたり、よろよろふらふらしてないで、座るんだ、このオウム女！　座れ！」

奥方に対するこのかわいい呼びかけは、その不幸な老女が座っていない時にはいつも歩き回って、置いてある物を相手に、魔女がそうするように、べちゃくちゃしゃべりながら「踊る」という癖に起因する。おそらくは、哀れな老女が愚かな頭で考えた上で振る舞うというよりは、神経の病気でそうなるのであろうが、今日の症状はとりわけ甚だしい。夫君が座っている椅子と対になっているウィンザーチェア（数本の背棒のある高い背もたれのついた椅子）に向かってしゃべり続け、二人の孫がその椅子に無理やり座らせてようやくおさまる次第。その間亭主の方は大いなる能弁ぶりを発揮して、「石頭のおしゃべりめ」という愛情のこもった呼び名を驚くべき頻度で繰り返す。

それからスモールウィード老はガッピー氏に話しかける。「なあ、あんた、ここで不幸な出来事があったんじゃろ。あんたら、どなたか、そのことを耳にしとるかな？」

「耳にしたですって？　何の何の、我々が発見したんですよ」

「あんたらが発見した！　お二方が発見した！　バート、この人たちが発見したんじゃと！」

二人の発見者はスモールウィード一家の面々をじっと見つめる。彼らも同じ挨拶を返す。

「あんたらはいい友だちじゃ」スモールウィード老は哀れっぽい声で言い、両手を差し出す。「家内の弟の遺灰を見つけるという悲しい務めを果たしてくださったことに感謝しますわい」

「え？」とガッピー氏。

「家内の弟じゃよ——あれのただ一人の身内なんじゃ。わしらはつきあいはなかった。今となっては嘆くべきことじゃが、あの男は決してつきあいをしようとせんかった。わしらを好いてはおらんかった。変人じゃったな——えらい変人じゃった。遺言がここになかったら（あるとはとても思えんが）、遺産管理状〔遺言執行者が任命されていない場合に、財産を管理する者を任命する法律文書〕を発行してもらう。わしゃ、財産を管理しにやってきたんじゃ。ちゃんと封印をして保護せにゃならん。わしゃ」老人は両手の指でガッと空気を掻き寄せる仕草をする。「財産の管理をしにやってきたんじゃ」

「スモールよ」落胆したガッピー氏は言う。「あいつがお前の大叔父さんだって言ってくれりゃよかったのに」

「あんたたち、クルックのこと、俺に黙ってたよね。だから、俺にもそうしてほしいんだろうと思ったんだよ」若年寄りの目は秘密めいた輝きを帯びる。「それに、あれは自慢できるような人じゃなかったし」

「それに、あの人が大叔父さんであろうがなかろうが」ジュディーの目も同様に秘密めいた輝きを帯びる。「あんたたちには関係ないでしょ」

「向こうはこっちとつきあおうって気がなかったんだ、一回も会ってないし」スモールは答える。「だから、あの男を紹介する理由なんてなかったさ、ほんとに」

「そう、あの男は便りをよこしたためしがない」老人は口を挟む。「嘆かわしいことに。だけんど、わしは財産を管理しに来た——書類を調べて、財産を管理するんじゃ。うちの正当な権利は主張せにゃならん。この件は弁護士が処理してくれる。そこのリンカーンズ・イン・フィールズのタルキングホーンさんがうちの弁護士じゃ。あの人はてきぱき抜かりなく仕事をする。クルックは家内のたった一人の弟で、家内にゃクルックしか身寄りはない。クルックも家内しか身寄りがない。おい、わしゃ、お前の弟の話をしとるんじゃ、この、七十六歳の地獄行きのゴキブリ女め」

　スモールウィード夫人は即座に頭を振り、甲高《かんだか》い声を上げる。「七十六ポンド七十六ペンス！　金貨七十六万袋！　札束七十六億箱！」

　苛立った夫君は力なくあたりを見回し、手の届くところに飛び道具がないと知ると、「誰か、水差しを！」と叫ぶ。「誰か、痰壺《たんつぼ》を持ってきてくれ！　あいつにぶつけてたんこぶができるような、硬い物を何か！　この婆《ばばあ》、化け猫、野良犬め、馬鹿みたいに吠えやがって！」スモールウィード老の怒りは自らの雄弁によって頂点へと高められ、他に適当なものが何もないので、ジュディーを細君めがけて投げつける。こうして、かのうら若き乙女を渾身の力をこめて老女にぶつけると、老人はよろめいて椅子の中に沈む。

「誰か、揺さぶってくれ、頼む」老人は自分の服の中にすっぽり潜り込んで、力なくもがきつつ、見えないところから声を出す。「わしゃ、財産を管理するために来たんじゃ。さあ、揺さぶってくれ。隣の家に詰めてる警官を呼ぶんじゃ。財産について説明してやらにゃならん。弁護士がすぐにやってきて財産を保護する段取りになっとる。わしの財産に手を出す奴は誰じゃろうと島流しか、絞首台送りにしてくれる！」忠実な二人の孫がいつものように揺さぶったり叩いたりすると老人は快方に向かい、喘《あえ》ぎながら立ち上がると、「財産！　財産！　財産！」とこだまのように繰り返す。

ウィーヴル氏とガッピー氏は互いに見つめ合う。前者は一件からもう手を引いたというような、後者はまだなにがしかの期待を抱いた、困惑の表情を浮かべている。しかし、スモールウィード一家の権利に対抗する術《すべ》は何もない。持ち場を離れてやってきたタルキングホーン事務所の受付の男は、故人の最近親については当事務所がすべて確認済みであり、故人の書類や持ち物は然るべき時を経て正当な所有者に渡る、と警官に請け合う。直ちにスモールウィード氏に絶対的権限が与えられ、氏は哀惜の意から隣家に赴いて、今は誰もいない階上のミス・フライトの部屋まで運搬してもらう。その様子はさながら彼女の鳥のコレクションに新たに加えられた醜い猛禽《もうきん》といったところ。

予期せぬ相続人到着の報はたちまち近隣に広がり、ソルズ・アームズ亭の商いを好転させ、裏町を活性化する。パイパー夫人とパーキンズ夫人は、もし本当に遺言がないなら例の若者は気の毒だと言い、遺された財産の中から相応の贈与をしてやるべきだと考える。パイパー家とパーキンズ家の御曹司は、チャンスリー・レインの歩行者を脅かす精力過剰の若人たちに加わり、ポンプの後ろやアーチの下でくずおれて灰と化し〔死んだクルックの真似をして遊ぶこと〕、彼らの亡骸《なきがら》の上で荒々しい叫び声やはやし立てる声が一日中響く。リトル・スウィルズとミス・メルヴィルソンは、今回のようなただならぬ出来事の後ではプロとアマの分け隔ては無用と感じ、愛想よく客たちの話し相手になる。ボグズビー氏は、今週の音曲の集いの目玉は「当代流行の「冥土の大王」〔実際の流行歌〕、一座全体の合唱つき」で、「少なからぬ額を投じてこの企画に及んだのは、多くの良識ある方々が広く店内でお示しになった御希望に添うと同時に、これだけの動揺を引き起こした昨日の哀しき出来事を顧慮してのことであります」と宣伝ビラで明言する。付近の住民が故人のために気を揉んでいる点が一つある——つまり、中に入れるものは大してないのだが、儀礼的な建て前として通常サイズの棺桶を使ってほしいということだ。しかし、その日ソルズ・アームズ亭のバーで、葬儀屋が一メートル八十センチの棺を受注したと明かすや、一同の憂慮は大いに軽減し、スモールウィード氏の振る舞いはまことに立派なものだ、という結論に至る。

この裏町を出て、かなり離れたところまで行っても、事件は興奮を搔き立てる。というのも、遠くから科学者や哲学者が現場を見にやってくるからだ。同じ目的でやってきた医者が角で馬車を降りる。可燃性のガスや燐化水素について、裏町の住民が想像したこともないほど多くの学術的な議論が交わされる。これら権威者の何人か(言うまでもなく、もっとも賢明な者たち)は、故人が現在考えられているような理由で死ぬとはけしからんと怒りを露わにし、別の権威筋が持ち出してくる『ロンドン王立哲学会紀要』第六巻に採録されている同種の死に関わる実証的研究や、英国法医学に関する無名とは言い難い書物、ならびに、ヴェローナのビアンキーニなる聖職者(学問的な本を一、二冊著し、若いころには理性の輝きを持っていると評された人物)によって詳細に記されたコルネリア・デ・バウディ伯爵夫人に関するイタリアでの事例、あるいは、何が何でも自然発火による死亡の調査をすると言って聞かなかった厄介な二人のフランス人、フォデーレ、メア両氏の証言、さらに、かつては高名なフランスの外科医で、そのような事例が発生した家に住み、不躾《ぶしつけ》にもそれについて書を著したル・キャ氏の補強的証言等々〔これらの事例については第四巻末に付す一八五三年版序文を参照〕に鑑《かんが》みてもなお、故クルック氏が世を去るにあたり、このような横道を選択したのは不当な所業であり、直接自分たちを侮蔑する行為だと考える。裏町の連中はこういった紛糾が理解できないが、わけがわからないほどその分彼らにとっては面白い。ソルズ・アームズ亭の在庫品を楽しむ量もその分増える。そこへ絵入り新聞の画家がやってくる。コーンウォール海岸の難破船から、ハイド・パークの観兵式、マンチェスターの集会にいたるまで何にでも使える前景と人物を既に描き入れて持参し、他ならぬパーキンズ夫人の私室において（これは永遠に記念されるべきことだ）、版木の上にクルック氏の家を実物大に描き上げる。いや、それどころか、神殿なみの大きさだ。同じ伝で、運命の部屋を一瞥することを許されると、彼はそれを奥行き四分の三キロ、高さ五十メートルのものとして描く。これは裏町の連中をことのほか喜ばせる。この間、先述の二人の紳士はすべての家に出入りして哲学的議論に参加し、ありとあらゆるところに行き、ありとあらゆる人の話を聞く――それでいて、ひっきりなしにソルズ・アームズの個室に飛び込んでは、字に飢えた小さなペンを薄い紙の上に走らせる。

　最後に、前回同様、検死官による審問となる。ただし、今回の事件は変わっているので、検死官としては楽しみが多い。彼は陪審の紳士たちに向かって非公式に言う。「あそこは不幸が取りついた家らしいですな、皆さん。悲惨な運命の家だ。しかし、時としてそういうことはある。我々には説明できない謎だ！」その後、一メートル八十センチの棺の出番となり、一同の称讃を浴びる。

これら一連の手続きにおいてガッピー氏は、証言する際を除いて、重要な役割を果たさない。単なる一民間人である以上、現場に立ち入ることも許されず、秘密をはらんだ家のまわりをうろついては外から眺めるのみである。スモールウィード氏がドアに施錠するのを目撃して悔しい思いをし、自分が閉め出されるみじめさを苦々しく噛みしめる。しかし、これらの手続きが終了する前に、すなわち惨事の翌晩、ガッピー氏はレディー・デッドロックに報告しなければならないと決心する。

そこで、重い心と、ソルズ・アームズ亭にこもって慄《おのの》きながら事態を見守っていたことから来る卑屈な罪の意識をたずさえて、ガッピーという名の若者はロンドンのデッドロック邸を晩の七時に訪れ、奥方様にお目にかかりたいと申し出る。マーキュリーは、奥方様は夕食に出かけられます、あそこの馬車が目に入りませんかと言う。ええ、馬車は見えますが、奥方様にお会いしたいのです、とガッピー氏。

後から同僚に述べたところによると、マーキュリーは「こいつに身の程を知らせてやりたい」欲求に駆られるのだが、奥方様の指示ははっきりしている。したがって、彼は不満ながら若者を書斎へ案内せねばなるまいと考える。そして若者をあまり明るくない大きな部屋に一人残す。それから来客の報告をしに行く。

ガッピー氏はほの暗い陰の中をぐるりと見回す。いたるところに、燃えて白くなった石炭か、焚《た》き木が見える。やがて衣擦《きぬず》れの音がする。まさか……？　いや、幽霊ではない。きらびやかに着飾った、血の通った人間だ。

「奥方様、も、もうしわけございません」ガッピー氏は打ちひしがれ、言葉もままならない。「妙な時間に参上いたしまして……」

「いつ来てもいいと言いましたよ」彼女は椅子に腰かけ、前と同じように、彼を真正面から見据える。

「ありがとうございます。まことに御親切なことで」

「座ったらどうです」その声に親切さはあまり感じられない。

「それが、腰を下ろしてお時間を拝借する値打ちがあるのかどうかわかりません。つまり、その……先だってお目通りを賜った時に申し上げました手紙ですが、それをまだ手に入れておりませんので」

「ただそれだけを言いに来たのですか?」

「ただそれだけを言いに参りました、奥方様」ガッピー氏は意気消沈し、失望して、落ち着かない上に、相手のきらびやかさと美しさのせいでさらに押され気味になる。彼女は自分が人に与える影響をよく心得ている。この点しっかり研究済みであるから、誰に対しても効果を少しでも失うことはない。彼女にじっと冷ややかに見つめられていると、ガッピー氏は先方が何を考えているのか手がかり一つないと意識し、同時に、自分がどんどん彼女から遠ざけられていくように感じる。

明らかに奥方様は口を開く気はない。彼がしゃべらねばならない。

「つまり」ガッピー氏は悔い改めた卑屈な盗賊のように言う。「手紙を渡してくれるはずだった人物が突然亡くなり、それで……」彼はそこで口をつぐむ。レディー・デッドロックは穏やかにその後を引き取る。

「それで、手紙はその人物と一緒に失われてしまった?」

できるものなら、ガッピー氏はいいえと言いたい。それははっきり外に現れている。

「そのようです、奥方様」

もしも今彼女の顔に現れた僅かな安堵のきらめきが彼に見えたなら！　いや、彼女の勇ましい外面にすっかり圧倒され、あらぬ方向ばかりに目をやっていなかったとしても、そんなものは彼には見えないだろう。

不首尾に終わったことについて、彼はつたない言い訳を一つ二つ口ごもる。相手が言いたいこと――あるいは何とか口から出せること――を最後まで聞くと、レディー・デッドロックは「言いたいのはそれだけ？」と尋ねる。

ガッピー氏はそれだけですと答える。

「もう言いたいことはないのですね。間違いありませんか。これが最後の機会ですよ」

ガッピー氏は間違いないと答える。実際、今はもう何も言いたいことはない。

「わかりました。では。言い訳は無用です。さようなら！」彼女は呼び鈴を鳴らしてマーキュリーを呼び、ガッピーという名の若者を送り出すよう命じる。

しかし、たまたま、この時この家にはタルキングホーンという名の老人がいる。彼は静かな足取りで書斎までやってきて、まさにこの瞬間ドアのノブに手をかけ――部屋に入り――出ていこうとする若者と顔を合わせる。

老人と奥方はちらっと視線を交わす。その一瞬、いつもは下りているブラインドがさ

タルキングホーンという名の老人

っと上がる。目ざとく、熱心な猜疑心が顔を見せる。ブラインドはまたすぐに下がる。

「失礼しました、奥方様。相済みません。こんな時間にここにいらっしゃることなどめったにございませんので、部屋には誰もいないものと思いまして。御免ください！」

「待って！」彼女は無頓着に彼を呼び戻す。「どうぞそのまま。わたくしは夕食に出ます。こちらの若い方との話はもう済みましたから！」

狼狽した若者は部屋を出る際にお辞儀をし、へつらうように、フィールズのタルキングホーン先生、御機嫌いかがでいらっしゃいますか、と言う。

「うん？」弁護士は眉をひそめてガッピー氏をまじまじと見つめる。見つめ直す必要などないのだが——そう、彼に限ってそんなことはない。

「たしか、ケンジ・アンド・カーボイの？」

「はい、ケンジ・アンド・カーボイです、タルキングホーン先生。ガッピーと申します」

「そうだったな。どうも、ガッピー君。うむ、上々だ！」

「ようございました。先生の御機嫌が麗《うるわ》しいということは法曹界全体の慶事でありますから」

「ありがとう！　ガッピー君」

ガッピー氏はすごすご立ち去る。華やかなレディー・デッドロックと著しい対照をなす、色あせた黒服に身を包んだタルキングホーン氏は、奥方の手を取って階段を下り、馬車まで付き添う。弁護士は顎《あご》を撫でながら帰ってくる。彼はその晩たっぷり顎を撫でる。

第三十四章　締め上げ

「はてさて」ジョージ氏は言う。「これは何だろう？　空包か実弾か？　不発弾か、それとも、本当に敵弾が飛んできたのか？」

騎兵の疑問は開いた手紙に向けられており、どうやらそれが彼を大いに悩ませているらしい。自分から遠ざけるように手をいっぱいに伸ばして持ったり、近づけてみたり、右手に持つかと思えば左手に持ち、頭をこちらに傾げて読み、あちらに傾げて読み、眉を寄せたり上げたりしているが、それでも心は決まらない。手紙をテーブルの上に置いて重々しい手の平で皺《しわ》を伸ばした後、考え込みながら射撃場を行ったり来たりし、時々手紙の前で立ち止まって新鮮な目で眺めてみる。やっぱりだめ。「これは空包か、実弾か？」ジョージ氏は依然思案にふける。

フィル・スクオドは離れたところで刷毛《はけ》とペンキの缶を持って、標的を白く塗っている。太鼓と横笛入りで速歩行進といった感じで、「後に残したあの娘《こ》のもとに、戻らにゃならぬ、かならず戻る〔よく知られた俗謡〕」と静かに口笛を吹く。

「フィル！」騎兵は手招きする。

フィルはいつものように、最初全然違う方に横歩きし、それから銃剣突撃とばかりに大将に向かって突進してくる。汚い顔に純白の雪のはねがかかり、実によく目立つ。彼は刷毛の柄で眉をこする。

「気をつけ！　これをよく聞くんだ」

「落ち着いてくださいよ、大将、落ち着いて」

「「謹啓。マシュー・バグネット氏が振り出して保証人となり、貴台が支払いを引き受けられた、額面九十七ポンド四シリング九ペンスの二か月為替手形が明日満期となりますので、手形決済の御準備宜しくお願い致します。御承知のとおり、当方に通知の法的義務はありませんが、右御連絡まで一筆啓上申し上げます。敬具。ジョシュア・スモールウィード」――どう思う、フィル？」

「やばいですな」

「なぜだ？」

「そりゃ」フィルは思案しながら刷毛の柄で額の十字形の皺をたどる。「金を請求する時にゃ、向こうはいっつもよからぬ考えを持ってるからです」

「いいか、フィル」騎兵はテーブルの上に腰かける。「利息やら何やらで、全部足すと、もう元本の一倍半は払ったと思うんだ」

フィルは、一、二歩斜めに下がって、しかめた顔をとても奇妙な具合にねじらせ、この手紙は取引がいい方向に進むことを示していない旨を伝える。

「まだあるぞ」騎兵は手を振って、相手の性急な結論をとがめる。「これまでずっとこの手形は業界用語で言うと、「書き換える」約束になってた。何回もそうしてきたんだ。お前、どう思う？」

「どうやら、それも終わりの時が来たようで」

「そうか？　ふむ！　ま、俺も同感だ」

「ジョシュア・スモールウィードってのは、椅子に乗っかって運ばれてきた、あの爺さんですね？」

「そのとおり」

「旦那」フィルはとても深刻な口調で言う。「あの人は、性格はヒルと同じ、やることは万力《まんりき》や締め金と同じで、ヘビみたいに曲がって、エビみたいな鋏《はさみ》をしてますよ」

スクオド氏はこうして豊かな表現で思うところを述べると、まだ何か意見を求められるのか少し待って確かめた後、いつもの動き方で、作業中の標的に戻る。そして、先刻と同じ音楽的手段で、後に残してきたあの理想の娘のもとに戻らにゃならぬ、かならず戻るぞと力強く訴える。ジョージは手紙を畳むと、フィルの方に歩き出す。

「大将、問題を解決する方法はありますよ」フィルは狡猾そうな目で彼を見る。

「金を払うんだろ？ そうできりゃいいんだが」

フィルは頭を振る。「いや、違います。そこまで行かなくたって、方法はあるんです」

フィルはいかにも芸術家然と、刷毛をぐるっと回してみせる。「俺が今やってることですよ」

「自己破産して帳簿をきれいに真っ白にするんだな？」

フィルはうなずく。

「結構な考えだ！ そんなことしたらバグネット一家がどうなるか、お前、わかってるのか？ 俺の昔の借金を払うために全滅しちまうんだぞ。お前って奴は人の道をよくわきまえてるよ」騎兵はそう言うと、少なからぬ怒りを込めて、大きな体で相手を威圧しながら見つめる。

　標的の前に片膝をついたフィルは、バグネットさんの責任になっちまうのを忘れてました、あの立派な方たちの髪一本痛むこともあっちゃなりません、と大真面目に抗弁する(そうしながら、寓意的な刷毛さばきを見せて、標的の縁の白い表面を親指で平らにして平謝りの意を示す)。ところへ、足音が外の長い通路に響き、ジョージさんいらっしゃいますかと尋ねる明るい声が聞こえる。騎兵をちらっと見たフィルが足を引きながら、「大将はここです、バグネットの奥さん！　ここですよ！」と言うと、夫人その人が亭主に付き添われて姿を現す。

　歩いて外出する際、夫人はどんな季節でも灰色の外套を着用する。粗末な布製で、着古してはいるが、小ぎれいなものだ。傘と共に夫人に同道して遠国から欧州に帰還した、思い入れのある外套に違いない。何とも言えない色をしたその傘も、夫人の外出の際の忠実な付添いである。傘の握りの部分は波形の模様が入った木製の鉤《かぎ》になっており、その舳《へ》先《さき》と言うか、嘴《くちばし》には、玄関の上方にある半円形の明かり窓か眼鏡の楕円形レンズを小さくしたような金属製の飾りが埋め込まれている。この装飾物は、英国陸軍と縁の深い資材にあらまほしき、持ち場を守る忍耐力に欠けている。傘自体は腰のあたりが慢性的にたるんでおり、コルセットをあてがう必要がありそうだ——これはおそらく長い間、傘が家では物入れとして、旅行中は鞄として使用されたせいである。彼女は決してこの傘はささず、勝《すぐ》れ物と証明済みの、大きなフードつきの外套を頼りにする。傘は買い物をする時に、肉の関節や野菜の束を指したり、なじみの業者をつついて注意を引いたりする際の短い杖として用いる。買い物かごもいつも持ち歩く(これは二枚の蓋《ふた》がついた、籐細工の井戸みたいなものだ)。こうして、これらの信頼すべき従者と共に、日焼けした正直な顔を粗末な麦藁《むぎわら》帽から楽しげにのぞかせて、バグネット夫人は今、生気にあふれた快活な様子でジョージの射撃場に到着したのである。

「おはようさん、ジョージ。よく晴れたいい朝だこと。あなた、ご機嫌はいかが?」

夫人はずっと歩いてきたので、彼と和やかに握手した後、深呼吸し、腰を下ろして体を休める。どこでもすぐに休息をとれるという生来の才能が荷車の上などでさらに育まれたので、彼女は粗末な長椅子に腰かけて帽子の紐をほどき、帽子を後ろにずらし、腕を組んで、すっかりくつろいでいるように見える。

一方バグネット氏はかつての戦友ならびにフィルと握手を交わす。夫人もフィルに愛想よくうなずいて微笑みかける。

「ねえ、ジョージ」夫人はきびきびとした口調で言う。「リグナムと一緒に来ましたよ」彼女はしばしば夫をこう呼ぶ。これは二人が知り合った時、彼がとても硬く厳しい表情をしていたせいで連隊の面々からリグナム・ヴィータイ〔グアヤク、すなわち熱帯原産の堅木〕というあだ名を賜っていたことに由来する。「いつものとおり、例の連帯保証のことをきちんとしておくために立ち寄ったの。主人に新しい手形を渡してくださいな、ジョージ。主人はちゃんとサインしますから」

「今朝そちらに伺おうと思ってたんですよ」騎兵は重い口を開く。

「ええ、あたしたちもあなたが今朝来るだろうとは思いました。けれども、かわりに、一番頼りになる男の子のウリッジに下の娘たちを任せて、見てのとおり、家を早くに出てここにやってきたの。だって、リグナムも今はじっとしてることが多くてほとんど運動してないから、歩くと体にいいのよ。でも、どうしたの、ジョージ？」夫人は朗らかなおしゃべりを途中でやめて尋ねる。「いつものあなたじゃないみたい」

「普段の調子じゃありません。ちょっと参ってましてね、奥さん」

夫人の輝くすばしこい目はたちまち真実を見抜く。彼女は人差し指を上げて言う。

「ジョージ！　リグナムの連帯保証の件で何かあったなんて言わないでちょうだいよ！

お願い、ジョージ、子供たちがどうなるか！」

騎兵は困惑した表情で彼女を眺める。

「ジョージ」夫人は言葉に力を込めるために両手を振り、時々開いた手で両膝を打つ。「もしあなたのせいで連帯保証人のリグナムが何か迷惑を被るなら、主人がのっぴきならない羽目に陥って何もかも売り払わないといけないなら――売り払うっていう字があなたの顔にはっきり書いてあるのが見えるわ、ジョージ――あなた、とっても恥ずかしいことをしたのよ、あたしたちを無慈悲にもだましたのよ。ええ、無慈悲にね、ジョージ。そうだわ！」

バグネット氏は禿げ頭をシャワーの水から守るような仕草で大きな右手を頭の上に置き、ほかはポンプか街灯の柱みたいに不動のまま、ひどく不安げに夫人を見つめる。

「ジョージ！　どういうことなの！　あなたという人が恥ずかしいわ。まさか、こんな仕打ちをするなんて、信じられない！　根無し草みたいな人だと思ってたけど、まさかバグネットと子供たちのささやかな暮らしの根っこまで持ってっちまうとはね！　バグネットがどれだけ勤勉で真面目な人か知ってるでしょ。ケベックに、マルタに、ウリッジも知ってるでしょ――それでいてあなたがあたしたちをこんな目に遭わせるなんて、そんなことができるなんて、考えもしなかったわ。ほんとに、ジョージ！」夫人は外套の襟を掻き寄せ、芝居気などまったくなしにそこで涙を拭《ぬぐ》う。「どうしてこんなことを！」

夫人が話し終えると、バグネット氏はシャワーが済んだらしく頭から手をのけ、しょんぼり友人を見つめる。ジョージ氏はすっかり青ざめ、困り果てて、灰色の外套と麦藁帽を眺めている。

「マット」騎兵は押し殺したような声で、目はまだ夫人を見たまま、友人に語りかける。「そんなに悲しませちまって、まったく申し訳ない。だが、そこまでひどいことにはならないと思うんだ。確かに、今朝こんな手紙が来た」騎兵はそれを読み上げる。「でも、まだ何とかなると思う。根無し草と言えば、そう、そのとおり。確かに俺は根無し草だ。ふらふらしてばっかりで、誰の役に立ったためしもない。そうさ。だがな、マット、あんたのやくざな戦友で俺ほどあんたの奥さんや子供たちを大事に思ってる人間は絶対にいない。あんたは俺のことをできる限り大目に見てくれるよな。何か隠してたなんて思わないでくれ。手紙はほんの十五分前に受け取ったばかりなんだ」

「なあ、おい！」少し沈黙があった後、バグネット氏は低い声で言う。「俺の考えを言ってやってくれんか」

「ほんとに、どうしてこの人、アメリカでジョー・パウチの後家さんと結婚しなかったんでしょ！」夫人は半ば泣きながら、半ば笑いながら答える。「そうしてたら、こんな厄介事には巻き込まれなかったでしょうに」

「女房の言うとおりだ――どうして結婚しなかったんだ？」

「彼女、今頃はもう、俺よりもいい旦那さんを見つけてるだろうよ。何にしろ、俺はジョー・パウチの後家さんとは結婚してない。それが現実だ。どうすりゃいい？ 俺の財産はあんたの目の前にある、これだけなんだ。俺のものじゃない、あんたのだ。そうしろと言うなら、全部売り払うとも。売り払って必要な額に近い金が手に入るようだったら、とっくにそうしてる。俺があんたやあんたの家族をみすみす窮地に追いやるなんて思わないでくれ、マット。俺はまず一番に我が身を売るよ」騎兵は自嘲的に胸を叩く。「ああ、こんなおんぼろの骨董品を買ってくれる奴が誰かいたらなあ」

「なあ、おい。もうちょい、俺の考えを言ってやってくれ」

「ジョージ」氏の女房は言う。「ようく考えてみると、あなたが悪いわけじゃなくってよ。ただ、お金もないのにこんな商売をやるとはね」

「それが俺の俺たる所以ですよ！」騎兵は反省の念しきりに頭を振る。「俺らしい話だ、わかってます」

「黙るんだ！　女房は正しい――俺の考えをちゃんと代弁してくれてる。話を最後まで聞け！」

「あれこれすべてを考えに入れるとね、あの時あなたは保証人になってくれと頼み込んで人を巻き添えにしちゃいけなかったのよ、ジョージ。でも、もう済んだことはしかたないわ。あなたは軽率ではあっても、いつも名誉を重んじる、正直な人だった――自分の力の及ぶ限りはね。でも、あたしたちが心配するのも無理ないと認めてほしいの、こんな物騒なものが頭の上にぶら下がってるんだから。ねえ、お互い許し合ってもう忘れましょ、ジョージ、いいこと！　許し合って忘れましょ」

バグネット夫人は自らの正直な手を、ジョージと夫のそれぞれに差し出す。ジョージは夫婦の手を一つずつ握る。

「二人に誓って言うが、この借金を返すためにありとあらゆる努力はしてきたんです。それでも、掻き集めた金は二か月ごとの利子を払うだけで飛んじまう。フィルと俺はここでとても質素に暮らしてる。しかし、射撃場は思ったほど流行《はや》らない。造幣局みたいに金がどんどん出てきやしない。俺がこんな商売を手掛けたのがいけなかったって？　確かに、そうでしょう。だけど、何て言うか、引っ張り込まれちまって。それに、そうすりゃ暮らしが安定して、落ち着くって思ったんです。そんな望みを持った俺を許してくれるなら、心底恩に着ます。まったくお恥ずかしい」そう結ぶと、ジョージは握っている手をそれぞれ軽く振ってから放し、最後の告白を済ませた今、軍人としての名誉を保ったまま直ちに銃殺に処されるかのごとく、胸を張った直立の姿勢で一、二歩後退する。

「ジョージ、俺の話を最後まで聞くんだ！」バグネット氏はそう叫ぶと、夫人の方を見る。「なあ、おい、続きを！」

バグネット氏はこの奇妙なやり方でもって自分の話を最後まで聞かせる。その内容は、肩代わりするだけの金がない氏の安全を保つため問題の手紙には即刻対応せねばならない、すなわち、ジョージと氏は時を移さずスモールウィード氏に面会するのが望ましい、というものである。ジョージ氏は全面的に同意し、帽子を被って、バグネット氏と共に敵陣に向けて行進する準備を整える。

「ねえ、ジョージ、女の軽率な言葉なんか気にしないでちょうだいね」夫人は彼の肩を軽く叩く。「リグナムを任せます。困ったことにならないよう、主人を何とかしてくださると信じてますよ」

騎兵は優しい言葉をどうも、きっと何とかしますからと答える。それを聞いて、夫人は再び目に輝きを取り戻し、外套と傘と買い物かごを持って家族のもとに帰る。二人の戦友はいざスモールウィード氏を懐柔せんと出陣する。

スモールウィード氏と交渉して満足の行く成果を挙げる二人組として、ジョージ氏とバグネット氏ほど見込みのない組み合わせは国内にまずあるまい。また、彼らの軍人風の外見や広い肩幅や重々しい足どりにもかかわらず、我が国には、スモールウィード氏の扱う人生の諸問題について、これほど不案内で不慣れな子供たちもいないであろう。さて、麗《うるわ》しの丘を目指して歩きながら、バグネット氏は連れが考え込んでいるのを見て、夫人の先ほどの突撃について友だちとして説明しておこうと考える。

「ジョージ、女房がどういう奴か知ってるだろ――ミルクみたいに甘くて、穏やかな女だ。だが、子供とか俺のことになると、火薬みたいに爆発する」

「それは褒められるべきことさ！」

「ジョージ」バグネット氏はまっすぐ前を見ながら言う。「女房はな――褒められることしかできんのだ——たいがいのところ。だが、それを口に出して言うわけにはいかん。規律は守らねばならんからな」

「奥さんの値打ちはあの人と同じ重さの金塊に匹敵するよ」

「金塊？　あのな、女房の体重は七十七キロだ。それだけの重さのどんな金属とあいつを交換するってか？　いや、交換なんぞしない。なぜか？　そりゃ、女房はどんな貴金属よりも貴い奴だからさ。あれの地金《じがね》はすごいんだ！」

「そのとおりだ、マット！」

「あいつが俺と一緒になった時——指輪を受け取った時——あいつは俺と子供たちの指揮下に入隊した——全身全霊を捧げて——命ある限り。あいつは軍旗に心底忠実で、誰かが俺たちに指一本でも触れたら、すぐさま武器を取って出動だ。義務の命じるところに従って撃った弾丸がたまに大きく逸《そ》れても、見逃してやってくれ、ジョージ。あれは律儀な女だ！」

「いやあ、有り難い人だ。俺はますます奥さんを尊敬するよ！」

「それは正しい態度だ」バグネット氏は筋肉一つ緩めず、最大限の熱意を示して言う。「女房の長所ってのは、ジブラルタルの岩（堅固なもののたとえ）にも負けずとも劣らん、いや、それでもまだ釣り合わんぞ。だが、本人の前でそれを認めるわけにはいかん。規律は守らねばならんからな」

こうした讃辞を重ねているうちに、二人は麗しの丘のスモールウィード宅に到着する。ドアを開けたのはいつもどおりジュディーで、彼女は特に好意を見せることなく、いや、悪意ある嘲笑を浮かべて客人を頭のてっぺんから足の爪先まで眺めると、彼らを戸口に立たせたまま、中に案内してもいいかどうかお伺いを立てる。「入りたいんならどうぞ」という言葉を甘美な唇にのせて帰ってきたところを見ると、承諾のお告げがあったらしい。こうして特権を与えられ、彼らが家に入ると、スモールウィード氏はさながら紙の足湯の最中といったところで、椅子の底部についている引き出しに両足を突っ込んでいる。スモールウィード夫人は歌うことを禁じられた鳥のようにクッションに埋もれている。

「やあやあ」スモールウィード老は痩せ細った両手を親しげに差し伸べる。「御機嫌いかが？　御機嫌いかが？　こちらはどなたかな、ジョージさん？」

「え、ああ」ジョージは最初なかなか柔らかな調子でものが言えない。「マシュー・バグネット、例の件で保証人になってくれた男です」

「ほう！　バグネットさん？　なるほど！」老人は伸ばした手の下から彼を見る。「御機嫌いかがですか、バグネットさん？　堂々としたお方じゃな、ジョージさんよ！　いかにも軍隊風じゃ！」

椅子が勧められる様子はないので、ジョージ氏はバグネットのために一つと、自分のために一つ椅子を動かし、二人は腰かける。バグネット氏は腰から上は体が曲がらないような恰好で着座する。

「ジュディー、パイプを持ってこい」と老人は命令を出す。

「待ってください」ジョージは口を挟む。「彼女をわずらわせる必要はないんじゃないでしょうかね。実のところ、今日は一服つけたい気分じゃないもんで」

「そうかね」老人は答える。「ジュディー、パイプを持ってこい」

「あのですね、スモールウィードさん、俺は不愉快なんだ。シティのあんたのお友達とやらは俺をカモにしようとしてるようですな」

「まさか！　奴は絶対そんなことしやせんよ！」

「そうですか？　それを聞いて安心しました。その人の仕業だろうと思い込んでたもんで。俺が言ってるのはこのことです。この手紙」

スモールウィード老はその手紙を見て、ひどく醜い笑みをもらす。

「どういう意味なんです、これは?」ジョージは尋ねる。

「ジュディー、パイプはどうなった? わしによこすんじゃ。え、ジョージさん、どういう意味かって?」

「そうです! ねえ、おわかりでしょう、スモールウィードさん」片手に開いた手紙を持ち、もう一方の手を大きな拳《こぶし》に握って膝の上に置き、騎兵はできる限り滑らかに、親しみを込めて話そうと努める。「俺とあんたの間では、これまでかなりの額のお金が動きました。二人こうやって差しで話してて、お互いこれまでどういう約束で事を進めてきたかはよく承知してます。こちらとしては、これまでどおりにやるんならいいんです。こんな手紙をあんたから受け取ったのは初めてだ。今朝はそれでちょっと面喰らいましてね。ここにいるマシュー・バグネットは、あんたも知ってのとおり、保証金を――」

「わしゃ、何にも知らんぞ、ジョージさん」老人は静かに言う。

「えっ、こんちくし――いや、つまり、俺がそう言ってるでしょう、え?」

「ああ、あんたはそう言っとるよ。だけんど、わしゃ、そのことを知っとるわけじゃない」

「ええい！」騎兵は爆発しそうな怒りを呑み込む。「俺は知ってるんだ」

スモールウィード老は上機嫌で、「ああ、そりゃ、まったく別の話じゃな！」と言う。「けんど、そりゃどうでもいい。どっちにしろ、バグネットさんの立場に変わりはない」

不幸なジョージ氏はうまく収めようと腐心し、スモールウィード老の言葉に乗って相手を懐柔しようと試みる。

「まさにそれこそ俺が言いたいことです。スモールウィードさん、あんたのおっしゃるとおり、どっちにしろ、マシュー・バグネットの責任に変わりはありません。で、いいですか、そのことで彼の奥さんはとっても心配なさってる。俺も心配なんです。俺は無鉄砲なろくでなしで、褒美をもらうより罰を食らうようにできてる人間だ。ところが、彼はちゃんとした所帯持ちです。ねえ、スモールウィードさん」騎兵はこうして軍隊風のやり方で取引を進めるうちに、だんだん自信をつけてくる。「俺とあんたはある意味でいい友達だ。とはいえ、友人のバグネットの責任を完全に免除してくれとあんたに頼めないのはわかってます」

「おやおや、いやに遠慮深いんじゃな。あんたはわしに何だって頼めるとも」（今日の老人には鬼のような恐ろしい陽気さがある。）

「で、あんたはそれを断ることができる、でしょ？　あんたじゃなくても、シティのお友達がね？　はっはっはっは！」

「はっはっは！」老人は鸚鵡《おうむ》返しに笑う。彼の口調はとても厳しく、目は妙な緑色を帯びているので、老人を見つめるバグネット氏の態度は普段にも増して重々しくなる。

「結構！」ジョージは快活に言う。「楽しい話し合いができて嬉しいですよ、俺としてはこの取引を愉快に進めたいですからね。友人のバグネットも、俺もここにいます。あんたさえよければ、さっさとけりをつけちまいましょう――いつものやり方でね。で、あんたが彼に我々の取決めを説明してくれりゃ、バグネットも、彼の家族も、うんと気が休まります」

この時、「ああ、ばっかばかしい！　あああ！」と、甲高《かんだか》い声の亡霊がからかうような叫び声を上げる――声を上げたのが陽気なジュディーでなければ。驚いた訪問客たちがあたりを見回した時には、彼女はおとなしくしている。しかし、その顎《あご》は嘲笑と軽蔑を示すため、ついさっき持ち上げられたところである。バグネット氏はますます重苦しい表情になる。

「ジョージさんや、確か、あんた、わしに訊いとったな」ずっとパイプを手にしていた老人は、ここでようやく話し出す。「あの手紙はどういう意味かって？」

「え、ああ、訊きましたよ」騎兵はいつもの無造作な調子で答える。「でも、万事がとどこおりなく愉快に運ぶなら、意味を細かく知りたいとは思いません」

スモールウィード氏はまず騎兵の頭を狙うふりをしてから、パイプを床に投げつけ、木端微塵《こっぱみじん》にする。

「これが手紙の意味じゃ、ジョージさん。わしゃ、あんたを粉々にしてやる。ぼろぼろ、ばらばらの、地獄送りじゃ！」

二人の戦友は立ち上がり、顔を見合わせる。バグネット氏の不安は最高潮に達する。

「地獄行きじゃ！」老人は繰り返す。「これ以上あんたのパイプ煙草や、ふんぞり返った態度につきあう気なんぞないわ。え？　あんた、独り立ちした一人前の兵隊じゃろうが！　わしの弁護士のところに行って（どこか覚えてるじゃろ、前に行ったはずじゃ）、一人前のところを見せたらどうじゃ、え？　さあ、いい機会じゃろ。ジュディー、表のドアを開けて、このえらっそうな奴らを追い出せ！　さっさと行かないようなら、助けを呼べ！　放り出しちまえ！」

スモールウィード氏，友好のパイプを破壊する

老人がものすごい大声を出すものだから、バグネット氏は相棒がショックから立ち直る前に彼の両肩に手を置いて、玄関から外へ連れ出す。勝ち誇ったジュディーは二人が外へ出るや否やドアを閉める。ジョージ氏はすっかり面喰らい、しばらく立ち止まってドア・ノッカーをじっと眺める。バグネット氏は不安のどん底に陥り、まるで歩哨《ほしょう》のように居間の窓の前を行ったり来たりして、通り過ぎるたびに中を覗き込む。明らかに思案にふけっているらしい。

「なあ、マット!」落ち着きを取り戻したジョージ氏は言う。「弁護士にあたってみないと。それにしても、この人でなしをどう思う?」

バグネット氏は立ち止まって最後に一度居間を覗き込んで、頭を部屋の中に向けて振り、「女房がここにいたら、俺はあの野郎に言ってやったんだが!」と答える。この一言で考え事にけりをつけると、彼はジョージと肩を並べ、歩調を揃えて歩き出す。

リンカーンズ・イン・フィールズに来てみると、タルキングホーン氏は来客中で面会はかなわない。弁護士は彼らに会う気など少しもない。二人がたっぷり一時間待った時、主人に呼び鈴で呼ばれた受付の男はそのことを報告するが、彼らに言うことは何もないので待つのはやめるように、というつれない伝言があるのみ。しかし、二人は軍事行動における忍耐力を示して待ち続ける。とうとう、もう一度呼び鈴が鳴り、顧客がタルキングホーン氏の部屋から出てくる。

整った容姿の老女である。チェズニー・ウォルドの女中頭、ラウンスウェル夫人その人だ。この奥まった聖域から出てくる時、夫人は膝を曲げて体をかがめる、きれいな旧式のお辞儀をしてから、そっとドアを閉める。彼女はここではちょっとした特別待遇を受けている。事務室を通って彼女を玄関から外に送り出すために受付の男は腰掛けから下りる。その気遣いに礼を述べる時、老女は待っている二人に気づく。

「すみませんが、あの方たち、兵隊さんじゃなくて？」

受付の男は目で合図してその質問を彼らに差し向ける。ジョージ氏は暖炉の上にある暦をじっと見たまま振り返らないので、バグネット氏が返事を引き受け、「ええ、そうです、元軍人です」と答える。

「やっぱり。間違いないって思いましたわ。あなた方を見ていると胸が熱くなります。兵隊さんを見るといつもそうなるんです。あなた方に神様のお恵みがありますように！年寄りのこんなおしゃべりを許してくださいね。軍隊に入った息子が一人おりまして。男ぶりのいい立派な若者でした。いい子なんですが向こう見ずなもので——母親の私にあの子のことを悪く言う人もいましたわ。お邪魔しました、ごめんくださいませ。神様のお恵みを！」

「あなたにも神様のお恵みを！」バグネット氏は純粋な気持ちでそう答える。

老婦人の真摯な声の調子と、年取った体を震わせるその様子には見る者の心を動かすものがある。しかし、ジョージ氏は暖炉の上の暦に夢中になっており（これから先の日々を指折り数えているのだろうか）、彼女が立ち去ってその後ろでドアが閉まるまで振り返らない。

ようやく彼が暦から目を離して振り向くと、バグネット氏はしわがれた声で囁《ささや》く。「しょげるな、ジョージ！「兵隊さんよ、どうしてそんなに悲しい顔するの？」って、唄にあるだろが。おい、元気を出すんだ！」

受付の男が再びタルキングホーン氏の部屋に行き、二人はまだ待ってますと言うと、「それなら中に通せ！」という氏の苛々した声が聞こえ、彼らは天井に絵が描かれた大きな部屋に入る。氏は暖炉の火の前に立っている。

「で、何の御用かな？　軍曹、こないだ会った時に、ここには来てもらいたくないと言ったはずだが」

この数分のうちにすっかり意気消沈し、いつもの話し方も身のこなしも忘れたような騎兵は、この手紙を受け取ってその件でスモールウィード氏のところに行ったらここへ来るよう言われました、と答える。

「お前に何も言うことなんかない。金は借りたら返さねばならん。返せなければ責任を取る。そんなことを教わりにここに来たわけじゃあるまい?」

残念ながら金の持ち合わせがないのです、と騎兵は言う。

「結構! それなら保証人が――そちらが保証人なら――お前の代わりに支払うだけのことだ」

残念ながらこの保証人も金の持ち合わせがないのです、と騎兵は言う。

「結構! それなら二人して工面するか、でなければ、二人とも訴えられて処罰される。借用した金は返済せねばならん。他人の金をポケットに入れておいて、逃げ出すというわけにはいかん」

弁護士は安楽椅子に腰かけ、火を掻きおこす。大変申し訳ないのですがよろしければ、というジョージ氏の言葉は中断される。

「いいかね、軍曹、私はお前に何も言うことはないんだ。お前がつきあってる連中は気に食わんし、お前にここに来てもらいたくない。この種の用件はうちが通常扱わない、職域外のものだ。スモールウィード氏はこの件をわざわざ当事務所に委託しようとしてくださったのだが、これはうちの専門ではない。クリフォーズ・インのメルキゼデック法律事務所に行くがいい」

「まことに申し訳ありません」ジョージは言う。「歓迎されないのに押しかけてきてしまって。しかし、ここに来るのは、こっちにとっても、あなたにとってとほとんど同じくらい不愉快なことなんです。でも、ほんの少し、二人きりで話をさせていただけませんか?」

タルキングホーン氏はポケットに手を入れて立ち上がり、奥まった窓辺に移動する。「それで? 無駄な時間はないんだ」彼はまったくの無関心を装いながら、鋭い視線を騎兵に投げかけ、自分が光を背にして立ち、相手の顔に光が当たるよう位置を選ぶ。

「その、俺と一緒に来たこの男が、例の不幸な一件に巻き込まれた人物でして——いえ、巻き込まれたといっても名前だけなんですが、ほんとに——で、今ただ一つの心配は、俺のおかげで彼が厄介に巻き込まれないようにって、それだけなんです。彼は妻も子もあるまっとうな人間です。もとは砲兵隊員で——」

「いいかね、砲兵隊なんぞ、私にとってはまったくどうでもいい――砲兵隊の士官だろうが、兵卒だろうが、荷馬車、ワゴン、馬、鉄砲、弾薬だろうが――そんなものはまったくどうでもいいんだ」

「そうでしょうな。ですが、バグネットと彼の家族が俺のせいで傷つくってことが心配なんです。もしも彼らがこの件を無事切り抜けられるなら、先日あなたが欲しいと言っとられた、例のものをお渡しするのもやむを得ないかと」

「それはここにあるのかね？」

「ここに持ってます」

「軍曹」弁護士はいつもの乾いた、熱のない調子で言葉を続ける。これは激烈な口調よりも、はるかに相手にしにくいものの言い方だ。「私がしゃべっているうちに心を決めることだな。これが最後のチャンスだ。しゃべり終わったら、もうそれっきり、二度とこの件について話はしない。それをしっかり頭に入れるんだ。もしもそうしたいなら、お前が今そこに持っているそのものを、二、三日ここに預けていくがいい。それが嫌なら、そのまま持ち去ってもいい。もしここに置いていくなら、こうしよう――私はこの借金をこれまでと同じ状態に復してやる。お前の返済能力が限界に達するまでこのバグネットなる人物は決して迷惑を被らない、つまり、お前の財産が消尽されるまで債権者が彼をわずらわせることはない、と保証する一札を入れよう。これは事実上、バグネット氏を連帯保証人の縛りから解き放つことになる。どうだ、決心したか？」

騎兵は胸元に手を入れ、大きく息を吸い込んで、「やるしかありませんな」と答える。タルキングホーン氏は眼鏡をかけ、腰を下ろして証文を書くと、バグネット氏にゆっくり読んで聞かせ、説明する。バグネット氏はそれまでずっと天井を見上げていたのだが、この新たな言葉のシャワーを浴びると再び禿げ頭に手をあて、自らの気持ちを表現する手段として女房がそこにいないのでひどく戸惑っているように見える。騎兵は胸のポケットから畳んだ紙切れを取り出し、不本意ながら弁護士の肘のそばに置く。「指図が書いてあるだけです。これが受け取った最後の手紙になりました」

ジョージよ、タルキングホーン氏が手紙を開いて読む時に彼の表情が変わるかもしれないと思っているなら、それは碾臼《ひきうす》の表情が変わるのを期待するようなものだ！　弁護士はそれを畳み直し、死神のように無表情に机の引き出しに入れる。

そして、後は何をするでもなく、相変わらず冷たく不躾《ぶしつけ》に一度うなずき、「もう帰っていい。おい、この方たちを玄関まで案内しろ！」と手短に言うだけである。追い払われた二人はバグネット氏の家に行き、夕食をとる。

前回は茹でた豚肉と野菜だったが、今回は手を変えて茹でた牛肉と野菜というメニューである。バグネット夫人は機嫌よく言葉を添えながら前と同じように料理を食卓に並べる。彼女は、何かいいことがあれば、それがさらによくなるかもなどとは思わずに受け入れ、近くにほんの小さな暗闇でもあればそれを照らすために明るくなる、という類い稀な女性である。今日その暗闇はジョージ氏の額にある。彼はいつになく思案顔で、元気がない。最初、夫人は可愛いケベックとマルタの連合軍に元気回復作戦を任せるが、娘たちがジョージおじさんはいつものおじさんじゃないと感じているようなので、目配せしてこの二人組軽歩兵隊の任を解き、ジョージ氏を当家の暖炉という広い野原に散開して行動させようとする。

ところが、ジョージ氏は一向に散開しない。密集隊形をとったまま、ふさぎ込み、悄然としている。夫人がパッテン靴を履いて長々と洗い物をする間、バグネット氏と共にパイプをあてがわれても、彼の様子は食事中と変わらない。パイプをふかすのも忘れ、ぼんやり暖炉の火を見つめて考え事にふけっている。パイプの火も消えてしまい、煙草を楽しんでいないのは明らかなので、バグネット氏の胸は不安と困惑でいっぱいになる。

というわけで、夫人がようやく洗い桶をかたづけてバラ色に上気した顔を見せ、針仕事を始めると、バグネット氏は「おい、お前！」と大きな声を上げ、事の次第を見極めるようウィンクして促す。

「どうしたの、ジョージ！」夫人は針を静かに動かしながら言う。「ほんとに元気がないわね！」

「俺が？　客のくせに愛想が悪い？　いや、まあ、そうかもしれませんね」

「お母さん、おじさんはいつものおじさんらしくないわ！」と可愛いマルタは叫ぶ。

「体の調子がよくないからよ、きっとそうだわ」ケベックがつけたす。

「確かにそりゃいかん、いつものおじさんらしくないってのは。まったく！」騎兵は答え、二人の娘にキスすると、「いや、本当だ」とため息をつく。「そう、子供はいつも正しい！」

「ねえ、ジョージ」夫人は忙しく手を動かしながら言う。「あなた、口うるさい軍人の奥さんが今朝言ったことを気にしてふさぎ込んでるんなら（あんなこと言っちゃって、後から悔やんで舌を噛み切りたくなったわ――いえ、噛み切らなきゃいけなかったって思うくらい）、それならあたしいくら謝っても謝りきれません」

「奥さん、あなたは心優しい人だ！　俺は何とも思ってませんよ」

「ねえ、ジョージ、ほんとのところ、あたしが言ったのは――言いたかったのは――リグナムはあなたに任せました、あなたはちゃんとリグナムのピンチを救ってくれるでしょうってことだったの。で、あなた、ちゃんとそのとおりにしてくれたのよ！」

「ありがとう、奥さん！　そんな風に言っていただいて、嬉しいです」

裁縫仕事を持ったままの夫人の手を親しげに握ると（彼女はジョージの隣に座っていた）、騎兵の注意は彼女の顔に向けられる。針を動かす彼女をしばらくじっと見つめていた後、彼は部屋の隅の腰掛けに座っていたウリッジに目をやり、手招きする。

「いいかい、坊主」ジョージはウリッジの母親の髪の毛をとても優しく撫でながら言う。「これが愛情に満ちたおでこってもんだ！　お前を愛する気持ちでぴかぴか輝いてる。お前のおとっつぁんにくっついてあっちこっち旅してお前の面倒見て、ちょいと日に焼けたり風にあたっちゃいるけどな、木になった熟したリンゴみたいに新鮮でしっかりしてる」

バグネット氏の顔はその鈍重な素材が示し得る限りの許容と認可を表現する。

ジョージは続ける。「時がたてば、お前のおっかさんの髪の毛も白くなるだろうし、額にも皺が寄るだろう。いいお婆さんになるわけだ。その時に、「自分のせいで愛しいおっかさんの髪の毛が一本でも白くなったことはないし、額に一本の皺が増えたこともない」って思えるように、小さいうちから心がけとくこった。大人になったらいろいろ考えることはあるがな、ウリッジ、その思いが一番大事なんだぞ！」

ジョージ氏はそう言うと椅子から立ち上がり、ウリッジを自分が空けた場所、母親の隣に座らせ、ちょっくら外に出てパイプを一服やります、と少々慌て気味に言う。

第三十五章　エスターの物語

わたしは何週間か病の床にふせっていました。ふだんのくらしはとおいむかしのおもいでのようになってしまいました。これは時間のせいではなく、病室でなすすべもなくじっとして、習慣がすっかりかわってしまったからでした。部屋にこもって何日もしないうちに、ほかのなにもかもがとおざかり、何年もはなれているはずの人生のさまざまなできごとのあいだにほとんどへだたりがなくなったようにおもえました。病気になってからは、むかしの経験のすべてはかなたにあってごちゃまぜになってしまい、まるでそれらをすこやかな岸べにのこして、くらい湖をわたってきたような気がしました。

家政をつかさどる役目をはたせないのかとおもうと、さいしょはとても不安になりましたが、その不安はすぐにグリーンリーフでのおおむかしのつとめや、ちいさな影をしたがえ脇にかばんをかかえて学校から代母の家にかえってきた夏の午後とおなじくらいとおいものとなりました。人生がどれだけみじかいか、心のなかでそれがどれだけちいさいものになってしまうのか、わたしはこのときはじめて知りました。

病気がとてもおもかったあいだは、こうして時間の感覚がこんがらがって、ひどくなやまされました。わたしは子どもであり、むすめであり、しあわせだった「小母《おば》さん」でもあり、それぞれの年ごろのなやみごとやしんぱいごとのおもみがのしかかってきて、なんとかそれを解決しようと苦心しつづけました。こんな状態におちいったおぼえのないひとには、わたしのいっていることも、どれだけつらい不安がそこから生まれるかも、まずわからないでしょう。

ですから、こんなことを書くのは気おくれしてしまうのですが、病がそうしたほど合いにあったとき――ながい一晩におもえましたけれども、何昼夜かにおよんだのでしょう――わたしはじぶんがものすごくおおきな階段を懸命にのぼってなんとかうえにたどりつこうとしている夢をみました。ところが、庭の小道で虫がそうなるのをみたことがありますが、じゃまものにぶつかってひっくりかえり、またのぼりなおさねばならないのでした。自分がベッドにねているということは、ときおりはっきりと、ほとんどのあいだはぼんやりと意識していました。チャーリーと話をし、手にふれて、彼女がそこにいるのはちゃんとわかりました。でも、「ああ、またあのながい、ながい階段よ、チャーリー。まだまだ、ずっと空までつづいてるわ!」とつぶやいてはまたのぼりはじめるのです。

もっとつらいときがありました。ためらわれますがあえてもうしますと、どこかまっくらなひろい場所に、もえあがるネックレスのようなものがあって——これはおおきな輪か、まるくつらなっている星なのかもしれません——とにかくわたしがその珠の一つなのでした! そのおそろしい輪につながっていると、いいようもないくらい痛くてくるしかったので、わたしはただひたすら、どうぞそこから切りはなしてください、とそれだけをねがいました。

おそらく、こうした病の経験の話は退屈で、わかりにくいでしょう。それでもあのときのことを書きしるすのは、いまならおもいだしてもちっともつらくないとか、ほかのひとにもつらい気もちを味わわせたいとかいう理由からではありません。こういったふしぎなくるしみについてよりおおくを知れば、その痛みをかるくする方法がみつかりやすくなるとおもうからです。

さて、そのくるしみのあとにはやすらぎと、ながいうれしいねむりと、しあわせな休息がつづきました。おちつきはらって、じぶんの身はどうでもよくなり、死にかかっているときかされても(そんなことがあったような気がします)、あとにのこるひとたちへのあわれみと愛情しか感じられない——そういう心境はもっとたくさんのひとにわかってもらえるでしょう。こんな状態にあったとき、光がふたたびちらっとさしこんでくるのを感じ、おもわず身をすくめ、とうていことばではあらわしきれない至上のよろこびをもって、また目がみえるようになったと知ったのでした。

昼となく夜となくエイダが戸口で泣いているのがきこえていました。あなた、わたしを愛してはいないのねという声、おいのりをあげる声、ベッドのそばでずっとあなたを看病させてという声がきこえました。でも、しゃべれるようになったとき、わたしは、「だめよ、エイダ、ぜったいに!」とだけこたえて、チャーリーに何度もくりかえして、わたしのいのちがどうなろうが、だいすきなエイダをけっして部屋にいれないようもうしつけました。この大事なときに、チャーリーはよくいうことをきいて、ちいさな手とおおきな真心でしっかり戸口をまもってくれました。

視力がだんだんもどり、かがやかしい光が日一日としっかりあかるく感じられ、だいすきなエイダが毎朝毎晩書いてくれる手紙を読めるようになりました。その手紙を唇にあてたり、頬をそのうえにのせても彼女に害をあたえるおそれはありません。とても心やさしく注意ぶかいわたしのメイドが二つの部屋をうごきまわって、なにもかもきちんとかたづけ、ふたたびあけられた窓からエイダと陽気に話をしているのがみえました。家のなかはしずかで、いつも親切にしてくださったかたたちみんなの心づかいがよくわかりました。この至福のなかで、わたしはおもいきり泣くことができ、からだはよわっていても、元気なときとおなじくらいしあわせになれました。

体力は徐々に回復してきました。じぶんにほどこされる治療を、まるでわたしがそっとあわれんでいるだれかほかのひとにかかわることのように、みょうにおちつきはらってみつめながらよこになっているのではなく、その治療にすこし、またすこしと、だんだん手助けをして、ようやくわたしはじぶんのために役立つようになり、生きることに興味とこだわりをもつようになりました。

はじめて腰に枕をあててベッドにおきあがり、チャーリーとお茶をのんだたのしい午後のことはいまでもとてもよくおぼえています！　かわいいあの子はきっと病にかかったものやからだのよわいものをたすけるために世に生まれたのでしょう、とてもしあわせそうに、いそがしくうごきまわり、お茶の準備のあいだに立ちどまってはわたしの胸に頭をのせ、わたしのからだをなでて、うれしなみだをながしながら、よかった！　よかった！　とくりかえすのでした。ですから、わたしは、「チャーリー、あなたがそんなに興奮してたら、わたしはまたねこまないといけないわ。まだおもったより力がでないのよ！」といわざるをえませんでした。すると、チャーリーはとてもしずかになり、あかるい顔をしてあっちへいったりこっちへいったり、二つの部屋を往復し、かげのなかからかがやく日なたへ、日なたからかげのなかへと移動して、わたしはそれをのんびりながめていました。エイダが階下《した》で愛情をこめてきれいにととのえてくれたかわいいティー・テーブルとおいしそうなちいさなお菓子、それから白いクロスとお花がベッドのよこにおかれてすべての準備がすむと、しばらくまえからかんがえていたことをチャーリーにいうだけの元気があるとはっきり感じました。

まず、部屋のことでチャーリーをほめました。ほんとうに、とても風とおしがよくすがすがしく、ちり一つなくかたづいて、わたしがながいあいだここにねていたとはおもえませんでした。これはチャーリーをよろこばせ、彼女の顔はまえにもましてあかるくなりました。

「でも、チャーリー」わたしはあたりをみまわしました。「いつもあるはずのものがなにかないような気がするわ」

かわいそうなチャーリーもあたりをみまわし、なにもなくなっているものはない、というように頭をふってみせました。

「絵はぜんぶまえとおなじだけある？」

「はい、ぜんぶあります」

「家具は？」

「部屋をひろくするためにうごかしたもののほかは、ぜんぶあります」

「そうかしら、でも、いつもあるものがないわ。ああ、わかった、チャーリー！　鏡よ」

チャーリーは立ちあがってテーブルからはなれ、なにかわすれものをしたようなかっこうでとなりの部屋にいきました。泣きごえがそこからきこえました。

このことについてはまえからしばしばかんがえていたのです。もうまちがいありませんでした。わたしはつよいショックをうけなかったことを神さまに感謝いたしました。

チャーリーをよびもどし、彼女がやってきたとき――はじめは笑みをうかべようとしていましたが、ちかづくにつれてまじめな表情になりました――わたしは彼女をだいて、

「いいのよ、チャーリー。もとどおりの顔じゃなくてもだいじょうぶだから」といいました。

ほどなく肘かけ椅子にすわれるほど回復し、チャーリーによりかかってふらふらとではあっても、となりの部屋にいけるようにさえなりました。その部屋でも鏡はいつもの場所からなくなっていました。といっても、そのぶんつらいおもいをしたというわけではありません。

ジャーンダイスさまはずっとわたしにあいたがっておられました。お目にかかるしあわせをいつまでもこばみつづける理由はありませんでした。ある朝、はじめておいでになったときは、わたしをだいて、「ああ、だいじな、だいじなエスター！」とおっしゃると、感きわまってしまわれました。あのおかたのお心に愛情と寛大さが泉のようになみなみとわきでていることはずっとまえからぞんじておりました――だれよりもよくぞんじておりました！そのお心のなかにじぶんがしめる場所をいただけるなら、それはわたしのとるにたらないくるしみや身のうえの十分なみかえりではなかったでしょうか？「ええ、そうよ！」わたしは心のなかでいいました。「あのおかたはわたしのすがたをごらんになって、まえ以上にすいてくださっている。なにを残念におもうことがあるでしょう！」

　ジャーンダイスさまはそばのソファーに腰かけられ、わたしを腕でささえてくださいました。はじめはお顔を手でかくしておられましたが、すこしのあいだだけでおやめになり、いつものようにふるまわれました。あのおかたのふだんのごようすほどしたしみあふれるものごしはけっして、けっしてないでしょう。

「やあ、エスター、とてもつらい日々だったね。でもそのあいだ、ほんとに頑固だったよ、うちの小母さんは！」

「ああするのが一番だとおもいましたから」

「一番？」あのおかたはやさしくおっしゃいました。「もちろん一番さ。しかしね、おかげでエイダとわたしはまったくみじめでさびしかった。きみのともだちのキャディーは朝はやくか夜おそくにきてはまたかえっていくし、屋敷のものはみんなほんとに気おちしてしょんぼりしてるし、かわいそうにリックですらきみのことがしんぱいで手紙を書いてきた――わたしにだよ！」

　キャディーについてはエイダからの手紙で知っていましたが、リチャードのことは初耳でしたので、ジャーンダイスさまにそのとおりもうしあげました。

「ああ、そうなんだ。エイダにいわないほうがいいとおもったからね」

「『わたしに』って、まるで、リチャードがうしろみさまに手紙を書くのがふしぎなようなおっしゃりかた。ほかにもっといい文通相手がいるみたいではありませんか！」わたしはあのおかたのつかわれたことばを強調しました。

「彼はそうおもってるさ。しかも、たくさんいるとおもってる。まあ、しかたがないんで、わたしに書いてきたんだ。きみに書いたって返事はまずもらえないしね。傲慢で、つめたい、よそよそしい、腹を立てた手紙だ。ねえ、小母さん、われわれは大目にみてやらないといけない。彼がわるいんじゃない。ジャーンダイス対ジャーンダイスの訴訟が彼をねじまげてしまった。おかげでわたしをみょうな目でみるようになったんだ。あの訴訟がひどいことをするのを、もっとひどいことをするのを、何度もみたよ。訴訟の双方に天使が一人ずつかかわってたとしたら、その天使だって性格がかわっちまうだろうね」

「でも、うしろみさまをかえることはできませんでしたわ」

「いや、かえたとも」あのおかたはわらいながらおっしゃいました。「何度南風が東風になったかわからんよ。リックはわたしを信用せずに色眼鏡でみて、弁護士のところにいけば、わたしを信用してはいけない、うたがいなさいとおしえられる。わたしと彼は利害が対立するとか、わたしの主張は彼の主張とあいいれないとか、きかされる。不幸にもわたしの名を冠した、このやまとつまれた阿法三昧からのがれられるなら、すぐにでもそうしたい(だが、じっさいは無理なんだ)。じぶんのもともとの権利を放棄してそのつみあがったやまを平らにすることができればすぐにでもそうしたい(しかし、これも無理なんだ、ここまできたらもう人間の力ではどうしようもない)。大法官裁判所という車輪に身も心もくだかれて死んだ訴人たちが請求できないまま財務大臣の手にのこしたお金ときたら、これを鋳造しなおしたら大法官裁判所のとんでもない悪行を記念するピラミッドができるぐらいの額にのぼるんだがね、それをぜんぶもらうよりも、かわいそうなリックの性格をもとどおりにしてやりたいよ」

「リチャードがうしろみさまをうたがうなどということがあるでしょうか?」わたしはおどろいておたずねしました。

「ああ、エスター、この種のかげぐちがもっている陰険な毒がこういう病気を生むんだ。リチャードの血は毒におかされて、彼がみるものは自然な色をうしなう。彼がわるいんじゃない」

「でも、それはひどい不幸ですわ」

「ジャーンダイス訴訟の魔力の圏内にひっぱりこまれるのはひどい不幸だよ、小母さん。あれほどつよい力はない。すこしずつ、すこしずつ、彼はあの腐った葦《あし》にすがるようしむけられる。しかも、おかげで彼のまわりのものはみんないくらか腐っちまうんだ。だがね、もう一度、本心からいうんだが、われわれはかわいそうなリックに同情すべきであって、彼をせめちゃいかん。似たような、みずみずしいりっぱな心がおなじようにむしばまれるのをこれまで何度もみたからね！」

ジャーンダイスさまのなさけぶかい、私心のないお気もちがほとんど実をむすばないことにたいして、おどろきとくやしさをうちあけないではいられませんでした。

するど、「いわないでおこうよ、ダーデンおばさん」と陽気なおこたえがかえってきました。「そのほうがエイダはしあわせだろう、それはおおきなことだ。あのわかい二人とは、猜疑心にみちた敵どうしではなく、ともだちになれるとおもっていたし、われわれは訴訟の魔力に対抗してうちまかすだけの力をもっているともおもっていた。だが、あまかったね。ジャーンダイス対ジャーンダイスはリックのゆりかごをくらくおおうカーテンだった」

「でも、すこし経験をつめば、リチャードがあの訴訟はつまらないまやかしものだとまなぶことは期待できないでしょうか？」

「ああ、ぜひ期待しよう、エスター。手おくれにならないうちにまなんでほしいものだ。いずれにせよ、われわれは彼をあまりきびしくさばいてはいかん。いまの世のなかに生きているりっぱな一人前のおとなが、しかも善良な人間が、あの法廷に訴人としてなげこまれたら、たいていのものは三年、いや二年、いや一年もしないうちにすっかりひとがかわって堕落してしまうだろう。ならば、リックの変貌ぶりもおどろくにあたるまい。彼のように不幸な若者は」ジャーンダイスさまはかんがえごとをそのまま口にしているような感じで、声をおとされました。「大法官裁判所がじっさいどんなところか、にわかに信じられない（だれにそんなことができるだろう？）興奮して発作的に、裁判所がじぶんのためになにかしてくれる、なにかのとりきめをしてくれると期待してたら、裁判所はことをぐずぐずとさきのばしにし、若者を失望させ、なやませ、くるしめる。若者の楽観的な希望と忍耐はすこしずつすりへらされる。しかし、それでもまだ裁判所にすがりつき、期待をもちつづけ、世のなかはすべて信用のおけないみせかけのものだとかんがえる。いやはや！　もうこの話はよそう！」

ジャーンダイスさまは、はじめからずっと、このときまでわたしのからだをささえていてくださいました。あのおかたのやさしさはほんとうにありがたいものでした。わたしはジャーンダイスさまのお肩に頭をのせて、父親にたいしていだくような愛情を感じました。元気になったらリチャードにあってなんとかして彼のかんがえかたをただそう――この会話の切れめに、そう決心しました。

「だいじなエスターの回復というよろこばしいおりにもっとふさわしい話題はいっぱいある。じつは、いの一番にきりだすようたのまれたことなんだが、エイダはいつここにくればいいのかね？」

わたしもそれはずっとかんがえていました。鏡がみあたらないこととのかかわりですこし――いえ、ずっとかんがえていたわけではありません。愛情ふかいエイダの気もちはわたしの外見がかわったからといってかわりはしないと知っていましたから。

「ジャーンダイスさま、わたしはとてもながいあいだエイダとあわないできました。彼女はほんとに、ほんとに、わたしにとっては光のような……」

「わかってる、よくわかってるよ、ダーデンおばさん」

ジャーンダイスさまはほんとうにやさしいおかたで、そっとふれてくださるお手からはあたたかい同情と愛情がつたわってきましたし、お声をきくとほっとしました。わたしはしばらく口がきけなくなって、話をつづけられませんでした。するとあのおかたは「ああ、きみはつかれているんだ。すこしやすみなさい」とおっしゃいました。

すこし間《ま》をおいてから、わたしはいいなおしました。「せっかく、とてもながいあいだエイダとあわないできたことですし、もうすこし勝手をさせていただきとうございます。ここからはなれたところでエイダにあいたいのです。うごけるようになったらすぐ、チャーリーと二人で田舎に部屋をかりて、おいしい空気をすいながら力をとりもどし、エイダにあえるのをたのしみに一週間そこで回復をはかる——わたしたちにはそれがいいのではないでしょうか」

あいたくてしかたなかっただいすきなエイダの目にふれるまえに、かわりはてたすがたにすこし慣れておきたいとのぞんだのは、なさけないわたしがよわかったからではないとおもいます。でも、とにかく、わたしはそうのぞんだのでした。まちがいなく、ジャーンダイスさまはわかってくださいました。その点に不安はありませんでした。たとえよわかったからにしても、あのおかたは大目にみてくださるとわたしは知っておりました。

「うちの小母さんはあまやかされてるから、意地をはればなんでもまかりとおってしまうね。だけど、これでまた階下《した》でなみだの洪水がおこる。わたしにはわかるよ。それと、いいかい！　騎士道精神の権化ボイソーンが、およそ紙に書かれた誓いとしては史上最高に激烈なちょうしで、じぶんはわざわざよそにうつったから、きみがでかけていって屋敷を占拠しなかったら、天地神明にかけて、屋敷をれんが一つのこさずばらばらにこわしてしまうといってるよ！」

ジャーンダイスさまはわたしの手に手紙をわたされました。「親愛なるジャーンダイス」とかいったおきまりのあいさつもなしに、それはいきなりこうはじまっていました。「今日の午後一時をもってサマソンさんのために家をあける。もし彼女がやってきてうちの屋敷におさまってくれないなら」――そして、このうえない真剣さと熱烈なことばでもって、ジャーンダイスさまが引用されたおどろくべき決意があきらかにされているのでした。わたしたちはこのお手紙を読んでたのしくわらいましたが、それはおたよりをくださったあのかたへの感謝の気もちを減じるものではありませんでした。相談の結果、翌日ボイソーンさんに礼状をしたため、おことばにあまえることになりました。これはとてもうれしいおさそいでした。というのも、かんがえつくなかで、一番いきたかったところがチェズニー・ウォルドだったからです。

「さて、家政婦の小母さんや」ジャーンダイスさまは時計をみながらおっしゃいました。「ここにあがってくるまえにきっちり時間をきめられていてね。まだ回復したばかりだから、きみをあまりつかれさせてはいかん。もうほとんど時間ぎれだ。あと一つだけおねがいがある。フライトさんがきみの病気のうわさをきいて、容体をたずねるために、はるばるここまであるいてきたんだよ――三十キロも、ダンス靴をはいてね、かわいそうに。神さまのおぼしめしでわれわれがここにいたからよかったものの、でなかったら彼女はまたあるいてもどっただろう」

　これは、わたしをしあわせにしてやろうという、いつものうれしいはかりごとでした！　みんながそれに加担しているみたいにおもえました！

「ねえ、エスター、きみがなんとかしないとつぶされる運命にあるボイソーンの屋敷を破滅からすくうまえに、いつか午後にでもあの罪のないかわいいおばあさんをまねいてやったらどうだろうね、きみがめんどうでなけりゃだが。そうすれば、ジャーンダイスなんていうありがたいなまえがついているこのわたしが一生かかってもできないほど、きみは彼女を鼻高々でおおよろこびさせることができるよ」

あの気のふれたかわいそうなひとの素朴なすがたには、そのときのわたしの心にやさしいおしえのようにひびくなにかがあると、ジャーンダイスさまはまちがいなく知っておられたのです。あのおかたがこの話をなさったとき、わたしはそう感じました。フライトさんの訪問をどれだけよろこんでうけいれたいか、とてもじゅうぶんにはいえませんでした。いつもあのひとをあわれにおもっていましたが、そのおもいがこれほどつよかったことはありません。不幸にくるしむ老婦人をなぐさめるささやかな力がわたしにあるのはいつもうれしかったのですが、このときほどそれをうれしくおもったことはけっして、けっしてありませんでした。

フライトさんが馬車できてはやい夕食をいっしょにするだんどりをきめて、ジャーンダイスさまはでていかれました。わたしは長椅子にすわったままうつむいて、これだけめぐまれた環境にありながらわずかな試練をへただけでそれをおおげさにかんがえてしまったとしたら、どうぞおゆるしくださいと神さまにいのりました。しっかりはたらき、不平をいわず、ひとに親切にふるまい、善行をほどこし、なろうことならだれかに愛されたいとのぞんだむかしの誕生日の子どもっぽいおいのりが、もったいなくもこのわたしがあれからあと味わうことのできたしあわせと、親切にしてくださったひとたちのあたたかいお心といっしょにおもいだされました。ここでしっかりしなかったら、せっかくかけていただいたなさけがむだになってしまう、そうおもって子ども時代のおいのりをそのまま子どもっぽいことばでくりかえしてみると、むかしとおなじやすらぎがまた感じられたのでした。

それからジャーンダイスさまは毎日おみまいにきてくださいました。一週間ほどすると、部屋をあるきまわったり、窓のカーテンのうしろからエイダとながいおしゃべりができるようになりました。でも、あうことはしませんでした。わたしだけ彼女をみて彼女がこちらをみないでいればよかったのでしょうが、ともかく、彼女の顔をみる勇気はまだなかったのです。

フライトさんは約束した日にやってこられました。いつもの威厳もどこへやら、かけこんでくるなり「ああ、だいじなフィッツジャーンダイス！」と心のそこから声をあげ、わたしの首にだきつき、二十回もキスしてくださいました。

フライトさんはハンドバッグに手をいれると、「おやまあ！　ここには書類しかありませんわ。すみませんけど、ハンカチをかしてくださいな」とおっしゃいました。

チャーリーがわたしたハンカチを、あわれな老婦人はしっかり活用なさいました。それを両手で目にあてて十分間泣きつづけられたのですから。

「うれしいからですよ、つらいからじゃありません」フライトさんはわざわざ説明してくださいました。「あなたが元気になったのをみてうれしいの。部屋にいれてもらってこうしてあえるのがうれしいんです。あたくし、大法官閣下よりもあなたのほうがよっぽどすき。大法官裁判所にはちゃんと出廷してますけどね。ところで、ハンカチといえば……」

フライトさんはチャーリーのほうをみておられました。彼女は馬車の駅まで客人をむかえにでてくれたのでした。チャーリーはちらっとこちらに目をやり、老婦人のことばに応じたくないようすでした。

「ほんっとうにごもっとも！　ほんっとうにそのとおり。そうですとも！　口にしたあたくしが軽率でした。でもね、ここだけの話ですよ、信じられないでしょうけど、ときどき——そう、少々おつむがおるすになりますの」フライトさんは手を額にもっていかれました。「それ以上はべつにどうということはないんです」

「なにをおっしゃろうとなさったの？」あのひとがさきをつづけたがっておられるのはわかっていましたから、わたしはほほえんでいいました。「好奇心が刺激されましたから、話をつづけていただきたいわ」

フライトさんはこの重大な局面にあたってチャーリーの助言をもとめ、彼女が「では、どうぞ、おっしゃって」というと、おおよろこびなさいました。

「とってもかしこいかたね、このわかいおともだちは」フライトさんは独特のなぞめいた口調でおっしゃいました。「小柄だけど、ほんっとうにかしこい！　そう、これはちょっといい話なの。それだけ。でも、すてきな話です。馬車からおりたら、だれがあたくしたちのあとをついてきたとおもいます？　とても無粋な帽子をかぶったみすぼらしいひとで――」

「あの、すみません、ジェニーのことです」とチャーリーはいいました。

「そのとおりです！」フライトさんはとても慇懃《いんぎん》におみとめになりました。「ジェニー。そーう！　で、そのジェニーがこのわかいおともだちにいうんですよ、ヴェールで顔をかくしたご婦人が小屋にやってきて、あたくしのだいじなフィッツジャーンダイスの容体をたずねて、おもいでにハンカチをもっていったとか。フィッツジャーンダイスのものだからっていう、それだけの理由でですよ！　どうです、とってもすてきなことなさるじゃありませんか、このヴェールのご婦人は！」

わたしが少々おどろいてチャーリーのほうをみますと、彼女はこうこたえました。

「あの、すみません、あかちゃんが死んだあと、お嬢さまがハンカチをあそこにおいていかれたのを、あかちゃんのものといっしょにしまっておいたって、ジェニーはいってました。たぶんそれがお嬢さまのもので、あかちゃんにかぶせてあったからそうしたんでしょう」

「小柄だけど、とーってもかしこい！　はっきりした説明ですこと！　あたくしがいままできいたどんな弁護士の説明よりもはっきりしてますわ！」フライトさんは額のあたりをさまざまなうごきでさししめし、チャーリーの頭のよさを表現しようとしながら、そうささやかれました。

「ええ、チャーリー、そのことはおぼえてるわ。それで？」

「はい、お嬢さま。ハンカチをその女のひとがもってったんです。ジェニーは、じぶんがどれだけ大金をつまれてもハンカチをうりとばしたりするような人間じゃないってことを、お嬢さまに知っておいてほしいって。でも、そのひとはハンカチをさっともっていって、かわりにお金をおいていったんです。あの、すみません、ジェニーがぜんぜん知らないひとだったそうです」

「まあ、いったいだれかしら?」わたしはたずねました。

「いいこと」フライトさんは唇をわたしの耳にちかづけて、ひどくなぞめいた顔つきでおっしゃいました。「あたくしのかんがえでは――小柄なおともだちにはないしょですよ――このご婦人は大法官閣下のおくさまです。閣下は結婚なさってます。おくさまのせいでひどい苦労をしておられましてね。閣下が宝石屋のはらいをしないとおっしゃると、裁判の書類を火にくべてしまうのですよ!」

そのときはこのひとについてふかくかんがえませんでした。というのも、もしかしたらキャディーではないかという気がしたからです。それに、わたしの注意はもっぱら客人にむけられていました。フライトさんは馬車旅行のあとでからだが冷えて、おなかをすかしておられるようでした。食事がはこばれてくると、あのひとが紙づつみにいれて持参なさったあわれなふるいスカーフと、つかいふるして何度も修繕した手袋を満足のいくよう身につける手つだいをしてあげねばなりませんでした。しかもわたしは、魚、ローストした鶏、子牛の膵臓《すいぞう》、野菜、プディング、マデイラワインからなる晩餐の主人役もつとめなければなりませんでした。そして、フライトさんがうれしそうにふるまい、厳粛な儀式のように食事をされるのをみるのはたのしかったので、すぐにほかのことはわすれてしまったのです。

食事がおわると、デザートがすこしばかりわたしたちのまえにならべられました。これはエイダの手でととのえられたもので、彼女はわたしのために用意されるすべてのものを監督し、そのしごとをだれにもゆずりませんでした。フライトさんはとてもしあわせそうでたくさんおしゃべりをなさいました。いつもごじぶんのことについてはよろこんで話されたので、わたしはあのひとのおいたちに話題をもっていこうとおもいました。そして、手はじめに「大法官閣下の法廷にはもう長年でておられるのですね?」といってみました。

「ええ、もう、ながい、ながいあいだずっと。でも、あたくしは判決をまってます。あとすこしのしんぼう」

フライトさんの期待のうちには不安のかげも感じられましたので、この話題をえらんでよかったのか自信がなくなり、もうそれ以上はいわないでおこうとおもいました。

「父は判決をまってました。兄も。姉も。みんな判決をまってました。あたくしがまってるのとおなじ判決を」

「ご家族はみんな……」

「ええ、もちろん死にました」

フライトさんはその話題をつづけたいごようすでしたから、これをさけるよりも、正面からとりあげてなんとか力になってあげるのが一番いいとわたしはかんがえました。

「この判決にはもう期待しないのがかしこいのではありませんか?」

「まあ、あなた」あのひとはすぐにおこたえになりました。「そりゃ、そうにきまってますわ!」

「法廷にいくのもやめて?」

「ええ、もちろんです。きやしないものをずーっとまってるのはとてもくたびれますのよ。ほんとに、骨の髄まですりきれますこと!」

フライトさんはすこしだけ腕をみせてくださいました。ひどくほそい腕でした。

「でもね」といつものなぞめいた口調でつづけられました。「あの場所にはひとを吸いよせるおそろしい力があります。しーっ! あの小柄なおともだちがかえってきてもいっちゃいけませんよ。あのひと、こわがるかもしれません。こわがってあたりまえ。ひとを吸いよせる残酷な力ですから。あそこからはにげられないの。判決はまたなくちゃならないんです」

わたしは、そんなことはないと説得しようとしました。フライトさんは笑みをうかべてしんぼうづよくきいてはいたものの、こたえはちゃんと用意しておられました。

「はい、はい、はい！　あたくしのおつむがときどき少々おるすになるので、あなた、そうおもうんですね。ほんっとうにばかげてますでしょ、おつむがおるすになるなんて。ほんっとうにややこしいんですの。あたくしのおつむにとっては。そうおもいます。でも、あそこに長年いってて、わかりました。テーブルにおいてある大法官の職杖《しょくじょう》と玉璽《ぎょくじ》なんです」

それがどういう力をもっているのですか、とわたしはおだやかにたずねてみました。

「吸いよせるのよ。人間を吸いよせるんです。やすらかな気もちや、分別や、きれいな顔や、きれいな心を吸いあげてしまうの。夜の休息も吸いとられていくのを感じました。あのきらきら光る、つめたい悪魔どもに！」

これほど陰気な話をして、おそろしい秘密をうちあけたけれども、じぶんをこわがらなくてもいいのよとつたえたかったのでしょうか、フライトさんはわたしの腕を何度もかるくたたき、機嫌よくうなずかれました。

「いいこと、あたくしの場合、どんなだったか話してあげましょう。職杖と玉璽に吸いよせられるまでは――あれを目にするまでは――あたくしはなにをしてたでしょう？　タンバリンをたたいてた？　いいえ、タンブール〔円形の刺繍枠〕をつかってたんですよ。姉といっしょにタンブールで刺繍しごとをしてました。父と兄は大工でした。あたくしたちはいっしょに住んで、世間さまにぜーんぜんはずかしくないくらしをしてたんです！　でも、はじめに父が吸いよせられました――ゆっくりと。父といっしょに家全体が吸いよせられました。数年のうちに、父は破産してあらっぽく、不機嫌で、おこりん坊になりました。だれにやさしいことばをかけるでもない、だれをやさしくみつめることもないひとになったんです。もとはそんなんじゃなかったんですよ。それから、父は債務者監獄へ吸いよせられていって、そこで死にました。そのあと、兄がゆっくりとアル中地獄に吸いこまれました。そして貧乏生活で、一巻のおわり。つぎは姉の番。しーっ！　どうなったかはきかないで！　つづいてあたくしが病気になりましてね、悲惨な目にあいました。これはみんな大法官裁判所のしわざだときききました。おなじことはまえにもよく耳にしました。病気がなおると、その怪物をみにいきました。怪物の正体はわかったものの、吸いこまれてはなれられなくなったんです」

　ショックはいまだ生々しいのか、フライトさんはひくい、おさえつけたような声でこのみじかい話をしてくださいました。そして、話しおえると、じょじょにいつもの愛すべきものものしさをとりもどされました。

「あたくしのいうことをぜんぶ信じてはいませんね！　まあ、いいでしょう！　いつか信じるときがきます。かんがえが少々まとまらなくても、あたくし、観察力はあるんです。この何年ものあいだ、たくさんの新顔が、なんのうたがいもなしに、職杖と玉璽の魔力にひきよせられてくるのをみてきました。父や、兄や、姉や、あたくしとおなじように。おしゃべりケンジたちがその連中に「こちらがフライトさん。あんたらは新顔だな。さあ、こっちにきてぜひフライトさんにあっておきなさい」という声がきこえます。ほんっとうにありがとう、おあいできて光栄ですわ、ってこたえるとみんなでわらうんです。でもね、なにがおこるか、あたくしにはわかるんです。吸いよせる力がはたらきはじめると、当の本人よりもよっぽどよくそれがわかります。しるしを知ってるんですよ。魔力がグリドリーにいつとりついたかも、ちゃんとわかりました。いつおわったかも。ねえ、フィッツジャーンダイス」とまた小声になって、「そのしるしがジャーンダイス訴訟の被後見人にあらわれているのをみましたよ。だれかがあのひとをつれもどしてあげないと。でないと、あのひと、吸いこまれて破滅してしまいます」

フライトさんはしばらくだまってこちらをみつめておられました。その表情はだんだんゆるんで笑顔にかわりました。陰気になりすぎたとおもったのか、話の道すじをみうしなったようでもありましたが、ワインをすすりながらていねいな口調でこういわれました。「ええ、そう、判決をまってます。あとすこしのしんぼう。判決がでたら鳥をはなしてやって、財産を分与いたします」

リチャードについてのフライトさんのことばは胸にこたえました。そのかなしい意味あいも痛切に感じられました。それは、かなしいことにあのひとのあわれなやせほそったからだに明瞭にあらわれていましたから、とりとめない話しぶりにもかかわらず、よく理解できたのです。ところが、あのひとはしあわせにもふたたび悦にいって、しきりにうなずいてはにこにこと微笑んでおられました。

「それはそうと、あなた」フライトさんはほがらかに手をのばしてわたしの手のうえにおかれました。「まだあたくしのお医者さんのことでおいわいをいってくださってませんわね。まだ一度も！」

これには、おっしゃる意味がわかりませんが、とこたえるよりありませんでした。

「あたくしのお医者さん、ウッドコートさんですよ。それはそれは親切にめんどうみてくださったせんせい。診察代は無料、審判がくだるまでね。つまり、職杖と玉璽の魔力からときはなってくれる、あの審判ですよ」

「ウッドコートさんは、いまは、うんととおいところにいらっしゃいます。おいわいうんぬんはもうむかしのことでしょう」

「いいえ、あなた、もしかしてごぞんじない？」

「ええ、なにも知りませんけれど」

「みんながうわさしてることですよ！」

「でも、知らないんです。わたしがどれだけのあいだここでねたきりになっていたか、おわすれのようですね」

「あら、そうですわ！　ほんと、一瞬――いえ、あたくしがまちがってました。頭に入っていたことも、ほかのものといっしょに、さっきからいってる場所に吸いとられちゃったんです。ほんっとうにつよい力でしょ？　そのですね、あなた、東インドの海でおそろしい船の事故があったんですよ」

「ウッドコートさんの船が事故に！」

「しんぱいなさらないで。せんせいは無事ですから。悲惨な光景をおもいうかべてください。ありとあらゆる死にざま、何百という死人や瀕死のひとたち、火に嵐に暗闇、岩にうちあげられたたくさんのおぼれたひと。そのなかで、あたくしのせんせいは大活躍したんですよ。はじめからしまいまで沈着で勇敢。喉《のど》がかわいたとか、おなかがへったとか、一言もいわずにたくさんのひとのいのちをすくいました。じぶんの余分の服ではだかのひとたちをくるみ、先頭に立って、どんなふうにしたらいいか手本をみせて、みんなをひっぱり、病人の手あてをして、死人をうめ、かろうじていきのこったひとたちはついに無事救出！　かわいそうにやせほそったみんなはせんせいをほとんど神さまのようにあがめたんです。上陸したらせんせいの足もとにひれふして感謝しました。国じゅうがそのことでもちきり。ちょっとまって！　書類いれのふくろはどこかしら？　そこに入ってるの。お読みになって、お読みになってくださいな！」

そうおっしゃるものですから、わたしはそのあっぱれな物語の一部始終を読ませていただきました――とてもゆっくりと、しかも不十分にではありましたが。というのも、目がかすんで字が読めなかったのです。なみだがたくさんでて、フライトさんが新聞からきりとったながい記事を何度も中断せねばなりませんでした。こんなに勇敢でなさけぶかいふるまいをしたひとをお知りあいにもてて、ほこらしい気がしました。あのかたが名をあげられたことによろこびを感じて頬があからみました。あのかたの偉業をあがめ、愛《いっく》しみました。嵐にうたれたあと、あのかたの足もとにひれふしていのちの恩人への感謝をささげたひとたちがうらやましくおもわれました。ほんとうにいさましくすばらしいあのかたに、うれしさのあまりわたしもとおくはなれたその場でひざまずいて感謝をささげたいほどでした。あのかたをうやまうことにおいて、わたしはこの世のだれにも——おかあさまであれ、妹さんであれ、おくさんであれ——ひけはとらないと感じました。ほんとうにそう感じたのです！

このあわれな客人はきりぬきをわたしに贈呈してくださいました。夕闇がせまり、かえりの馬車をのがしてはいけないからこれでと立ちあがられたとき、フライトさんはまだ船の難破で頭がいっぱいのごようすでした。わたしもまだおちついた心で事故のすべてをこまかいところまで理解していませんでした。

「ねえ」フライトさんはスカーフと手袋をていねいにたたんでおっしゃいました。「あたくしの勇敢なせんせいには爵位があたえられてしかるべきだとおもいますわ。ええ、きっとあたえられますとも。あなたもそうおかんがえになります？」

あたえられてしかるべきではあります、でもそういうことにはならないでしょう、とわたしはおこたえしました。

「どうしてそうならないんです？」老婦人はややきびしい口調できかれました。

わが国では、(巨額の蓄財という例外がときどきありますけれど)平和的な目的でどれほどりっぱですぐれたはたらきをしても、ふつう爵位はあたえられないのです、とわたしは説明しました。

「まあ、どうしてそんなふうにおっしゃるの？　だって、あなた、学問とか、芸術とか、慈善事業とか、いろんな社会改革とかいったことで国の名誉となるりっぱなひとたちは、みんな貴族の一員にくわえられてますわ！　まわりをよくごらんになって。だからこそこの国では爵位は未来永劫にわたってつづくんです――それがおわかりでないなんて、あなたのおつむもときどきおるすになるようですわね！」

フライトさんはほんとうにそう信じこんでおられたのだとおもいます。ときとしてあのひとは正気をうしなわれるようでした。

さて、ここで、いままでずっとだいじにしてきたちいさな秘密をあきらかにせねばなりません。じつは、ときどき、ウッドコートさんがわたしを愛してくださっているというかんがえが頭をよぎることがあったのです。経済的にもっと余裕があったなら、旅立つまえにたぶんお気もちをいってくださっただろう、そうしてくださっていたらうれしかっただろう、とかんがえることもままありました。でも、そうはなりませんでした。そうならなくてどれだけよかったでしょう！「とるにたらないものですが、あなたがごぞんじのあの顔を、わたしはなくしてしまいました。顔も知らない人間に鎖でつながれることからあなたを解放してさしあげます」と手紙でつげねばならないとしたら、わたしはどれだけくるしんだことでしょう！

ああ、これでよかったのです！　さいわいにも、つらいくるしみを味わわずにすみました。これからは、あのかたがかがやかしいお手本をしめしてくださったような生きかたをしたいという、子どもっぽいおいのりをまただいじにしながらくらしていくことができます。とり消さねばならない約束もありませんし、わたしがこわさねばならない鎖も、あのかたがひきずらねばならない鎖もありません。神さまのご加護のもとで、わたしはつつましいつとめの道をあゆみ、あのかたはもっとひろいりっぱな道をすすまれるのです。わたしたちはちがう道を旅しますが、旅のおわりに――あのかたがむかしすいてくださったときよりもうんとすぐれた人間になってから、私心もなく、邪念もなく

――あのかたと再会するのを目ざすことはできました。

＊

第三十六章　チェズニー・ウォルド

チャーリーとリンカーンシャーへ旅にでたとき、わたしたちは二人きりではありませんでした。ジャーンダイスさまはわたしがボイソーンさんのお屋敷に無事おさまるまで目をはなすまいと決心なさり、二日間同道してくださいました。胸に入ってくる空気、鼻をうつ香りのすべてが、花の一輪一輪、葉の一枚一枚、草の一本一本、ながれゆく雲の一片一片《ひとひら》が、自然のすべてが、このときはいままで以上にふしぎにみちてうつくしくおもえました。これは病からえたさいしょのご利益《りやく》でした。そとのひろい世界がこれほどのよろこびをもたらしてくれるのなら、わたしがうしなったのはほんとうにちいさなものでした。

ジャーンダイスさまはすぐにひきかえされる予定でしたから、道すがらだいすきなエイダがくる日をきめて彼女に手紙を書き、それをジャーンダイスさまがあずかってくださって、あのおかたは目的地につくと半時間もしないうちに、初夏のここちよい夕暮れのなかを出発なさいました。

いい妖精が魔法の杖をひとふりしてこのお屋敷をたて、わたしが王女さまで妖精のお気にいりの名づけ子だったとしても、これほどお屋敷のなかでだいじにしてはもらえなかったでしょう。ほんとうにいろいろな準備がなされ、わたしのささやかな趣味やこのみもみんなおぼえていてくださったので、すっかり圧倒されてしまい、お屋敷の半分もみないうちに何度もすわりこんでしまいそうになりました。でも、そうするかわりに、力をだしてチャーリーにすべての部屋をみせてあげました。彼女があまりうれしそうにするので、わたしのうれしい気もちはしずめられました。庭を散歩してチャーリーがほめことばをすっかりつかいきってしまうころには、さすがに、しずかでおちついた気分になりました。そうなるのも当然でしたけれど。お茶のあとで、「ねえ、エスター、あなた、机のまえにすわって、お屋敷のご主人さまにちゃんとお礼の手紙を書かないと」とじぶんにいうことができたのはおおきななぐさめでした。ボイソーンさんは歓迎の意をあらわすおき手紙をしてくださっていて、そこにはあのかたのお顔とおなじほがらかなちょうしで、ペットの小鳥をあずけるからよろしくとありました。それはこのうえない信頼のしるしでした。そこでロンドンのボイソーンさんにあてて一筆したため、お気にいりの木や草花のようすや、あのおどろくべき小鳥がさえずりながらあたたかくむかえてくれ、わたしの肩のうえでうたってチャーリーをおおよろこびさせ、いまはかごのなかのいつものすみっこで(夢をみているのかどうかはわかりませんが)じっとしていることなどを書きおくりました。手紙に封をして、ポストにもっていってもらうと、つぎは荷をほどいて、整理するのにおおいそがしでした。そのあと、今晩はもう用はないとチャーリーにつげ、はやめにねかせました。

わたしはまだ一度も鏡をみていませんでしたし、手鏡をかえしてほしいとたのんでもいませんでした。でも、弱気は克服しないといけないとわかっていました。こうして病気がよくなったらしきりなおしでがんばろう、とまえからじぶんに約束していました。ですから、一人になりたかったのです。ですから、いま部屋で一人になると、「ねえ、エスター、あなた、しあわせになりたいなら、まごころある人間になれるようおいのりしたいなら、ちゃんと約束をまもらないとだめよ」といったのです。そこで、ちゃんと約束をまもろうとかたく心にきめました。でも、まず、すこしのあいだ腰をおろして、じぶんのさずかった天恵についてかんがえました。それからおいのりをとなえ、またすこしのあいだかんがえにふけりました。

髪の毛は何度かきられそうになりましたが、まだそのままでした。そのながい、こい髪をおろしてふりほどき、化粧テーブルのうえにある鏡のまえまでいきました。鏡にかかっていたちいさなモスリンの布をとりました。立ったまま、髪の毛のヴェールをとおしてみていましたから、一瞬、髪の毛のほかはなにもみえません。髪をはらいのけて、鏡のなかのすがたをながめました。そのすがたがおちついてこちらをながめているのに勇気づけられたのです。わたしの顔はすっかりさまがわりしていました——ああ、すっかり、すっかりかわっていました。はじめ、その顔はとてもじぶんのものとはおもえませんでしたから、いましるしたように勇気づけられなかったなら、手で顔をおおってあとずさりしたことでしょう。でも、それはすぐにだんだんなじみのあるものになり、どれほどかわってしまったかも、はじめよりよくわかってきました。おもっていたのとはちがうかわりようでした。とはいえ、はっきりした予想をしていたわけではありません。でも、どんなはっきりした予想をしていても、たぶんおどろいたでしょう。

わたしはけっして美人ではありませんでしたし、そうだとおもったことも一度もありません。でも、こんなすがたではありませんでした。以前のわたしのおもかげはすっかりなくなってしまいました。神さまがありがたいお心づかいをしめしてくださり、なみだをすこしながすだけですみましたので(つらいなみだではありませんでした)、その晩は感謝にみちた気もちで髪の毛をととのえることができました。

一つ気がかりがあって、ねるまえにながいあいだかんがえごとをしました。わたしはウッドコートさんにいただいた花を、しおれたあとは乾燥させて、すきな本のあいだにはさんでとっておいたのです。このことはだれも、エイダでさえも、知りませんでした。別人とでもいうべきひとにあのかたがおくられたものをもっていてもいいのか、それはあのかたにたいしておもいやりのあるふるまいなのか、わたしにはわかりませんでした。でも、たとえ、ウッドコートさんのごぞんじない、この胸のひそかな奥底においてすら、あのかたにたいしておもいやりをしめしてさしあげたかったのです。世が世ならあのかたをおしたいすることが――ふかい気もちをささげることが――できたでしょうから。あれこれかんがえたすえ、手のとどかないすぎさったむかしのおもいでとしてもってこう、けっしてそれ以外のものとしてふりかえりはしない、ときめました。くだらないとおもわれるでしょうか。そうでないようといのります。わたしはとても真剣だったのですから。

つぎの朝は気をつけて早おきし、チャーリーが足音をしのばせてやってくるよりさきに鏡のまえにすわっていました。

「まあ！　そこにおられるのはお嬢さまですか？」チャーリーはおどろいておおきな声をあげました。

「ええ、そうよ」わたしはそっと髪の毛をあげてこたえました。「とっても元気で、しあわせよ」

チャーリーはみるからにほっとしたようでした。でも、心がやすらかになったのはわたしのほうでした。いままでは最悪の事態を知り、それをおちついた気もちでうけとめていました。これから書きつづるなかで、わたしはじぶんがおさえきれなかったよわさをかくすつもりはありません。でもそのよわさはいつもすぐに消えさり、しあわせな気分が忠実にいのこってくれたのです。

エイダがくるまえに心身ともにすっかり回復しておきたかったので、朝から夕までたえず新鮮な空気にふれるよう、チャーリーといっしょにあれこれ計画を立てました。朝食のまえにそとにでて、お昼は早めにとり、その前後もそとにでかけ、お茶のあとは庭を散歩し、休息をとり、近所のあらゆる丘にのぼり、あらゆる道や野原を散策しました。

元気をとりもどすための栄養食やごちそうはというと、ボイソーンさんの有能な家政婦がいつもたべものかのみものをもってかけまわってくれました。わたしが緑地でひとやすみしているときけば、かならずバスケットを手においかけてきて、陽気な顔をかがやかせながら、ひんぱんに栄養をとるのがだいじですからとさとしてくれるのでした。それに、わたし専用の乗馬用の小馬がいました。肉づきがよく首はみじかく、たてがみがすっかり目をおおいかくし――気がむけば――とてもしずかでかろやかにかける、かわいい馬でした。ほんの二、三日のうちに、放牧場で声をかけるとこちらにちかより、わたしの手からえさをたべ、後追いをするようになりました。すっかり気心がつうじあうようになって、馬が木かげの道をいささか頑《かたく》なにのろのろあるいているときなど、首をかるくたたいてやりながら、「おどろいたわ、スタッブズ、かけ足をしてほしいとおもってるのに、そうしてくれないの? ほっておいたらおまえはぼんやりして眠りこんでしまうだけでしょ。だから、たのみをきいてくれてもいいわね」といってやれば、こっけいなぐあいに首を一、二度ふり、ただちにかけだすのでした。チャーリーはそれをみると、立ちどまってほんとうにうれしそうなわらいごえをあげました。彼女のわらいごえはまるで音楽のようでした。スタッブズという名前をだれがつけたのか知りませんが、その名はあらい毛皮といっしょに、この馬に生まれたときからそなわっているみたいでした（スタッブは切り株、あるいはずんぐりしたものの意）。あるときこの馬をちいさな馬車につないで、七、八キロばかり緑の道を意気揚々と走らせました。よくがんばったわねとほめていたら、しつこく耳のあたりで輪になって舞ううるさいブヨが腹にすえかねたのか、馬はどうしたものか思案するため突然脚をとめました。どうやらもうがまんできないときめたらしく、まったくうごかなくなったので、わたしは馬車をおり、チャーリーに手綱をわたしてあるきました。すると、馬は今度は片意地にはしゃいで、うしろからついてくると頭をわたしの脇のしたにいれ、耳を袖にすりつけてきました。「ねえ、スタッブズ、これまでのつきあいでわかるのよ、すこしだけならわたしを馬車にのせて走ってくれるわね」といったのですが、だめでした。わたしがそばをはなれると、すぐにぴたっととまりました。ですから、さきほどのように、わたしが馬のまえをあるいていかねばなりませんでした。そのかっこうでお屋敷にもどったものですから、村のひとたちはおおいにおもしろがりました。

　チャーリーとわたしは、これほど気さくな村はないとおもいました。それは理由のないことではありません。一週間もすると、わたしたちが一日に何度とおりかかってもみんなうれしそうにして、どの小屋でも顔をだして歓迎してくれました。まえにきたときにたくさんのおとなやほとんどの子どもと知りあいになっていましたが、いまでは教会の尖塔ですらなじみのあるしたしげな表情をうかべているようでした。こうしてあたらしくできたおともだちのなかに一人のおばあさんがいました。彼女が住んでいたのは白壁に藁《わら》ぶき屋根のとてもちいさな小屋で、よろい戸をあけはなつと家の前面がすっかりおおわれてしまうのでした。このおばあさんには船のりの孫がおり、わたしはかわりにこのひとに手紙を書いてあげました。便箋のうえのところに、おばあさんが孫をそだてた炉辺と、まだそこにおいてある孫専用の椅子の絵をかきました。村のひとはこれぞ当代きっての名画とたたえてくれました。しかも、はるばるプリマスから返事がとどいて、この絵をとおくアメリカまでもっていく、むこうからまた手紙を書く、と知らせてきたときには、郵便局にあたえられるべき称讃をわたしがひとりじめし、郵便制度全体のほまれをこの一身にひきうけてしまったのでした。

こうしてたくさんの時間をそとですごし、たくさんの子どもたちとたわむれ、たくさんのひとたちと世間話をし、たくさんの農家にまねきいれられ、チャーリーの勉強をみて、毎日エイダにながい手紙を書いたりしていましたら、わたしのあのささやかな痛手についてかんがえる時間などほとんどなく、だいたいいつもほがらかでいられました。ときどきおりにふれてあのことが頭にうかんだとしても、いそがしくしていればじきに忘れました。ただ、村の子どもが、「おかあさん、どうしてあのひと、まえみたいにきれいでなくなったの？」といったときには、おもった以上にこたえました。でも、その子がまえとおなじようにわたしをすいてくれて、あわれんでいたわるようにやわらかい手で顔をさわってくれたので、すぐに立ちなおりました。やさしい心のもちぬしはふしあわせなものにたいしてごく自然におもいやりとこまかい気くばりをみせるものだとおしえてくれる、ちいさなできごとがたくさんありました。これはおおいになぐさめになりました。とくに胸をうたれたのは、ちょうど結婚式がおわったばかりの教会にたまたま入ったときのことです。わかい二人が婚姻登記簿にサインしていました。さきにペンをもった花婿はざつな十字を書き（名前が書けなかったものはサインのかわりにそうした）、ついで花嫁もおなじことをしました。わたしは花嫁をまえにここにきたときから知っていました。村一番の美女で、学校で一番よくできた生徒でした。おもわずおどろきの目でみていますと、花嫁はそばにきて、きらきらかがやく目にしょうじきな愛情と感激のなみだをたたえながら、「彼、とってもいいひとなんです。でも、まだ字が書けなくて――わたしがおしえることになってます――恥をかかせたくありませんから！」とささやきました。ほんとうに、労働者のむすめがこれほど気高い心をもっているのなら、わたしがおろおろしていてはだめだ、とおもいました！

そとの空気はこれまでないほど新鮮に感じられ、また元気がでてきました。むかしの顔とおなじように、あたらしい顔も血色がよくなりました。チャーリーもバラ色の頰をしてにこやかで、彼女をみているとうれしくなりました。わたしたち二人は日中ずっとたのしい時間をすごし、夜中はぐっすりねむりました。

チェズニー・ウォルドの緑地の森にお気にいりの場所がありました。ベンチがおいてあって、そこからのながめはすばらしいものでした。みとおしをよくするために森はきりひらかれていました。とおくにみえる、あかるく日にてらされた風景はとてもうつくしく、毎日すくなくとも一回はそこで休憩しました。このたかみからは、幽霊の小道とよばれるお屋敷のすてきな一角がひきたってみえました。ぎょっとする名前とその由来をボイソーンさんがおしえてくださったときにおっしゃっていた、デッドロック家のふるいいつたえが景色とまじりあって、風景そのもののうつくしさにふしぎな興趣が加味されておりました。ここにはスミレがさきほこる土手があり、野生の花をあつめるのを日課にしていたチャーリーは、わたしとおなじくらいこの場所がすきでした。

なぜわたしがチェズニー・ウォルドのお屋敷のそばにいかなかったのか、なぜお屋敷に入らなかったのか、いまから問うてもしかたありません。とにかく、ここにつくとすぐ、一家のひとたちはそこにいない、いつかえってくるかわからないと聞かされました。建物そのものについては好奇心がないわけでも、興味がないわけでもありませんでした。それどころか、わたしはしばしばこのお気にいりの場所にすわって、どんなふうに部屋がならんでいるのだろうか、いいつたえにあるように、ものさびしい幽霊の小道にほんとうに足音がひびくのだろうか、などとかんがえておりました。奥方さまのいわくいいがたい印象のせいで、あのかたがお屋敷におられないときですらそこにちかづくのをためらったのかもしれません。はっきりとはわかりません。当然ながら、奥方さまのお顔やおすがたは、わたしの頭のなかでお屋敷とむすびついておりました。でも、それだからお屋敷にちかづきたくなかった、というのではありません。なにかのせいでちかづかなかったのはまちがいないのですが。なにかわけがあったのか、なかったのか、いずれにせよお屋敷には一度もちかづきませんでした――いまからお話しする日までは。

ながい散歩のあと、このお気にいりの場所でやすみ、チャーリーはすこしはなれたところでスミレをつんでいました。とおく、石づくりの建物のこい影のなかにある幽霊の小道をながめ、そこをさまようといわれている女《ひと》のすがたを想像していますと、森をとおってやってくる人影があるのに気づきました。森のなかの道はながくのび、木の葉でくらくなり、地面にうつる枝の影のせいでとてもいりくんでみえましたから、さいしょはだれだかはっきりしませんでした。やがて、それが女のひと——身分のたかいひと——レディー・デッドロックのおすがただとわかりました。お一人で、おどろいたことに、いつもよりうんとはやい足どりでわたしのすわっているところにちかづいてこられました。

おもいもかけないほどそばにこられたので（いつのまにか声をかけるちかさまできておられました）、わたしはうろたえて、散歩をつづけようと立ちあがりかけました。ところがそれができません。金しばりにあったようでした。奥方さまがあわてて懇願の身ぶりをされたからではありません。両手をひろげて足早にちかよってこられたからではありません。いつもとうってかわって、威厳のあるおちついたごようすがなかったからでもありません。わたしがおさなかったときにのぞみ、夢みたものがあのかたのお顔にうかがえたからでした——それはいままでだれの顔にもみたことのない、あのかたのお

森の中のレディー・デッドロック

顔にもみたことのないものでした。

わたしは不安におそわれて気がとおくなり、チャーリーをよびました。レディー・デッドロックはすぐに足をとめ、わたしの知っていたいつものあのかたにほとんどもどれました。

「サマソンさん、ごめんなさい、おどろかせてしまって」ゆっくりとちかづきながら、奥方さまはおっしゃいました。「まだすっかり回復なさってないのですね。たいへんおもい病気にかかっておられたのでしょう。そうきいて、とてもしんぱいしておりました」

わたしはあのかたのあおざめたお顔から目をはなすことも、腰かけていたベンチからうごくこともできませんでした。奥方さまは手をさしのべてこられました。その死人のようなつめたさは、平静をつくろったあのかたの面持ちとずいぶんくいちがっておりましたから、ますますわたしは有無をいわせない力のとりこになってしまいました。あのとき、いそがしくかけめぐる頭でなにをかんがえていたのか、じぶんでもよくわかりません。

「気分はよくなりましたか？」奥方さまはやさしくたずねてくださいました。

「ほんのさきほどまではとても元気でした」

「こちらはあなたの側仕え？」

「はい」

「彼女をさきにかえらせて、わたくしといっしょにおうちまであるきませんか？」

「チャーリー、花をうちにもっていって。あとからすぐにおいかけるわ」

チャーリーはできるかぎり丁重なおじぎをし、顔をあからめながら帽子のひもをむすんで、あるきだしました。彼女が立ちさると、レディー・デッドロックはとなりに腰をかけられました。

するとし、死んだあかちゃんをおおってあげたわたしのハンカチがあのかたの手ににぎられているのがみえました。そのときどうおもったかは、とてもことばでいいあらわせません。

わたしは奥方さまのほうに目をやりました。ところが、そのおすがたは目に入りませんでした。ことばも耳に入りませんし、息もできませんでした。鼓動がとてもあらく、はげしくなって、死にそうでした。けれども、あのかたがわたしを胸にかきいだき、キスして、なみだながらにいたわってくださり、おかげで気をとりなおしたとき――あのかたがひざまずいて、「ああ、いとしいわたしの子、わたしがおまえのわるい母親、不幸な母親なのよ！　なんとかわたしをゆるしておくれ！」と声をあげられたとき――苦悩のうちにわたしの足もとの地面に膝をつかれたとき――千々《ちぢ》にみだれる心のなかで、神さまの配剤にたいする感謝がわきおこりました。わたしの容貌がすっかりかわってしまったので、顔が似ているのがきっかけになって母の名誉がきずつくようなことにはなりません。わたしたち二人をみくらべても、血がつながっているとかんがえるひとなどいなかったでしょう。

そんな卑屈なかっこうをしてくるしんだり恥じいったりしないでください、とおねがいして、わたしは母をおこしました。そのおねがいはきれぎれの、とりとめないことばにしかなりませんでした。とりみだしていましたし、母がわたしの足もとにいるのをみると、こわかったのです。子であるわたしが親をゆるすというだいそれたことがあってよいのなら、とっくのむかしにそうしました、といいました。いえ、いおうとしました。それから、わたしの胸には愛情がこみあげてきます、それは自然な愛情で、むかしなにがあったとしてもかわりませんし、かわるはずもありません、生まれてはじめて母親の胸にだかれているこのわたしが、じぶんを産んでくれたことで親をせめるすじあいはありません、世間がなにをいおうと、ありがたく母親をうけいれるのがわたしのつとめなのですから、ぜひそうさせてください、ともいいました。わたしは母をだきしめ、母もわたしをだきしめました。夏の日の森のしずけさのなか、やすらかでないのはわたした
ち二人のなやめる心だけのようでした。

「ありがたくわたしをうけいれるというのはもう手おくれです」母はうめくようにいいました。「わたしはこれからさきもくらい道を一人あるいていかねばなりません。そして、いきつくところにいきつくでしょう。この罪ぶかい足がたどることになる一日さき、いえ、一時間さきもみえません。これがわが身にまねいた、この世でうけねばならない罰です。それをひそかにたえるだけ」

じぶんのくるしみについてかんがえているときですら、母はいつもの誇りたかい無頓着ぶりをヴェールのようにまとっていました。でも、それはすぐになげすてられました。

「このことはなんとしてでも秘密にしておかねばなりません。じぶんだけのためではないの。わたしには夫がいます。みっともない、みじめなこのわたしにも！」

このことばはおしころした絶望のさけびとなってでてきて、どんな悲鳴よりもおそろしくひびきました。母は手で顔をおおい、ふれられたくないかのように、わたしがだき

かかえるなかでちいさくなっていました。どのように説いても、いくら愛情をこめてうったえても、立ちあがってくれません。いいえ、いいえ、とこたえるだけです。母はよそでは尊大でひとをみくだすような態度をとっていましたが、生涯に一度だけ自然にふるまえるこのみじかい時間にあっては、恥じいって、頭をひくくしていたいのでした。

かわいそうな母は、わたしが病気になったときいて気がくるいそうになった、といいました。ちょうど子どもが生きていると知ったばかりで、それまでわたしがその子だとは夢にもおもわなかったのです。この日は一生に一度わたしと話をするために、ここまであとをおってきたのです。わたしたちはつきあいも文通もできず、たぶんこれからさき生きているあいだことばをかわすこともできないのでした。母はわたしだけが読むためにしたためた手紙をわたすと、読んだあとそれをもやしたら――もやすのはじぶんのためではありません(じぶんにはなんののぞみもありません)、サー・レスターとおまえのためです――もう母はなきものとかんがえなさい、といいました。そして、いまわたしがどれだけくるしんでいるかをみてわたしがおまえを母親らしい感情で愛していると信じられるなら、どうかそうしておくれ、そうすれば、心中のくるしみを想像して、おまえはよりふかいあわれみをもってわたしをみることができるから、とたのむのでした。

母はのぞみももたず、ひとのたすけも期待しない覚悟をしました。死ぬまで秘密をまもれるかどうか、あるいはそれがおもてにでて、じぶんが名のるようになった家名を恥と不名誉にさらすのか、ずっと一人でなやみくるしむのです。愛情をもったものはだれも母にちかづけず、母をすくえるものはだれもいないのでした。

「でも、いまのところ、秘密は安全なのでしょう？　ねえ、おかあさま、いまは安全なのですか？」

「いいえ、もうすこしでおもてざたになるところでした。たまたまたすかっただけです。でも、またなにかの偶然であかるみにでてしまうかもしれません——それがあすなのか、いつなのか」

「だれか、とくに警戒しなければならないひとがいるのですか？」

「しずかに！　わたしのためにそんなにふるえたり、泣いたりしないで。わたしにはそんななみだはもったいないわ」母はそういうと、わたしの手にキスしました。「一人、とてもおそろしいひとがいます」

「敵ですか？」

「味方ではありません。敵や味方になるほどの情熱はないひと。サー・レスターの弁護士です。愛着もなしにただ機械的に忠実なだけで、格式のある家の秘密を知っているという利点と、特権と、評判とをしっかりまもろうとしているの」

「そのひとがなにかうたがいをかけているのですか？」

「ええ、いろいろと」

「おかあさまのことで？」わたしは不安になってたずねました。

「そう！　いつも目を光らせて、わたしのそばにいます。あのひとがまえにすすむのはとめられるかもしれません。でも、ふりきれはしない」

「あわれみとか、良心の呵責なんて、感じないひとなのでしょうか？」

「ええ、どちらも。怒りも感じないのです。じぶんのしごと以外にまったく関心はありません。あのひとのしごとは、だれともわかちあわず、だれとも張りあわずに秘密をあつめて、その秘密によってえた力をにぎっておくことなの」

「そのひとは信用できるのでしょうか？」

「信用できるかためしてみる気はありません。どこでおわるのか知りませんが、わたしはここまで何年ものあいだあるいてきたくらい道をいきつくところまでいくだけです。さいごまで一人でいきます、どんなおわりがまっていようとも。おわりはちかいかもしれませんし、とおいかもしれません。道がつづくあいだは引き返すつもりはありません」

「おかあさま、その決心はかたいのですか?」

「ええ、はっきりきめてます。これまでながいあいだ、誇りには誇りで、無分別には無分別で、軽蔑には軽蔑で、傲慢には傲慢でたたかい、ねじふせてきました。たくさんのみえっぱりを相手に、むこうをうわまわるみえをはって生きのびてきました。この危険もきりぬけるつもりです。そして、できることなら、死んだあともずっと秘密をまもりとおしたい。危険はせまってきています。まるでチェズニー・ウォルドの森が屋敷にせまってくるようなおそろしさ。それでもわたしのとる道はきまっています。道は一つ。ほかの道はありえません」

「ジャーンダイスさまは――」といいかけると、母はあわててたずねました。

「あのひとはうすうすさっしているのですか?」

「いいえ。そんなことありません！　安心してください！」わたしはジャーンダイスさまがわたしの生まれそだちについてごぞんじのおしえてくださったことを話しました。

「でも、ジャーンダイスさまはとてもやさしく、もののわかったおかたですから、おさっしになったとしたら――」

これまで姿勢をかえなかった母は手をあげて、わたしの唇をおさえました。

「あのひとにすべてを話しなさい」しばらくして母はいいました。「そのゆるしをあたえます。ひどいしうちをしてしまったむすめに、こんな母親ができるわずかばかりのおくりものね！　でも、話したということはわたしに知らせないで。まだすこしは誇りがありますから」

このあいだじゅうずっとはげしい不安と動揺にかられ、わたしはわけがわからなくなっていました。それでも、あのとき母のものがなしい、なじみのない声がかたってくれたことばはすべて胸にきざみつけられています――母の声、わたしにはその声を子どものときに耳からおぼえてすきになる機会はありませんでしたし、その声で子守唄もうたってもらえませんでしたし、祝福もしてもらえませんでしたし、のぞみをあたえられることもなかったのでした。ともかく、どんな父親よりもいい父親でいてくださったジャーンダイスさまのご助言やご支援がかなえばいいのですけれど、とわたしがこたえますと(いまおもいだせるかぎりではそうこたえました、いえ、こたえようとしました)、母は、いいえ、それはむり、だれにもたすけることはできません、目のまえにある砂漠を一人すすまねばならないのです、といいました。

「わたしのかわいい子！　これでおわかれ！　さいごのキスよ！　首に手をまわしてくれるのもこれでおしまい！　もう二度とあえません。これからしようとおもうことをなしとげるには、わたしはいままでのわたしであらねばなりません。それがわたしのむくい、わたしの運命です。はなやかで、かがやかしく、もてはやされているレディー・デッドロックのことを耳にしたら、おまえのみじめな母親をおもいだしておくれ、その仮面のしたで良心にせめさいなまれている母親を！　くるしみにもだえ、せんない後悔にあけくれ、胸に生まれた唯一の愛とまことをころしてしまった女——それが母のほんとうのすがただとおもっておくれ！　そして、できるなら、ゆるしておくれ。母をおゆるしください、と天にむかってさけんでおくれ！　神さまがゆるしてくださるわけはないけれど！」

そのあとまだすこしだけだきあっていましたが、母の決意はかたく、わたしの両手をほどいてわたしの胸におき、そうしておいておわかれのキスをしてから手をはなし、森のなかへとさっていきました。一人になったわたしは光と影のなかにあるひっそりとしずかなお屋敷をみおろしました。テラスや塔のあるそのたたずまいは、はじめて目にしたときにはまったく平穏そのものにみえましたが、いまではみじめな母をつめたく、しつこく、みはっているようにおもえました。

呆然として、はじめは病室にいたときのようによわよわしく無力だったのですが、秘密がおもてざたになる危険、いえ、ほんのわずかなうたがいをもたれる危険にたいしても注意をはらわねばならないという意識が気をとりなおすのに役立ちました。まず、泣いていたことをチャーリーにさとられないための用心をして、それから油断しないで冷静をたもつというわたしに課せられただいじなつとめを頭にいれておくようじぶんにいいきかせました。それをちゃんとすませるのはおろか、かなしさがまたどっとわきでてくるのをおさえるのにすら、しばらく時間がかかりました。でも一時間ほどたつと元気がでて、ボイソーンさんのお屋敷にかえれる気がしました。ゆっくりあるいてもどると、しんぱいしたチャーリーが門まできていました。彼女には、レディー・デッドロックとわかれたあと、気がむいてすこし散歩をつづけたらくたびれてしまったのでよこになりたい、といいました。そして無事部屋に入ると、母の手紙を読みました。ここではっきりしたのは――その発見はおおきな意味をもっていました――わたしは母にすてられたのではなかったということです。母のたった一人の姉、つまりわたしの代母は、死んだとおもわれてほうりだされた赤子に命のしるしをみとめると、その子をただきびしい義務感から極秘のうちにそだてました。生きのびるのをのぞんだわけでもありませんし、生きのびるよう力をつくしたわけでもありません。わたしが生まれて何時間かのちにわかれて以来、代母と母はあわずじまいでした。こうしてふしぎにもこの世にとどまったわたしは、ほんのすこしまえまで、母の知るかぎり、息もしないまま埋められ、命もなく、名前もなかったのでした。教会ではじめてわたしをみたとき、母はおどろいて、もし子どもが死なずに生きていたとしたらあんなむすめになっているのだろうか、とかんがえました。でも、そのときはそれだけのことでした。

手紙にそのほかなにが書いてあったかは、ここでいう必要はありません。わたしの物語のなかのしかるべきときにお話しします。

まず、用心のため母の手紙をもやしてその灰もしまつしたあと、わたしは——ひとの道にはずれる邪悪なふるまいでなかったらよいのですけれども——じぶんが生きておおきくなったことがひどくかなしくなりました。じっさい息をひきとっていたほうがたくさんのひとにとってめでたく、よいことだったのはまちがいないと感じ、じつの母とりっぱな家名にとって危険な存在で恥になるかもしれないじぶんがこわくなり、おまけに、とりみだして不安になったせいで、生まれたときに死ぬのがただしくてほんとうはそうなるさだめだった、生きのびたのはまちがいでそうなるさだめではなかった、と信じこんでしまいました。

ほんとうにそんな気もちでした。わたしはくたびれきってねむりにおち、目がさめると、じぶんはほかのひとの心をいためるためにこの世にもどったのだとおもい、あらためてなみだをながしました。母のことをかんがえ、まえにもましてじぶんがおそろしくなりました。わたしは母の不利になる生き証人でした。チェズニー・ウォルドのご当主のこともかんがえました。それから、岸べをうつ波のように耳もとでひびく、「エスター、おかあさんはおまえの恥です。おまえはおかあさんの恥でした。その意味はときがくれば――ちかいうちに――あきらかになるでしょう。女にしかわからない痛みといっしょに」という、昔きいたなげきのことばがもつ、あたらしい、おそろしい意味についてかんがえました。また、「毎日いのりなさい、聖書にあるでしょ、父祖の罪がわが身におとずれないように」ということばもよみがえってきました。わたしはわが身にからみつくものをふりほどけませんでした。そして、なにもかもわたしがわるい、わたしははずかしい人間でついに天罰がおりたのだ、と感じました。

日がくれて、どんよりくもった、ものがなしいゆううつな夕方になりました。わたしはまだおなじ気がかりとたたかっていました。一人でそとにでて、緑地をしばらくあるいたあと、木々がくらい影にかくれ、ときどきさっとコウモリがとぶのをみていたとき（コウモリがからだにあたりそうになることがありました）、はじめてチェズニー・ウォルドのお屋敷に注意がむきました。気もちがもっとしっかりしていたならちかづきはしなかったでしょうが、わたしはお屋敷のすぐそばに通じる小道をあるきはじめました。

ゆっくりとお屋敷をながめる勇気はありませんでしたが、いい香りのするひろい道や、手いれのいきとどいた花壇やなめらかにかられた芝生のあるテラスのお庭のまえをあるきました。品格のあるうつくしさが感じられ、ふるい石の欄干やはばのひろいゆるい階段はながい歳月の雨風でひびが入り、そのあたりと日時計の石の台座のまわりには苔や蔦《つた》がそだってきれいなかたちにととのえられていました。噴水の音に耳をかたむけ、それからすこしいくと、あかりのついていない窓がならんでいるところにでました。このながい列には、ところどころ塔やきみょうなかたちのポーチがつきでて、アクセントがつけられていいます。ポーチではふるい石のライオンやグロテスクな怪物が、陰につつまれた巣のそとにでて毛を逆立て、紋章の入った盾を前脚でつかんで夕闇めがけてほえて

幽霊の小道

います。門のしたをくぐり、正面玄関のある中庭をへて(そこでは足早になりました)馬小屋のそばにでると、赤色のたかい壁にしがみついている蔦のがっしりしたかたまりをふきぬける風のささやきや、風見鶏が不平をいうちいさな声、犬のほえる声、ゆっくりときをつげる時計の音など、とにかくひくい声だけがきこえるようでした。やがてリンデンの葉がサラサラなる音がしてあまい香りがただよってくるところをまがりますと、お屋敷の南側の入り口にいたりました。すると、うえのほうに幽霊の小道の欄干と、あかりのついた窓が一つみえました。母の部屋かもしれませんでした。

そこは頭上のテラスとおなじように石がしきつめてあって、しずけさのなかをあるくわたしの足が敷石のうえで立てる音がひびきました。なにかをみるために立ちどまりはしませんでしたが、みるべきものは全部みながら足早にあるき、あとすこしでそのあかりのついた窓をいきすぎようかというところで、じぶんの足音がひきがねとなって、幽霊の小道のいいつたえにはおそろしい真実があるというかんがえがふとうかびました。そうです、この堂々たるお屋敷にわざわいをもたらすのはわたしで、凶事をつげる足音がいまその小道にきみわたるくひびいているのです。みずからをおそれる気もちが一段とまし、全身が氷のようにつめたくなり、わたしはじぶんから、すべてから、はしってにげだしました。まっくろで不機嫌な緑地をあとにして、門番小屋の脇の門にたどりつくまで一度もとまらず、きた道をもどりました。

晩に部屋で一人になると、またしょげてみじめな気分になりました。でも、ようやくそれがまちがったおん知らずな気もちだとおもいはじめました。翌日たずねてくる予定のエイダからうれしい手紙があり、はやくあいたいという情がたっぷりこもっていましたから、これで心をうごかされなかったならわたしは大理石でできていたにちがいありません。ジャーンダイスさまからもまたお手紙をいただきました。どこかでダーデンおばさんをみかけたらつたえてほしい、彼女がいなくてみんながっかりしてふさぎこんでいる、家のなかは崩壊状態で、だれも鍵の管理はできないし、使用人はみんな屋敷はいつもとようすがちがう、彼女がかえってこないなら反乱をおこすといっている、とありました。二通もこのような手紙をいただいたのですから、じぶんはもったいないほどだいじにされている、もっとしあわせにならないといけないと感じました。そのあと、これまでの一生がずっとおもいだされ、おくればせながら心がおちつきました。

わたしにはよくわかったのです。じぶんは死ぬようにさだめられてはいませんでした。でなかったら（こんなしあわせな人生がのこされていたはずはない、とまではもうしませんが）生きのびたはずはないのです。いろいろなことがからまりあって、わたしはしあわせになりました。たとえ父祖の罪がときに子におとずれるにしても、それはこの日の朝おそれていたような意味をもっていないとわかったのです。女王さまがじぶんの生まれに責任がないのとおなじで、わたしもじぶんの生まれに責任はありません。天にましますす神さまのおさばきの場にあって、生まれたことだけでわたしは罰せられませんし、女王さまもほめられるわけではありません。この日の衝撃的なできごとのなかで、じぶんにおとずれた変化をなぐさめてくれるものですら、こんなにもはやくみつかるのだ、とわたしは身をもって知りました。決意をあらたにして、それをしっかり実行できるようおいのりをささげました。じぶんとあわれな母のなやみを神さまにすっかりうちあけると、この日の朝にわたしをつつんだ暗闇ははれていくようでした。ねているあいだもくるしみはなく、夜明けの光で目ざめたときには、それはもう消えていました。

いとしいエイダは午後の五時につくはずでした。それまでの時間をどうするかというと、彼女がくる予定の道をながいあいだ散歩するほか、かんがえつきませんでした。そこでチャーリーとわたしとスタッブズは――あの事件以来スタッブズは馬車につながず、鞍をつけていました――その道をとおくまであるいて、おりかえしました。もどってからは、お屋敷とお庭をめぐりました。なにもかもこれ以上ないほどうつくしくととのえられていました。お屋敷のだいじな一員として、小鳥もすぐみえるところにだしておきました。

エイダがくるまでまだたっぷり二時間ありました。そのあいだはとてもながく感じられました。しょうじきもうしますと、じぶんのかわりはてたすがたのことがとてもしんぱいでした。エイダがだいすきでしたから、このすがたがほかのだれより彼女にあたえる影響について気になりました。このささやかな気がかりはわたしの不満からしょうじたのではけっしてありません――まちがいありません――そうではなくて、彼女は心の準備がちゃんとできているだろうか、それが気になったのです。はじめてわたしをみたとき、エイダはちょっとショックをうけてがっかりしないかしら？　予想よりちょっとひどいとおもわないかしら？　むかしのエスターをいくらさがしてもみつからないのでは？　一からやりなおしで、時間をかけてあたらしいわたしに慣れないといけないのでは？

だいすきなエイダのいろいろな表情はよく知っていましたし、あのうつくしい顔はしょうじきでしたから、さいしょの印象をわたしからかくせないのはいまからわかっていました。もし彼女の表情がいまあげたいずれかの気もちをあらわしたら――それはおおいにありそうなことでした――わたしははたしてだいじょうぶだろうか、と不安になりました。

ええ、たぶんだいじょうぶでしょう。まえの晩のことがありましたから、だいじょうぶだとおもいました。でも、ただずっとまって、あれこれ予想したり、かんがえにかんがえをかさねたりするのはエイダがくるまえの準備としては一番わるいものでしたから、もう一度あの道をあるいて、彼女をむかえることにしました。

そこで、チャーリーに、「エイダがくるまで一人で道をあるくわ」といいました。チャーリーはわたしが満足ならどんなことにも賛成でしたから、彼女をお屋敷にのこしてそとにでました。

ところが、二つめの標石をこすまえに、とおくにほこりがまいあがっているのをみると動悸がはげしくなって、（あれは馬車じゃない、そんなはずはない、とわかってはいましたが）むきをかえてもどることにしました。そしてむきをかえると、今度は馬車がうしろからやってくるのがしんぱいになり、（そんなことはない、そんなことがあるはずはない、とわかってはいましたが）おいこされてはいけないと、道のおおかたをはしってかえりました。

無事お屋敷にもどると、これはかしこいことをしたものだわ、とおもいました。からだじゅうがほてってって、最上ではなく、最低の首尾におわってしまったからです。

あとまだ十五分はあるとおもっていたら、とうとう、庭でふるえていたわたしに、「お嬢さま、いらっしゃいましたよ！　おつきですよ！」とチャーリーが息せききってよびかけました。

そんなつもりなどなかったのに、わたしは部屋にかけあがり、ドアのうしろにかくれました。階段をあがりながら、だいすきなエイダが、「ねえ、エスター、どこにいるの？　うちのかわいらしいおばさん、ダーデンおばさん！」とよびかけるのがきこえたときも、まだ、わなわなしながらそこに立っていました。

エイダはそういいながらかけこんできて、またでていこうとしたときにわたしをみつけました。ああ、わたしの天使！　いつもの愛らしい顔、そこには愛情が、やさしさが、あたたかさがあふれていました。ほかにはなにもありませんでした、そう、なにも、まったくなにもありませんでした！

ああ、なんというしあわせ！　わたしが床のうえにくずおれると、うつくしいエイダもひざまずき、きれいな頬をわたしのかわりはてた顔にすりよせ、そのうえになみだとキスをあびせ、子どものようにわたしをゆりうごかし、おもいつくかぎりの愛情をこめたよび名でわたしをよび、かわらぬまごころをやどしたその胸にわたしをだきよせてくれたのでした。

第三十七章　ジャーンダイス対ジャーンダイス

　まもらねばならない秘密がじぶんだけのものだったなら、わたしはほどなくエイダにそれをあかしていたにちがいありません。でも、そうではありませんでしたから、これをひとにいう権利はない、よほどの緊急事態でもおこらないかぎりジャーンダイスさまにすらいってはならない、と感じました。それは一人でおわねばならない重荷でした。とはいえ、目下のところしなければならないことははっきりしているようでしたし、だいすきなエイダがそばにいてくれたので、つとめをはたそうという気もちやそのささえに欠くことはありませんでした。もっとも、エイダがねむりについてあたりがしずまりかえっているときには、しばしば母のことをおもいだしてねられず、かなしい夜をすごしましたが、それ以外の時間にかなしみにひたりはしませんでした。エイダがみたわたしはまえとかわらないわたしでした——もちろん、さきほどながながとしるした一件はべつにして。これについては、できるなら、もう二度とふれないでおこうとおもいます。

エイダといっしょにゆっくりすごしたさいしょの晩、あみものをしていた彼女は、デッドロック家のひとたちはお屋敷にいるの、とたずねてきました。おととい レディー・デッドロックが森でわたしに話しかけてこられたから、きっとそうでしょう、と返事せざるをえず、平静をたもつのはたいへんでした。さらにこまったことに、奥方さまはなにをおっしゃったのとエイダがきくので、ご親切にもわたしの病状に関心をしめしてくださったとこたえると、彼女は、奥方さまはうつくしくて優雅なひとだけれども、尊大なものごしで、つめたく気位のたかい雰囲気をもっておられるわ、といいました。そこへチャーリーが、奥方さまはロンドンからとなりの郡にあるべつのおおきなお屋敷へむかうとちゅうの二日間滞在されただけで、わたしたちが展望台とよんでいたあの場所でおあいした次の日の朝はやくおたちになりましたと口をはさみ、それとは知らずにたすけぶねをだしてくれました。わたしの耳に入るには一月かかるような情報を一日でしいれてくるのですから、チャーリーはちいさな水差しについてのことわざがただしいことを証明していました〔子供は耳が鋭いという意の、小さな水差しは大きな耳を持つという諺がある〕。

ボイソーンさんのお屋敷には一月とどまる予定でした。エイダがきてくれてたのしい一週間がたつかたたないかというころ、庭師が花に水をやるのを二人で手つだうのがおわり、ろうそくに火がともされる時間になったとき、エイダの椅子のうしろからものものしくあらわれたチャーリーが、なぞめいたようすでわたしを部屋のそとにさそいだしました。

「あの！　すみません」チャーリーはまんまるい目をいっぱいにみひらいて小声でいいました。「デッドロック・アームズ亭でお嬢さまをまってるってひとがいます」

「まあ、パブでわたしに用があるひとって、いったいだれかしら？」

「わかりません」チャーリーはすこし頭をまえにかたむけ、かわいいエプロンの紐のうえでしっかり両手をにぎりしめました。これはなにかなぞめいた、秘密の用件をあつかってうれしいときの彼女のくせでした。「でも、れっきとした紳士で、まことにもうしわけないけれども、だれにもいわずにきてほしいんだそうです」

「だれがもうしわけないって？」

「そのひとがでした」チャーリーの文法の勉強はすすんでいましたが、長足《ちょうそく》の進歩とはいえませんでした。

「どうしてあなたがそのひとのおつかいになったの？」

「すみません、わたしがおつかいをしてるわけじゃないんです」わたしのかわいいメイドはこたえました。「W・グラブル」

「W・グラブルってだれ？」

「グラブルさんです。ごぞんじありませんか？　デッドロック・アームズ亭、所有者W・グラブル」チャーリーはゆっくりと看板を読みあげるようなちょうしでいいました。

「え？　パブのご主人？」

「はい、そうです。あの、すみません、あそこのおくさんはとっても美人なんですけど、足首をおって、それがうまくひっつかなかったんですよ。木挽《こびき》だったおくさんのにいさんは、刑務所にいれられました。ビールばっかりのんで、のみすぎで死ぬだろうって、もっぱらのうわさです」

わけがわかりませんでしたが、あのころはすぐに胸さわぎがしましたので、ともかく、一人でそこにいくのがよいとかんがえました。チャーリーにすぐ帽子とヴェールとショールをもってくるよう命じて、それを身につけると、ボイソーンさんのお庭とおなじくらいなじみになったせまい坂道をおりていきました。

グラブルさんはとても清潔なちいさいパブのまえで、シャツ姿でわたしをまってくれていました。わたしのすがたがみえると、あのひとは両手で帽子をとり、それをまるで鉄の器のようにはこび（それほどおもそうにみえたのです）、砂をしきつめた通路を先導して、一番いい個室に案内してくれました。絨毯をしいたきれいな部屋で、室内が手ぜまになってしまうほどたくさんの観葉植物や、キャロライン王妃（一七六八—一八二一。国王ジョージ四世の妻）の色つきの版画に、いくつかの貝殻、たくさんのティートレイ、ガラスのケースに入った二尾の剝製《はくせい》の魚がおいてあり、きみょうな卵か、きみょうなかぼちゃ（どちらかわかりません——たいていのひとはわからなかったでしょう）が天井からぶらさがっていました。グラブルさんはしばしば店のまえに立っていたので、その顔はよく知っていました。やや ふとりぎみの、愛想のよさそうな中年の男性で、うちの炉辺では帽子とトップ・ブーツを身につけないとおちつかないのに、教会にいくときのほかはけっして上着をきないというひとでした。

グラブルさんはろうそくの芯をきり、すこしうしろにさがってもえぐあいを確認し、それから部屋をでていきました——だれがあのひとをつかいにだしたのか、きこうとおもっていたのに、これはおもいがけないふるまいでした。むかいの個室のドアがひらき、話しごえがきこえてきました。ききおぼえがあるような気がしましたが、声はすぐにやみました。そして、軽快な、元気のよい足音がわたしのいる部屋にちかづいてきて、なんと、リチャードがすがたをあらわしたのです！

「やあ、ぼくのだいじなエスター！　一番の親友にあえてうれしいよ！」リチャードはほんとうにひたむきで情があついひとでした。こうしてじつのきょうだいのようにやさしくむかえてもらい、はじめはおどろきとうれしさのあまり、エイダは元気よと口にするのがやっとでした。

「ぼくの心を読んだこたえだね——あいかわらずのエスターだ！」リチャードはわたしを椅子にすわらせ、じぶんもとなりにすわりました。

わたしはヴェールをあげました——ぜんぶではありませんが。

「あいかわらずのエスターだよ！」リチャードはさきほどとおなじちょうしでいいます。

わたしはすっかりヴェールをあげ、リチャードの服の袖に手をおいて彼の顔をのぞきこみ、あたたかくむかえてくれてありがとう、あえてほんとうにうれしいわといいました。そして、病気のあいだに決心したことをつたえられるのでよけいにうれしい、そのことをいまからいいたいの、とつけたしました。

「ねえ、エスター、ぼくはこの世のだれよりもきみと話をしたい。きみにはぼくのことを理解してもらいたいからね」

わたしは頭をふりました。「わたしはべつのひとのことをあなたにわかってもらいたいわ」

「さっそくジョン・ジャーンダイスの登場だね――あのひとのことをいってるんだろ?」

「もちろんそうよ」

「それなら、はやい話、うれしいね。だって、まさにその点についてきみに理解してもらいたいんだから。いいかい、きみにだよ、エスター! ぼくはジャーンダイス氏にも、うぞうむぞう氏にも説明責任はないんだ」

リチャードのそんないいかたには胸がいたみました。彼はそれをさっしたようでした。

「いや、まあ、いまは立ちいらないでおこう。ぼくはきみの腕をとって、きみのあの田舎のお屋敷にそっとあらわれてうるわしきいとこをおどろかせてやりたいんだ。それぐらいゆるされるよね? なにせ、きみはジョン・ジャーンダイスに忠誠をちかっているだろ」

「まあ、リチャード、あなた、ジャーンダイスさまのおうちで歓迎してもらえるのは百も承知でしょう——じぶんのうちじゃありませんか、あなたさえその気になれば。もちろん、ここでもおなじように大歓迎よ！」

「さすがは世界一のおばさんだ！」リチャードは陽気な声をあげました。

わたしは、いまのしごとは気にいっているの、とたずねました。

「ああ、そこそこね！　まあまああだよ。いまのところ、ほかよりわるいってことはない。一件落着のあかつきにはどうかわからないけど。でも、この地位は売却できるし、それに——いや、そういうめんどくさい話はよそう」

わかわかしくハンサムなリチャードは、あらゆる点でフライトさんの正反対でした。それなのに、一瞬その顔にさっとうかんだ、熱っぽい、なにかをさがしもとめるような、くもった表情はこわいほどあのひとそっくりでした！

「いまは休暇でロンドンにきてるんだよ」

「そうなの？」

「ああ。ぼくの——ぼくの大法官訴訟の権益がちゃんとまもられてるか、確認しにかけつけたんだ。法廷が長期休暇に入るまえにね」リチャードはなにげないふうをよそおって、むりして笑みをうかべました。「やっとあの年代物の訴訟に拍車がかかる、そう、ぜったいそうなるよ」

当然ながら、わたしは頭をふりました！

「おっしゃるとおり、たのしい話題じゃない」さきほどとおなじ影がリチャードの顔をよぎりました。「今晩はその話は風にのっけてふきとばすとしよう。ヒュッと、ほら、消えた。ねえ、ぼくがだれをつれてきたとおもう？」

「スキンポールさんの声がきこえたような気がしたけれど？」

「ご明察！　彼ほどぼくのためになるひとはないよ。なんとも魅力的な子どもだ！」

二人がいっしょにやってくることをだれか知っているのかとたずねると、いや、だれも、というこたえでした。かわいい子ども——彼はスキンポールさんをそうよんでいました——の家によったら、そのかわいい子どもがわたしたちの居場所をおしえ、リチャードがわたしたちにあいたいというと、じぶんもお供したいといい、それでリチャードがあのかたをつれてきたのでした。「彼は——やっかいな経費はかかるけど——体重の三倍の純金にあたいするよ。とっても愉快な人物だ。世間ずれしたところがすこしもない。新鮮で、無邪気な心のもちぬしさ！」

経費をリチャードにはらわせるのですから、スキンポールさんが無邪気だとはおもえませんでしたが、それにはふれませんでした。ところへスキンポールさんがやってきて、話の方向を転じられました。サマソンさん、おあいできてうれしいです、六週間ものあいだあなたのことでよろこびと同情の甘美ななみだをながす機会が何度となくありました、回復されたとは欣快《きんかい》至極、おかげで世のなかには善と悪が共存していると知りました、他人が病気になると健康のありがたさがあらためて身にしみて感じられます、もしかしたら、この世をひろくながめてみると、Aがやぶにらみなのは Bがまっすぐむいているじぶんの目をうれしくおもうためで、Cが木製の義足をつけるのはDが生身の足に絹の靴下をはけるよろこびを味わうため、とかいうような仕組みになっているのではないでしょうか、などとおっしゃいました。

「親愛なるサマソンさん、ここにいるわが友リチャード君はあかるい未来像を多々おもいえがいております。それを彼は大法官裁判所の暗闇からひきだしたのです。愉快な、啓発的な、まったくもって詩的な所業ではありませんか！　いにしえの羊飼いはさびしい森を牧神や木の精の笛やダンスを空想することによってたのしいものにかえました。

現代の羊飼いことわが田園のリチャード君は、法廷でくだされる判決のしらべにあわせて運命の女神とその供まわりをとびまわらせることによって退屈な法学院をあかるくするのです。愉快じゃありませんか！　不機嫌で腹を立てている輩《やから》が、「法の悪弊、衡平法上の悪習になんの意味がある？　どうやってそれを弁護する？」と問うてくるかもしれません。するとわたしはこうこたえます。「怒れる友よ、弁護などいたしません。が、それはここちよいものです、わが友人のわかき羊飼いはそれを単純な人間であるわたしにとってまことに魅力的なものにかえてしまうのですから。そのために法が存在すると断言はしますまい――しょせんわたしはあなたのような浮き世のうるさがたたちの只中にいる子どもで、あなたにたいしても、じぶんにたいしてもなんの責任もおえません――さりながら、ひょっとしたら法はそのために存在するのかもしれませんぞ」とね」

リチャードはこれ以上わるいともだちをえらぶことはできなかったでしょう――わたしは真剣にそうおもいはじめました。彼がしっかりした方針と目的を一番必要とする時期に、こうしてだらしなく、なにもかもさきおくりにし、方針も目的もあっけらかんと放棄してしまい、それでいてひとの心をうばう人物がそばにいることに、気がやすまりませんでした。ジャーンダイスさまのように、世間の荒波にもまれて、家庭内の不幸からおこるなげかわしいいさかいや逃げ口上にいやいやつきあわされてこられたおかたなら、スキンポールさんがみずからの弱点をみとめ、邪気のない率直さをみせることに安堵をおぼえられるのは理解できるような気がしました。でも、あのかたはみかけどおり罪のないひとだったのでしょうか。もしかしたら、あれは怠惰なあのかたにとって、ほかの役柄よりも苦労せずに演じられる役まわりではなかったのでしょうか。わたしはどちらともきめかねました。

二人はいっしょにあるいてもどってくれました。スキンポールさんとは門でわかれて、わたしはリチャードとしずかにお屋敷に入り、「ねえ、エイダ、あなたをたずねてこられたかたをおつれしたわよ」といいました。おどろいて頰に赤みがさした彼女の表情を読むのはむずかしくありませんでした。彼女は彼をふかく愛していました。彼もそれはわかっていましたし、わたしもわかっていました。いとこどうしとしてあう、というのはまことにみえすいた話でした。

猜疑心にとらわれてすっかりわるい人間になってしまったのでは、とおもえるほどわたしはじぶんに自信がもてなくなり、リチャードがエイダを真剣に愛しているかどうかもあやしいとかんがえておりました。彼は彼女を讃美していました――だれだってそうでした――そしてたぶん、エイダがジャーンダイスさまとの約束を尊重するとわかっていなかったら、わかさにかられて誇りと熱情をもって婚約しなおしたでしょう。けれども、わたしはここにおいてもわるい影響が彼におよんでいるのではないか、ジャーンダイス訴訟にすっきりかたがつくまで彼はこのことはもとよりすべての問題をのばしのばしにしたまま真剣にかんがえられないのではないか、とおもうと胸がいたみました。ああ！　あの疫病神が消えてなくなればリチャードがどんなすばらしい人間になっていたか、もうぜったいにわからないのです！

リチャードは彼の一番無邪気なちょうしでエイダにかたりかけました――じぶんは彼女がジャーンダイス氏から(彼にいわせれば、あまりにも簡単に相手を信じて)うけいれた条件をひそかにほごにするためにきたのではない、ジャーンダイス氏との現在の関係におけるじぶんの立場を正当化するために、正々堂々とエスターとエイダにあいにきたのだ、と。そして、きょうは例のかわいい子どもがもうじきやってくるので、エスターと腹蔵なく話してじぶんがただしいことをしめすために、翌朝あう約束をしたいといいました。わたしは七時に緑地をいっしょに散歩しようと提案し、そのようにきまりました。スキンポールさんはすぐにすがたをあらわし、一時間ばかりわたしたちをたのしませてくださいました。とくにコウヴィンシズのむすめ（チャーリーのことです）にあいたいとおっしゃり、地位のある年長者といった風情で彼女に、じぶんはおまえのなき父親をできるかぎりひき立ててやった、もしもおまえのおさない弟がはやばやとおなじ商売をやろうというなら、はばかりながらひいきにしてやりたいものだ、とおっしゃいました。

「なにしろ、しょっちゅう網にひっかかってしまうもので」スキンポールさんは水で割ったワインをのみながら笑顔でわたしたちをながめられました。「そのあと、いつも、すくいだしてもらうのです——船底にたまった水みたいに。あるいは、かわりにはらってもらう——たまったほこりとおなじですな。いつもだれかがやってくれる。じぶんではできないのです、お金なんかもってませんから。だけどだれかがやってくれる。だれかのおかげでぬけだすのです。例のムクドリとはちょっとちがいます（ロレンス・スターンの『センチメンタル・ジャーニー』（一七六八）に「わたしは脱け出せない」と歌うムクドリが出てくる）。その「だれか」ってだれなんですなんてきかれても、じっさい、わたしにはわかりません。まあ、この「だれか」さんに乾杯しようではありませんか。彼に神の祝福を！」

リチャードはつぎの日の朝すこしおくれてきましたが、それほどながくまたなくてもすみました。わたしたちは緑地をあるきました。空気は露をふくみ、あかるくすんで、空には雲一つありませんでした。鳥はたのしくさえずり、羊歯《しだ》の葉や草や木々はとてもうつくしくかがやいておりました。ぐっすりとふかいねむりについているようにおもわれたしずかな夜のうちに、造化の妙をきわめた葉の一枚一枚のこまかいところまで、その日をすばらしく演出するために自然がいつもより晩おそくまではたらいたのでしょうか、森のゆたかさはきのうの二十倍もましたようでした。

「ここはきれいなところだね」リチャードはあたりをみまわしていいました。「ややこしくてうるさい訴訟なんかぜんぜんない！」

でもほかの問題がありました。

「ねえ、エスター、ぼくは身辺の整理がついたらここにやってきてゆっくりやすみたいな」

「いまやすんだほうがいいんじゃなくて？」

「ああ、「いまやすむ」か。いや、なんにせよ、いまするってのは簡単じゃない。というか、できないんだ。すくなくともぼくはできない」

「どうして？」

「わかってるじゃないか、エスター。きみが工事中の家にいるとしよう。屋根がとりつけられるのか、あるいは、とりはずされるのか――全体がすっかりとりこわされるのか、あるいはたてられるのか――それがあすなのか、あさってか、来週か、来月か、来年かわからない。そんな状態なら、腰をおちつけるとか、やすむとかしてられないだろ？　ぼくはまさにそういう状態にある。「いま」だって？　ぼくたち、訴訟にかかわる人間に「いま」はないんだよ」

このときまた昨夜のくらい影がみえて、わたしは気のふれたあわれな老婦人がしきりに説いておられた吸いよせる力を信じてしまいそうになりました。その影は、おそろしいことに、なくなったあの気のどくなかたをしのばせるものでした。

「ねえ、リチャード、はじめからこのちょうしなら、たのしい会話にはなりそうもないわね」

「そうくるとおもったよ、ダーデンおばさん」

「わたしだけじゃないわ。家族ののろいに希望や期待をかけてはならないって、あなたに注意なさったのはわたしじゃありませんもの」

「またジョン・ジャーンダイスかい！」リチャードはいらだちながらいいました。

「いやはや、おそかれはやかれあのひとの話題になるね。まあ、ぼくがいいたいことの中心に彼がいるわけだから、さっそくそこに話をもってくとすると――エスター、きみはどうしてそんなにものわかりがわるいんだい？　彼は第三者じゃないんだよ。ぼくが訴訟についてなにも知らず、気にもかけないほうが彼の得になる。しかし、それはぼくにはありがたくない――それぐらいわかるだろ？」

「まあ、リチャード、ジャーンダイスさまのお顔をみて、お話をうかがって、一つ屋根のしたに住んであのおかたのお人柄にせっしてきたあなたが、きいているひとはだれもいない二人きりのところで、このわたしにむかって、どうしてそんなとんでもない勘ぐりを口にできるの？」わたしは抗議の声をあげました。

生まれつきのあたたかい心がせめられていたみを感じたのでしょうか、彼の顔はまっかにそまりました。そして、しばらくだまっていたあと、おさえつけたような声でこたえがかえってきました。

「エスター、ぼくはあさましい人間じゃないし、ぼくみたいな若者がひとを信じなかったり、うたがったりするのはほめられたことじゃないのも心得てる――それはきみにもよくわかってるだろ」

「よくわかってるわ。なによりもよくわかってるわよ」

「ありがとう！　やっぱりエスターだ。ぼくのなぐさめになってくれるんだから。この一件からちょっとぐらいはなぐさめが得られなきゃ、まいっちゃうよ。いうまでもないけど、ろくでもないことばっかりだからね」

「わかるわ。どういえばいいかしら、そう、あなたとおなじくらいよくわかってるのよ、あなたがもともとそんな勘ぐりとは縁がないことは。なにがあなたのひととなりをそこまでかえてしまったかもよくわかってるわ、あなたとおなじくらいね」

「ちょっとまって」リチャードはもうすこしあかるい口調でいいました。「ともかく公平にみておくれよ。もしぼくが不幸にも訴訟の影響をうけているとしたら、彼だってそうだ。訴訟がぼくの性格をすこしゆがめたとしたら、彼の性格もしかりさ。さっぱりめどが立たず、こんがらがったこの件にかんして彼がりっぱにふるまってないとはいわないがね、だれだって訴訟に毒されるんだ。きみも知ってるだろ、彼がそういうのを五十回はきいてるはずだ。ならどうして彼はそれをまぬがれるんだい？」

「ジャーンダイスさまがなみはずれたおかただからよ。あのおかたはつよいご意志で訴訟にまきこまれないようになさってるの」

「おうおう、けっこうな理由がいろいろあるんだよね！」リチャードはいつものにぎやかなようすをみせました。「ああやって無関心なそとづらをたもつってのは、みた目がいい、賢明な手段かもしれない。そうすれば、ほかの関係者はじぶんの権益にかんして油断しないともかぎらない。それに、訴人が死んだり、審理がながびいて論点がわすれられてしまったり、都合のいいことがうまいぐあいにあれこれおこるかもしれないし」

わたしはリチャードが気のどくで、それ以上彼をせめる気になれず、きびしい表情すらうかべることができませんでした。ジャーンダイスさまが彼のあやまちをすこしも立腹されずにかたり、寛大にながめておられたごようすがおもいだされました。

「エスター、ぼくがジョン・ジャーンダイスの悪口をいうためにこそこそやってきたとはおもわないでおくれ。こっちのいいぶんをきいてほしいだけなんだ。ぼくが一人前になるまえは訴訟なんか関係なかったから、なにも問題なくわれわれのあいだも良好だった。ところが訴訟に関心をもって首をつっこみはじめたら、ただちに事態は一変した。そのまことにこのましからざる方針をかえないならぼくとエイダはわかれなきゃならない、ぼくは彼女にふさわしい人間じゃない、とむこうはおっしゃる。ねえ、エスター、ぼくはそのまことにこのましからざる方針をかえる気なんかないよ。こんなとんでもない妥協を無理強いされて、そのうえでジョン・ジャーンダイスのご厚意をちょうだいするなんてまっぴらごめんさ。彼の気にいろうがいるまいが、ぼくとエイダの権益はまもらなきゃならない。この問題についてはずっとかんがえてきた。これがぼくの結論だ」

かわいそうなリチャード！　彼はたしかにこの問題についてずっとかんがえてきたのです。表情も、声も、態度も、すべてそのことをはっきりとものがたっておりました。

「だからぼくは、われわれは対立しているのであって、それは変にかくすよりはっきりさせたほうがいい、と胸をはっていってやった――じつは、そういう趣旨の手紙を書いたんだよ、エスター。彼の親切な後見には感謝するが、ぼくはぼくの、彼は彼の道をあゆむ。じっさい、われわれのすすむ道はことなる。係争中の遺言の一つによれば、ぼくは彼よりも多額を相続する。その遺言が法廷でかならずみとめられるとはいわないよ。しかし、その遺言は存在するし、みとめられる可能性はあるんだ」

「その手紙のことは、あなたからきくまでもなく、すでにおしえていただきました。ジャーンダイスさまは気をわるくもされず、腹を立ててもおられません」

「おや、そうかい？」リチャードの表情はなごみました。「さっき、このやっかいな一件にあって彼のふるまいはりっぱなものだといっておいてよかったよ。まあ、ぼくはいつだってそういうし、その点をうたがったことはない。ねえ、エスター、ぼくのかんがえはひどく冷酷だときみはおもうだろう——それはわかってる。きみがぼくたちのやりとりをエイダにつたえたら彼女もそうおもうよね。でも、もしきみがぼくみたいに訴訟についてしらべ、ぼくがケンジの事務所でやったみたいに一件記録を読み、どれだけ訴訟が訴訟をよび、うたがいがうたがいをまねくか知りさえすれば、ぼくなんかじぶんとくらべればおとなしいとおもうだろうよ」

「そうかもしれないわね。でも、そのたくさんの書類のなかに、正義や真実がふんだんにみつかるとおもってるの？」

「この一件のどこかには正義や真実があるよ——」

「おおむかしにはあったでしょうね」

「いや、あるんだ、あるとも、ぜったいある」リチャードははげしい口調でいいました。「それをひきだしてこないといけない。エイダを賄賂《わいろ》と口どめ料がわりにつかっても正義と真実はひきだせないよ。きみは訴訟のせいでぼくが別人になりつつあるという。ジョン・ジャーンダイスは、訴訟がそれにかかわるすべての人間をかえるし、かえてきたし、これからもかえるだろうという。だとすると、訴訟をおわらせるために全力をつくすなら、それだけぼくはただしいことをやっているはずなんだ」

「全力をつくすって、リチャード、これまで長年ほかのだれも全力をつくさなかったっていうの？　たくさんのひとが失敗して、そのぶんむずかしいことが簡単になったとでもいうの？」

「訴訟はいつまでもつづきはしない」リチャードの心のなかでまたはげしい気もちがもえあがり、そのようすはまたしてもあの気のどくなかたをおもわせました。「ぼくはわかいし、真剣だ。気力と決意をそなえた人間はこれまで幾度もおどろくべき成果をあげてきた。ほかのひとはじぶんのもってる半分の力しかそそいでない。ぼくは全身全霊をささげる。これを人生の唯一の目的にするんだ」

「ああ、リチャード、それならなおのことよくないわ、なおのこと！」

「いやいや、ぼくのしんぱいはしないでいいよ」彼はやさしくこたえました。「きみは親切で、かしこくって、おとなしい、いとしい、いい子だよ。でも、きみには先入観がある。さて、そこで、ジョン・ジャーンダイスの話になるがね、いいかい、エスター、彼にとって好都合なぼくとの関係ってのは、自然な関係じゃないんだよ」

「なかたがいしていがみあうのがあなたのおもう自然な関係なの?」

「いや、そうはいわない。訴訟がかかわってくるとなにもかもが不自然になる、そのせいでわれわれだって不自然な関係になってしまうんだ。だからよけい訴訟をはやくかたづけなきゃいけないわけさ! こいつがおわれば、ひょっとして、ぼくはジョン・ジャーンダイスを誤解してたってさとるかもしれない。訴訟と縁がきれれば、ぼくの頭もすっきりして、きみがきょういったことに賛成するかもしれない。けっこうだ。そのときにはいさぎよくそれをみとめて、彼につぐないをするさ」

すべてがそのいつおとずれるとも知れない未来にさきおくりされるのでした! それまではなにもかもがはっきりせずに混乱したままなのです!

「きみはぼくの最高の相談相手だよ。ねえ、ぼくがジョン・ジャーンダイスにけちをつけたがってるとか、気ままにふるまってるとか、意地をはってるとかじゃないって、エイダにわかってもらいたいんだ。そうじゃなくて、ぼくの行動の背後にはこういう目的と理由がある。ぼくはじぶんという人間をきみをとおして彼女にみせたい。だって、彼女はジョンおじさまを心から尊敬してるからね。きみはぼくがえらんだ方針を、きっと、うまくかどをとって説明してくれる。たとえそれに反対していてもね――ぼくにはわかるんだ。それで、つまり、ようするに」リチャードはためらいながらいいました。「訴訟ぐるいで、やたら議論ずきで、うたぐりぶかいじぶんをエイダみたいなひとを信じやすい人間にみせたくないんだ」

さいごのところはそれまであなたがいったことよりもうんとあなたらしくきこえるわ、とわたしはいいました。

「ほう、それはほんとうかもしれないね。なるほど、そんな気がするよ。でも、まあ、いずれぼくはじぶんにみょうな枷《かせ》をはめなくてもよくなるだろう。そしたらまたまともな人間にもどるさ、ごしんぱいなく」

エイダにつたえたいのはそれだけなの、とわたしはたずねました。

「いや、まだもうすこしある。ぼくのかんがえをあらためさせようとして、ジョン・ジャーンダイスはいつもの「親愛なるリック」ってちょうしで返事を書いてきた。ぼくがどんなかんがえをもつにせよ、彼のぼくにたいする気もちにかわりはないそうだ。(それはけっこうなんだが、だからって事態がどうなるものでもない。）それはエイダについっとかないと。あと、いまは彼女にほとんどあえないけど、ぼくは彼女の権益についても、ちゃんと、ぼくの権益同様目を光らせてる——ぼくらはうくもしずむもおなじ運命をたどるんだ。それに、ぼくが無分別で思慮がたりないなんてうわさをきくかもしれないけど、それは信じちゃいけない、そうじゃなくて、ぼくはいつも訴訟に決着がつくのを心まちにしていて、その方向でいろいろ計画を立ててるってつたえておくれ。ぼくは成人したし、じぶんのえらんだ進路についてジョン・ジャーンダイスに説明する責任はまったくない。だけど、エイダはまだ大法官裁判所の被後見人だから、ぼくはすぐ彼女に婚約のやりなおしをもとめるつもりはない。彼女がみずからの意思で自由に行動できるときがきたら、そのころにはぼくもじぶんをとりもどしてるだろうし、ぼくらはいまとはずいぶんちがう立場にあるだろう。これだけのことをきみのおもいやりにみちたことばでエイダにつたえてくれれば、親切におおいに感謝するよ、エスター。それでぼくはさらなる熱意をもってジャーンダイス訴訟に一路邁進《まいしん》さ。もちろん、このことは荒涼館でしゃべってくれていいんだよ」

「リチャード、あなたはわたしをとっても信頼してくれてるけど、忠告はきかないのね？」

「この件にかんしてはだめ。ほかの問題ならよろこんできくけどね」

ほかの問題なんて彼の人生にないではありませんか！　彼の性格も進路もすっかり一

つの色にそまってしまっているのに！

「でも、一つきいていいかしら？」

「いいだろう」彼はわらいながらこたえました。「ほかならぬエスターだからね」

「あなた、地に足のついたくらしをしてないといってたわね」

「そりゃそうだろ？　なにもきまってないんだから」

「また借金をしてるの？」

「え？　当然だよ」リチャードはわたしのまぬけぶりにおどろきの色をかくしませんでした。

「それって、当然のこと？」

「そうともさ。一つの目的に没入するには経費が必要だ。わすれたのかい？　それとも知らないのかな？　どの遺言が認定されるにせよ、エイダもぼくもなにがしかの遺産をうけとる。その額がおおくなるか、すくなくなるかだけの問題なんだよ。どっちにころんでも、おおもうけさ。しんぱいご無用、エスター」リチャードはわたしのようすをおもしろがっていました。「ぼくはだいじょうぶ！　みごとにのりきってみせるから！」

わたしはリチャードの危険な状態にじゅうぶん気づいておりましたので、エイダやジャーンダイスさま、それに、わたしじしんの名前もだして、いっしょうけんめいありとあらゆる手段を講じて警告をあたえ、かんがえちがいを指摘しようとしました。彼はわたしのいうことをしんぼうづよく、おだやかにきいていましたが、わたしのことばはなんの効果もなくただはねかえってくるだけでした。ジャーンダイスさまのお手紙にたいする彼の反応をみたあとでは、これはべつにおどろきではありませんでした。それならエイダの影響力をためしてみよう、とわたしは決心しました。

そこで、村にかえるとお屋敷にもどって朝食をとり、エイダに心の準備をさせてから、リチャードがじぶんをみうしなって一生をぼうにふってしまうかもしれないと、つつみかくさずかたりました。もちろん彼女はひどくかなしみました。リチャードはかんがえをあらためるだろう、と彼女はわたしよりもはるかにつよく信じて——それはとても自然なことで、彼女のふかい愛情をしめしていました——ほどなく、つぎのような手紙を彼に書きおくったのでした。

親愛なるリチャード、

あなたがけさエスターにいったことを彼女からききました。この手紙をしたためるのは、エスターがあなたにいったのとおなじことを、わたしも心のそこから真剣にうったえたいからです。そして、あなたがおそかれはやかれ、いずれはジョンおじさまがこのうえなく誠実でしょうじきで善良なひとだとさとって、(そんなつもりはなかったにしろ)あのひとにひどいことをしたとふかく、ふかく、かなしむにちがいないとつたえたいからです。

つぎにいいたいことを、どう書いたらよいかわたしにはわかりませんが、気もちはくんでくださると信じます。あなたがみずからこれほどの不幸をまねいているのは、わたしのためをおもってというところもあるのではないでしょうか(あなたの不幸はわたしの不幸ですといわせてくださいませ)。もしもそうなら、あなたがなにをなさるにもわたしのことをおもくかんがえてくださるのなら、どうぞいまの道はすててくださいとせつにおねがいします。生まれたときからわたしたち二人をおっているあの影にきっぱり背をむけてください、わたしはそれが一番うれしいのです。こんなことといってもおこらないでくださいね。おねがいです、いとしいリチャード、わたしのために、あなたじしんのために、あのわざわいの元とはどうかきれいさっぱり縁をきってください。いみきらうのが当然でしょう、おたがいほんのおさないときから孤児になったのもあのせいではありませんか。いまになってみれば、あれにはなんの希望もない、なんのいいこともない、あるのはただかなしみだけだと得心してしかるべきでしょう。

わたしのだいじなリチャード、いうまでもなく、あなたは自由の身です。さいしょにあなたの心をとらえたひととはべつの女性をよりふかく愛するようになることだってあるでしょう。もしこういってよいなら、あなたがえらぶひとは、いっさいほかの関心をうしなって不安をいだきながらながいあいだまちつづけるという犠牲をはらってまで裕福になりたいとおもうよりも――(そんなことがありえるなら)じっさいに裕福になるよりも――ひとなみか、まずしいくらしをしても、すべての苦楽をともにして、あなたがつとめをはたしてみずからえらんだ道をすすんでしあわせになるのをみたいとおもうにちがいありません。知識も経験もないわたしがこれほど自信満々にいうのはおかしいでしょうか。でも、わたしはじぶんがただしいと、この胸にしっかりと感じるのです。

まごころをこめて

いとこのエイダより

リチャードはこの手紙をうけとるとすぐにやってきました。けれども、手紙のせいでどこかかわったというような気配はほとんどありませんでした。だれがただしくてだれがまちがっているか、はっきりみせてやろう、きみたちにもきっとわかるだろう、と彼はいいました。まるでエイダのやさしさにふれて気をよくしたかのように、活気にあふれていました。わたしとしては、彼が手紙をもう一度読んで、もっとつよい効き目があらわれてくれたらいいのに、とためいきまじりにのぞむばかりでした。

二人はその日こちらにとまって、翌日の馬車でたつ予定でしたから、わたしはスキンポールさんと話をするおりをうかがいました。そとにでることがおおかったので、すぐによい機会がおとずれました。わたしは、リチャードの背中をおすことには責任がともなうのですよ、と慎重にもうしあげました。

「責任ですって?」スキンポールさんはこのうえなくほがらかにほほえまれました。「わたしほどそいつと縁のない人間もいませんよ。生まれてこのかた責任なんてもったことはありません——もてないんです」

「でも、だれでも責任はもたないといけませんわ」わたしはおそるおそるいってみました。あのかたのほうがうんと年うえでかしこくていらっしゃったのですから。

スキンポールさんはこのあたらしい光をとても愛想よく陽気におどろいてうけとめられました。「え、そうなんですか？　だけど、だれもがしはらい能力をもってるわけじゃないでしょう？　わたしにはない。あったことがない。いいですか、サマソンさん」あのかたはポケットから小銭を手にいっぱいにぎってだしてこられました。「こんなにたくさんお金があります。いくらあるのか見当もつきません。数える能力がありませんから。四シリングと九ペンスかな——かりに四ポンド九シリングとしましょう。わたしにはそれよりおおくの借金があるそうです。そのとおりなんでしょう、おそらく。親切なひとたちが貸してやろうとおっしゃる限度まで、おそらくわたしは借金するわけです。だって、むこうが貸すのをやめないなら、こちらがやめる必要はないでしょう？　そこにハロルド・スキンポールって人間の本質があります。もしもそれが責任ってやつなら、わたしも責任をもっておるわけですな」

スキンポールさんはお金をもう一度ポケットにいれ、まるでだれか他人についてのふしぎな事実を報告しおわったかのように、洗練されたお顔に笑みをうかべてわたしをながめておられました。まことに泰然としたそのごようすをみていると、もしかしたらほんとうにこのかたは責任などとは関係ないのかもしれないとおもえてくるほどでした。

「責任といえば、あなたほど責任感にとんだおかたはぞんじあげません。まったく新鮮な感じがします。わたしにいわせれば、あなたはまさに責任たるものの試金石ですよ。あなたは非常によくととのった秩序の中心にいて、全体が間然するところなく作動すべく鋭意つとめておられる。そのおすがたをみると、わたしはこういいたくなります――いや、じっさいよくひとりごとでいうんです――あれこそ責任感である、とね！」

このおことばのあとではこちらがいいたいことを説明するのはとてもむずかしくなりました。それでもなんとか、リチャードがいまいだいている楽観的なかんがえにあなたが歯どめをかけて、あとおしなさらないようみんなねがっているのです、とだけはもうしました。

「よろこんでそういたしましょう――できるならばね。ところが、サマソンさん、わたしは作為とか偽装ってのが得手じゃない。ウェストミンスター・ホールの法廷をとって幸運へといたる軽快な行進に彼がわたしの手をとっていざなうならば、わたしとしてはひっぱられる以外ありません。常識があればそうはならないのでしょうな。わかっておりますとも。しかし、わたしには常識がないのです」

リチャードにとってはとても不幸なことですわ、とわたしはもうしあげました。

「そうおかんがえで？　そんなことおっしゃらないで、どうかそんなことおっしゃらないでください。いいですか、彼が常識とやらとなかよくしてると仮定しましょう。常識ってのはいいやつで——しわだらけで——きわめて実務的で——どのポケットにも小銭で十ポンド入ってて——罫線の入った会計簿を手にして——まあ、ぜんたいに、税務署の役人によく似ています。いっぽう、血気さかんで、熱意にあふれ、障害などものともしない、詩心《うたごころ》が若芽のようにふくらんではちきれそうな、われらが親愛なるリチャード君は、このまことにりっぱな友人にむかって、「ぼくの目のまえには金色にかがやく未来がある。とてもあかるく、うつくしく、よろこびにみちている。ぼくは広野をひとっとびにとびこえてそれをつかまえにいく！」といいます。すると、りっぱな友人は即座に彼を罫線の入った会計簿でうちすえ、おもしろくもなんともない散文的なちょうしで、そんなものみえませんな、とのたまう。あるのはただ、費用に、欺瞞《ぎまん》に、馬の毛の鬘《かつら》に、黒いガウンだけだと。どうです、この落差には胸がいたむでしょう——たしかに賢明ではあっても、不愉快です。わたしにはできませんな。罫線の入った会計簿などもっておりません。税務署員的体質もまったくないし、すこしもりっぱじゃない、またそうありたくもない。きみょうではありましょうが、わたしはそういう人間なのです！」

それ以上なにをいってもむだでした。のぞみはすて、スキンポールさんにはみきりをつけて、すこしさきをあるいていたエイダとリチャードに合流しましょうと提案しました。スキンポールさんは朝のうちにチェズニー・ウォルドを見物してこられ、そのときごらんになった肖像画について、あるきながらかたられました——いや、なに、デッドロック家のいまは亡き《デッド》おくさまがたのなかにはまことにものものしい羊飼いがおられましてね、柄のまがった牧歌的な杖もその手中にあらば攻撃用の武器となるのです。彼女たちは糊と髪粉《かみこ》で羊をきびしく管理し、しもじものものどもをおどかすために、どこぞの種族の酋長がたたかいの絵の具をからだにぬるのとおなじ要領で、絆創膏《ばんそうこう》をくっつけてました〔理想的な田園風景をとりいれた肖像画に描かれた、糊をつけて強張ったドレスを着て、髪に粉をまぶし、つけぼくろをした貴婦人を茶化した表現〕。サー・なんとか・デッドロックという人物の絵では、彼がまたがっている馬の後脚のあいだに、白兵戦と火薬の爆発、もうもうたる煙、閃光、炎上する都、ならびに襲撃をうける砦が活写されておりました。おもうに、デッドロック家の一員たるもの、かくのごとき些事など歯牙にもかけぬというふくみでしょうか——と、そんな奇抜なちょうしでした。スキンポールさんのおかんがえでは、デッドロック家の面々はあきらかに生前から「剥製にされた人間」で、みんなガラス玉の目をして、いろいろな枝やとまり木のうえにでんとかまえ、姿勢ただしく完璧に静止し、ガラスのケースにおさめられた収集品なのでした。

いまではデッドロックの名前を耳にするとおちついた気分になれませんでした。ですので、このとき、こちらにむかってゆっくりあるいてくる男《ひと》を一番に目にとめたリチャードが、おどろきのさけび声をあげてかけだしたのでたすかりました。それはみたことのないひとでした。

「おやおや！　ヴォールズじゃないか！」とスキンポールさんはおっしゃいました。

あのひとはリチャードのおともだちですか、とわたしたちはたずねました。

「友人であり、かつ法律顧問でもあります。サマソンさん、常識と責任と社会的な信用をあわせもった人物をご所望なら、模範的な人物をご所望なら、ヴォールズこそまさにその人物ですぞ！」

リチャードがそういう名前のひとにたすけてもらっているとは知りませんでした、とわたしたちはいいました。

「法的におとなになったのでリチャードは例のおしゃべりケンジとたもとをわかち、

ヴォールズとくんだのだとおもいます。いや、じつは、そうなんです。わたしがヴォールズを紹介したのですから」

「そのひとはまえからのお知りあいなのですか？」エイダはたずねました。

「ヴォールズですか？　クレアさん、わたしはあの職業に従事する幾人かと知りあいでして、彼ともおなじ関係をもっておりました。あの男はとっても気もちよい丁重なやりかたで、なんでしたか、そう、法的手続きってやつをとったんです。それでわたしがめしとられた次第です。だれかが気をきかせて金をはらってくれました――なんとかかと四ペンスという金額でした。何ポンド何シリングだったかわすれましたが、さいごの四ペンスはおぼえています。じぶんがだれかに四ペンスの借金をするなんて、いかにもきみょうなことだとあのときおもったので記憶にのこっているのです。そのあとでわたしは彼らをひきあわせました。ヴォールズが紹介してくれといってきたので、ひきうけたのです。いまかんがえてみてわかったんですが」スキンポールさんはその発見をすると天真爛漫の笑みをうかべ、といただすようにわたしたちをごらんになりました。「ヴォールズはたぶんわたしに賄賂をつかませたんです。なにかをくれて、それを手数料とよびました。五ポンド紙幣だったですかな。ええ、たしか五ポンドだったとおもいますよ!」

スキンポールさんがそこからさきをおっしゃるまえに、リチャードが興奮してもどってきて、ヴォールズさんをわたしたちにあわただしく紹介しました。顔色がわるく、唇はさむそうにちぢみあがり、顔のあちこちに赤いぶつぶつがあって、やせて背がたかく、年のころは五十ぐらい、いかり肩で猫背のひとでした。黒い服をきて、黒い手袋をはめ、顎《あご》のすぐしたまでボタンをかけ、生気のないようすとゆっくりじっとリチャードをみつめる目つきがなによりも印象的でした。

「おじゃまでなければよいのですが」とヴォールズさんはおっしゃいました。あのひとのうちにこもったようなしゃべりかたはさらに印象的でした。「カーストンさまとのとりきめで、ジャーンダイス訴訟が法廷で審理されるときにはいつもおおしえすることになっておりまして。昨晩、郵便の投函時刻がすぎたあとで、われわれの訴訟がおもいがけずあす審理されるはこびになったとうちの事務員から連絡が入りましたものですから、けさはやく馬車にのって、ご相談のため当地までやってまいった次第でして」

「そう」リチャードはかちほこって紅潮した顔でエイダとわたしをみました。「ふるくさい、のんびりしたやりかたにはおさらばしたんだ。いまはスピードの勝負さ! ヴォールズさん、さっそく乗り物をやとって馬車のとまる町に移動して、そこから今晩の郵便馬車でロンドンにいかないと！」

「なんなりと」ヴォールズさんはおっしゃいました。「おおせのとおりにいたします」

「えーっと」リチャードは時計をみました。「いそいでデッドロック・アームズ亭までいって、荷づくりをして、どんなやつでもいいから馬車を用意させるとして、出発まで一時間はある。お茶の時間にもどってくるよ。ねえ、エイダ、エスターといっしょに、ぼくがもどってくるまでヴォールズさんのお相手をたのむよ」

　彼は意気ごんで、せかせかと、ただちに立ちさり、そのすがたはじきにたそがれのなかにみえなくなりました。のこされたわたしたちはお屋敷にむかってあるきだしました。

「あすカーストンさんは法廷にでなければならないのでしょうか？　でればなにか足しになるのでしょうか？」とわたしはたずねてみました。

「いいえ。そうはおもえません」

それなら、リチャードはでかけていってもがっかりするだけなのですね、ざんねんだわ、とわたしたちはいいました。

「カーストンさまはごじぶんの権益をみずからみまもるという原則をうちだしておら

れます。依頼人さまがごじぶんの原則をうちだされたばあい、道徳的に問題ないかぎり、それを尊重し実行するのが当方のつとめです。ビジネスにおいては正確かつ公正を目標にしております。わたしは男やもめで、エマ、ジェイン、キャロラインの三人のむすめをかかえております。わたしののぞみは職分をまっとうして、むすめたちのためにはずかしくない評判をのこすことでして。ここはなかなか快適な場所ですな」

あるいているあいだ、わたしがヴォールズさんのとなりにいましたので、このさいごのことばは、わたしにむかっていわれたものでした。わたしはそのとおりですと返事して、そこのおもだった魅力を数えあげました。

「さようですか。わたしは年とった父親をトーントン渓谷でやしなっております。父の故郷《さと》でして。あそこはだいすきです。しかし、このあたりにこんなすてきな場所があるとは知りませんでした」

会話をつづけるために、田舎にずっと住みたいとおもいですか、ときいてみました。

「それがなんともなやましいところでして。というのも、わたしは胃腸がよわく、健康がすぐれませんので、じぶんのことだけをかんがえますと、田舎にひきあげてくらしたいのはやまやまなのです。なにしろしごとがいそがしく、ひととひろくまじわる機会がなかなかありませんから――とくにご婦人がたとのおつきあいがもうすこしあればとねがっております。そうはもうしましても、エマ、ジェイン、キャロラインの三人むすめに年とった父親があっては、わが身の都合ばかりいっておれません。さいわい百二歳でなくなった祖母のめんどうはみなくてもよくなりましたが、係累はまだじゅうぶんのこっておりますので、身を粉《こ》にする日々をつづけねばならぬ次第でして」

例の、うちにこもったしゃべりかたと生気のない雰囲気のせいで、ヴォールズさんのお話をきくには集中力がいりました。

「むすめたちのことなど口にしてしまいまして、どうぞおゆるしください。しんぱいの種でして。わたしはむすめたちによい評判とともに、若干の資産ものこしてやりたいのです」

ボイソーンさんのお屋敷につくと、ティー・テーブルの用意がすっかりととのえられてわたしたちをまっていました。ほどなくリチャードがせかせかといそいだようすでやってきて、ヴォールズさんの椅子に身をよせてなにかささやきました。ヴォールズさんは声にだして――というか、あのひとにしてはできるかぎり声をだして――返答なさいました。「わたしものせていってくださるので？　当方はどちらでもけっこうです。なんなりと、おおせのとおりにいたします」

そのあとのやりとりから、スキンポールさんはあとにのこって、二人ぶん予約してあった翌朝の馬車にのられる予定とわかりました。エイダとわたしはリチャードが気になり、こんなかたちでわかれるのがとてもかなしかったので、スキンポールさんに、二人が夜の旅にでたあと、あなたをデッドロック亭にのこしてわたしたちは部屋にひきさがらせてください、と失礼にならないよう注意しながら、はっきりもうしあげました。

どうしようもなく上機嫌のリチャードといっしょに、わたしたちは村をみおろす丘の頂上までのぼりました。彼はそこに馬車をまたせていたのです。馬車につながれたやせこけて青ざめた馬の頭のそばにランタンをもった男がいました(「視よ、青ざめたる馬あり、之に乗る者の名を死といい」、黙示録六章八節)。

そのランタンの光にてらされて、ならんですわっている二人のすがたはけっしてわすれられません。血気さかんで、熱意にみちた、笑顔のリチャードが手綱をにぎり、黒い手袋をはめて、顎までボタンをかけたヴォールズさんはじっと、まるで獲物に呪文をかけているかのように彼をみつめておられました。いまでもはっきりと目のまえにうかびます——あたたかいくらい夜、夏の雷、生け垣と背のたかい木が両脇にあるほこりっぽい道、耳をぴんと立てたやせこけて青ざめた馬、そして、ジャーンダイス訴訟へとかけていく馬車。

その晩だいすきなエイダはわたしにこういいました。リチャードがこれから財をなそうがおちぶれようが、ともだちにかこまれようが孤独におちいろうが、じぶんにとってのちがいはただ、かわらぬまごころがささげる愛情を彼が必要とすればするほど、そのかわらぬまごころはいっそうふかい愛情をささげねばならない、ということだけ。リチャードはかんがえちがいをしているいまもじぶんのことをおもってくれている、じぶんは彼のことをいつもおもっている、もし彼に愛をささげられるならじぶんのことなどかんがえない、もし彼のしあわせに役立てるならじぶんのしあわせなどかんがえない、と。

彼女はそのことばに忠実だったでしょうか?

わたしの目のまえにのびる道に目をやりますと、道はもうすでにみじかくなって、おわりがみえています。大法官裁判所訴訟という死の海と、その海が岸べにうちあげるすべての灰の果実のうえに立つ、だいすきなエイダの善良で誠実なすがたがみえるような気がします〔灰の味がするという死海の果実(ソドムの林檎ともいう)にまつわる伝説をふまえた表現〕。

第三十八章　胸中の葛藤

荒涼館にかえるときがやってきました。きっちり予定の日にもどり、熱烈な歓迎をうけました。わたしは健康も体力もすっかり回復していました。家じゅうの鍵をあつめたたばが部屋においてあったので、それを手にとると、新年の鐘のようなたのしいちいさな音を立ててわたしをむかえてくれました。わたしは、「さあ、またおつとめにはげむのよ、エスター。みちたりて、ほがらかに、おおよろこびでそうしないなら、ばちがあたりますよ。あなたにいうことはそれしかないわ！」とじぶんにいいきかせました。

さいしょの幾日かの朝はしごとでとてもあわただしい時間をすごしました。勘定を清算し、「うなりの間」とほかの部屋のあいだをいったりきたりし、ひきだしや棚を整頓しなおし、とにかくお屋敷全体にあたらしくはじめることがたくさんあって、息つくひまもありませんでした。それでも、こういった用事がすんですべてがきちんとかたづくと、ロンドンに何時間かでかけました。これはチェズニー・ウォルドでうけとった手紙を読んで以来(もやしてしまったあの手紙です)、しなければならないと心にきめていたことでした。

この外出にはキャディー・ジェリビー(旧姓のほうがつい自然にでてくるので、いつも彼女をそうよんでいたのです)を口実につかいました。彼女にはあらかじめ手紙を書いて、ちょっとした用事ででかけるのでついてきてほしいといってありました。くらいうちに荒涼館をたちましたので、はやくに駅馬車でロンドンに到着し、ニューマン・ストリートにたどりついたときもまだ時間はたっぷりありました。

キャディーの顔をみるのは結婚式以来でした。とてもうれしそうに、愛情をこめてむかえてくれましたので、だんなさまが嫉妬するのではないかとおもえたほどでした。でもだんなさまもそれなりにおなじくらいこまったひとでした――いえ、つまり、いいひとだったという意味です。ようするに、いつものように、こちらはなにもしていないのにとてもだいじにしてくれるのでした。

ターヴィドロップさんはまだ寝室からでてきておられませんでした。キャディーはあのかたのココアをつくっていました。それをここの弟子になっている陰気な子どもが二階へもっていこうとまっていました(ダンス教室の弟子って、なんてきみょうなものなんでしょう、とそのとき感じました)。おとうさまはとてもおもいやりがあってやさしいし、みんなでいっしょにしあわせにくらしているのよ、とキャディーはいいました。(「いっしょにくらしている」とは、老紳士がよい部屋とよいものをひとりじめし、彼女と夫は手に入るものでがまんして、馬小屋のうえにあるすみっこの二つの部屋におしこめられている、という意味でした。)

「おかあさまのご機嫌はいかが?」とわたしはたずねました。

「ママについてはパパからきくだけよ。ほとんどあわないんですもの。うれしいことに、いまはなかよくやれてるわ。でも、ママはわたしがダンス教師と結婚したなんて非常識だとおもってるし、そのわるい影響がじぶんにもおよぶんじゃないかってしんぱいしてるのよ」

それをきくと、望遠鏡で地平線をながめまわしてあれこれ役目をさがすまえに、じぶんのあたりまえのつとめをはたしていれば、ジェリビーさんも非常識にそまらないですむでしょうに、というかんがえが頭にうかびました。でも、もちろんそんなことは口にだしませんでした。

「で、おとうさまは？」

「毎晩ここにくるのよ。あそこのすみにすわるのがお気にいりでね、パパをみてるとほんとにたのしいわ」

そのすみをみると、壁にジェリビーさんのご主人の頭のあとがついていました。頭をもたせかける、こんなすてきな場所をあのかたがみつけられたと知って、心がなごみました。

「あなたはきっと毎日いそがしくしているんでしょうね、キャディー？」

「ええ、そりゃ、いそがしいわ。だいじな秘密をうちあけるとね、わたしも生徒がとれるようにがんばってるの。プリンスはからだがつよくないし、たすけてあげたいのよ。分校と、ここでの授業に、家庭教師の生徒でしょ、おまけに弟子までいるなんて、かわいそうに、しごとがおおすぎるわ！」

ダンスの弟子というのがふしぎでたまりませんでしたので、たくさんいるのとたずねました。

「四人よ。一人が住みこみで、三人はかよい。とてもいい子たちなの。でも、子どもだから、いっしょになるとどうしてもあそんじゃうのよ。さっきあなたがみた子にはだれもいない台所で一人ワルツをおどらせて、ほかの子たちもなんとか家のなかにちらばらせるの」

「ステップの練習だけ？」

「そうよ。そうやって練習するの、一日何時間ってきめて、あたえられたステップのおけいこ。それからみんなして学校でおどるわけ。この時期は毎朝五時にフィギュア（ダンスにおける一連の旋回運動）の練習よ」

「まあ、なんてたいへんなくらし！」わたしはおもわず声をあげました。

「あのね、毎朝かよいの弟子たちがよび鈴をならすと（おとうさまをおこさないように、よび鈴はわたしたちの部屋でなるのよ）、わたし、窓をあけるでしょ、そのときあの子たちがちいさなダンス・シューズを脇にはさんで立ってるのをみると、煙突そうじの子みたいだなっておもうの」キャディーはほほえみながらこたえました。

こんなことをきくと、ダンスという芸事がとてもふしぎなものにおもえてきました。キャディーはわたしの反応をよろこんで、うれしそうにじぶんの勉強をくわしく説明してくれました。

「経費を節約するために、ピアノと、それからヴァイオリンがすこしはできないといけないでしょ、だから、ダンスのこまかい技術と楽器の練習もしなきゃならないの。ママが世間なみの人間なら、わたしに音楽の手ほどきをうけさせてたでしょうけど。でも、なんにも知らないままここまできたわ。ほんというと、音楽の初級レッスンははじめつらかった。でも、わたしは耳がいいし、単調な骨おりしごとには慣れてるの――これはママのおかげね、ともかく――やる気さえあればどこでも道はひらけるのよね、エスター」そういうと、キャディーはわらいごえをあげてスクエア・ピアノ〔十八世紀に流行した長方形のピアノ〕のまえにすわり、とても元気よくカドリーユをひいてみせました。それから上機嫌ではにかみながらまた立ちあがり、「わらわないでね、おねがいよ」とじぶんはわらいながらいいました。

　こちらはむしろ泣きたいくらいでした。でも、泣きもわらいもしませんでした。わたしは彼女をはげまし、心のそこからほめたたえました。一介のダンス教師の妻という身ではあっても、ダンス教師の妻になる以上の野心はなくても、彼女は愛情のこもった、しょうじきで、自然な、勤勉と忍耐の道をあゆんでいた、とわたしは真剣に信じていたからです。それは「使命」をもつのとおなじくらい、りっぱなことでした。

「あなたのことばがどれだけはげみになるか、見当もつかないでしょうね。どのくらいあなたに感謝してるか、それも見当つかないわよ。わたしのちいさな世界のなかでは、ものすごくおおきな変化がおこったの！　わたしがインクまみれで礼儀知らずだったあのさいしょの晩をおぼえてる？　あのとき、よりによって、このわたしがひとにダンスをおしえる日がくるなんて、だれが想像したでしょう！」キャディーはうれしそうにいいました。

わたしたちがこうして話しているあいだ座をはずしていた彼女のだんなさまが、舞踏室で弟子たちにけいこをつけるまえに顔をみせてくれました。キャディーは、さあ、どこへでもおともするわよ、といいましたが、さいわい、まだ時間じゃないから、とこたえることができました。そのとき彼女をつれだすのは気のどくでしたから。そこで、三人そろって弟子たちがまっているところにいき、わたしもダンスのメンバーにくわわりました。

この弟子というのがまた、とってもかわった子どもたちでした。だれもいない部屋で一人ワルツをおどっていた子のほかに（そのせいで陰気になったのでなければよかったのですけれど）、二人の男の子と、うすいガーゼ地のような服をきた足のわるいきたならしい女の子が一人。この子はとてもおませで、やはりガーゼ地のような、とてもみっともない帽子をかぶり、すりきれたふるいビロードの手さげ袋にサンダルをいれていました。男の子たちはひもやおはじきや羊の骨〔お守りでもあり、ゲームにも用いられた〕をポケットにいれてもっており、足はとくに踵《かかと》のあたりがひどくよごれていて、ダンスをしていないときはとてもやんちゃでした。親御さんたちはどうしてこの道をえらばせたのでしょうねとキャディーにきくと、よく知らないけど教師か芸人をめざすんでしょう、というこたえでした。みんなまずしいうちの子で、陰気な子の母親はジンジャー・ビールの売店をやっていました。

わたしたちは真剣そのもので一時間ダンスのおけいこをしました。陰気な子は爪先をとても器用にうごかしました。下半身はたのしそうにしているのですが、それが腰からうえにはつたわっていないようでした。キャディーはだんなさまをよく観察してまねをしていたのでしょうが、じぶんなりの優雅な身のこなしとおちつきがそなわり、それがすてきな容姿とあいまって、とてもかわいらしくみえました。彼女はすでにこの子たちの授業の大半をかわりにうけもっており、プリンスはただフィギュアの自分のパートをおどるだけで、ほとんど口はだしませんでした。伴奏が彼の役目でした。ガーゼの子のとりすましたようすと、ほかの子たちにたいするいばりっぷりはちょっとしたみものでした。こうしてわたしたちはダンスに一時間をついやしました。

おけいこがおわると、キャディーのだんなさまは郊外の分校にいくしたくをし、キャディーはわたしとでかけるしたくをするために走ってでていきました。わたしはそのあいだ舞踏室にすわって、弟子たちをながめていました。かよいの二人は階段にでてハーフ・ブーツをはき、住みこみの子の髪の毛をひっぱりました（子どもがいやがっているようすから、そのようにみえたのです）。上着のボタンをとめ、ダンス・シューズを胸につっこんでなかにもどってくると、彼らはパンと肉のつつみをとりだし、壁にかかれたリラのしたに陣どりました。ガーゼの子はサンダルを手さげにいれると、ふみつぶされてぺしゃんこになった靴にはきかえ、髪をひとふりしてからきたない帽子をかぶりました。わたしがダンスはすきなのとたずねると、「男の子とおどるのはいや」とこたえ、帽子のひもを顎《あご》のしたでむすび、つんとして家にかえっていきました。

「おとうさまはまだきがえがおわっていないので、ざんねんながらお目にかかれないですって」ともどってきたキャディーはいいました。「あなたのこと、とっても気にいっておられるのよ」

それはうれしいわ、と返事しておきました。お目にかかれなくてもちっともかまわなかったのですが、そんなことを口にする必要はありませんでした。

「おとうさまって、服をきるのにとても時間がかかるのよ。なにしろ、こういうことではみんなから尊敬されてるでしょ、で、その評判を維持しないといけないんですから。でも、パパにはほんとに信じられないくらい親切にしてくださるのよ。夜になると、摂政殿下の話をしてくださったりしてね、パパのあんな熱心な顔ってみたことないわ」

ターヴィドロップさんがジェリビーさんのご主人に、立ち居振る舞いの手ほどきをなさる図はとても興味あるものでした。そこで、おとうさまのほうもそれにこたえてよくおしゃべりなさるの、とキャディーにききました。

「いいえ、そうはならないみたい。でもね、おとうさまがパパに話しかけてくださるでしょ、パパはあのかたをとっても尊敬してるから、じっときいてるの。それがいいらしいわ。もちろん、パパは立ち居振る舞いとほとんど縁がないひとよ、それはわかってる、でも二人はとってもなかがいいの。どんなに気があうか、あなた、想像できないわ。パパがかぎ煙草をやるとこなんてみたことなかったけど、いつもターヴィドロップさんのケースから一つまみもらって、鼻のまえにもっていったり、とおざけたり、一晩じゅうやってるんだから」

ふとしたことで星まわりがかわる例は世のなかにいろいろあるでしょうが、ターヴィドロップさんがジェリビーさんのご主人をボリオブーラ・ガーからすくいだされるというのは、とてももたのしい運命のいたずらのようにおもえました。

「わたしたちに子どもができればべつだけど」キャディーはすこしためらいながらいいました。「でなければ、ピーピィが一番おとうさまのじゃまになるんじゃないかっておっしゃるのよ！　あの子の顔がみたいなんてしんぱいだったの。それがね、おとうさまのやさしいこと！　ベッドまで新聞をもってこさせたり、トーストをちぎってあたえたり、家のなかの用事をいいつけたり、おこづかいの六ペンスをわたしからもらうよういったりなさるの。つまり」キャディーはほがらかにいいました。「はやい話が、わたしはほんとにしあわせもので、感謝しなくちゃいけないってこと。で、いまからどこにいくの、エスター？」

「オールド・ストリート・ロードよ。弁護士事務所のかたにちょっと話があるの。わたしがロンドンにでてきて、はじめてあなたにあったあの日に馬車の駅までむかえにでてくださったかた。そう、かんがえてみたら、わたしたちをあなたの家につれていってくださったのもそのかたよ」

「なら、わたしがおともをするのはあたりまえよね」

それからオールド・ストリート・ロードのガッピーさんのおかあさまのお宅にうかがい、おくさまにお目にかかりたいと召使につたえました。二つの居間がおかあさまのお部屋でしたが、召使がよびにいくまえにおかあさまはおもての居間のドアから、まるでクルミわりでつぶされそうになっているクルミのようなかっこうで、そとをのぞこうとしておられました。おかあさまはすぐにでてきてわたしたちを部屋に案内してくださいました。おおきな帽子をかぶった赤い鼻の年配のかたで、目をきょろきょろさせ、満面に笑みをうかべておられました。ちいさなせまい居間は客をむかえるための準備がととのっていました。部屋には息子さんの肖像画があり、その絵は本人よりも本人に似ていて（と書いてから、みょうな表現でためらわれたのですが、そのままにしておきます）、本人であることをかたくなに主張し、本人をつかんではなそうとしないようでした。

絵だけでなく、そこにはご本人もおられました。ガッピーさんはいろどりゆたかな服をきて、額にひとさし指をあててテーブルのうえの法律書類を読んでおられました。

「サマソンさん」ガッピーさんは立ちあがっておっしゃいました。「まさしく砂漠のオアシスですな。かあさん、もう一人のお客さまにも椅子をおだしして、入り口からどいてくださいよ」

たえず笑みをうかべておられるせいでなんともこっけいにみえるガッピーさんのおかあさまは、息子さんのいうとおりになさいました。そして、ハンカチを湿布のように両手で胸にあてて、部屋のすみの椅子に腰かけられました。

キャディーを紹介するとガッピーさんは、サマソンさんのおともだちならどなたでも大歓迎です、といわれました。わたしは訪問の用件をきりだしました。

「失礼ながら、先日お手紙を書かせていただきました」

ガッピーさんはうけとったしるしに、手紙を胸のポケットからとりだし、唇にあて、ふかくおじぎをして、またポケットにもどされました。おかあさまはとてもよろこんで、ほほえみながら頭をぐるりとまわし、キャディーにだまったまま肘で合図されました。

「すこしのあいだ、二人でお話しできますかしら?」とわたしはたずねました。

このときのおかあさまほどひょうきんなそぶりをみせられたかたをわたしは知りません。わらいごえこそ立てられませんでしたが、頭を前後左右にうごかしたり、ハンカチを口にあてたり、肘や手や肩でキャディーに合図したり、なんともいえないほど上機嫌でいらしたので、キャディーをつれてちいさな折り戸をぬけてとなりの寝室に移動していただくのはなかなかたいへんでした。

「どうか、サマソンさん、息子のしあわせをつねにかんがえる親のわがままをゆるしてやってください。はなはだみぐるしくはありましょうが、あれでも母性愛から行動しているのです」とガッピーさんはおっしゃいました。

わたしはヴェールをあげました。ひとの顔が、あのときのガッピーさんのように、すばやく赤らんだり色がかわったりするとは信じられませんでした。

「ケンジさんの事務所におうかがいするよりも、こちらにすこしおじゃまさせてくださいともうしましたのは、まえにあなたが内々のお話をされたときにおっしゃったことをおもいだして、こうしたほうが気まずくならないとかんがえたからです」

でも、じゅうぶん気まずいおもいをさせてしまったようでした。あんなに口ごもったり、うろたえたり、おどろいたり、びくびくしたりしたひとはみたことがありません。

「サマソンさん――その」ガッピーさんはしどろもどろにおっしゃいました。「いや――失礼します――われわれの職業においては、われわれ、われわれは論点を明確に述べることが必要とされます。あなたがいまおっしゃったのは――さきにわたしがある申し出をおこなうという栄をたまわったときの――」

このときなにかがこみあげてきて、ガッピーさんはそれがのみこめないようで、喉《のど》に手をやり、咳をして、くるしそうに顔をゆがめ、もう一度のみこもうとし、咳をし、顔をゆがめ、部屋じゅうをみまわし、書類のたばをばたばたさせておられました。

「ちょっと目まいがしたもので、ふらふらして。わたしは――その――つまり――この種の発作がときどきでることが――ああっ！」

わたしは気をとりなおす時間をすこしさしあげました。ガッピーさんはそれを利用して、手を額にあてて、またはなし、椅子ごと部屋のすみへと後退されました。

「わたしはこういうつもりでした――つまり――おやっ――気管がどうもみょうなぐあいで――えっへん！――つまり、あなたはあのときなさけぶかくもわたしの申し出を拒絶し、却下なさいました。それをおみとめになるにやぶさかではありますまい？　いまここに立会いの証人こそおりませんが、それをおみとめいただければ、きっと満足がえられましょう――あなたの満足が、という意味ですが」

「まちがいありません、わたしはあなたのお申し出を完全にきっぱりとおことわりいたしました」

「ありがとうございます」ガッピーさんはもどってきて、ふるえる手でテーブルの寸法をはかりはじめられました。「いままでのところはたいへんけっこう――まことにごりっぱな態度です。あのう――こりゃ、たしかに気管だ――が――えへん――もしかして、気をわるくされないでしょうね――なに、分別のあるあなたなら、いや、普通の人間ならだれがみたってすでにあきらかなことですから、どうしても必要ってわけじゃありませんが――あえて確認させていただきますと、わたしの申し出にはあれで最終的な決着がついたわけですね？」

「そうです」

「おそらく――あの――ここまで形式にのっとる必要はないかもしれませんが、しかし、あなたの満足がえられましょうから――決着がついたとはっきりみとめていただけますか？」

「はい、はっきりみとめます」

「ありがとうございます。まことにごりっぱな態度です。ざんねんながら、一身上の事由ならびに、わたし個人の力ではいかんともしがたいもろもろの事情によりまして、例の申し出を更新する、あるいはなんらかのかたちで再提示することは相成りません。しかし、かの一件はかならずや――その――かわらぬ友情の形見として心にのこりつづけるでありましょう」ガッピーさんの気管がそこでたすけに入り、テーブルの計測がおわりました。

「こちらの用件をもうしあげてもよろしいでしょうか?」とわたしはいいました。

「もちろんです、どうぞ。あなたほどの分別と良識をそなえたおかたなら、きっと筋のとおったお話でしょう。したがいまして、あなたがなにをおっしゃろうとも、当方といたしましては、ただただよろこんでうかがう所存であります」

「あのとき、あなたは親切にもほのめかしてくださ――」

「失礼ながら、「ほのめかす」というような、あいまいな領域に突入しないほうがよろしいかと。当方、なにかをほのめかした、とみとめるわけにはまいりません」

「あのとき、あなたはおっしゃいましたね」わたしはいいなおしました。「わたしにかかわるなんらかの事実を発見して、それによってわたしの利得をはかり、富を増進する手段を手にいれられるかもしれない、と。それは、わたしがなにもかもジャーンダイスさまのお慈悲におすがりしているみなしごだという、あなたがおおまかに知っていらっしゃることにもとづいてのおかんがえだったのだろうと推察いたします。手みじかにもうしますと、ここまでおねがいにあがった用件は、どうかわたしの役に立ちたいというおかんがえを断念していただきたい、ということなのです。この件についてはたびたびおもいめぐらしました。ちかごろ、つまり、病気になってから、とくによくかんがえたのです。そして、あなたが例の目的をおもいだして、その方針にしたがって行動をおこされてはいけないので、おあいしてあなたのかんちがいを正そうとようやく決心いたしました。あなたが、すこしでもわたしの利になるような、すこしでもわたしをよろこばせるような発見をなさることはありません。わたしは自分の来しかたをよく心得ております。あなたのおかんがえになっているような方法でわたしのしあわせがますことはありません、それはまちがいないのです。もしかしたら、あなたはこの計画をとっくにあきらめておられたかもしれません。それならば、こうしてわたしがむだなお手間をとらせましたことをどうぞおゆるしください。もしそうでなければ、ただいまもうしあげましたとおりの事情です、どうぞ計画は断念なさってください。わたしの心の平穏のために、ふしておねがいもうしあげます」

「まったくもって、あなたはわたしがさきにもうし述べましたところの、分別と良識をみごとに発揮なさいました。そういった健全な感覚ほど歓迎すべきものはございません。もしもあなたのおかんがえを当方が誤解してしまったなら、つつしんで陳謝いたします。いや、どうか陳謝させてください——もちろん、あなたの分別と良識をもってすれば容易にご理解いただけるとおり、その詫び言は本日の折衝にのみ限定適用されるわけですが」

ガッピーさんのために一言もうしますと、あのかたははぐらかすような態度をすっかりあらためられました。わたしのたのみごとが自分にできることだったのをほんとうによろこんで、そして、すっかり恥じいっておられました。

「もう一度くりかえす必要がないよう、さいごまでこちらの話をきいていただけるならありがたくぞんじます」ガッピーさんがなにかいおうとなさったので、わたしはすぐにことばをつづけました。「わたしはできるかぎり内々にことをすませようとして、ここまでやってきました。それはあなたがごじぶんのおかんがえをわたしだけにうちあけてくださったからです。わたしはそのお気もちを尊重したくおもいますし、あなたもご記憶のとおり、これまで尊重してきたつもりです。さきほどわたしはじぶんの病気のことをもうしあげました。かりにあなたにたのみごとをするのに気をつかう必要があったとしても、病気のあとのいまではもうその必要はまったくありません。そこで、わたしはいましがた述べましたとおり、あなたにおねがいするのです。おききとどけいただけたなら、まことにうれしいのですが」

ガッピーさんのためにさらに一言もうしあげねばなりません。あのかたはますます恥じいられ、ひたすら恐縮し、真剣なごようすで、真っ赤な顔をして返事なさいました。「男に二言はありません、名誉にかけて、命にかけて、魂にかけて、かならずやご希望を尊重いたします！　お気もちに反した行動などいっさいいたしません。それでなっとくされるなら、誓約してもかまいません。現下の問題にかんしまして、わたしは」ガッピーさんはまるでおなじみのきまり文句をくりかえすように早口でつづけられました。「真実を、すべての真実を、真実のみを述べることをここに——」

「そのおことばだけでじゅうぶんです」といって、わたしは立ちあがりました。「感謝いたします。キャディー、もうかえりましょう！」

おかあさまがキャディーといっしょにもどってこられたので（今度はわたしにむけて声をださずにわらい、肘で合図されました）、わたしたちはそこで失礼しました。ガッピーさんははっきり目がさめていないような、ねむったままあるいているようなぐあいでドアまでついてこられ、わたしたちがわかれをつげたあともまだずっと目をみはったままでいらっしゃいました。

ところがほんのすぐあと、ガッピーさんは帽子もかぶらずながい髪の毛を風になびかせ、通りをあるいているわたしたちにおいついてよびとめると、息せききってこうおっしゃいました。

「サマソンさん、名誉にかけて誓います、わたしは信頼にたる人間であります！」

「ええ、信頼しておりますとも」

「おそれいりますが」片足ではすすみ、片足ではとどまりながら、ガッピーさんはことばをつづけられました。「こちらのかたのおられるまえで——証人になっていただいて——あなたのご満足がえられるように（それが当方ののぞむところです）、われわれの了解事項を再度確認していただけませんでしょうか」

「あのね、キャディー」わたしは彼女のほうをむいていいました。「きいてもおどろかないとおもうけど、わたしとこのかたのあいだには婚約はありませんでした——」

「結婚の申し出も、結婚の約束もいっさいありませんでした」ガッピーさんはことばをおぎなわれました。

「結婚の申し出も、結婚の約束もいっさいありませんでした、こちらのかた——」

「ミドルセックス州、ペントンヴィル、ペントンン・プレイス在住のウィリアム・ガッピー」

「ミドルセックス州、ペントンヴィル、ペントン・プレイス在住のウィリアム・ガッピーさんとわたしのあいだには」

「ありがとうございます。それでじゅうぶんです――あの、すみません――こちらのかたのお名前は？　姓と名の両方、よろしければ？」

わたしはそれをおおしえしました。

「結婚なさっているので？　既婚女性ですな。感謝いたします。旧姓名キャロライン・ジェリビー、もとロンドン、シティ区、セイヴィーズ・イン在住、特定教区外。現住所はオックスフォード・ストリート、ニューマン・ストリート、北入ル。ありがとうございます」

ガッピーさんは、はしって家にむかい、またはしってもどってこられました。

「例の件ですが、一身上の事由ならびに、わたし個人の力ではいかんともしがたいもろもろの事情によりまして、いったん完全に失効した申し出を再提示することができない旨、まことに残念無念、慙愧《ざんき》にたえません」ガッピーさんはほんとうにがっかりと気おちして、わたしにむかっておっしゃいました。「ですが、いたしかたありますまい。

だって、そうじゃありませんか？　どうぞ、しょうじきにおっしゃってください」

わたしは、もちろんそのとおりです、うたがいの余地もありません、ともうしあげました。ガッピーさんは謝意を述べ、おかあさまのもとへもどられました――そして、またもどってこられました。

「まったくあなたのふるまいはごりっぱなものです。かわらぬ友情の祭壇で誓いが立てられるなら――いや、ぜったい、わたしは信頼にたる人間であります。ただ、恋情ばかりは、それだけはなにとぞご勘弁を！」

ガッピーさんの胸中の葛藤と、そのせいであのかたがおかあさまの家の戸口とわたしたちのあいだを何度もいったりきたりなさるようすは、風のふきすさぶ街路でかなり人目をひきましたから（なにより、あのかたの髪の毛はすぐに散髪しないといけないほどのびていましたので）、わたしたちはあわてて退散しました。わたしのほうは気がらくになりましたけれども、さいごにふりかえったとき、ガッピーさんはあいかわらず胸中の葛藤にくるしみながらまだいったりきたりされていました。

＊

第三十九章　弁護士と依頼人

チャンスリー・レインにあるシモンズ・インの扉の柱に、「一階」という銘にすぐ続いて「ヴォールズ」の名が彫り込まれている。この法学院はふるいで仕切られた大型のごみ箱〔灰と石炭をふるいわける網の目が付いたごみ箱があった〕によく似た、小さい、青ざめた、白目をむいたように見える、悲しげな建物である。どうやら往時のシモンド氏は倹約家で、古い建材を使ったらしい。この建材は泥や菌類による腐敗など陰鬱と朽廃《きゅうはい》に所縁《ゆかり》あるあらゆるものと親交を結び、仲良しの貧乏神とつるんでシモンドの名を後世に伝えんとしている〔シモンズはシモンドの所有格〕。シモンドを記念するこの薄汚れた霊廟の中に、ヴォールズ氏が法霊に基づいて職責を果たす事務所がある。

引っ込みがちな性格を有するその事務所は引っ込んだ位置にあり、端に押しやられて隣の建物の壁と向き合っている。床がでこぼこになった暗い通路を一メートル歩くと、依頼人はヴォールズ氏の事務所の漆黒のドアに至る。それは日の燦々《さんさん》と照る真夏の朝でも深い闇に覆われた隅にあり、地下室に通じる階段の扉の黒い上部が出張っているため、何も知らぬ一般人はこれに頭をぶつけるのが常である。ヴォールズ氏の部屋は非常に小規模なもので、事務員は椅子から立たずにドアを開けることができ、同じ机を使っているもう一人の事務員はやはり居ながらにして暖炉の火を掻き立てることができる。夜には(しばしば昼にも)羊の脂でできた蠟燭をともすのと、脂でべとついた引き出しの中で羊皮や羊皮紙が腐食するのとで、病気の羊を思わせるような匂いがかびや埃の匂いと混じり合っている。そのうえに、むっと息づまるような雰囲気が漂う。壁や天井が最後に塗り直されたのはいつか、誰の記憶にもない。二本の煙突が煙を出し続け、煤《すす》がすべてをうっすら覆っている。がっしりした枠にはめられた鈍い色のひび割れした窓には、たった一つの信念——常に汚れた状態を維持し、無理強いされない限り閉じたままでいるという決意——しか見られない。したがって、暑い季節になると、二つの窓の意志の弱い方が押し上げられ、隙間に焚《た》き木の束をかまされる羽目になる。

ヴォールズ氏は大きな信用を得ている人物である。大規模に活動しているわけではないが、大きな信用がある。一財産を築いた、あるいは築きつつある大物弁護士たちからも信用ある人物だと認められている。氏は仕事上のチャンスを決して逃さない――それが世間的な信用のしるしである。氏は娯楽と縁がない――それもまた世間的な信用のしるしである。氏は控えめで真剣な人間だ――それが世間的な信用のしるしである。氏は消化不良に悩んでいる――それは世間の大いなる信用のあかしだ。「人はみな草のごとく」と言われるが〔ペテロ前書一章二十四節〕、彼は三人の娘のためにその草を食《は》み、トーントン渓谷にいる父を養う。

英国の法律の大原則はただ一つ、法に携わる者の儲け口を作ることである。法の狭い曲折した道全体に、歴然と明確に一貫して維持される原則は他にない。このような観点からすれば、法は下々の者たちがとかく考えるような途轍《とてつ》もない迷路ではなく、整合的な体系である。法の大原則は下々の者たちを犠牲にして、法に携わる者の儲け口を作ることであるとはっきり理解させさえすれば、間違いなく人々は不平を言うのをやめるであろう。

しかしながら、この点をしかとわきまえず――中途半端で混乱した物の見方しかせずに――胸と財布に痛みを覚えると、往生際の悪い下々の者たちは時折実際ひどく不平を言う。その時、ヴォールズ氏の信用が彼らの強敵となる。「なに、この条項を廃止せよとおっしゃるのですか？」ケンジ氏は憤慨した依頼人に問う。「廃止せよと？　それはなりません。私は反対です。この法律を変えるとしましょう、するとその性急な手続きは、言わせてもらえますならば、本件の相手側の弁護士ヴォールズ氏を典型とする人々にいかなる影響を与えるでしょうか？　かの類いの弁護士はこの世から消滅するでしょう。いいですか、あなたは、いや、社会という組織は、ヴォールズ氏のような人間がいなければやっていけないのです。つまり、熱心で、忍耐強く、堅実で、仕事のできる人々です。なるほど、現況についてのあなたのお気持ちはわかります、確かにあなたにとっていささか厳しい事態ではあります。とは申せ、私はヴォールズ氏のような人々を消滅せしめることに賛同できません」ヴォールズ氏の信用は議会の調査委員会でも引き合いに出され、決定的な効果を生む。それは以下の公的記録に残されている、さる高名な弁護士の証言にも明らかである。「(五一七八六九)〈質問〉私があなたの発言を正しく理解しているなら、この種の法手続きのせいで明らかに事が手間取るのですな？　〈回答〉はい、なにがしかの遅延が生じます。〈質問〉多大な費用もかかる？　〈回答〉費用をかけずに手続きを行うのはまったくもって不可能です。〈質問〉きわめて腹立たしい事態が生じる？　〈回答〉それはどうでしょう。私は何の腹立たしさも経験しておりません。

むしろその逆であります。〈質問〉こういった手続きを廃止すれば、ある種の弁護士に損害を与えるとお考えですか？　〈回答〉はい、疑問の余地はありません。〈質問〉その種の弁護士の典型的な例を挙げることができますか？　〈回答〉はい。何の躊躇《ためら》いもなく、ヴォールズ氏と申し上げます。廃止となれば、彼は破滅するでありましょう。〈質問〉ヴォールズ氏は法曹界では信用のある人間として評価されていますか？　〈回答〉（この答弁は本案件の議論に十年間決定的な打撃を与えることになった。）ヴォールズ氏は斯界《しかい》では、まことに信用のある人間とみなされています」

同様に公正な判断力を有する巷《ちまた》の御意見番たちも世間話の中でこう述べる――いったい今の世の中はどうなってる、我々は崖っぷちから谷底へ転落しつつある、またもや世の中から貴重なものが失われてしまった、こんな傾向はトーントン渓谷に父親を、家には三人の娘をかかえて、世間の信用を勝ち得たヴォールズのような人間にとっては間違いなく死を意味するだろう、と。この方向にあと二、三歩進めばヴォールズの父親はどうなる？　野垂れ死にか？　ヴォールズの娘たちは？　針子か家庭教師にでもなるのか、と彼らは訊く。あたかもヴォールズ氏とその身内の者は食人族の小さな部族の長であって、そこへ食人の風習を廃止する提案がなされたかのように、憤懣《ふんまん》やるかたない氏の擁護者たちは訴える――人を食い物にするのを違法にしたら、ヴォールズ一家は飢え死にしてしまうはずだ！

要するに、トーントン渓谷の父親と三人の娘を持つヴォールズ氏は、木材のごとく、危険で厄介な状態にある腐った土台を支えるという責務を常に履行している。加うるに、大多数の人々にとって、大多数の事例において肝心なのは、不正を正すことではなく（それはまったくどうでもよい）、世間的信用度のきわめて高いヴォールズ連を利するか害するかという一点なのである。

大法官閣下は今から十分のうちに長期休暇にお出ましになる。ヴォールズ氏とその若き依頼人は、急いで詰めたせいで獲物を飲み込んだばかりの大蛇のように形の崩れた青い鞄をいくつか持って、事務所の穴倉に戻ってくる。静かで動じないヴォールズ氏は、世間の信用を勝ち得た人物にふさわしく、ぴっちりした黒い手袋を自分の手の皮をはぐように脱ぎ、ぴっちりした帽子を自分の頭の皮をはぐように脱いで、机に向かって座る。依頼人は帽子と手袋を床の上に放り出す――それがどこに着地するかなど気にもかけず、見てもいない。彼は椅子に身を投げ、半ば嘆き半ばうなりながら、割れるように痛む頭を手で支え、「悩める青年」を絵に描いたような風貌を呈する。

「また何の結果もなし！」リチャードは言う。「何の結果もなしだ！」

「結果なしだなんておっしゃらないでください」冷静なヴォールズ氏は答える。「それは正当な意見ではありません、正当な意見ではありません！」

「え、じゃ、いったいどんな結果があったんです？」リチャードは陰鬱な顔を氏に向ける。

「結果だけが問題じゃありますまい。経過もまた、経過もまた問題の一部でして」

「で、どんな経過があると言うんですかね？」不機嫌な依頼人は問う。

ヴォールズ氏は机に両肘をつき、静かに右手の指先と左手の指先を合わせたり離したりしながら、ゆっくり依頼人を見つめて返答する。

「いろいろありますとも。我々は肩を車輪に当てました。そして、我々が押すことで車輪は回りつつあるのでして」

「そう、イクシーオーン（ギリシア神話。永遠に回り続ける火焔車に縛りつけられた王）付きでね。いったいこれからの四、五か月をどう過ごせばいいんです？」青年は叫び、椅子から立ち上がり、部屋を歩き回る。

「カーストン様」ヴォールズ氏は依頼人をずっと目で追いながら答える。「あなたは短気でいらっしゃる。残念ながらそれはあなたのためにはなりません。甚だ失礼ながら御忠告申し上げます、どうかそんなに苛立たず、性急にならず、神経をすり減らさないようお願いします。もっと辛抱強く、忍耐を持ってください」

「つまり、あなたを見習えってわけですか?」リチャードは苛々と笑いながら再び腰を下ろし、模様のついていないカーペットをブーツでじれったそうに繰り返し踏みつける。

「いいですか」ヴォールズ氏は職業的な食い気が働き、食い入るように依頼人を見つめ続ける。「いいですか」氏は例の内にこもった、血の気のない静かな話し方で言う。「私はあなたに、いや誰に対しても、自分を模範にしろなどと申し上げるつもりはさらさらございません。三人の娘のために世間に恥ずかしくない名を遺すことができればそれで十分でして。私は自己本位な人間ではありません。しかしながら、あなたがはっきりおっしゃったのでこちらも申し上げますが、少しばかり私の——そう、無神経とおっしゃりたいでしょうな、ええ、当方に異存はありません——無神経としましょう——私の無神経ぶりを少しばかり分けて差し上げたいところではあります」

「ヴォールズさん」依頼人は少々恥じ入って声を上げる。「僕はあなたを無神経呼ばわりするつもりはありませんでしたよ」

「いえ、そのおつもりでした。ご自分では気づいておられないかもしれませんが」冷静なヴォールズ氏は答える。「もっとも、それは当然至極であります。あなたの権益を沈着に見守るのが私の務めです。興奮して感情的になられたあなたにとって、現在の状況で、私が無神経な人間に映るのは無理ありません。娘たちならもっと私をよく理解してくれるでしょう、年老いた父もまた然りでありましょう。あなたよりも長く私を知っていますし、愛情が持つ信頼の目はビジネスが持つ疑いの目とは違いますから。もっとも、ビジネスが疑いの目を持つことに文句を言うつもりはありません。その反対です。私があなたの権益をきちんと見守ることができるかどうか、くまなく吟味していただきたいと存じます。そうなさって然るべきなのですから。精査を歓迎いたします。しかし、あなたの権益のためには私が冷静かつ謹厳であることが必要です。そうあらざるを得ません――たとえあなたを喜ばせるためであっても、それを変えるわけにはまいりませんのでして」

鼠の穴を辛抱強く眺めている事務所の猫をちらっと見た後、ヴォールズ氏は再び魔法の目で若き依頼人を見据え、出てこようともせず声を上げようともしない穢《けが》れし霊（マタイ伝

〔十二章四十三節〕が体内にいるかのごとく、閉じ込められて半分聞こえない声で話を続ける。

「休廷期間中はどうしたらよいのか、とあなたはおっしゃる。あなたがた軍隊の紳士方は、その気になれば、楽しく日を過ごす術《すべ》をいろいろ見つけられるのではありませんか。休廷中に私がどうするつもりかお尋ねになるなら、答えはもっと簡単です。私はあなたの権益を見守っております。あなたの権益を見守りながら、毎日ここにいるでしょう。カーストン様、それが私の務めですから。開廷だろうが、休廷だろうが、何の違いもありません。あなたの権益に関して面談を御所望なら、私はいつでもここにおります。休廷中、他の弁護士はロンドンを離れます。私はここにいます。なに、他の連中を責めるつもりはありません。ただ、私はここにいるのです。この机こそあなたの岩であります〔マタイ伝七章二十四節に、信者を岩の上に家を建てた者にたとえる表現がある〕！」

ヴォールズ氏が机を軽く叩くと、棺桶のような空《うつ》ろな響きがする。しかし、リチャードの耳にはそう聞こえない。それは彼を勇気づける音だ。ヴォールズ氏はおそらくそれを知っているのだろう。

「僕にはよくわかってます」リチャードは前よりも親しげに、機嫌をよくして言う。「あなたはこの世で一番信頼できる人です。あなたと関わりを持つってことは、すなわ

弁護士と依頼人，岩乗《がんじょう》と焦燥

ち、目の確かなプロと関わりを持つってことだ。だけど、僕の身になって考えてほしい。調子の狂った人生が長々と続き、日に日に泥沼深く沈み込み、たえず希望を抱いては失望させられ、自分という人間がだんだん悪い方向に進んでいて、何事もちっともいい方向に進んでないのがわかってる——そうなれば、あなただって、僕と同じで、先行きは暗いと時々思うでしょうよ」

「私はいたずらに人に希望を与えたりしません。それは最初に申し上げました。特に今回のように、係争対象物件である財産から弁護料の大部分が支払われる場合には、希望を与えたりしたら職業上の評判を傷つけかねません。ではありますが、何一ついい方向に進んでいないとおっしゃるなら、それは事実に照らして違うと申さねばなりません」

「ほう?」リチャードの顔は明るくなる。「だけど、どうしてそんなことが言えるんです?」

「カーストン様、あなたの代理人を務めるのは——」

「岩でしょ、そう言いましたね、さっき」

「そうですとも」ヴォールズ氏はゆっくりと頭を振り、空ろな机を軽く叩く。すると、灰が灰の上に、塵《ちり》が塵の上に落ちるような音がする（英国国教会葬禱のもじり）。「岩です。これは一歩前進です。あなたの権益は、それを代表する弁護士が単独に一人いるわけでして、もはや他の者たちの権益の中にまぎれて隠れているのではありません。それは一歩前進でしょう。訴訟を眠らせず、我々が目を覚まさせ、外の空気にあてて、動き回らせます。それは一歩前進です。訴訟は名実ともにジャーンダイスだけに関わるものではなくなりました（カーストンが成人したため）。それは一歩前進です。誰か一人の思いどおりに事が運んでいるわけではありません。それは間違いなく一歩前進でしょう」

　リチャードは突如色をなし、拳《こぶし》を握った手を机の上に振り下ろす。

「ヴォールズさん！　はじめてジョン・ジャーンダイスの家に行った頃は、もしも誰かが、ジャーンダイスは公平無私な友人というふりをしているだけで本当は曲者《くせもの》だなんて言ったら、そんな中傷に対して言葉では表現できないような怒りを覚えたでしょう。確かに後から化けの皮がはがれたんだが、あの頃なら彼をどれだけ熱心に弁護したかわからない。まったく、何ておめでたい人間だったんだ！　ところが今は違う。はっきり言えば、僕にとってあいつこそ訴訟を体現する人物だ。訴訟は抽象的なものではなく、ジョン・ジャーンダイスという形を取っている。苦しめば苦しむほどあいつに腹が立つ。

新たな遅延が生じ、新たな失望を覚えるたびに、ジョン・ジャーンダイスの手から新たな傷を受けるんだ」

「いや、そんなことおっしゃってはいけません。我々は忍耐を持たねばなりません、我々は。それに、私は人の悪口は言わない主義でして。悪口は言わない主義で」

「ヴォールズさん」怒れる依頼人は言葉を続ける。「もし可能なら彼は訴訟を阻止していたでしょう、それはあなたも僕と同じぐらいよくわかってるはずだ」

「ジャーンダイス氏は訴訟を積極的に推進しようとはしませんでした」ヴォールズ氏はしぶしぶ認める。「確かに積極的に推進しようとはしませんでした。しかしながら、しかしながらですぞ、彼は友好的な意図を持っていたのかもしれません。誰が人の心を読めるでしょう?」

「あなたならできる」

「私が?」

「彼の意図がどこにあるかを知るぐらいはできる。僕と彼の権益は対立するか、しないか? どう――なん――です?」リチャードは最後の言葉に合わせて三回信頼の岩を叩く。

「カーストン様」ヴォールズ氏は少しも姿勢を変えず、飢えた目を瞬きもせず答える。「もしもあなたの権益がジャーンダイス氏の権益と合致すると申しましたならば、顧問弁護士としての義務を怠り、あなたの権益に対する忠義を尽くさないことになるでしょう。もちろんお二人の権益は合致しません。私は人の動機を詮索しません。私は父親を持ち、かつ自らが父親でもあり、人の動機は詮索しないのです。ではありますが、たとえ家庭内に不和をもたらそうとも、職業上の義務は回避いたしません。あなたはご自分の権益について私に専門的な質問をなさっている、そうですね？　それなら、あなたとジャーンダイス氏の権益は合致しないとお答えします」

「もちろんだとも！　そんなこと、あなた、とっくにわかってたでしょう」

「カーストン様、当方は必要以上に第三者を話題にしたくないのでして。私は汚点のない評判と、勤勉と忍耐によって獲得した僅かながらの資産を、エマ、ジェイン、キャロラインの三人の娘に遺してやりたいのです。そして、同業者仲間とも友好的にやっていきたいと望んでおります。名誉なことに――きわめて名誉なことに、とまでは申しません、お追従《ついしょう》を言うつもりはありませんので――スキンポール様がこの部屋で我々を引き合わせてくださった時、あなたの権益が他の弁護士に委託されている間はそれについて意見を述べたり助言を与えたりはできないと申し上げました。高名なケンジ・アンド・カーボイ事務所に関して、私は然るべき言葉を用いて意見を口にいたしました。すると、あなたは顧問契約を彼らから私に移すとおっしゃった。これを法的に問題ない形で提案なさったので、こちらも法的に問題ない形で受諾させていただきました。あなたの権益は当事務所の最優先事項となっております。前にも申しましたが、私の消化機能は十全なものではありません。休息すれば調子は戻るのかもしれません。しかし、この訴訟であなたの代理人を務めている間は休息をとりません。あなたが必要とされる時にはいつでもここにいますし、呼ばれればどこへなりとも参ります。長期休暇の間、あなたの権益をより綿密に精査し、ミクルマスに開廷した後は、(もちろん大法官閣下を含めて)天をも地をも動かさんばかりに力を尽くすべく、その準備に余暇をすべて費やします。そしていよいよめでたく遺産相続となった暁には――」ヴォールズ氏は決意を固めた人間の厳然たる口調で言う。「私はいたずらに人に希望を与えるものではありませんが、少々付言させてください――めでたく遺産相続となった暁には、訴訟費用として認定された額を係争対象の財産の中からいただきまして、そのうえでまだ弁護士と依頼人の関係から生じた経費の残額があればそれをいただきます。あなたが私に支払う義務があるのはそれだけです。私としては、ただ、職務上の義務を懶惰《らんだ》怠慢にではなく粉骨砕身履行した、と認めてさえいただければ幸いに存じます。当方がそうしてめでたく義務を果たした暁に、我々の関係は終結するのでして」

ヴォールズ氏は最後に所信表明の補足条項として、あなたはこれからすぐ連隊に戻られるのですから、内金として二十ポンドばかり手形を切っていただけませんでしょうか、とつけ加える。

「何しろ、最近人と面会したり、出張したりせねばならない用件がいろいろありまして」ヴォールズ氏は手帳のページを繰る。「こういう些細な費用も度重なると馬鹿にならない額になります。私はおよそ資産家ではありません。あなたと現在の契約を結んだ時、私は資産家ではないと率直に申し上げました——依頼人と弁護士の関係は率直が一番というのが持論でして。資産家をお求めなら一件記録はケンジの事務所に置いておいた方がいい、とも申しました。資産に由来する利点も欠点も当事務所とは縁がありません。これが」氏は再び机を叩いて空ろな音を響かせる。「あなたの岩です。それ以上でもそれ以下でもありません」

いつの間にか我知らず失意から立ち直り、再び漠たる望みに燃えた依頼人はペンとインクを取り、手形を作成する。彼は日付をいつにするか困惑しながら計算し、考慮する。それは銀行に僅かな資産しかないことをほのめかしている。その間ずっとヴォールズ氏は服の胸と自分の胸の両方にしっかりボタンをかけたまま、彼を注意深く見守っている。その間ずっと事務所の猫は鼠の穴を見守っている。

最後に依頼人は握手してヴォールズ氏に、どうか、大法官裁判所の訴訟で勝てるよう尽力を願いますと言う。決していたずらに希望を与えない弁護士は依頼人の肩に手をのせ、微笑みながら、「直接お越しいただいても、間接的に書面でも、常にここで連絡は取れます。私は常時ここで肩を車輪に当てております」と答える。こうして二人は別れる。後に残されたヴォールズ氏は細かい記録をあれこれ手帳から為替手形記入帳に書き移す。これも究極的には三人の娘のためである。勤勉な狐や熊も、同じように、自分の子供のためにヒヨコや道に迷った旅人を勘定する――ケニントンの湿っぽい庭にある墓場のような小屋にヴォールズ氏と共に住む、赤くはれた顔で、ボタンをかけてとりすました、痩せた三人の娘を動物の子供と同等に扱うのは申し訳ないが。

リチャードはシモンズ・インの暗い日陰からチャンスリー・レインの日向《ひなた》に出て(今日はたまたま日が照っている)、物思いにふけりながら足を運び、リンカーンズ・インに入ると木陰を進む。ここの木々は、下を行く多くの者たちに——一様にうなだれ、爪を噛み、目を伏せ、躊躇うように歩を進め、漫然として夢見がちな雰囲気を漂わせ、美徳を失ったか失いつつあり、人生が苦い方向に転じた者たちに——しばしばまだらの影を落とす。今歩み行く者はまだみすぼらしくはない。しかし、そうなる日がやがて来るかもしれない。大法官裁判所には先例という知恵しかないが、そういう先例はたくさん知っている。ならば、どうしてこの一人が他の一万人と異なるであろう？

　だが、転落が始まってまだ日の浅いリチャードは、歩み去りながら、自分は驚くべき特異な例だと感じているかもしれない。彼はこの場所が嫌いなくせに、ここから長い間離れていたくもない。心配と不安と不信と疑念にむしばまれ、心は重い。だが、そこにはまだ、はじめてここに来た時、自分の気持ちがどれほど今と異なっていたかを思い出して哀しい驚きを覚える余地はある。しかし、不当な仕打ちは不当な仕打ちを呼ぶ。形のない影と闘って敗北を喫すれば、実体のある闘い相手が必要になる。そこで、この世の誰も理解できない、理解しようとしてもとっくに手遅れの、つかみどころのない訴訟から、こんなみじめな状態にいる彼を喜んで救ってくれたであろう友人の実体ある姿へと目を転じ、あいつを敵とすることは憂鬱ながらも気晴らしになった。リチャードはヴォールズ氏に真実を告げたのだった。気分が硬化しようが、軟化しようが、いずれにせよリチャードは損害をあいつのせいにする。人生の確固たる目的はあいつによって破壊されてしまった(言うまでもなく、その目的は彼の人生を完全に吸収しつつあるただ一つの問題に端を発している)。しかも、敵であり迫害を加えてくる者が実体を伴えば、自分の行動を自らに対して正当化しやすくなるのである。

こんなリチャードは怪物なのか——それとも、人の素行を記録にとどめる天使から情報を入手できるとしたら、大法官裁判所に関わる人々の中にはこういう先例も山ほど見つかるのだろうか?

その種の人々を知らぬではない二対の目が、爪を噛み物思いにふけるリチャードが、広場を横切って南門の影に姿を消すのを見守る。その目の持ち主、ガッピー氏とウィーヴル氏は、木陰にある低い石の欄干に寄りかかりながら語り合っている。リチャードは目を伏せたまま、彼らの傍を通り過ぎたのだった。

「ウィリアム」ウィーヴル氏は頬髯《ほおひげ》を整えながら言う。「見ろよ、今にも燃え出しそうな奴がいるぞ! パッと自然発火するんじゃなくて、くすぶって火がつく感じだけどな」

「ああ！　あの男はジャーンダイス訴訟から離れてられないんだ。おおかた、首まで借金につかってるんだろう。よくわからん奴だったな。うちの事務所で見習いをしてた時はうんとお高く止まってた。事務員としても、依頼人としても、縁が切れてせいせいしたよ！　で、トニー、さっきから言ってるように、あいつらは今そういう状態なんだ」

ガッピー氏は再度腕を組み、再度欄干にもたれ、興味深い会話を再開する。

「まだ諦めずに、在庫品のリストを作ったり、書類を調べたり、屑《くず》の山を漁ったりしてる。この調子だと、七年はかかるな」

「スモールが手伝いをしてるんだって？」

「あいつは一週間前の通告だけでうちを辞めてしまった。爺さんの体力が仕事に追いつかなくなったんで、代わりを引き受ければ事務所にいるより出世が早い、ってケンジに言ったらしい。あいつが秘密主義を貫いたから俺との間は冷めたんだが、悪いのは俺とお前の方だってさ。確かにそう言われるとつらい、だって俺たち冷たくしたもんな。で、俺は国交を回復した。だもんで、あいつらの動きがわかったわけよ」

「じゃ、全然家の中は覗いてないんだな？」

「トニー」ガッピー氏は少々狼狽しながら答える。「正直なところ、お前と一緒ならいいんだが、一人だとあの家はどうもな。だから行ってない。それで、お前の持ち物を運び出すために今日こうやって会おうって提案したわけさ。ほら、鐘が鳴ってる。時間だ！　なあ、トニー」ガッピー氏は謎めいた、しんみりした調子で、滔々《とうとう》と弁じ始める。「もう一度念のために言っておこう。俺個人の力では如何《いかん》ともしがたいもろもろの事情によって、親友のお前に以前打ち明けた、我が胸の深奥《しんおう》にある将来設計、ならびに報われざる情愛の対象たる女性の器量に哀しむべき変化が生じた。その姿は無惨にも打ち砕かれ、偶像は地に堕ちた。クルックの家で実行しようと思っていた計画について供述するならば、今はただ、友人としてのお前の助力を得て、それを放棄し、忘却の中に埋葬したいだけだ。なあ、可能性として、確率として、どうだろう――友人として訊くが、お前、あの、例の自然現象の犠牲となった、腹の読めない気まぐれ爺さんの癖を知ってるだろ――それをもとに判断してだな、お前が最後にあいつを見た後あいつが手紙をどこかに隠して、そのせいで手紙はあの晩焼失しなかった、なんてことがあるだろうか？」

ウィーヴル氏はしばし考え、頭を振る。絶対それはない。

「トニー」ガッピー氏は裏町に向かって歩きながら言う。「もう一度、友人として、俺の言うことをわかっておいてもらいたいんだ。これ以上詳細には述べられないが、繰り返すと、我が偶像は地に堕ちた。今や俺には何の目的もない。ただ忘却の中に埋葬するのみだ。その誓いを立てた。自分自身の立場と、無惨にも打ち砕かれた姿と、俺個人の力では如何ともしがたいもろもろの事情とを考慮するならば、そうせざるを得ない。もしお前がかつての住居のどこかで問題の手紙に少しでも似た紙束を見つけたと、何らかの仕草か目くばせで示したとしても、俺は自分自身の責任においてそれを火にくべるだろうよ」

ウィーヴル氏はうなずく。どんな話であっても、尋問か事件要点の説示か演説の形式で行いたがるガッピー氏は、半ば甘美に半ば法廷弁論的に右の意見を表白したことで悦に入り、昂然と胸を張って友人と裏町に向かう。

開闢《かいびゃく》以来この裏町において、古道具屋の店内の現在の動きほど、フォルトゥナトゥスの財布のように限りなく噂話を提供してくれるネタ元はなかった。規則正しく毎朝八時にスモールウィード老が角に到着し、夫人、ジュディー、バートに伴われて店に運び込まれる。規則正しく彼らは一日中晩の九時までそこにいて、料理屋から運ばせた多いとは言えぬ食事を家の外でとりながら、故人の宝物を漁り、探索し、物色し、掘り返し、引っ掻き回している。その宝物がいったい何なのか、彼らは固く口を閉ざしているので、御近所連は苛立つ。その苛立ちが高じた幻覚の中で、ティーポットからギニー金貨がこぼれ出てきたり、クラウン貨が鉢から溢れたり、古い椅子やマットレスに紙幣が詰まっている図を想像する。ダニエル・ダンサー氏ならびにその妹、そしてサフォーク州のエルウィーズ氏（いずれも十八世紀の有名な吝嗇家）に関する（派手な色の口絵のついた）安物の伝記が入手され、それらの真正な物語のすべての事実がクルック氏に転嫁される。二度、屑屋が呼ばれて荷車一杯の古紙や、灰や、割れた瓶を運び去るが、その時は籠に入れて持ち出される屑を町内総出で覗き込む。字に飢えた小さなペンを薄い紙の上に走らせる二人の紳士が――先頃の協調路線が解消されたので――お互いを避けるようにあたりをうろうろしているのが何度も目撃される。音曲の集いがある夜、ソルズ・アームズ亭は巧みに近隣一帯の関心事に乗じる。リトル・スウィルズは早口の口上で一件についてまくし立てて満座の喝采を浴び、咄嗟のひらめきでお決まりのパターンに即興ギャグを入れる。ミス・メルヴィルソンですら、再流行中のスコットランド民謡「みんな居眠り」を取り上げ、「犬はスウブが好き」と茶目っ気たっぷりに歌い（スウブなるものがスコットランドでどんな食べ物を指すのか定かではないが）、隣家に向かって頭を振るので、「スモールウィード氏は宝探しが好き」の意味だとすぐにわかり〔猫はミルクが好き、犬はスープが好き、男は女が好き、というのが元の歌詞〕、連夜繰り返しアンコールに応える。ところが、これだけ大騒ぎしておきながら、結局御近所連中は何も発見できない。そこにかつての下宿人が姿を見せたので、それが引き金となって近隣総動員となる。パイパー夫人とパーキンズ夫人が彼に告げるところによれば、事の一部始終を――あるいはそれ以上を――白日にさらすべく一同興奮の坩堝《るつぼ》にあるとのこと。

ウィーヴル氏とガッピー氏は衆目を集めて人気絶大の中、故人宅の閉じられたドアをノックする。ところが、二人は皆の予想を裏切って招じ入れられたものだから、たちまち不人気になり、ろくでもないことを企んでいるという風評が立つ。

家中のよろい戸はほぼすべて閉じられ、一階は蠟燭が必要なほど暗い。二人はスモールによって店の裏に案内される。外の光に慣れた後なので、最初は闇と影しか見えない。しかし徐々に、古紙の井戸、いや、墓穴のふちに座っているスモールウィード老と、墓守女のようにその中を手探りしている徳の高いジュディー、その日挨拶がわりに投げつけられたと思《おぼ》しき紙や刷り物や手稿が蓄積した汚い山に埋もれているスモールウィード夫人の姿が近くの床の上に見えてくる。スモールも含めて全員が塵と埃まみれの黒ずんだ恐ろしい風貌を呈し、部屋全体の様子もその印象を決して和らげはしない。前より紙屑やがらくたが増え、そんなことがあり得るとすれば、前よりも汚くなっている。また、チョークで壁に書かれた字など、死んだ住人の痕跡がまだ残っており、幽霊が出そうな感じさえする。

客が入ってくると、スモールウィード老とジュディーは同時に捜索を中断し、腕組みをする。

「やあやあ！」老人はしわがれ声で言う。「御機嫌よう、皆さん、御機嫌よう！　荷物を取りに来なさったのかな、ウィーヴルさん？　結構じゃ、結構じゃよ。はっはっは！　これ以上置いとかれたらたまらんので、売り払って上がりを保管料としていただかにゃならんと思っとったところじゃ。我が家に戻ってきた気がするじゃろう、ええ？お目にかかれて嬉しいわい、お目にかかれて嬉しいわい！」

ウィーヴル氏は礼を言いながら、あたりを見回す。ガッピー氏の目はウィーヴル氏の目を追う。ウィーヴル氏の目は何の新しい情報も得ないまま、元の位置に戻る。ガッピー氏の目も元の位置に戻り、スモールウィード老と目が合う。愛想よい老人はねじを巻いた機械が段々力がなくなるような具合に、まだつぶやいている。「御機嫌よう、皆さん、ごき……げん……」そして完全に力がなくなると、にやにや笑ったまま黙り込む。その時、ガッピー氏はタルキングホーン氏が手を後ろで組み、正面の闇の中に立っているのを認めてぎょっとする。

「親切にもわしの弁護士をしてくださっとる紳士じゃ」スモールウィード老は言う。「わしなんざ、こんな立派な人のお客になる柄じゃないんじゃが、ほんとによくしてくださる」

ガッピー氏は軽く友人をつついてもう一度よく見るよう促し、タルキングホーン氏に御機嫌伺いのお辞儀をする。氏も軽くうなずいて答礼する。他にすることが何もないのか、新奇な光景を楽しむかのごとく黙って眺め続けている。

「たくさん物をお持ちですな」とガッピー氏はスモールウィード老に言う。

「ぼろ切れにごみ屑ばっかりじゃよ、あんた！　ぼろ切れにごみ屑！　わしとバートと孫娘のジュディーは売れそうなもののリストを作っとるんじゃ。今のところ大した量にはなっとらんがな、今……の……ところ……ふうっ！」

スモールウィード老は再び力が切れてしまう。一方、ウィーヴル氏の目はガッピー氏の目ともども、再び部屋を一周して元に戻ってくる。

「さて」ウィーヴル氏は言う。「じゃ、このあたりで失礼して、よろしければ、階上《うえ》に行かせてもらいますよ」

「どこへなりと、どうぞ、どこへなりと！　あんたはうちに帰ってきなさったんじゃ、まあ、くつろいでくだされ！」

階段を上がりながら、ガッピー氏は問いかけるように眉をひそめ、トニーを見つめる。トニーは頭を振る。部屋はとても陰気でうっとうしい。あの忘れられぬ夜に燃えていた炎の灰が、色あせた炉格子の内側にまだ残っている。二人は何に触れるのも気が進まず、先ず注意深く埃を吹き飛ばしてからにする。長くとどまる気も起こらない。できる限りすばやく数少ない所持品を詰め、しゃべる時も囁《ささや》き声しか出さない。

「見ろよ」トニーはのけぞりながら言う。「あの恐ろしい猫が入ってきたぞ！」

ガッピー氏は椅子の背後へと退く。「スモールが言ってたよ。この猫、あの晩はまるで竜みたいに飛び回ったり、跳ね回ったり、がむしゃらに突進したりしてたかと思うと、屋根の上に出ていって、二週間ばかりそこをうろうろして、その後ガリガリに痩せて煙突から下りてきたそうな。お前、こんな怪物見たことあるか？　まったく、何もかもすべてお見通しって顔してるじゃないか、こいつ？　顔もほとんどクルックそっくりだろ。シッシッ！　あっちに行け、化け猫め！」

戸口にいるレディー・ジェインは耳まで裂けた口から虎のうなり声を発し、棍棒のような尻尾を振り、ガッピー氏の命令に従う気配は一切ない。しかし、タルキングホーン氏が思わず足蹴《あしげ》にすると、猫は氏の古色蒼然たる足に唾《つば》を吐きかけ、怒りを込めて呪詛し、背中を丸めて階段を上がっていく。おそらくまた屋根の上に出て、煙突から帰ってくるのだろう。

「ガッピー君、ちょっと内々で話がしたいのだが」タルキングホーン氏は言う。

壁から「英国美形大星雲」をはずし、それらの芸術品をみすぼらしい帽子箱に片づけている最中のガッピー氏は顔面を紅潮させて答える。「私はすべての同業者に礼をもって接したいと考えております、特に先生のように高名な方――いや、抜きんでた方と言わせてください――に対してはなおさらのことです。しかしながら、もしも私に何かおっしゃりたいのなら、どうぞ、この友人のいる前でおっしゃっていただきたいのです」

「ほう、そうかね？」

「はい。先生個人に問題があるわけではもちろんありません。しかしながら、私自身にとってはそうお願いする十分な理由がありますので」

「そうだろうとも、そうだろうとも」タルキングホーン氏はまったく動じない。その動かざること、彼が今静かに歩を進めた炉辺に敷かれた石と同じである。「いや、この件は何も君がわざわざ条件をつけねばならないほど大層なものではない」彼は言葉を止めて微笑む。それは彼のズボンと同じくらい古びて色あせた笑みである。「君は祝福されるべき人だ、実に幸運な若者だ」

「まあそうですね。不満はありません」

「不満だって？　上流階級の知り合いを持ち、大きなお屋敷に自由に出入りし、高雅な御婦人方にお目通りがかなうのに！　なに、君と入れ替わることができるなら両耳を差し出してもいいという者がロンドンには山ほどいるだろう」

そのような誰かと入れ替わることができるなら、今やますます赤くなりつつある両耳を差し出してもいいと感じている様子のガッピー氏は答える。「私が職分に専心し、ケンジ・アンド・カーボイ事務所に忠義を尽くす限り、自分がどんなつきあいを持とうと、それは事務所に何の関係もありませんし、同業者にも、フィールズのタルキングホーン先生にも、等しく何の関係もないのであります。これ以上説明する必要はありますまい。

おそれいりますが、どうぞ悪しからず――繰り返します、どうぞ悪しからず――」

「ああ、もちろんだとも！」

「――これ以上の説明は控えさせていただきとうございます」

「なるほど」タルキングホーン氏は静かにうなずく。「結構だ。ここにある肖像画から察するに、どうやら上流社交界の御婦人方にかなり興味をお持ちのようだが？」

氏はこの問いをトニーに向けて発する。トニーは驚き、当たりは柔らかだが鋭い指摘に黙ってうなずく。

「もっとも、その徳を持たない英国人はまずおらんだろう」タルキングホーン氏は続ける。彼は炉辺で煤だらけの煙突を背にして立っていたのだが、ここでくるりと向きを変え、眼鏡を目に当てる。「これは誰かな？　「レディー・デッドロック」？　ほほう！　それなりによく似てはいるが、内面の力強さが表現されていない。では皆さん、御機嫌よう、さようなら！」

氏が立ち去ると、冷や汗をかいたガッピー氏は何とか気力を出して「大星雲」を壁から取りはずす作業を早々に終結させる。最後になったのはレディー・デッドロックの絵である。

「トニー」氏は目を丸くする友人めがけてまくし立てる。「さっさと片づけてここから出ていこう。これ以上隠していても無駄だから言うが、実は今こうして手に持っている、けだし白鳥のごとき、やんごとなきお方と俺との間には、内密の交誼があった。ことによると、それについてお前に供述する運命《さだめ》になっていたかもしれん。だが、もはやその証言の可能性はない。俺が行った宣誓によって、ならびに打ち砕かれた偶像によって、ならびに俺個人の力では如何ともしがたいもろもろの事情によって、すべては忘却の中に埋葬されねばならん。いいか、上流社交界の動向に対してお前がこれまで持ってきた関心というものがあるだろう、そしてまた俺がお前にしてやれたかもしれない出世の幇助《ほうじょ》というものがあるだろう――それに鑑《かんが》みて、どうか、親友の好《よしみ》で何も訊かずに忘却の刑を宣告してくれ！」

ガッピー氏はほとんど法廷性精神異常とでも言うべき状態でこの命を下す。一方、氏の友人は、頭髪全体と豊かにたくわえられた頬髯の双方から、五里霧中の心境を吐露する。

第四十章　お国とお家

英国はこの数週間ばかり惨憺たる状態にある。クードル卿は首相を辞任すると言い、ドゥードル卿は首相に就任しないと言う。英国にはクードルとドゥードルしか（考慮するに足る）人材はいないので、内閣は成立しないままになっている。この二人の傑物が決闘するのは避けられぬと一時は思われていたが、幸いにも実現には至らなかった。というのも、もし互いの銃弾が功を奏してクードルとドゥードルが相討ちになったなら、英国は今スモックをはおり長靴下をはいている若きクードルとドゥードルが成人するまで統治者がいないままであっただろう。しかし、この途方もない国家的危機は回避された。クードル卿が、もし議論に熱が入ったあまり自分がサー・トマス・ドゥードルの恥ずべき経歴すべてを蔑視すると述べたならば、それは違う政党に属していてもドゥードルの経歴に最大限の敬意を払うに吝《やぶさ》かでないという意味の発言だったと時宜よく思い至り、サー・トマス・ドゥードルの方も胸中クードル卿こそ美徳と名誉の鑑《かがみ》として後世に伝えられるべし、と恰好のタイミングできっぱり決心したのだ。とはいえ、この数週間というもの我が英国丸は（サー・レスター・デッドロックの巧みな表現を借りれば）水先案内人なしで嵐を乗り切らねばならない窮境にある〔一八〇二年、当時の首相ウィリアム・ピットを讃える「嵐を乗り切った水先案内人」と題された詩が発表された〕。だが、驚嘆すべきことに、英国はさして気にするでもなく、人々がノアの洪水の直前にしていたように、気楽に飲み食いを続け娶《めと》り嫁《とつ》がせなどしている〔マタイ伝二十四章三十八節〕。もっとも、クードルは危険を承知しており、ドゥードルもまた危険を承知しており、彼らの子分や取り巻き連全員も一点の曇りもなく危険を承知している。結局最後は有り難くもサー・トマス・ドゥードルが組閣に乗り出したまう。しかも、彼のすべての甥、すべての従兄弟、すべての義兄弟を含む素晴らしい内閣を組織してくださる。というわけで、古き英国丸にもまだ希望はある。

ドゥードルはもっぱら金貨とビールという姿をとって国民に助力を乞わねばならぬと前々から悟っている。こうして彼は変身を遂げ、同時に多くの場所で国民に接し、同時にかなりの数の国民に助力を乞う。国民はひたすら金貨の姿をとったドゥードルをポケットに入れ、ビールの姿をとったドゥードルを喉《のど》に流し込んだ後――明らかにお国の美徳と栄誉を慮《おもんぱか》り――天地神明に誓ってそのどちらもやっていません、と鬱血《うっけつ》して顔色が変わるほど力を込めて言明する。そして、ドゥードルやクードルの子分が国民のこうした宗教的勤行《ごんぎょう》に手を貸すべく分散することによって、ロンドンの社交シーズン〔ほぼ五月から七月〕は突然終わりを告げる。

かくしてチェズニー・ウォルドの女中頭ラウンスウェル夫人は、国体に関わる重要な仕事を何らかの形で補助する従兄弟やその他諸々を引き連れて、当家の主《あるじ》がやがて到着するだろう、と指示を受ける前から予見する。かくしてこの堂々たる老女は、「時」の前髪をつかんで〔すばやく機会をとらえるの意を示す慣用表現〕階段を上下し、廊下や通路、部屋を通り、「時」が少しでも前進する前に、準備がすべて整っているかどうか、即ち、床がぴかぴかに磨かれているか、絨毯はちゃんと敷かれているか、カーテンの埃は振り落とされているか、ベッドは日に当てて膨らませてから叩いてあるか、食料品貯蔵室と台所はすぐ使えるようにきれいになっているか、つまり、すべてがデッドロック家の威厳にふさわしい状態にあるかどうかを確認する。

この夏の夕、太陽が沈む頃、準備は完璧なものとなる。生活用具の支度は十分整えられているのに、壁を飾る肖像画の人物を除けば住人は誰もいないので、屋敷は厳粛かつ陰鬱な印象を与える。デッドロック家の当主は昔歩きながらこんな瞑想にふけったかもしれない——これらの絵に描かれた者たちも来ては去ったのだ。今私がそうするように、彼らもひっそりと静まりかえったこの細長い部屋を眺めたのだ。そして、今私がそうするように、自分たちがこの領地から消え去った後に残る空白について考えた。そして、今の私と同じように、自分たちがいなければこの領地は消滅するだろうと信じた。そして、今私がドアを閉じその音の反響を聞きながら彼らの世界から去るように、彼らは私の世界から去った。彼らの不在を悲しむ空白を後に残すことなく、彼らは死んだのだった。

この日没時、屋敷全体は鈍い灰色の石から壮大な黄金へと変化する。外からは美しく見える真っ赤に燃えるいくつかの窓を通して、ふんだんに、潤沢に、溢れんばかりに、まるで夏の大地の豊饒のように、他の窓では閉め出されている光が注ぎ込む。すると、凍りついていたデッドロック家のお歴々が溶け始める。木の葉の影が戯れる彼らの顔《かんばせ》の上に不思議な変化が現出する。隅にいる愚鈍な判事が上機嫌になってウィンクする。職《しょく》杖《じょう》を持って目を大きく見開いている准男爵の顎《あご》にえくぼができる。羊飼いのなりをした石のような若い女性の胸に僅かな光と温かみがそっと忍び込む(百年前にそんな光と温

チェズニー・ウォルドの細長い客間の日没

かみが彼女の胸にあればよかっただろうに）。たっぷり二世紀前からヴォラムニアの前に影を投げかけてきた〔「来たるべき出来事がその影を前に投げかけ」というトマス・キャンベルの詩句をふまえた表現〕かの乙女によく似た祖先は、踵《かかと》の高い靴をはいて後光の中に駆け込み、聖者となる。大きな丸い目とそれに釣り合うさまざまな魅力も併せ持つ、チャールズ二世の宮廷の女官は輝く水を浴びる。その水は小さく波立ち、きらきら光を放っている。

しかし太陽の炎は消え入りつつある。既に床は薄暗く、影はゆっくり壁を這い上がり、歳月と死の働きと同じように、デッドロック家の面々を滅ぼす。大きな暖炉の上にあるレディー・デッドロックの肖像画に古い木が奇妙な影を落とし、彼女は狼狽し、青ざめる。さながらヴェールかフードを持った大きな手が、それを彼女の上にかける機会を待っているようだ。壁を這う影は高さを増し、暗さを増す。やがて天井の上にほの赤い暗がりが残るだけとなり、炎は消える。

テラスからすぐ近くに見えていた風景は厳粛な調子ですっかり後方に退き——近くに見えた美しいものがそのような変化をするのはこれが最初でも最後でもないが——遠くにある幻へと転じる。薄い霞が立ち上り、露が下り、庭園中の甘い香りがあたりの空気に充満する。今や木々はいくつかの大きな塊を成し、それぞれがまるで一本の巨木のようになる。そして今、月が上がると、それらはまた分割される。木々の幹の背後のところどころで月光が横向きの帯状に輝いて並木道は光の歩道と化し、その上には大聖堂の崩れたアーチが立ち並び、幻想的な趣をたたえている。

今や月は空高くにある。屋敷は命のない体同然で、いつも以上に住人を必要としている。屋敷の中をそっと通り抜ける時、これらの寂寞《せきばく》たる部屋で今も眠る人々（そして生前はそこで眠った人々）を思うと、背筋が寒くなる。影の活躍する時刻。隅という隅は洞窟、階下に下りる階段はすべて落とし穴。ステンドグラスは青ざめた褪せた色で床に映り、階段のどっしりした梁は本来の形を失い、ありとあらゆる姿をしてみせる。甲冑は鈍い光を浴びると静かに動いているのかと見紛うし、格子の入った兜は中に人の頭が入っているように見えて恐ろしい。しかしチェズニー・ウォルドのあらゆる影の中で、最初に姿を見せて最後に追い出されるのが、細長い客間にあるレディー・デッドロックの肖像画にかかる影である。この時、月明かりのもとで、その影は嚇《おど》すように持ち上げられた両手を思わせ、風が吹くたびに彼女の美しく整った顔を脅かす。

「奥様は調子があんまりおよろしくないみたいで」馬丁がラウンスウェル夫人の謁見室で言う。

「調子がよろしくない！　それはどういうこと？」

「いや、前にここにおられた時からずっとそうなんで。ご主人様とおられた時じゃなくて、お一人で渡り鳥みたいにやってこられた、あの時からでさ。あんまり外に出られず、ほとんど部屋の中にこもっとられたです」

「トマス」女中頭は誇らしげな満足感を示して答える。「チェズニー・ウォルドにおいでになれば、しっかりなさいますとも！　ここほど空気がきれいで、体にいい場所はこの世にないんですから！」

トマスはこの点に関して自分なりの考えを持っていたのかもしれない。艶やかな顔をうなじからこめかみまで撫で回しているのはおそらくそれをほのめかしているのだろうが、彼はそれ以上はっきり言うのは控え、召使部屋に引き下がって冷たいミートパイとビールを食する。

この馬丁は高貴なサメの先触れ役を果たす雑魚《ざこ》である。次の日の夕方、サー・レスターと奥方が最大限の従者たちを引き連れて御帰還になり、四方八方から従兄弟やその他諸々が押し寄せてくる。これから数週間、現在ドゥードルが金色の雨と麦芽の雨を降らせて国民に助力を乞うている地方をくまなく走り回る、名もなき謎の男たちが慌ただしく出入りする。彼らは単にばたばたするだけで、何の仕事をするわけでもない。

　こうしたお国の一大事に際し、従兄弟たちはサー・レスターにとって重宝な存在となる。選挙民狩猟晩餐会の主催者としてボブ・ステイブルズ閣下以上の適任者は考えられない。あちこちの投票所や演説会場に駆けつけ、お国のために姿を見せるにあたり、その他の従兄弟たちほど見事な押し出しを有する紳士を探すのは難しい。ヴォラムニアは少々光沢を失ってはいるが毛並みの良さは抜群で、彼女の活気ある会話やフランス語のなぞなぞに感心し（彼女のなぞなぞはあまりにも古びているがために、時が巡って今では新鮮さを獲得している）、このデッドロック家の麗人を夕食の席へ導く特権や彼女の手をとってダンスする名誉を有り難いと思う者も多い。こうしたお国の一大事に際し、ダンスは時に愛国的な奉仕活動となる。よって、年金を出し惜しむ恩知らずなお国のために、ヴォラムニアは四六時中踊り回る。

　奥方は大勢の客を歓迎するための努力はほとんどせず、体がすぐれぬと言って、遅い時間になるまでめったに姿を見せない。だが、退屈な夕食や鉛のような昼食、バシリスク的〔致死的な目を持つ伝説上のトカゲに睨まれたような、つまり、死ぬほど退屈な〕舞踏会など、その他あらゆる沈鬱な儀式において、彼女はただそこにいるだけで一服の清涼剤となる。サー・レスターはと言えば、幸運にも当家の屋根の下に迎えられた者がいかなる点においても不便を感じることなどあるはずないと信じ込み、崇高なる満足感に浸って、客人たちの間を壮麗な冷却機械といった体《てい》で歩き回る。

従兄弟たちは毎日埃の中を疾走し、道端の芝生の上をゆっくり駆け（郡部ではしっかりした革の手袋をはめて狩猟用の鞭を携え、都市部では山羊の手袋をはめて華奢《きゃしゃ》な乗馬用の杖を携えて）、立会い演説会や投票所に向かう。彼らは毎日報告を持ち帰り、夕食の後サー・レスターはそれについて長広舌をふるう。ばたばたするだけで、何の仕事をするわけでもない連中は毎日忙しいふりをする。ヴォラムニアは毎日サー・レスターと親戚づきあいの会話の中で天下国家を論じ、その結果サー・レスターは彼女が存外賢明な女性ではないかと思うに至る。

「うちの党はどうなんですの？」ヴォラムニアは両手を握り合わせて尋ねる。「ほんとに大丈夫ですかしら？」

お国の一大事はこの頃にはほとんど終結を迎え、ドゥードルが国民に助力を乞うのもあと数日でおしまい。サー・レスターは夕食後、細長い客間に登場。その姿やまさに従兄弟たちという雲中の「天上に燦然《さんぜん》と輝く星」である〔シェイクスピア『終わりよければすべてよし』一幕一場〕。

リストを手に持ったサー・レスターは、「まずまずだな」と答える。

「まあ、まずまず止まりですの！」

夏めいた日和にもかかわらず、サー・レスターは毎晩自分専用の暖炉に火を入れさせている。彼は暖炉の近くに置いた熱よけ付きのいつもの椅子に座り、非常に力強く、しかしながら少々の不快感を伴いつつ、「まずまずだな」と繰り返す。その心は、私は下々の人間とは違う、したがって、私の「まずまず」は下々の人間の「まずまず」とは違うと理解してもらわねばならない、ということである。

「少なくとも、あなたを敵に回そうという人はいませんわね」ヴォラムニアは自信を持って断言する。

「うむ。遺憾ながらこの国は多くの点で理性を失ったと言えるが、しかし――」

「そこまで狂ってはいませんのね。よかったですわ！」

ヴォラムニアが巧みに言葉を継いだので、再び彼女の評価は高まる。サー・レスターは優雅に首をかしげ、「時々性急なところを見せるが、総じて言うと、これはなかなか賢い女だ」とひとりごちているようだ。

実のところ、敵対勢力に関するデッドロック家の麗人の発言は言わずもがなのものであった。サー・レスターはこういう機会には常に、直ちに大量の卸売り注文を届ける要領で、さっさと自ら候補者となる旨を届ける。そして、自分の選挙区のあと二つの小さな議席はさほど重要でない小売り注文のように扱う。つまり、適当な人物を送り出しておいて、業者に「この材料で議会に送り出す議員を二人作るように。完成したらうちに送ること」と指示するだけである。

「ヴォラムニア、残念ながら、多くの場所で選挙民はよからぬ根性を発揮して、まったくもって強硬かつ頑迷な態度で政府に反対しておるのだ」

「な、なんということでしょう!」

「実際」サー・レスターはまわりのソファーやスツールに腰かけている従兄弟たちに一瞥をくれてから続ける。「政府側が連中を相手に勝利を収めた多くの、いや、ほとんどの場所で――」

(ドゥードル派にとってクードル派は常に「連中」であり、クードル派にとってドゥードル派はこれと同一の地位を保有する。)

「――英国人の名誉を思うと、こう言わねばならないのは何とも胸が痛むが、勝利した選挙区でも我が党は大いなる出費を迫られた。何十万」サー・レスターはますます憤慨をつのらせ、威厳に満ちて従兄弟たちを睥睨《へいげい》する。「何十万ポンドもの出費だ！」

ヴォラムニアに欠点があるとすれば、それは少々邪気がなさすぎるということだ。子供服の腰帯や襟飾りにぴったり合う無邪気さは、口紅や真珠の首飾りとはいささか調和を欠く――しかし、無邪気な気持ちに突き動かされて彼女は尋ねる。

「何のために？」

「ヴォラムニア」これ以上はない厳しい口調で、サー・レスターは叱責を浴びせる。「ヴォラムニア！」

「いいえ、違います、「何のため」じゃありませんわ！」ヴォラムニアはお得意の小さな叫び声を上げる。「馬鹿ね、私って！「何てこと」って言うつもりだったんですの！」

「それなら結構」

ヴォラムニアは慌てて、そんなけしからぬ輩《やから》は反逆者として裁判にかけて、うちの党を支持するよう教育してやらねばなりませんわ、と私見を述べる。

「それなら結構」サー・レスターは彼女の御機嫌取りの意見には耳を貸さず、先ほどの言葉を繰り返す。「確かに、選挙民の不名誉となる事態だ。ただ、うっかりの言い間違いで、これほどとんでもない質問をするつもりはなかったにせよ、「何のため？」という問いが出たのだから、それに答えておこう。必要な経費のためだ。ヴォラムニア、いいかな、この話題に関しては、ここでもよそでも二度と触れぬよう、分別を働かせてもらいたい」

サー・レスターはヴォラムニアに怖い顔を見せておく必要があると感じる。というのも、不愉快なことに、この必要経費を賄賂《わいろ》だと訴える二百もの陳情書が届くだろうという噂が流れ、その結果低俗な剽軽者《ひょうきんもの》どもが、教会では議会に捧げる祈り〔英国国教会の祈禱書の中にある祈り〕を省き、代わりに、きわめて不健康な状態にある六百五十八人〔下院議員の定数。サー・レスターもこれに含まれる〕に捧げる祈りがなされるよう提案したからである。

ヴォラムニアはこの面責の後、しばらく間《ま》をおいて力を回復してから、「タルキングホーンさんはここのところ死ぬほど忙しくしていらっしゃるんでしょうね」と切り出す。

「タルキングホーン氏が」サー・レスターは目を開けて言う。「ここのところ死ぬほど忙しいとは思えんが。あの男に最近どういう仕事があるのか見当もつかん。彼は立候補しとらんのだから」

タルキングホーンさんは雇われていたのかもしれませんわ、とヴォラムニアは言う。

誰に、何の用事で、とサー・レスターは尋ねる。ヴォラムニアは再び恥じ入って、助言を与えたり手続きをするために誰かに雇われていたのでしょう、と答える。タルキングホーン氏の依頼人の誰かが最近氏の助力を必要としたとは聞いていない、とサー・レスターは答える。

レディー・デッドロックは開いた窓のそばに座り、クッションがついた桟に腕をのせ、緑地に落ちる夕陽が作る影を眺めていたが、弁護士の名前が出てからは彼らの話に耳を傾けているように見える。

著しく衰弱してぐったりした、物憂げな、口髭《くちひげ》を生やした従弟の一人が長椅子から発言する――ああ、タルキングホーン、昨日何かの用事……専門家としての意見……製鉄地域に行った……選挙は今日終わり……あの男、クードル惨敗の知らせ、持ってきたら……愉快……。

ここで、コーヒーを注いで回っている下僕がサー・レスターに、タルキングホーン氏が到着され夕食をとっておられます、と告げる。奥方は一瞬室内に頭を向け、それから前と同じように外に向き直る。

ヴォラムニアは私のお気に入りがやってきたと言って喜ぶ。あの人はほんとに変わってるわ。感情をちっとも表に出さず、なんでも知ってるくせにそれを誰にも言わないすごい人！　絶対フリーメーソンの会員ね。どこかの支部長で、短いエプロンを着て、燭台やこてを持って、ちょっとした神様みたいに崇拝されてるんだわ。デッドロックの麗人は小物入れを編みながら、こういった活気ある言葉を若々しい調子で口にする。

「私がここに来てからというもの、あの人、一度も姿を見せないでしょ。あの気まぐれ屋のために、絶望のどん底に落ちる一歩手前でしたわ。もう死んじゃったんだって、見切りをつけかけてましたの」

黄昏時《たそがれ》の濃くなりつつある闇か、彼女自身の心中のさらに暗い闇か、いずれかのせいで奥方の表情に陰が現れる。まるで、「本当に死んでいればよかったのに！」と思っているかのようだ。

「タルキングホーン氏はいつでも歓迎だ。どこに行っても常に控えめな男だし、当然ながら皆の尊敬を集めるまことに得難い人物だ」

「ああ……すごい……金持ち」とぐったりした従弟が言う。

「間違いなくあの男は国家の動向に関わる人物だ。もちろんたっぷり報酬を受けているだろうし、社交界の粋ともほとんど対等のつきあいをしておる」とサー・レスター。

誰もがはっとする。すぐ近くで銃声がしたのだ。

「まあ、何でしょう?」ヴォラムニアは例の小さな萎《しな》びた叫び声を出す。

「鼠よ。猟番が撃ったんだわ」と奥方。

タルキングホーン氏入場。ランプと蠟燭を持った下僕がその後に従う。

「うむ、明かりはいらん。どうだろう、暗がりはお嫌かな?」サー・レスターは奥方に尋ねる。

いや、むしろ彼女は暗闇がお好みの由。

「ヴォラムニアは?」

まあ! 暗闇の中で座ってお話しするほど楽しいことはありませんわ。

「では、明かりは持っていってくれ。タルキングホーンさん、失礼した。御機嫌いかがかな?」

タルキングホーン氏はいつもの落ち着き払った様子でゆっくり足を運び、歩を進めながらレディー・デッドロックに挨拶し、サー・レスターの手を握り、准男爵の小さな新聞用テーブルの反対側にある椅子に腰を下ろす。何か連絡したい時にはいつも彼はこの椅子に座る。サー・レスターはあまり体調のよくない奥方が開けた窓のそばにいるのを心配する。彼女はその心遣いに感謝し、いい空気が吸いたいのでここに座っていたいと返事する。サー・レスターは立ち上がり、奥方のスカーフを直してやり、自分の椅子に戻る。その間タルキングホーン氏はかぎ煙草を一つまみする。

「で、選挙はどうなったかな？」とサー・レスターは尋ねる。

「はあ、はじめから空しい闘いでした。少しのチャンスもありません。向こうは二人とも当選しました。あなたがたの途方もない敗北です。三倍の得票差でしたから」

政治的な意見を持たない――いっさい持たない――のがタルキングホーン氏の方針であり卓越した点である。したがって、「あなたがた」の敗北であり、「私たち」の敗北とは言わない。

サー・レスターは威厳をもって激怒する。ヴォラムニアは、こんな馬鹿な話聞いたことありませんわ、と叫ぶ。ぐったりした従弟は、ああ、庶民ども……選挙権……こうなるのが落ち……との見解を表明する。

「あそこでは」再び沈黙が訪れた時、タルキングホーン氏は釣瓶《つるべ》落としの暗闇の中で言葉を続ける。「当初向こうの陣営はラウンスウェル夫人の息子を候補者に立てようとしておりました」

「だが、あの時あなたが報告してくれたとおり、その提案を拒絶するだけの分別と趣味のよさをあの人物は持っていたわけだ」とサー・レスター。「礼儀をわきまえた判断だと認めてやりたい。彼がこの部屋に半時間ばかりいた時、口にしておった考えには決して同意できないが」

「いえいえ何の、今回の選挙ではずいぶん活発に動いておりました」

サー・レスターが思わず息をのむのが聞こえる。それから彼は「聞き違いかな？　ラウンスウェルが今度の選挙で活発に動いていたと？」と続ける。

「きわめて活発にです」

「反対の――？」

「反対陣営に与《くみ》して。平明で力のこもった話しぶり、なかなかの演説家です。こちらにとっては厳しい効果がありました。あの男は大きな影響力を持っていて、選挙運動の実際的な面では処理できぬ問題などないようでした」

暗くて見えないのだが、一座の面々には、サー・レスターがいかめしい顔で目をみはっているのは明らかである。

締めくくりとしてタルキングホーン氏は、「選挙戦を通じて、その息子がずいぶん手助けをしておりました」と言う。

「息子ですと?」サー・レスターは畏るべき丁重さで相手の言葉を繰り返す。

「息子です」

「奥の側仕えをしておる娘と結婚したいと言っておった、あの男のことかな?」

「そうです。一人息子です」

恐るべき間《ま》。サー・レスターが軽蔑したように鼻を鳴らし、目をむくのが感じられる。

「それならば、名誉にかけて、命にかけて、デッドロックの名と家風にかけて言おう——水門が開いて世の中の根本的な枠組みを支える格式が押し流されてしまったのだ!」

親戚としての怒りが部屋中で爆発する。権力の座にある誰かが乗り出して、何か強硬策をとらないといけませんわ、とヴォラムニアは言う。ぐったりした従弟は、ああ……我が国……障害競馬のペース……下り坂……との見解を表明する。

「どうか、もうこの問題について意見は言わないでもらいたい」サー・レスターは怒りのあまり息が切れる。「意見は不要だ。さて、その娘について——」

「あの娘を手放すつもりは毛頭ありません」奥方は窓際から、低いがきっぱりした声で答える。

「いや、そんなことを尋ねるつもりではなかったのですが、そう言ってもらえると嬉しいですな。あなたが目をかける値打ちがあると判断されるぐらいだから、こういった危険な連中の手が及ばないようにしてやるのがよいでしょう。連中とつきあっていると、根本的なものの考え方や義務感にどのような害が及ぶか教えてやってください。後々幸運に恵まれるよう、救ってやっていただきたい」そこでサー・レスターは一瞬考慮してから、「その娘を先祖の祭壇から引き離そうとしないような、いい夫がいずれチェズニー・ウォルドで見つかるだろうと教えてやっていただきたい」とつけ加える。

サー・レスターは、妻に話しかける際のいつもの丁重な敬意を示しながら、右のように述べる。奥方は頭を動かすだけの返事をする。月が昇り、彼女が座っているところに冷たい青白い光が差し込み、頭が映し出される。

「しかしながら、この手合いはそれなりにプライドが高い、という点は申し添えておきます」とタルキングホーン。

「プライド？」サー・レスターは耳を疑う。

「この状況の中で、娘がチェズニー・ウォルドにとどまるとします。そういたしますと、こちらが見切りをつけるのではなく、向こうの方から――彼女を妻に望んでいる若者をも含めて――娘に見切りをつけるという結果になっても私は驚きません」

「ほっほう!」サー・レスターは声を震わせる。「ほっほう! ずっと連中と一緒にいたのだからよくわかっている、というわけですな」

「いいえ、ほんとうに、事実をお知らせしているだけです。では、一つ、話をいたしましょう――奥方様のお許しがいただけますならば」

奥方の頭がそれを許可する。ヴォラムニアは大喜び。お話ですって! やっと重い口を開いてくださるのね! 幽霊は出てきます? 楽しみですわ!

「いいえ、生身の人間の話です」タルキングホーン氏はそう言うと、いったん言葉を切り、いつもの単調な口ぶりに少しだけめりはりを加えて繰り返す。「生身の人間の話です、ヴォラムニア様。サー・レスター、これはごく最近耳にした、ごく短い物語です。私が先ほど申し上げたことの証明となりましょう。今のところ人物の名前は伏せておきます。奥方様が私を下品な人間だとお思いにならなければよいのですが?」

暖炉の小さな火の明かりで、彼が月の光の方を向いているのが見える。月の明かりで、ぴくりとも動かぬレディー・デッドロックが見える。

「ラウンスウェル氏と同じ町に住み、私の聞き及んだところでは、氏とまったく同じ職を持つ男がいます。この男の娘が幸運にも、さる高貴な婦人の目にとまったのです。実に高貴な身分の女性で、夫はサー・レスターのような地位の紳士です」

サー・レスターはもったいぶって、「ふむ」と言う。その女性は鉄工所の親方の目にはさぞ徳の高い人物と映ったであろう、という含みである。

「美貌と財産に恵まれたこの女性は娘をいたく気に入り、優しい扱いをして、いつも傍に置いておりました。さて、この貴婦人は偉大な身分の陰に、長年隠し続けてきた秘密を持っていました。実は、彼女は昔、若い放蕩者と婚約していたのです。これは陸軍大尉で、ろくでもないことにしか縁のない人物でした。彼女は結局彼とは結婚しませんでしたが、彼の子を出産しました」

暖炉の火の明かりで、彼は月の光の方を向いているのが見える。月の明かりで、ぴくりとも動かぬレディー・デッドロックの横顔が見える。

「大尉が死に、彼女は自分の身は安全だと考えました。しかし、ここで詳しく立ち入る必要のない一連の事情により、真相が明るみに出ました。噂によれば、きっかけは、不意をつかれた彼女がある日分別を欠いた行動に出たことでした。まさしく、事程左様に、どれだけ強い人間でも(彼女はとても強い人間です)警戒を怠らずにいるのは難しいのです。家の中では大変な驚きと混乱があったと思われます。彼女の夫の悲しみがいかばかりであったかは、サー・レスター、御想像にお任せいたします。しかし、それはこの話の肝要な点ではありません。事実を知ると、ラウンスウェル氏と同じ町に住むこの男は、娘が屋敷で大事にされて引き立ててもらっているのをよしとせず、娘の評判が地に堕ちるのを見ていられませんでした。プライドの高いこの人物は憤慨し、彼女を屋敷から連れ去り、いわば叱責と恥辱から解き放ちました。件《くだん》の貴婦人の厚遇によって娘と自分に与えられた名誉などまったく眼中になく、貴婦人をごくありきたりの庶民と同じように考え、娘の置かれた地位に腹を立てたのです。私の話はそれで終わりです。その痛ましい内容を、レディー・デッドロック、どうかお許しくださるようお願い申し上げます」

この話について、いくつかの見解が提出される。おおむねそれらはヴォラムニアの考えとは異なる。かの若き麗人は、いまだかつてそんな貴婦人がいたとは到底信じられない、と一蹴する。残りの多数は、ぐったりした従弟の簡潔に表現された考え――「ああ……くだらん……ラウンスウェルの町の……住人ごとき……」――に同調する。サー・

レスターは漠然とワット・タイラーに思いを馳せ、持論に基づいて、今後どういう出来事が順に起こるか予想する。

全体に会話はとだえがちである。チェズニー・ウォルドでは、例の必要経費の使用が始まって以来夜遅くまで宴が続き、これが何日かぶりで一族以外の者がいない晩だった。十時を回ると、サー・レスターは、呼び鈴を鳴らして明かりを持ってこさせるようタルキングホーン氏に頼む。月光がたっぷり注ぎ込んで光の湖を作り、レディー・デッドロックは初めて動きを見せて立ち上がり、水を飲むためにテーブルに歩み寄る。従兄弟たちは、蠟燭の明かりの中で、コウモリのようにまばたきしながら水を注いで差し上げようと群がってくる。ヴォラムニアも(できればもう少しよい飲み物の方がいいのだが)水を一杯御所望――ほんの僅か口にするだけで満足。優雅に落ち着き払った奥方は、讃嘆の目に見守られつつ、細長い部屋からゆっくり歩み去る。彼女は我らが美の妖精の傍を通り過ぎる。その時に生じた対照たるや、後者を引き立てるものでは決してない。

第四十一章　タルキングホーン氏の部屋にて

タルキングホーン氏は塔の中にある自分の部屋に到着する。ゆっくり時間をかけたものの、ここまで上がってくると少々息が切れる。気がかりだった重大な用事を終えて、感情を外に出さない彼なりに、満足したような表情が浮かんでいる。これほど厳格に自己を抑制した人間について「意気揚々」などと言えば、彼に愛情や感傷といった情緒面での弱さがあると勘違いすることになろう。彼は静かな充足感を覚えている。おそらくは普段以上に自らの力を意識しながら、血管の浮いた手首を背中に回してもう一方の手で軽く握り、ひっそりと部屋の中を行ったり来たりする。

部屋には大きな書き物机があり、その上にはかなり大きな書類の山ができている。緑色のランプが灯され、読書用の眼鏡が机の上に置かれ、安楽椅子が机の前まで引っ張ってきてあるのを見ると、寝る前の一時間ばかり、読まねばならない書類に目を通すつもりだったのだろうか。しかし、今の彼は仕事をする気になれない。年のせいで夜は目が見えにくいため机の上にかがみ込み、確認を要する書類にさっと一瞥を与えると、フランス窓を開けて外の鉛の屋根板の上に踏み出す。再び同じ姿勢でゆっくり行ったり来たりを繰り返し、階下でした話に伴う心中の波立ちがおさまるのを待つ——これほど冷静な人物の心に波が立つとすれば、だが。

昔、タルキングホーン氏のような賢《さか》しい人々は、星明かりのもとで塔の上を歩き、空を見上げては自分の運勢を占ったものだ。今宵はたくさんの星が出ているが、その明るさは月の輝きによってかすんでいる。鉛の屋根板の上を規則正しく往復するこの人物が自分の星を探しているとしたら、下界の彼がこれほど古びた形をとっているのだから、その星はかなり暗いものであろう。もし彼が自らの運命を読み取ろうとしているなら、それはもっと手近に、別の文字で書かれているのかもしれない。

氏は屋根板の上を歩く。彼の目は地上にいる時より高い位置にあるので、それと同じように、おそらく彼の目は俗界をさまよう彼の考えより高い位置にある。窓の前を通り過ぎた時、その目は二つの目に出会い、彼はぴたっと足を止める。彼の部屋の天井はやや低く、窓の向こうに見えるドアの上の部分はガラスになっている。廊下から彼の部屋のドアに至るまでにもう一つフェルト張りのドアもあるのだが、暖かい夜だったので、上がってくる時彼はそれを閉めなかった。今二つの目が外の廊下からそのガラス越しに彼を見つめている。彼のよく知っている目だ。こうしてレディー・デッドロックを認めたこの時ほど血が彼の顔を勢いよく赤く染めるのは、めったにないことである。

彼は自分の部屋に入る。奥方も両方のドアを閉めてから部屋に入ってくる。激しい感情の乱れが――恐れなのか、怒りなのか?――目に浮かんでいる。その他の点では、彼女は二時間前階下にいた時と同じ佇まいを見せている。

恐れなのか、怒りなのか? 彼にははっきりわからない。どちらも同じように青ざめた、思いつめた表情として現れるからだ。

「レディー・デッドロック?」

はじめ彼女は口を開かない。テーブルの脇の安楽椅子にゆっくりと身を沈めた後でもまだ黙っている。二枚の肖像画がお互いを見つめ合っているような恰好である。

「どうしてあれだけ人のいるところでわたくしの話をしたのです?」

「私が知っているということを奥方様に伝えねばならなかったからでございます」

「いつから知っていたのです?」

「かなり前からそれとなく気づいてはおりました――全貌を把握したのはほんの少し前です」

「何か月も前？」

「数日前のことでした」

彼女が嫁入りしてきて以来のいつものポーズで、タルキングホーン氏は片手を椅子の背の上に置き、もう一方の手は旧弊なチョッキとフリルのシャツの間に入れて彼女の前に立つ。氏は相変わらずの形式ばった丁重さと、相変わらずの（挑戦的とも映りかねない）平然とした敬意を示し、相変わらず暗く冷たい人間で、相変わらず何があっても決して縮まらない距離を彼女との間に置く。

「あの娘のことは確かなのですか？」

彼は質問の意味が理解できなかったことを示すため、僅かに頭を前に傾ける。

「自分でした話を覚えているでしょう。あれは本当のこと？　娘の家族もわたくしの話を知っているのですか？　もう町では噂になっていて？　壁に落書きしたり、町角で呼ばわったり？」

そうか！　怒りと、恐れと、恥。その三つがせめぎ合っている。レディー・デッドロックは信じられない力で猛り狂う情念を抑え込んでいるのだ！　奥方の視線を浴びながら、ぼうぼうに伸びた灰色の眉毛をいつもよりほんの僅か寄せて彼女を見つめるタルキングホーン氏の頭を、そんな思いがよぎる。

「いいえ、奥方様。あれは、サー・レスターがつい高飛車に事を運ばれた場合を想定しての話です。しかし、我々が知っていることを彼らが知れば、それは現実となりましょう」

「では、まだ知らないのですね？」

「はい」

「知られる前に、娘に害が及ばないようにしてやることはできますか？」

「困りましたですな。その点について御満足のいく答えはいたしかねます」

そう言うと、好奇心を掻き立てられた彼は注意深く彼女の心中の葛藤を眺めながら、「この女の精神力はすごい！」と思う。

レディー・デッドロックは気力を集中させて唇を動かさねばならない。そうしないと言葉がはっきりと発音できない。「有り体に申しましょう。あなたの想定が間違っているとは言いません。ラウンスウェル氏がここに来た時、わたくしも同じことを考えましたし、あなたと同じくらいそれが正しいと感じました。不憫なあの娘には何の咎《とが》もないのに、由緒ある当家の女主人であるこのわたくしがほんの少し目をかけてやったばかりに、あの人は彼女が汚れたと思ってしまう――あの人にわたくしという人間を見抜く力があったならそう思うはずだ、と十分察しがつきました。でも、あの娘のことは考えてやりたい。というよりも――わたくしはもはやこの屋敷の人間ではありませんから――やりたかったと言うべきでしょうか。ともかく、足元にひれ伏した女に思いやりを見せて、そのことを覚えていてくださるなら、情けに感謝します」

真剣に耳を傾けていたタルキングホーン氏は、謙遜して肩をすくめながらこの言葉を聞き流し、さらにもう少し眉を寄せる。

「過去の醜聞を人目にさらす前にわたくしに心の準備をする余裕を与えてくださった、それに対しても感謝します。あなたの考えでは、わたくしは何をしなければならないのです？　何かの権利を放棄するとか？　あなたの発見したことが真実だと保証すれば、離婚の手続きで夫に負担や面倒をかけないですむのでは？　今ここで、あなたの指示にしたがって宣誓書をしたためましょう。その覚悟はできています」

確かにその言葉どおりにするだろう！　弁護士は彼女がしっかりした手でペンを握る

様子を見ながら考える。

「そんな必要はございません、レディー・デッドロック。何もなさらなくて結構です」

「こんな日が来るのは前から予想していました。それはあなたも知っているでしょう。自分を許そうとも思いませんし、人に許してもらおうとも思いません。もう十分打ちのめされました。後はいくら打たれても同じですから、さっさと残りの用件を片づけておしまいなさい」

「残りの用件なぞ何もありません。奥方様が話し終わられたのなら、少しだけ申し上げたいことがございます」

お互い見つめ合っている必要は既にないのだが、それでも二人はずっとそうしている。星は二人を開いた窓を通して見つめている。向こうの月光の下では森と草地が横たわり、この広い屋敷も狭い家のように静まり返っている。狭い家〔英語では墓をも指す〕！　この穏やかな夜、タルキングホーン氏の人生における多くの秘密に最期の大きな秘密をつけ加えるべく運命づけられた墓掘と鍬《くわ》は何処《いずこ》にありや？　墓掘はもう生まれているのか？　鍬はもう作られたのか？　夏の夜空に輝く星の下で考えるには不思議な問題だ――いや、考えないとしたらその方がもっと不思議だ。

やがてレディー・デッドロックが口を切る。「後悔とか自責とか、自分の気持ちについて何を言うつもりもありません。何か言っても、あなたは聞く耳を持たないでしょう。無駄なことはやめます。あなたの耳に入れるべきことでもありませんし」

彼は抗弁しようとするが、奥方は軽蔑を込めた仕草でその試みを払いのける。

「でも、他にいろいろと伝えておきたいので、ここにやってきました。宝石は全部いつもの置き場所に片づけてあります。そこを見ればわかるでしょう。服も、貴重品も同じです。現金は少々持っていますけれど、大きな額ではありません。見とがめられるのを避けるために、自分のドレスは着ていません。今から姿を消します。そのことを皆に知らせてください。お願いしたいのはそれだけです」

「奥方様、ちょっとお待ちください」タルキングホーン氏は落ち着き払って言う。「おっしゃることが今一つ理解できないのですが。姿を消すと？」

「この屋敷とは一切連絡を絶ちます。今晩チェズニー・ウォルドを後にします。今すぐに出発するつもりです」

タルキングホーン氏は頭を振る。奥方は立ち上がる。しかし彼は手を椅子の背からも、旧弊なチョッキとフリルのついたシャツの間からも動かさずに、頭を振る。

「え？　出ていくと今言ったでしょう。それがいけないと？」

「はい」氏は冷静に答える。

「わたくしが姿を消せば厄介払いになるのはわかるでしょう？　この屋敷についた汚点がどこにあるか、誰のせいか、忘れたのですか？」

「いいえ、それは決して忘れたりいたしません」

それ以上相手にしようともせず、奥方は部屋のドアまで行き、ノブに手をかける。その時、タルキングホーン氏は手も足も動かさず、声も上げずに言う。

「レディー・デッドロック、どうか足を止めて私の言うことを聞いてください。でなければ、階段にたどり着かれる前に非常用の呼び鈴を鳴らして家中の注意を引きます。それから屋敷にいるすべての客人ならびに召使全員の前で秘密を打ち明けます」

彼は彼女を征服した。彼女はよろめき、震え、混乱した様子で頭に手をあてる。他の人間にあっては微細な印だが、奥方のごとき人物が躊躇《ためら》いを見せるのをタルキングホーン氏の百戦錬磨の目が観察する時、その意味は余さず汲み取られる。

彼はすぐにまた、「レディー・デッドロック、どうか私の言うことを聞いてください」と言い、彼女が後にした椅子の方を指し示す。彼女は躊躇う。しかし彼が再度椅子を指し示すと、そこに腰を下ろす。

「奥方様と私の関係は不幸なものです。ただ、それは当方の責任ではございませんので、こちらからお詫びはいたしません。サー・レスターへの私の御奉公についてはよく御存じでしょうから、真実を探り当てる人間がいるなら当然私だと前から思っておられたことでしょう」

奥方はずっと下を向いたまま、目を上げずに答える。「止まらずに出ていけばよかった。引き留めてもらわなかった方がよほどよかったのに。こちらからこれ以上言うことはありません」

「おそれいりますが、あと少しだけつけ加えさせてください」

「では窓際まで行かせてもらいます。話はそこで聞きましょう。ここでは息がつまりそう」

奥方は窓に歩み寄る。一瞬氏の用心深い目には、彼女が窓から身を投げ、壁から突き出た桟や軒に当たって、下のテラスに落ちて死ぬことを考えているのでは、という懸念が浮かぶ。しかし、彼女が寄りかかりもせず窓際に立ち、目を上げるのではなく、空の低いところにある星を憂鬱そうに眺める姿を一瞥すると安心する。彼女が移動した後、氏はぐるりと向きを変えて、相手の少し後ろに立つ。

「私はこれからの方針について、まだ満足のいく結論に至っておりません。次にどうするか、何をしたらよいか、はっきりしないのです。それが確定するまで、奥方様にはこれまで長い間そうしてこられたように、この秘密を守っていただきたい。そして、私もその秘密を守ることを不思議に思わないでいただきたいのです」

彼はそこで言葉を切るが、彼女は何も言わない。

「おそれいります、奥方様、これは重要な用件です。私の言うことを聞いておられるのでしょうか?」

「ええ」

「ありがとうございます。奥方様の気丈な性格を存じ上げているのですから、心得ているべきでした。不要な質問でございました。ですが、一歩一歩、自分の進む道を確認するのが私の性分なので。さて、この不幸な事件の中で考慮せねばならぬのは、ただ、サー・レスターのお心のみであります」

「ではなぜわたくしをあの方の屋敷に留め置くのです?」奥方は憂鬱そうな目を遠い星からそらさずに低い声で尋ねる。

「まさにサー・レスターのお心を考慮するからこそです。言うまでもありませんが、サー・レスターはまことに自尊心の強いお方です。あの方は奥方様を完全に信頼し切っておられます。月が空から落ちてきたとしても、奥方様がデッドロック家の妻の座という高みから落ちる時ほど驚かれないでしょう」

レディー・デッドロックはせわしなく荒い息をしているが、抜きんでた紳士淑女名士が居並ぶ中で氏が目にしてきたいつもの奥方のように、傲岸と立っている。

「事がこれほど深刻でなかったなら、奥方様がサー・レスターのお心をとらえておられ、サー・レスターが奥方様を信頼しておられる、その御関係を揺るがすよりは、私はむしろ自分の手と自分の力で当家の所領にある一番古い木を引き抜こうとしたでありましょう。今でも、この一件に関しては、躊躇いを覚えます。真実だとサー・レスターが信じてくださらないからではなく(いかにサー・レスターといえども、それはありえません)、そうではなくて、ショックに耐えることがおできにならないからです」

「わたくしがここから姿を消しても？　もう一度考えてごらんなさい」

「奥方様がお屋敷を後にされたなら、真相が世間に広まるだけです。あれこれ尾ひれがついて、いたるところに流布するでしょう。当家の名誉を守ることはまったく不可能になります。左様な手段は論外です」

彼の答えには異論を許さない、静かながらも確固たる響きがある。

「考慮せねばならぬのはただサー・レスターのお心のみ、と申しますのはサー・レスターと御当家の名誉は不可分という前提に立っております。サー・レスターと准男爵位、サー・レスターとチェズニー・ウォルド、サー・レスターとその御先祖ならびに御一家の世襲財産は」タルキングホーン氏はまことに無味乾燥な口調で続ける。「言うまでもなく、分かちがたいものです」

「先を続けなさい！」

「したがいまして」タルキングホーン氏はゆっくりした彼独特の調子で論を展開する。「私は多くのことを考える必要があります。できるならば、この件は闇に葬らねばなりません。サー・レスターが乱心めされるとか、死の床に倒れられたら、どうしてそれができますか？　明朝この件をお伝えしたら、ショックでただちにサー・レスターの御身《おんみ》に変化が起こるでしょう——その急変をどう説明します？　なぜそんなことになったのか、どうしてあの二人は仲たがいしたのか等々、壁に落書きしたり町角で呼ばわったりがすぐに始まるでしょう。奥方様、これはあなただけに関わる問題ではないのです（私はあなたのことは少しも慮《おもんぱか》る気になれません）、御夫君サー・レスターにも関わってくるのです」

話を進めるにつれて遠慮のない物言いになるが、タルキングホーン氏は少しも語気を強めたりせず、威勢がよくなるわけでもない。

「この件にはもう一つ別の見方があります。サー・レスターは奥方様を深く愛しておられます、夢中と申し上げてもよろしいでしょう。ですから、秘密を御存じになったとしても、夢中のままでおられる可能性があります。これは極端な仮定ですが、そうならないとも限りません。ならば、何も御存じにならない方がよい。常識的な判断の上でも、サー・レスター御自身にとっても、私にとってもその方がよいでしょう。こういったことすべてを考慮に入れねばなりません――その総合的な判断がとても難しいのです」

奥方は何も言わずに同じ星を見つめて立っている。星は段々明るさを失いつつあり、彼女はまるでその冷たさのせいで凍りついたように見える。

「当方の経験によりますと」氏は今はもう両手をポケットに突っ込み、機械的に用件を処理するいつものやり方に戻っている。「私が存じ上げている方々のほとんどは結婚なさらない方がよかったようです――皆さんお困りの原因の四分の三は結婚にあります。

サー・レスターが結婚なさった時もそう思いましたし、ずっとその考えは変わりません。それはそれとして、今は現在の状況に応じて行動するよりありません。当面奥方様には沈黙を守っていただきます、私も沈黙を守りますから」

「わたくしは今の生活を続けるのですね？　あなたの言いなりになって、日々苦しみに耐えながら？」依然遠い空を眺めながら、奥方は訊く。

「はい、残念ながらそういうことになります」

「そんな風に杭に縛りつけられねばならないのですか？」

「私がお勧めする方策は絶対に必要なのです」

「わたくしはこの賑やかな舞台にとどまるのですね？　みじめな欺瞞《ぎまん》をずっと続けてきたこの場所に。それで、あなたが合図を出せば、そこから奈落に落ちるというわけですか？」彼女は慎重に尋ねる。

「前もってお伝えはいたします。予告なしに何かの手段を講じるということはいたしません」

奥方はまるで記憶の中から復唱するように、あるいは、夢の中で呼び起こすように、質問を口にする。

「わたくしたちは、今までどおりに顔をあわせるのですね?」

「今までとまったく同じとおりに願います」

「で、わたくしはこれまで長い間そうしてきたように、罪を隠し続けるのですね?」

「はい。「これまで長い間そうしてこられたように」というのは、先程の私の科白《せりふ》ですね。言わずもがなの言葉でした。しかし、念を押させていただきますと、奥方様の秘密は御自身にとって重みは変わりようもなく、今までとまったく同じです。私はそれをはっきりと知るようになりました。ただ、当方と奥方様の間には今までも決して信頼関係はありませんでしたが」

奥方は同じ凍りついた姿勢でしばらくじっとしていた後、こう尋ねる。

「今晩、まだ何かおっしゃりたいことがあるのですか?」

「いえ」タルキングホーン氏はそっと両手をこすり合わせながら、機械的に返答する。

「ただ、私の提案を御承認くださるのかどうか、そこをはっきりさせていただきたいだけでございます」

「その点は安心なさって結構」

「わかりました。サー・レスターへの御報告においてこの件を振り返る必要が生じた場合に備えて、職業上の用心として最後に確認しておきたいのですが、私はこの会談を通じて、サー・レスターの御名誉ならびに御心情、それから御当家の評判のみを考慮すると明言してまいりました。事情が許しましたならば、奥方様もその考慮の中に加えて差し上げたかったところではあります。しかし、残念ながらそうなりませんでした！」

「あなたは正真正銘忠実な方ですわ」

しかし、その言葉の前後、ずっと彼女は一心に考え事をしている。それからようやく体を動かし、生まれつき持っている風格と後から身につけた風格の両方をはっきりと漂わせて、ドアに向かう。タルキングホーン氏は昨日したような、あるいは十年前にしたようなやり方で二つのドアを開け、彼女が通り過ぎると、旧式のお辞儀をする。だが、暗闇に消える彼女の整った顔から彼が受けるのはいつもの視線ではないし、礼を返す彼女の仕草も、ごく僅かなものとはいえ、いつもとは違う。あの女は尋常ならざる力で気持ちを抑制したのだ、と一人残された氏は考える。

自室に戻ったレディー・デッドロックが頭を反らし髪を荒々しく振り乱し、頭の後ろで両手を握り締め、まるで痛みをこらえているかのように体をよじらせながら歩き回っているところを目撃したら、氏はさらに思いを強くしたであろう。休みなく、疲れも見せず、何時間も何時間も彼女がせかせかと歩き回り、幽霊の小道の足音が忠実にそれに続くのを目撃したらその思いはますます強まっただろう。しかし彼は冷たくなった夜気を閉め出し、窓のカーテンを引き、床に就いて眠りに落ちる。星明かりが消え、明け方の弱い光が塔の部屋を覗き込む頃になると、彼はいかにも老人臭く見える。墓掘と鍬が見つかって、すぐにも仕事を始める段階に来ているようだ。

その弱い陽の光は屋敷の他の場所も覗き込む。サー・レスターは悔い改めた国家を許すという厳粛かつ寛大な夢を見ている。従兄弟たちは給料をいただくだけという種々の公務に就く。清純なヴォラムニアは五万ポンドの持参金を、長い間バースでは称讃を受けそれ以外のところでは恐れられている、鍵盤の多すぎるピアノのように口いっぱいの入れ歯をした醜い老将軍に捧げる。上方にある屋根裏部屋や中庭の事務所や厩舎では、よりささやかな望みを持つ者たちがウィルやサリーと所帯を持って猟番小屋に住む夢を見る。太陽が明るさを増して空に昇ると、あらゆるものはそれに引っ張り上げられる――ウィルやサリーたちは起き出し、先ほどまで大地を覆っていた湿気は蒸発し、だらりと垂れた葉や花は姿勢を正し、鳥や獣や這うもの〔ロマ書一章二十三節〕も頭を出し、庭師が露のついた芝を掃き、ローラーを転がすとエメラルド色のビロードの絨毯がそこに立ち現れ、屋敷の台所の煙が明るい空高く、まっすぐに立ち上る。最後に、眠っているタルキングホーン氏の上方に旗が上がって、サー・レスターとレディー・デッドロックは現在この幸せな屋敷に滞在中であり、リンカーンシャーの当館は歓待を提供する旨を朗らかに宣言する。

第四十二章　タルキングホーン氏の事務所にて

タルキングホーン氏は、樫《かし》の木が連なり起伏に富むデッドロック家の緑地から、ロンドンのむっとする暑気と埃の中へと移動する。二つの場所を行き来する様は氏の数ある謎の一つである。彼はあたかもそこが自分の事務所の隣であるかのようにチェズニー・ウォルドに赴き、リンカーンズ・イン・フィールズから一歩も出ていないかのように事務所に戻る。旅の前に着替えるでもなく、帰ってきてから旅について語るでもない。今朝塔の中にある部屋から溶け出たかと思うと、ちょうど今、夕方遅くに事務所のある広場に溶け入るのだ。

この快適な草地《フィールズ》では羊が羊皮紙にされ、山羊が鬘《かつら》にされ、牧草が洒落《チャフ》にされるのであるが〔チャフはまぐさも意味する〕、ここをねぐらにする鳥の中の薄汚いロンドン育ちの一羽のように、弁護士はゆっくり歩いて家に向かう。煙でいぶされ、色あせたこの男は人と一緒にいても交わろうとはせず、陽気な青年時代を経ることなしに老人となり、長年ずっと人間の暗い穴や隅っこに窮屈な巣を作って生きてきたので、人間の心の広さや善良さをすっかり忘れてしまっている。熱くなった歩道と建物が作るオーヴンの中で、彼はいつも以上に干からびている。そして、その乾き切った心で、五十年物の芳醇なポートワインのことを考える。

リンカーンズ・イン・フィールズの、タルキングホーン氏の家がある側の街路では、ガス灯の点灯夫が梯子をきびきびと上がったり下りたりしている。やんごとなき方々の秘密をあずかる大僧正は自らの退屈な広場に到着する。戸口の階段を上がり、薄暗い玄関に入ろうとすると、階段を上がり切ったところでぺこぺこお辞儀をする低姿勢な小男に出会う。

「スナグズビーか?」

「はい、さようでございます。諦めて家に帰りかけてたところでした」

「ほう? どうした、何の用だ?」

「それが、その」スナグズビー氏は最上の顧客に対する敬意を示すべく、帽子をとって頭の横に当てながら言う。「ちょっとお耳に入れたいことがございまして」

「ここでできる話か?」

「はい、もちろん、手前はそれでようございます」

「では言ってみろ」弁護士は階段を上がり切ったところにある鉄製の手すりに腕をもたせかけ、広場に明かりをともす点灯夫を眺める。

「これは」スナグズビー氏は謎めいた小声で言う。「有り体に申しますと、外国人に関わることでして」

タルキングホーン氏はいささか驚いて相手を見つめる。「どこの外国人だ?」

「外国の女です。勘違いでなければ、フランス人ではないでしょうか? 手前は言葉はわかりませんが、仕草や顔立ちからしてフランス人だと思います。ともかく、間違いなく外国人です。例の晩、バケットさんと一緒に道路掃除の子供を連れてここにお邪魔させていただいた折に階上《うえ》にいた、あの女です」

「ああ! わかった、わかった。マドモワゼル・オルタンスだな」

「そうなんで?」スナグズビー氏は帽子を口の前に当てて恭順の意を表す咳をする。

「手前はだいたい外国人の名前なんてわかりませんが、きっとそういう名前なんでございましょうね」こう返事をした時、氏にはその異国の名前を口にしようとの無謀な意図があったらしいが、考え直して、引き下がる意の咳をする。

「で、彼女についてどういう話があるというのだ、スナグズビー」タルキングホーン氏は尋ねる。

「それが、その」文具商は帽子で自らの言葉を隠すようにして言う。「少々つらい話で。手前はまことに幸せな家庭を持っております――望みうる限り幸せな、という意味でございます――ところが、うちのちっちゃいのはなかなか嫉妬深いのです。なに、有り体に申しますと、あれはひどく嫉妬深いのです。ですから、優雅ななりをした外国人の女が店に来て、クックス・コートのあたりをうろついたりしますと――いえ、手前は穏当でない言葉はなるべく避ける性質《たち》なのですが、実際うろついておるのでして――となると、そりゃ、そうでございましょう？　ほんとにお尋ねしたいところです」

スナグズビー氏は哀れっぽい調子でこう言うと、足りないところを全て埋め合わせる、万能咳をする。

「なに、どういう意味だ、いったい？」

「いや、まったくそうなんです。先生もきっとそうお感じになると思ってました。そこへ持ってきて、うちの奴はあれだけ気性が激しいもんですから、それなら私が、こんな気持ちになるのも無理ないとご理解いただけると信じておりました。で、その外国人ですが――さっき名前をおっしゃったですよね、ほんとにフランス人らしく聞こえました――あの女は例の晩やけに鋭く耳を働かせてスナグズビーという名を聞きとって、後から人に訊いて住所を調べ上げ、晩飯の時間にうちにやってきたんです。うちの召使のガスターは臆病な娘でじきに発作を起こすんですが、外人女の顔つきをこわがっちまって――ほんとに恐ろしい顔つきなんです――それに、女のしゃべり方がひどく耳障りなもんで――気が弱い人間なら怖じ気づきますよ――ガスターはこらえきれずに参っちまって、台所の階段をすごい勢いで駆け下りて、発作を起こしました――あんな発作は絶対うちの家でしか起こらないだろうって、時々思いますです。とにかくそんな次第で、幸いうちのちっちゃいのはガスターにかかりきりになって、手前だけが店で客の応対をしていました。その時あの女が、タルキングホーンさんに会いに来てもショウニンが入れてくれないんで（使用人をショウニンと呼ぶなんて、やっぱり外人の考えることだって思いましたです）、入れてもらえるまでお宅の店に通い続けるって――ほんとにそう言ったんです。さっき申しましたように、あれからずっと女は、クックス・コートをうろついてます。うろついておるんです」スナグズビー氏は哀れっぽさを強調するためその言葉を繰り返す。「かような振る舞いのおかげでどんな波紋が広がるか、見当もつきません。うちのちっちゃいのはもとより——そりゃ当然でしょう——ご近所の人たちだってもうひどい誤解をしてるかもしれません。ほんとのところ」ここでスナグズビー氏は頭を振る。「外人女と言えば、昔は、箒《ほうき》と赤ん坊を思い出すぐらいでした。近頃はタンバリンとイアリングですけれども〔いわゆるジプシーのことが念頭にあるらしい〕。ほんとにそれぐらいのことしか知りません、嘘は申しません」

タルキングホーン氏はこの哀訴に深刻な顔つきで耳を傾け、文具商が話し終えると、

「で、それだけかな?」と問う。

「ええ、はい、それだけです」スナグズビー氏はそう答え、明らかに「それで十分ですとも——手前にとりましては」の謂《いい》の咳をつけ足す。

「マドモワゼル・オルタンスが何を望んでいるのか、どういうつもりなのか、私にはさっぱりわからん、彼女の頭がおかしいのなら話は別だが」

「たとえ頭がおかしいとしましても、その、つまり」スナグズビー氏は訴える。「外国製の短剣とか、そんな物騒な代物をうちに突きつけられたとしますと、心安らかにはなりませんでしょう」

「そうだな。いやはや！　こんなことはやめさせねばならん。気の毒に、迷惑だったな。また彼女がやってきたらここによこすがいい」

スナグズビー氏は何度もお辞儀をし、短いお詫びの咳をしてから、ほっとして立ち去る。タルキングホーン氏は独り言を言いながら二階に上がる。「この手の女というのは世の中に問題を引き起こすために生まれてきたのだ。手間がかかるのは主人だけでなく、召使も同じだ！　しかし、少なくともこいつにはさっさとけりをつけてやろう！」

そう言いながら彼は事務所のドアの鍵を開け、手探りで暗い部屋に入ると、蠟燭に火をつけ、あたりを見回す。頭上の「寓意」の絵の大部分は闇の中にあるが、例の執拗なローマ人が絶えず雲から落ちそうになりながら指でさし示すいつもの仕事に従事しているのははっきり見える。彼にさしたる注意も払わず、タルキングホーン氏はポケットから小さな鍵を取り出して、引き出しを開ける。するとそこにまた鍵がある。その鍵で箱を開ける。するとそこにまた鍵がある。これが地下室の鍵で、氏はワインのねぐらに下りていこうとする。蠟燭を手にドアの近くまで来た時、ノックが聞こえる。

「誰だ？――ああ、お前か？　いい時に現れたものだ。ちょうど今噂を聞いたばかりだ。で、何の用かな？」

氏は蠟燭を受付のいる廊下の燭台に置き、干からびた頰を鍵で軽く叩きながら、マドモワゼル・オルタンスにこう挨拶する。かの猫のような御婦人は唇をかたく閉ざし、横目で彼を見ながらそっとドアを閉めて答える。

「あなたを見つけるのに随分苦労しました」

「ほう、そうかね!」

「何度もここに来ました。そのたびにいつも、先生はおられません、おイソガシです、なんとかです、かんとかです、あなたに用はないとか言われました」

「そのとおりだ、まったく」

「そうじゃありません。嘘です!」

時としてマドモワゼル・オルタンスは急に相手に体ごと飛びかかろうとするような様子を見せる。これなら相手は思わずはっとして後退する。実際、この時タルキングホーン氏はそうしてしまう。マドモワゼルはほとんど目を閉じて(しかし依然横目で見ながら)、ただ軽蔑の笑みを浮かべて、頭を振る。

「さあ」弁護士はいらいらと鍵で炉棚を打つ。「言うことがあるなら、さっさと言うがよい」

「私はひどい扱いを受けました。あなたはけちで卑しい人です」

「けちで卑しいだと?」弁護士は鍵で鼻を撫でる。

「ええ。そう言ってるでしょ? おわかりでしょうに。私を罠にかけて——うまいこと捕まえたんです——ジョーホーを得るために。あの晩奥方様が着たはずの私のドレスを出せと言い、それを着たところをあの子に見せるためにここに来るよう頼んだ——そうじゃないですか? どうです?」マドモワゼルはまた飛びかかるような様子を見せる。

「女狐《めぎつね》だな、お前は! まさに女狐だ!」不審げに相手を眺めながらタルキングホーン氏はそんなことを考えているように見える。それから、「ふむ、しかし、お前には報酬を支払ったではないか、え?」と応じる。

「報酬を支払った?」彼女は強烈な侮蔑をあらわにしてその言葉を繰り返す。「たかだか金貨二枚じゃないの! 私はまだ使ってませんよ、こんなものいりません、ばかばかしい、叩き返してやる!」そう言いながら胸元から硬貨を取り出すと、言葉のとおり、床に激しい勢いで叩きつける。硬貨は跳ね上がってもう一度光の中できらめいてから、部屋の隅に転がっていき、ぐるぐる回りながらゆっくりそこで止まる。

「そら！」マドモワゼルはその大きな目を再び閉じる。「報酬を支払ったですって！ ええ、そうですとも！」

彼女が皮肉たっぷりにせせら笑う間、タルキングホーン氏は鍵で頭をさする。

「よほどたっぷりお持ちなんだな」彼は涼しい顔で言う。「そんな風に金を捨てるんだから」

「ええ、そうですとも。たっぷりお持ちですよ、憎しみをね。心底レディー・デッドロックが憎い。それは知ってるでしょ」

「知ってる？ どうして私がそんなことを知ってるんだ？」

「よく知ってたから、私に情報をくれと頼んだんでしょ。私がはらを立ててるってよく知ってたから！」彼女は力を込めてこの科白《せりふ》を吐く。この時、両手で拳《こぶし》を作り、歯を食いしばっているのだが、それでもラ行の発音が強烈な巻き舌になる。

「ほう！ 私が知ってたとな？」タルキングホーン氏は鍵の刻み目を見つめながら答える。

「ええ、もちろん。こっちにだってちゃんと目はついてます。知ってたから私を使ったのよ。理由《わけ》があってのことだわ！ 私、あの女は大っ嫌い」マドモワゼルは腕を組んで、最後の言葉を肩越しに相手に投げかける。

「それだけ言って、まだほかに言いたいことがあるのか?」

「私はまだ職がないんです。まともなところを、いい働き口を探してくださいな!　できないとか、したくないとおっしゃるなら、あの女を追いかけて、追いつめて、恥をかかせて評判を落とすために雇ってください。しっかりお手伝いします、一所懸命やります。それがあなたの狙いなんでしょ、ちゃんとわかってますわ」

「お前はたくさんのことがわかってるらしいな」タルキングホーン氏は答える。

「わかってますとも。あのドレスを着てあの子に会いにここに来たのはちょっとした賭けのためだった、なんて信じるほど愚かではありませんことよ。子供でもあるまいし。ふん、まったく!」こう答える時、「あるまいし」までは皮肉まじりでも穏やかで丁寧な口ぶりだったのだが、それから突然ひどく苦々しげで傲慢な軽蔑へと転じる。黒い目はほとんど閉ざされる、と同時に睨むように大きく見開かれる。

「ふむ、では」タルキングホーン氏は鍵で顎《あご》を軽く叩きながら、落ち着き払って彼女を見つめる。「現下の問題を考えてみよう」

「ええ!　考えてみましょう」マドモワゼルは立腹して強張ったような恰好で何度も

うなずき、同意を示す。

「お前は先ほど述べたような、極めて控えめな要求をするためにここに来た。その要求が容れられないとすると、またここに来るのだろうな」

「ええ、何度でも」マドモワゼルは立腹して強張ったような恰好でさらに何度もうなずく。「何度でも、何度でも、繰り返し来ますよ。そう、ずっとずっといつまでも！」

「おそらくここだけではなく、スナグズビーのところにも行くのだろう？　あっちでもやはり、うまくいかなければまた行くわけだな？」

「何度でも」マドモワゼルは堅い決意で体を強張らせてまた同じ言葉を繰り返す。「何度でも、何度でも、繰り返し行きますよ。そう、ずっとずっといつまでも！」

「わかった。では、マドモワゼル・オルタンス、蠟燭を持ってさっき捨てた金を拾うがいい。向こうの隅の、事務用の衝立の後ろにあるはずだ」

彼女はただ肩越しに笑い声を投げかけ、腕を組んだまま立ち止まっている。

「拾わないのか？」

「ええ、拾いませんとも！」

「なら、その分貧しくなるだけの話だ。その分こちらは豊かになる！　いいか、これがうちのワイン貯蔵室の鍵だ。大きな鍵だが、刑務所の鍵はもっと大きいぞ。この街には刑務所がいろいろある。門はがっしりと重いし、鍵もやはり重いだろう。女には踏み車の体罰が用意されている。残念ながら、お前のような元気いっぱいで活力あふれる女なら、少しの間でも鍵のかかった部屋に閉じ込められるのはさぞ窮屈なことだろうな。どうだ?」

「あなたはみじめな、くだらない人間よ」マドモワゼルは体を少しも動かさず、にこやかな澄み切った声で答える。

「そうかもしれん」タルキングホーン氏は静かに洟《はな》をかむ。「しかし、私をどう思うか尋ねたのではない。刑務所をどう思うかと尋ねたのだ」

「別に。刑務所が私と何の関係があるのです?」

「ああ、あるとも。それはこういうことだ」弁護士はゆっくりとハンカチをしまい、シャツのフリルを整えながら言う。「法というやつは気まぐれで、女性の訪問ですら、こちらが望まない場合には迷惑行為として拒絶できると定めている。迷惑だと訴え出れば、法によってそのうるさい女性は逮捕され、刑務所に送られ、厳しい規律のもとに置かれる。部屋には鍵がかけられる」彼はそう言うと、見本としてワイン貯蔵室の鍵を見せる。

「あら、そう?」マドモワゼルは依然心地よい響きの声で答える。「滑稽ですこと! でも、ほんとの話、それがどう私と掛かり合いがあるんです?」

「もしお前さんがまたここに来るか、スナグズビーを訪ねるかしたら、わかるだろう」

「ひょっとしてその時は私を刑務所に送るってわけ?」

「ひょっとしてな」

マドモワゼルのように上機嫌で陽気に振る舞う人間の口角に泡が出るというのは矛盾するかもしれない。しかし、虎のように開いた彼女の口を見れば、その状態は近いと思えるだろう。

「つまるところ、私は非礼を好む者ではないが、もしお前が招かれずしてまたここに――あるいは、あそこに――姿を見せたなら、警察に突き出すぞ。彼らは女性を丁重に扱いはする、しかし、いいか、うるさい手合いとなると恥ずかしい恰好で大通りを連行していく、木の板に縛りつけてな」

「じゃ、試してみましょうよ」マドモワゼルは片手を前に突き出し、囁《ささや》き声で言う。

「もし、ほんとにそんなことができるなら、やればいいでしょう」

「もし」弁護士は相手を無視して続ける。「刑務所に閉じ込められるといういい働き口を私が見つけてやったら、自由の身になるまで相当長い間待たねばならんだろう」

「じゃ、試してみましょうよ」マドモワゼルは先ほどと同じ囁き声で繰り返す。

「では」弁護士は依然相手を無視して続ける。「もう、帰ってもらおうか。戻ってくる前にようく考えた方がいいぞ」

「そっちこそ、ようく、ようく考えることね！」

タルキングホーン氏は階段まで彼女を送り出す。「お前はどうしようもなく強情で頑固だから、奥方様に解雇されたのだ。この辺で心を入れ替えて、私の忠告を聞き入れてはどうだ。私は有言実行の士だ。やると言ったことはやる」

彼女は返事もせず、振り返りもせずに階段を下りる。彼女が立ち去った後、彼もまた階下に向かう。そして、蜘蛛の巣に覆われたボトルを持って戻ってくると、くつろいでその中身をゆっくり味わう。時々、椅子に座ったまま上を向くと、しつこいローマ人が天井で指差しているのが目に入る。

＊

第四十三章　エスターの物語

わたしは死んだものとおもいなさい、と生きていた母がいったことを、あのときは何度も何度もかんがえました――いまとなってはもうどうでもよいのですけれど。母にはちかづけないし、手紙も書けませんでした。母が毎日危険にさらされているのをしんぱいする気もちはつよいものでしたが、その危険をさらにおおきくしてはいけないという気もちもまたおなじくらいつよかったのです。わたしが生きていたということじたいが母にとって予期せぬ危険だったのはよく心得ておりましたから、秘密を知ってしまったときに感じた、じぶんじしんをおそれる気もちはまだなくなっていませんでした。母の名を口にすることはもとより、耳にすることさえできない気がしました。じぶんのいるところで会話がその方向にすすんだら（ときどき自然にそうなりましたけれど）、きかないでおこうとつとめました――心のなかで数をかぞえたり、おぼえていることをそらんじたり、部屋をでたりもしました。いまにしておもえば、母が話題になるはずがないときにもよくそんなふるまいをしました。でも、なにかを耳にしたばかりに母をうらぎってしまうのが、じぶんのせいで母をうらぎってしまうのがおそろしかったから、そうしたのです。

母の声のちょうしを何度もおもいおこしては、ききたくてももう二度ときけないのではとかんがえたり、これまでその声にききおぼえがなかったことをふしぎでかなしく感じたりしました。これもいまとなってはどうでもよいのですけれど。おおやけの場で母の名前がでるのをいつも気にし、ロンドンのお屋敷のまえをいったりきたりしては、すてきな家だとおもいながらも、こわくてゆっくりながめていられませんでした。一度劇場でいっしょになり、むこうにいた母はわたしに気がつきました。いろいろなひとがたくさんいるなかで、うんとはなれたところにいるわたしたち二人のあいだに、つながりとか秘密があるなど夢のようでした。これもやはりどうでもよいことです。もうすべておわってしまいましたから。わたしはめぐまれた人生をおくりましたので、すこしでもじぶんの話をすると、けっきょくほかのひとの善良さや寛大さのお話になります。わたしについてはこれくらいにして、さきにすすみましょう。

ふたたび荒涼館におちつくと、エイダとわたしはリチャードのことでジャーンダイスさまにたびたび相談しました。いとしいエイダは、彼が心やさしいおじさまについてまちがったかんがえをもっているのをとてもかなしみました。それでも、彼女はリチャードを信じきっていましたから、彼をせめる気にはなれないのでした。ジャーンダイスさまはよくごぞんじでしたので、けっしてリチャードをとがめようとなさいませんでした。

「リックはかんちがいをしているのだよ。やれやれ！　だれだってしょうこりもなくかんちがいをくりかえすものさ。時の力ときみの力の両方で彼があやまちをさとるのを信じるしかないな」そうエイダにおっしゃったものです。

あとになってわかったのですが、わたしたちのおもっていたとおり、ジャーンダイスさまは時の力を信用されずに、何度もリチャードの目をひらこうとなさっていました。手紙を書き、たずねていって話をし、寛大なお心がかんがえつくかぎりの、おもいやりにみちて説得力のあるすべての方策をためされました。不幸にも、かわいそうなリチャードはなにをいわれてもまったくきく耳をもちませんでした。もしじぶんがまちがっているなら訴訟がおわってからつぐないをします、いまが暗闇のなかを手さぐりしている状態ならたくさんのことをかくして混乱させている雲をはらいのけるせいいっぱいの努力をするしかないでしょう、猜疑心と誤解が生まれたのは訴訟のせいですか？　それならぼくが訴訟にとりくむのをほっておいてほしい、けりがつけばまともな人間にもどりますから。彼はいつもそうこたえるのです。ジャーンダイス対ジャーンダイスは彼の心をすっかりとらえてしまい、どんな意見にたいしてもかならずじぶんがいましていることのほうがただしいと、そのたびにみょうな理屈をこねていいかえすのでした。「だから、かわいそうなリックに説教しようとするのは、ほっておくよりもなお罪つくりなんだよ」とあるときジャーンダイスさまはおっしゃいました。

そのようなおりにわたしは、スキンポールさんがリチャードの相談役になっておられるのはいかがなものでしょうか、ともうしあげました。

「相談役？」ジャーンダイスさまはわらわれました。「だれがスキンポールに相談するんだね？」

「はげまし役というべきでしょうか？」

「はげまし役？　だれがスキンポールにはげまされるんだね？」

「リチャードはそうじゃありませんか？」

「それはない。あれほど世間ずれしてない、打算のない、ふけばとぶような人間はリチャードにとっていきぬきになる。気ばらしさ。いいかね、相談役にしろ、はげまし役にしろ、そもそも真剣な任をつとめるなんてスキンポールみたいな子どもにはかんがえられんよ」

「あの、ジョンおじさま」ちょうどそのときやってきたエイダがわたしの肩ごしにのぞきながらたずねました。「どうしてスキンポールさんはあんなに子どもみたいなかたなんでしょう?」

「どうしてスキンポールがあんな子どもかだって?」ジャーンダイスさまはちょっとこまられたごようすで、頭をかきながらきかれました。

「ええ」

「それはだね」あのおかたはますます髪をくしゃくしゃにして、ゆっくりとおこたえになりました。「彼はとても敏感で、それから、多感で、それから、その、感じやすくて、それから、その、想像力がゆたかなんだ。で、こういう性質がどういうわけだかちゃんと操縦がきかない。わかいときに彼をほめた連中が、そこばかり過大に評価して、そういう性質をおさえてバランスをとる修練を軽んじたんだろう。それであういう人間になったというわけさ。どうだい?」そこでことばをきって、ジャーンダイスさまは期待をこめてわたしたちをみつめられました。「きみたち、どうおもうかね?」

エイダはこちらをちらっとみてから、スキンポールさんのおかげでリチャードの出費がふえるのはかわいそうだとおもいます、といいました。

「そうだとも、そうだとも」ジャーンダイスさまはあわてておっしゃいました。「あってはならんことだ。なんとかせねばならん。わたしがやめさせよう。それはいかんよ」

わたしは、五ポンドもらうためにあのかたがリチャードをヴォールズさんに紹介なさったのはざんねんです、ともうしあげました。

「そんなことしたのか?」ジャーンダイスさまのお顔にちらっと困惑のかげがうかびました。「しかしね、そこがスキンポールだ。彼らしい。ぜんぜん金めあてじゃないんだよ。金のねうちを知らないんだから。リックを紹介する、ヴォールズ氏とともだちだから五ポンドかりる。これは彼にはなんの意味もないし、なんともおもってないはずだ。きっとじぶんできみにそういっただろ、え?」

「はい、そのとおりです!」わたしはこたえました。

「そうだろうとも!」あのおかたはかちほこってそうおっしゃいました。「それこそスキンポールだ！　もし悪意があったなら、わるいことだと意識してたなら、じぶんではいわないよ。そういったのは気もちが純真だからだ。しかしね、きみたちはうちにいる彼をみてみないといけないよ、そうすれば彼という人間がよくわかるだろう。ぜひともハロルド・スキンポール宅をたずねるとしよう、そして、このことについて注意してやろう。いやはや、きみたち、相手は子ども、子どもなんだ！」

この計画を実行するために、わたしたちは朝はやく出発してロンドンにむかい、スキンポールさんのご自宅にうかがいました。

あのころサマーズ・タウンにはたくさんのスペイン人の難民がいて、煙草をふかしながら袖なしの外套をきてあるきまわっていました。スキンポールさんはポリゴンというところに住んでおられました。どなたかがいつもさいごには家賃をはらってくださるおかげで、あのかたは意外にもよい借り手ということになっているのか、それとも、あのかたに世間的な常識がないためにおいだそうにもそれができないのか、わたしにはわかりません。ともかく、あのかたはおなじ家に何年も住んでおられました。家は予想どおりひどい状態でした。地下におりる階段の手すりの格子は二、三本ぬけおち、バケツには穴があき、ドア・ノッカーはねじがゆるみ、針金のさびぐあいからみてよび鈴の引き手はずいぶんまえになくなっていました。階段にきたない足跡がついていなければ、そこにひとが住んでいるとはおもえませんでした。

うれすぎのイチゴみたいにだらしなくふとった下女がノックにこたえて、ドアをすこしあけました。そのあいたすきまを、ドレスの裂け目と靴のひびわれからはちきれてでてしまいそうなからだがうめていました。下女はジャーンダイスさまを知っており（お給金のしはらいに関係があるひとだとかんがえていたにちがいありません、エイダもわたしもそうおもいました）、すぐに警戒をといてわたしたちをいれてくれました。鍵がこわれていたので、下女はドアを鎖でとめました──その鎖もこわれかけていましたけれど。それから、うえにいかれますか、ときいてきました。

わたしたちは二階にあがりました。やはり家具はなにもなく、あるのは階段のきたない足跡だけでした。ジャーンダイスさまはさっさと部屋に入られましたので、わたしたちもあとにつづきました。かなりむさくるしく、およそきれいとはいえない部屋でした。とはいえ、おおきな足おき、ソファー、たくさんのクッション、安楽椅子、たくさんの枕、ピアノ、本、写生道具、楽譜、新聞、いくつかのスケッチや絵などがあり、なんともいえない、一種のみすぼらしいぜいたくさでかざられていました。きたない窓のガラスが一枚われて、かわりに紙をはって封緘《ふうかん》用の糊でとめてあるかとおもえば、テーブルのうえには温室栽培のモモをのせたちいさなお皿や、ブドウのお皿、スポンジケーキのお皿、ライトワインの瓶もありました。スキンポールさんごじしんはガウン姿でソファーによこになり、かおりのよいコーヒーをふるい陶器のカップでのみながら(時間は正午ごろでしたけれど)、バルコニーでさいているさまざまな種類のアブラナをながめておられました。

スキンポールさんはわたしたちのすがたをみてもすこしもあわてず、おきあがっていつもの軽快なちょうしでむかえてくださいました。

「ごらんのとおりです!」みんながすわると——これがなかなかめんどうでした、なにしろほとんどの椅子はこわれていましたから——あのかたはそうおっしゃいました。「ごらんのとおり! これがつましい朝食です。牛の脚と羊をたべるひともいますがね、わたしはちがいます。モモ、コーヒー、クラレットがあれば満足です。いや、それがほしいからじゃない。お日さまをおもいださせてくれるからです。牛や羊はお日さまとなんの縁もない、ただ動物的な満足感をあたえるだけです!」

「ここがわれらの友人の診察室兼(診察をしたらの話だが)アトリエ兼私室なんだ」と

ジャーンダイスさまは説明してくださいました。

「そう」 スキンポールさんはにこやかなお顔であたりをみまわしておっしゃいました。「ここは鳥かごなんです。鳥はここでくらし、さえずるのです。ときどき羽根をむしられ翼をきられはしますが、鳥はさえずりつづけます！」

スキンポールさんはわたしたちにブドウをくばり、陽気にくりかえされました。「さえずりつづけます！ 大層な意気ごみはありませんが、それでもさえずります」

「とてもおいしいブドウだ。だれかのおくりものかね？」

「いや、ちがうよ！ どこぞの気だてのよい庭師の売りものさ。きのうの晩そいつの下働きがこれをもってきてね、ここでまってればば勘定をはらっていただけるんでしょうか、ってきくんだ。だから、「うむ、まつのはやめたほうがいいな、時間がだいじなら」とこたえてやった。立ちさったところをみると、たぶんだいじだったんだな」

ジャーンダイスさまはほほえみながら、まるで「このあかんぼうに俗世の理屈がつうじるはずはないだろう？」とでもおっしゃるかのように、わたしたちをごらんになりました。

「きょうという日は永遠にわが家の記憶にのこります」 スキンポールさんはたのしそ

うにタンブラーでクラレットを少々のまれました。「聖クレアと聖サマソンの祝日と名づけましょう。ぜひうちのむすめたちにあってやってください。青い目をした「美のむすめ」に、「涙のむすめ」「笑いのむすめ」、三人みんなにあってください。きっとよろこびますから」

そこでむすめさんたちをよぼうとなさったのですが、ジャーンダイスさまがそれをさえぎり、さきに話をしたいのでちょっとまってくれとおっしゃいました。スキンポールさんはほがらかに返事をして、ソファーにもどられました。「ちょっとどころか、いくらでもまつよ。ここでは時間は問題じゃない。時刻はいつだかわからないし、どうでもいいんだ。それじゃ世のなかわたっていけないってか？　たしかにな。しかし、わたしたちは世のなかをわたっていかない。そうするつもりはまったくない」

ジャーンダイスさまはまたわたしたちのほうをごらんになり、「きいたかい？」と目でたずねられました。

「なあ、ハロルド、話というのはリックのことなんだ」

「わたしの一番の親友だ！」スキンポールさんは上機嫌でこたえられました。「一番の親友であってはならんのだろうな、彼はきみと不仲だから。しかし、じっさいそうなんだよ。いたしかたあるまい。彼にはわかき詩心《うたごころ》がみちあふれている、だいすきだね。きみが気にいらなくとも、いたしかたない。だいすきなんだから」

こうおっしゃったときのスキンポールさんはすなおでほほえましく、無欲にみえましたから、ジャーンダイスさまはとてもよろこんでおられました。エイダはそうでもないようでした――すくなくともこのときは。

「いくらリックをすきになってもけっこうだがね、彼の財布がいたまないようにしないと」

「ああ！　彼の財布ね！　そりゃわたしにはわからない領域だな」スキンポールさんはまたクラレットをすこしのみ、ケーキをそれにひたし、頭をふり、エイダとわたしにむかってほほえまれました。それから、どうやってもけっしてわたしにはわからないだろうね、と無邪気な予言をなさいました。

「いっしょにいろいろなところにいくにしても、彼に二人ぶんはらわせてはいかんよ」ジャーンダイスさまは、はっきりおっしゃいました。

このこっけいなかんがえを耳にして、スキンポールさんのにこやかなお顔はかがやきました。「ねえ、ジャーンダイス、わたしはどうしたらいいんだ？　彼がつれていってくれるなら、わたしはいっしょにいかなきゃならん。このわたしがどうやってしはらいをするんだね？　金なんかもってないし、もってても、なんにも知らないんだぞ。かりに、いくらですか、と相手にきいたとしよう。むこうは七シリング六ペンスという。こっちは七シリング六ペンスについてなにも知らん。むこうの気もちを尊重するなら、その話題をつづけるのはむりだよ。わたしはね、いそがしいひとをつかまえて、七シリング六ペンスってアラビア語でどういうんですか、なんてききやしない。アラビア語はわからないからね。だから、七シリング六ペンスって英語でどういう意味ですかってきくわけないよ。わからないんだから。これは理にかなってるだろう？」

ジャーンダイスさまはこの素朴なこたえにけっして不満ではないごようすで、「いいかい、リックと旅にでるのなら、ないしょでわたしから金をかりるように。計算は彼にまかせるんだ」とおっしゃいました。

「ジャーンダイス、わたしはきみを満足させるためならなんだってする。しかし、きみの案はかたちだけのむだなものじゃないかね――迷信だよ。クレアさんにサマソンさん、ちかってもうしあげますが、わたしはリックはとても金もちだとおもってたんです。彼がなにかを譲渡するか、証文か手形か小切手か請求書かなにかにサインするか、なにかの書類をどうにかすれば、金の雨がふってくるんだろうってね」

「いいえ、それはちがいます」エイダはこたえました。「彼はまずしいんです」

「え、ほんとに？」スキンポールさんは満面に笑みをうかべておっしゃいました。

「そりゃ、おどろきですな」

「例のくさった葦《あし》にすがってても財布はおもくならないんだから、あっちの方向に彼をけしかけちゃいかんぞ」ジャーンダイスさまは念をおすためにスキンポールさんのガウンの袖に手をおいていわれました。

「わが友ジャーンダイスよ、親愛なるサマソンさん、親愛なるクレアさん、どうしてそんなことができましょう？　それはビジネスです、わたしはビジネスはぜんぜんわかりません。けしかけるのは彼のほうですよ。ビジネスの偉業をなしとげ、その結果としてわたしの目のまえにかがやかしい将来を提示し、それをあがめるようもとめるのですから。そりゃ、わたしはあがめますとも——かがやかしい将来としてね。しかし、それ以上はなにもわかりませんし、彼にもそういってます」

　こうおっしゃったときのかざらぬ無力ぶりと、ごじぶんの無邪気さをおもしろがるのん気なそぶりや、みずからをかばいつつもきみょうな他人のようにあつかう気まぐれなおしゃべりは、たのしい軽快なかたり口とあいまって、ジャーンダイスさまのおかんががえがただしいと証明しているようにおもえました。スキンポールさんを知れば知るほど、目のまえにおられるときには、このかたがはかりごとやかくしごとをしたり、なにかを左右する力があるはずはないようにみえました。ところが、目のまえにおられないときにはその反対におもえ、わたしのすきなひとにはなるだけかかわってほしくありませんでした。

「尋問」がおわったときくと、スキンポールさんはうれしそうな顔で退出し、むすめさんたちをよびにいかれました(むすこさんたちはすでにそれぞれ家をでておられました)。子どもっぽい性格についてのあのかたのもうしひらきにジャーンダイスさまはおよろこびされていました。スキンポールさんはすぐに三人のむすめさんたちとおくさまをつれてもどってこられました。おくさまはむかしはおうつくしかったのでしょうが、いまはいろいろな不調をわずらっておられる、たかい鼻をしたきゃしゃで病がちのかたでした。

「これが「美のむすめ」のアリスーザ、父親似でいろいろな曲をうたったりピアノでひいたりします。これが「涙のむすめ」ローラ、ピアノを少々、うたはゼロ。これが

「笑いのむすめ」キティー、うたを少々、ピアノはゼロ。わたしたちはみな少々スケッチをたしなみ、作曲もしますが、だれも時間や金銭の感覚はもちあわせておりません」

　このさいごの点は一家の功績にいれてほしくないというような感じで、おくさまはためいきをつかれました。これはジャーンダイスさまにきかせるためのものらしく、機会をみてはためいきをつかれるようでした。

　スキンポールさんは陽気な目でわたしたちを順番にながめて、「家族のふうがわりな点をいろいろしらべるってのは愉快なものですよ。それにまた、みょうなぐあいにおもしろい。うちのばあい、全員が子どもで、わたしが一番年したなんです」とおっしゃいました。

　むすめさんたちはみんなあのかたがだいすきらしく、「笑いのむすめ」を筆頭に、このこっけいな事実をおもしろがっているようでした。

「なあ、おまえたち、そうだろう? それにちがいない、讃美歌にでてくる犬みたいに、そういうふうに生まれついているんだから〔アイザック・ワッツ作の『聖歌集』に、「犬には吠えたり嚙んだりすきなようにさせておけ（……）、それは生まれつきの性質だから」とある〕。ここにおられるサマソンさんは抜群の管理能力とおどろくばかりに詳細な知識をおもちだ。うちではだれも厚ぎりの肉のあつかいかたを知らないとおききになったら、サマソンさんはたぶんひどくきみょうにおもわれるでしょう。でも、だれも知らないんです、ほんとうに。うちは全員まったく料理ができません。針と糸のつかいかたも知りません。わたしたちはじぶんにない実用的な知恵をもっておられるひとたちを尊敬するだけで、争ったりしません。ですから、争いをしかけられるはずもありますまい？　おたがい相手を尊重しましょう、とわたしたちはいうのです。あなたたちは実用的な知恵をたよりに生きていく、わたしたちはあなたたちをたよりに生きていく！」

スキンポールさんはわらっておられましたが、いつものように、とてもすなおに、本気でものをいっていらっしゃるようでした。

「おお、おまえたち、わたしのバラよ、わが家ではみんなひとに共感する心をもっている——ありとあらゆるものに共感する心を。そうだろう？」

「ええ、そうよ、パパ！」三人のむすめさんたちはこたえました。

「ほんとうのところ、それがこのあわただしい人生におけるわたしたち一家のしごとでしてね。わたしたちは世のなかをながめる能力、興味をいだく能力をもっています、そしてじっさい、世のなかをながめ、興味をいだきます。それ以上のなにができましょう？　ここに「美のむすめ」がおります。結婚して三年になります。このむすめがもう一人の子どもと結婚し、そのあとまた二人子どもをふやしたのは経済学的観点からすればまちがいだったでしょう。しかしながら、それはとても愉快なことでした。そのたびにささやかな宴をもよおし、たのしい社交ができましたから。むすめはある日うらわかい夫をつれてかえってきて、子どもたちといっしょにうえに愛の巣をきずきました。おそらく、いつの日にか、「涙のむすめ」と「笑いのむすめ」もめいめいの夫をつれてきてうえに巣をつくるのでしょう。そうしてわたしたちは生きていくのです。どのようにしてかわかりませんが、どうにかして、生きていくのです」

彼女は二人の子の母にしては、ほんとうに、とてもわかくみえました。わたしはこの母子《おやこ》をあわれにおもわないではいられませんでした。どうみても、三人のむすめさんたちはほったらかしにされて独力でそだち、父親のひまな時間にあそび相手をつとめるのにじゅうぶんなだけの、いきあたりばったりの最低限の教育をさずけられたのでした。三人のそれぞれの髪型は父親の絵の趣味にあわせられたものとわかりました。「美のむすめ」は古典的なかっこうに、「涙のむすめ」はながれるようなゆたかなスタイルに、「笑いのむすめ」はおちゃめなかたちにととのえ、健康そうなひろい額をみせて、目じりにゆたかな巻き毛がたれていました。三人はおそろいの服をきていましたが、とてもだらしない無精なきこなしでした。

エイダとわたしはむすめさんたちと話をしました。みんなふしぎなほど父親似でした。そのあいだジャーンダイスさまは、いきおいよく頭をさすって風むきがかわったことをほのめかしながら、部屋のすみでスキンポールさんのおくさまとかたらっておられました。硬貨がチャリンとなる音がいやでも耳に入ってきました。スキンポールさんはわたしたちといっしょに家までいくとおっしゃって、きがえのために席をはずされていました。

「むすめたちよ、わたしのバラよ」あのかたはかえってくるとそうおっしゃいました。「しっかりママのめんどうをみておくれ。きょうはママのちょうしがよろしくない。わたしはジャーンダイスさんのところに一日か二日いれば、ヒバリの声をきいて気分がよくなるだろう。気分がめいるようなことがあったからね。ここにいれば、きっとまたおなじ目にあうだけだ」

「あのいやな男！」と「笑いのむすめ」がいいました。

「あの時間はパパがアブラナのそばでやすんで青空をながめてるのを知ってるのに」

ローラも不満をもらしました。

「干し草のいいにおいがただよってるときに！」アリスーザもつけたしました。スキンポールさんはとても上機嫌であいづちをうち、「あの男に詩心がないことをしめしていますな。まったく、ぶしつけな。人間的な繊細さがかけてますな！」むすめたちはおおいに気をわるくしましたよ」とわたしたちに説明なさいました。「このしょうじきな男にたいして——」

「しょうじきなんかじゃないわ、パパ。ぜったいちがいます！」むすめたちはそろって異をとなえました。

「あらっぽい男でしてね、人間針鼠がからだをまるめたようなもんです。近所のパン屋で、この男からわたしたちは肘かけ椅子を二つかりました。うちで肘かけ椅子が二つ必要になったのですが、うちには椅子がない。したがいまして、当然ながら、椅子をもってるひとにおねがいしてかしてくださいとなります。さて！　この不機嫌な男は椅子をかしてくれました。うちでつかっているうちにクッションがすりきれました。そのあとで、男はかえしてくれという。かえしてやりましたよ。それでなっとくしたとおもいでしょう？　ちがうんです。すりきれてるのがいかんという。わたしは理を説いてまちがいを指摘してやりました。「いいおとなのあなたが、まさか、肘かけ椅子は棚のうえにのせてながめるものだ、なんてとんでもないことはおっしゃらないでしょう？ 椅子はためつすがめつするものですか？ とおくから拝観したり、ある角度から鑑賞するものですか？ 椅子はすわるためにかりたってことぐらいわからないんですか？」ってね。するとむこうは理屈にあわないことをいい、こっちのいいぶんをまったくわかろうとせず、乱暴なことばをはくのです。わたしはいまこうしてるのとおなじくらいがまんづよくもう一度うったえました。「あなた、いいですかな、いかにビジネス能力に差があるとはいえ、われわれはともに自然という偉大な母親から生まれた子です。この花さく夏の朝、わたしはここにいて(わたしはソファーに腰かけていました)、自然を愛《め》でる。目のまえに花があり、果物がテーブルのうえにあり、頭上には雲一つない空がひろがり、空気は芳香にみちている。人類はみな兄弟ではありませんか、どうか、この崇高な風景とわたしのあいだに立腹したパン屋などというばかばかしいすがたをさしはさまないでいただきたい！」そうおねがいしたんです。ところが」スキンポールさんはわらいながら眉をあげ、おどけて、びっくりしたようすをなさいました。「パン屋はあのこっけいなすがたをさしはさんできました。あきらめる相手ではありません。こりずにまたやってくるでしょう。ですから、わたしはあの御仁《ごじん》をさけて、わが友ジャーンダイスの家にいっしょにもどりたいのですよ」

　おくさまとむすめさんたちはあとにのこってパン屋さんと顔をあわさなければならない、という点はおかんがえに入っていないようでした。けれども、これは一家のひとたちにとって毎度のことですっかりあたりまえになっていました。スキンポールさんはあのかたらしい、優雅でかろやかなやさしさをおみせになって家族にわかれをつげ、まことにうららかなごようすでわたしたちの馬車にのりこまれました。階段をおりるときにいくつかドアがあいていたからわかったのですが、あのかたのお部屋はほかの部屋にくらべると宮殿のようでした。

　さて、この日がおわらないうちにおどろくべきできごとがありました。これは、その余波をかんがえると、わすれられない事件でした。こんなことがおこるとは予想のしようもありませんでしたし、じっさい予想などしておりませんでした。うちにむかうあいだ、わたしたちのお客さまはとても上機嫌で、わたしとしてはお話をうかがい、みとれるばかりでした。わたし一人でなく、エイダもおなじようにみいられていました。ジャーンダイスさまはともうしますと、サマーズ・タウンをでたときにはしばらくずっと東風がふきそうだったのが、出発して何キロもすすまないうちにすっかり正反対の風むきになってしまわれました。

スキンポールさんの子どもらしさにはいぶかしいところがありましたけれども、いつもとちがう景色とあかるくはれた空については純粋に子どものようによろこんでおられました。そして、道中の機智にとんだおしゃべりのあとでもつかれを知らず、だれよりもはやく居間におりてこられました。わたしがまだ家のしごとをしているときに、あのかたがピアノをひきながらイタリア語とドイツ語で舟唄や酒宴の唄をつぎつぎにうたわれるのがきこえてきました。

みんなが夕食のまえに居間であつまったときも、まだのらくらと鍵盤とたわむれてあのかた独特の典雅なタッチで曲をかなでながら、一、二年前にやりかけてそのままになっていたヴェルラム（セント・オーバンズのローマ帝国植民地時代の名）のふるい壁のスケッチをあしたこそは完成させよう、といっておられました。そのとき、居間に名刺がとどけられ、ジャーンダイスさまはおどろきの声をあげられました。

「サー・レスター・デッドロック！」

わたしがまだうろたえて目がまわり、からだをうごかす力もでないうちに、お客さまは部屋に入ってこられました。力があったなら、はしってにげだしていたでしょう。く

サー・レスター・デッドロック

らくらするばかりで、おちつきをうしない、窓べにいるエイダのところにいくのはおろか、窓も目に入らず、それがどこにあるかさえわからないしまつでした。椅子にたどりつくまえに、じぶんの名前がきこえました。ジャーンダイスさまがわたしを紹介してくださったのでした。

「どうかおすわりください、サー・レスター」

「ジャーンダイスさん」サー・レスターはおじぎをして腰をおろされました。「本日こうしてリンカーンシャーからの旅の途中で訪問させていただく栄誉をたまわ――」

「栄誉をたまわったのは当方です、サー・レスター」

「どうも――栄誉をたまわったのは、とある紳士にたいして、これはあなたもごぞんじで、あなたを自宅にまねいたこともあるひとですからこれ以上もうしませんが、とある紳士にたいしてわたしがいだいているやもしれぬ不満のせいで、それがどれほど筋のとおったものであろうとも、その不満のせいであなたやさらにはあなたの庇護下にあるご婦人がたの上品で洗練された趣味を、チェズニー・ウォルドの拙宅において、すこしなりとも満足させる機会がうしなわれたことにたいする遺憾の意を表するためであります」

「お心づかい、まことにいたみいります。わたし個人からはもとより、ここにおります女性たちからも、わたしがなりかわりまして謝意をもうしのべさせていただきます」

「ジャーンダイスさん、いましがたのべた理由によりこれ以上口にしたくないとある紳士は、いいですかな、この紳士はありがたいことにわたしを誤解して、リンカーンシャーのわが家にあっては来訪なさるあらゆる紳士淑女を丁重におもてなしするよう家人にもうしつけてあるにもかかわらず、あなたがたはその例にもれると信じこませてしまったやもしれません。わたしはただ、それはまったく事実に反するとのべさせていただきたいのです」

ジャーンダイスさまは繊細な気くばりでこれをさらりとうけながし、ことばにして返事はなさいませんでした。

サー・レスターはおもおもしい口調でつづけられました。「チェズニー・ウォルドの女中頭から報告をうけて胸がいたみました。まことにいたみました。リンカーンシャーにおられたときに、美術にご興味がおありらしいお連れのかたが、同様の理由から、当家の肖像画をごらんになれなかった。おすきなだけ時間をついやし、関心をはらい、注意をむけていただけなかった。もしかしたら、それにむくいる絵がいくつかあったやも知れぬのに」ここでサー・レスターは名刺をとりだし、片めがねをかけ、ちょっと苦心しながらたっぷり威厳をみせて読みあげられました。「ヒロルド――ヘラルド――ハロルド――スキャンプリング――スカンプリング――いや失礼――スキンポール氏です」

「こちらがハロルド・スキンポールさんです」ジャーンダイスさまはあきらかにおどろかれたようすでおっしゃいました。

「ほう！　スキンポールさんにこうしておあいして、みずから遺憾の意を表することができてうれしくぞんじます。今度あちらまで足をのばされたときには、さきのように遠慮なさる必要はまったくありません」

「ありがたいお申し出です、サー・レスター・デッドロック。そのようにおっしゃっていただけるなら、あなたのすばらしいお屋敷をぜひもう一度おたずねしたくぞんじます。チェズニー・ウォルドのような地所をおもちのかたは」スキンポールさんはいつものくつろいだ、たのしそうな口調でおっしゃいました。「公衆に恩をほどこしておられる。われわれ庶民の感動とよろこびのために、うつくしいものを親切にも維持してくださっているのですから。そういったうつくしいものが提供するすべての感動とよろこびを享受しないのは、恩人にたいする不義理にほかなりません」

サー・レスターはこのかんがえがおおいに気にいられたようでした。「芸術家でいらっしゃる?」

「いいえ。まったくの暇人、たんなるアマチュアです」

サー・レスターはますます気にいられたごようすで、このつぎリンカーンシャーにおこしの際にはじぶんがチェズニー・ウォルドにいればよいが、とおっしゃいました。スキンポールさんは、まことにうれしく名誉におもいます、とおこたえでした。

「スキンポールさんは」サー・レスターはふたたびジャーンダイスさまにかたりかけられました。「うちの女中頭に――これは氏もお気づきになられただろうが、年とった忠実な召使でして――」

(「わたしがサマソンさんとクレアさんをたずねていったときに、お屋敷を見学させてもらったおりのことですよ」とスキンポールさんはほがらかに説明してくださいました。)

「さきに当地をおとずれたときはジャーンダイス氏といっしょだったとおっしゃったそうです」サー・レスターはその名のもちぬしに黙礼なさいました。「そういう次第で、わたしはただいま遺憾の意を表した事情に気づいたのです。いかなる紳士がこのような迷惑をこうむられてもゆゆしき問題ではありますが、それがレディー・デッドロックの旧知のとおい親戚で、しかも奥がふかく尊敬する紳士となれば、まっこと、わたしの胸はいたむのであります」

「どうぞ、もうご放念ください」ジャーンダイスさまはおっしゃいました。「丁重なお心づかい、わたしもみなもよくわかりました。かんちがいしたのはこちらですから、当方があやまらねばなりません」

わたしは一度も顔をあげませんでした。お客さまのほうもみず、会話はろくに耳に入らないような気がしました。あのときはなんの印象もうけたおぼえがないので、いまもいだせるのがふしぎなくらいです。みんなが話をしている声はきこえましたが、頭はすっかり混乱しているうえに、本能的にさけたいサー・レスターのおそばにいるのがつらく、興奮して胸の鼓動ははげしくなり、ものごとが理解できる状態ではありませんでした。

「この件についてはレディー・デッドロックとも話をしました」サー・レスターは立ちあがられました。「奥からきいたところでは、みなさんがちかくに滞在されたおりに、さいわいにもジャーンダイスさんとその後見人のかたがたにたまたま出会ってごあいさつさしあげる機会があったそうですな。ジャーンダイスさん、さきほどスキンポールさんを歓待する旨約束いたしましたが、それはあなたとあなたの後見人のかたがたもおなじです。無論、さる事情によって、ボイソーン氏の来訪を歓迎するとはもうせません。しかしながら、その事情は氏のみに限定され、氏以外のだれに影響がおよぶものでもありません」

「ボイソーンさんについてのわたしのかんがえはごぞんじでしょう」スキンポールさんはかるいちょうしでわたしたちにうったえかけられました。「目にみえる色はなんでも赤だときめこむ、ひとなつこい牛ですよ、彼は」

サー・レスターは、そういった人物についてこれ以上きくにしのびないとつげるような咳をして、きわめてものものしく丁重にいとまごいをなさいました。わたしはあわてじぶんの部屋にさがり、おちつきをとりもどすまでじっとしていました。したではひどく動揺してしまったものですから、もう一度おりていったときはしんぱいでしたけれど、リンカーンシャーのやんごとない准男爵のまえではずかしそうにだまっていたね、とからかわれただけですみました。

いまではもう、じぶんの知ったことをジャーンダイスさまにおつたえしなければならないときがきた、と決心しておりました。わたしが母とでくわしたり、母のいるお屋敷につれていかれたりする可能性や、(わたしとは直接かかわりないとはいえ)スキンポールさんがサー・レスターのご親切やご好意をうけられたりする可能性をかんがえると胸がいたみ、ジャーンダイスさまのおみちびきなしにはどうしたらよいかわかりませんでした。

その晩わたしたちのすてきなお部屋にひきとってエイダといつものおしゃべりをしたあと、わたしはまたじぶんの部屋のドアからそとにでて、読書をたのしんでおられるジャーンダイスさまのところにむかいました。その時間はいつも本を読んでおられることを知っていました。お部屋にちかづくと、読書用ランプの光がそとの廊下までもれでているのがみえました。

「うしろみさま、おじゃましてもよろしいでしょうか?」

「いいとも、小母《おば》さん。どうしたんだね?」

「どうもしませんけれど、このしずかな時間に、わたしのことでちょっとお耳にいれておこうとおもいまして」

ジャーンダイスさまは椅子をすすめ、本をとじてよこにおき、親切でおもいやりのあるお顔をこちらにむけてくださいました。そこに、みおぼえのある——きみがすぐに理解できるような悩みごとじゃないよ、とおっしゃったあの晩の——ふしぎな表情がうかんでいるのに気づかないわけにはいきませんでした。

「ねえ、エスター、きみにかかわりのあることはわたしたちみんなにかかわりあることなんだ。きみが話をしたい気もちよりも、こっちがききたい気もちのほうがきっとつよいはずだよ」

「それはわかっております。でも、どうしてもご助言とお力ぞえをいただきたいのです。いまのわたしにどれだけそれが必要か、想像もおできにならないでしょう！」

わたしがそこまでおもいつめているのは意外だったらしく、ジャーンダイスさまはいささかおどろかれたようでした。

「きょうお客さまがいらっしゃってからずっと、どれだけお話がしたかったかもおわかりにならないでしょう」

「お客さま！　サー・レスター・デッドロックのことかね？」

「はい」

ジャーンダイスさまは腕をくみ、心底びっくりしたごようすでわたしをみつめたまますわり、つぎのことばをまってておられました。でも、わたしはどう心の準備をしてさしあげればよいのかわかりませんでした。

するとジャーンダイスさまはにこやかにほほえんでおっしゃいました。「まったく、だれがあの客人ときみをむすびつけてかんがえるだろう！」

「ええ、わかっています。わたしもすこしまえまではそんなふうにおもっておりました」

ジャーンダイスさまのお顔から笑みが消えて、まえよりも真剣な表情がうかびました。あのおかたはドアのところまでいってちゃんとしまっているかをたしかめ（わたしは気をつけてしめたのですけれど）、それからむかいにすわられました。

「雷がなって雨やどりしたときに、レディー・デッドロックがおねえさまのことを話されたのをおぼえておいででしょうか？」

「もちろん。もちろん、おぼえているとも」

「かんがえかたがあわずに、べつべつの道をあゆまれたということも？」

「もちろん」

「なぜわかれられたのでしょう?」

ジャーンダイスさまはまたべつの表情をうかべてわたしをごらんになりました。「エスター、なんともみょうな質問だね? わたしは知らんよ。あの二人以外の人間にはこたえられまい。あの美人で気位のたかい姉妹がどんな秘密をもっていたか、だれにわかるだろうか! きみはレディー・デッドロックをみたね。おねえさんをみたら、おなじくらい意志がつよく尊大な人物だとわかるよ」

「ああ、わたしはそのおねえさまのお顔を何度もくりかえしみているのです!」

「みている?」

ジャーンダイスさまは唇をかみ、すこし間《ま》をおかれました。「ずっとまえにボイソーンの話をきみとしたことがあったね。あの男は結婚の一歩手まえまでいった、相手は死ななかったがあの男にとっては死んだも同然で、そのときのことが人生におおきな影響をあたえた、とわたしはいった。あのときみはすべてを知っていたのかね、その女性がだれかも?」

「いいえ、知りませんでした」ほのみえてきた光をおそれつつ、わたしはこたえました。「いまも知りません」

「レディー・デッドロックのおねえさまだよ」

「では、どうして」わたしはかろうじてたずねることができました。「どうしてあのお二人はわかれてしまわれたのです？」

「彼女のほうからはなれていったのだ。その理由はあのかたくなな心のなかにしまいこまれている。妹とけんかになって、どうしようもないほどプライドがきずついたんじゃないか——ボイソーンはあとからそうかんがえた。しょせんは推量にすぎないがね。その日からじぶんはあなたにとって死人です、という手紙があの男のもとにとどいた——そして、実際死人同然になった。あなたは自負心がつよく、極端なまでに名誉をおもんじるひとだだと知っているからそう決意した、じぶんもおなじ性格だ、と手紙にはあった。おたがいの根本的な性格をかんがえたからこそ犠牲になる、犠牲に生き犠牲に死ぬ、というわけだ。そのことばどおりにしたのだとおもう、ざんねんだがね。ボイソーンはそれ以来彼女にあっていないし、消息をきいたこともない。彼女にあうとか、消息をきくとかしたものはだれもいない」

「ああ、なんということをしてしまったのでしょう！」わたしはかなしみのあまり大声をだしてしまいました。「知らぬこととはいいながら、なんというくるしみをあのかたにあたえてしまったのでしょう！」

「きみがあたえた？」

「はい。それと知らずに。でも、まずまちがいありません。わたしの頭にある一番むかしの記憶は、ゆくえのわからなくなったそのおねえさまのすがたなのです」

「まさか、そんな！」ジャーンダイスさまはぎょっとしておおきな声をだされました。

「いえ、ほんとうです！　そのかたの妹がわたしの母なのです！」

母からの手紙の内容もすべておつたえしたかったのですが、ジャーンダイスさまはその晩はきこうとなさいませんでした。あのおかたはほんとうにやさしい知恵者らしくかたりかけてくださり、わたしがふだんぼんやりとしかかんがえていなかったことや、気分のおちついたときにおぼろげにのぞんでいたことを、はっきりさとらせてくださいました。そういうわけで、長年ずっとあつい感謝の念をいだきつづけてきたものの、このときほどあのおかたをいとしくおもい、ありがたいと感じたことはありませんでした。ジャーンダイスさまはわたしを部屋までつれていって、ドアのところでキスしてくださり、それからわたしはようやく床につきました。そのとき頭にあったのは、ジャーンダイスさまへのふかい崇敬の気もちをあらわすためにどのようにいそがしくはたらき、どのようないいおこないをし、どのように(ささやかながら)身をつくしてあのおかたにおつかえし、ほかのひとたちの役に立てるだろうか、というおもいだけでした。

第四十四章　手紙とその返事

翌朝ジャーンダイスさまのお部屋によばれましたので、まえの晩にできなかったお話をしました。秘密をまもって、きのうのようなであいがまたおこらないよう気をつけるしかないね、とあのおかたはおっしゃり、わたしの気もちを理解してわかちあってくださいました。招待されたのをいいことにスキンポールがチェズニー・ウォルドにでかけないよう責任をもってみはるよ、ともいわれました。わたしにあらためて名をだすまでもないあのかたに助言をあたえたり援助してあげたいのはやまやまだが、それはできない。あのかたが弁護士にたいしていだいているという不信感に根拠があるなら――まちがいなく根拠はあるだろう――それなら秘密はまもりきれないおそれがある。顔はみたことがあるし、うわさもきいているから、どんな男かある程度は知っている。まちがいなく危険な人物だ。そうおっしゃったあとジャーンダイスさまは、なにがおこってもきみの責任じゃないし、わたしの責任でもない、きみにもわたしにもどうしようもないよ、と親身になってやさしく何度も念をおされました。

「きみにまでうたがいはおよぶまい。きみとのかかわり以外に、いろいろうたがうことがあるだろうから」

「弁護士さんにかんするかぎりはそうでしょう。でも、この問題がしんぱいになりはじめてから、気にかかっているひとが一人います」それからわたしはガッピーさんについてすべてをすっかりお話しして、わたしには意味がまだよくわからなかったのですがあのひとはなにかぼんやり臆測しておられたようです、でもさいごにおあいして以来そのことについては口をかたくとざしておられるのはまちがいありません、ともうしあげました。

「なるほど。それならいまのところ、その人物はしんぱいしなくてもいいだろう。もう一人はだれかね?」

そうおたずねになったので、フランス人のメイドと彼女の熱心なうりこみをおぼえておいでてでしょう、ともうしました。

「ふうむ!」ジャーンダイスさまは思案しながらいわれました。「こっちのほうが法律事務所の事務員よりも警戒すべき人物だね。だが、要はあたらしい職さがしだろう。ちょっとまえにきみとエイダにあっていたから、きみのことが頭にうかんだとしても自然だ。単純にメイドにやとってくれといってきた、それだけだよ」

「でもあのひとのようすはふつうではありませんでした」

「ああ、びしょぬれになって死んじまうかもしれないのに、靴をぬいですずしい顔で散歩をたのしむってのはふつうじゃなかったね。だからといって、そんなできごとの意味をおしはかったり、ひょっとしたらなんてかんがえたりすれば、いたずらにじぶんをくるしめて悩みがふえるだけだ。そんなふうにおもいだしたら、ほんとはなんでもないのに、たいていの状況が危険にみえてくるものだ。希望をもちなさい。ふだんどおりのじぶんでいるのが一番だよ。この秘密を知ったあとも、知るまえとおなじ人間でいればいい。みんなにとってそれよりいいことはない。わたしが秘密をわかちあったうえで――」

「おかげさまで肩の荷がかるくなりました」

「――すこしはなれてはいるが、ここからできるだけ注意してあの家におこることを観察するとしよう。ここですら名をださないほうがいいあのかたにすこしでもすくいの手をさしだせる日がきたら、きっとそうしよう。あのかたのむすめのために」

わたしは心のそこからジャーンダイスさまに感謝しました。感謝するよりほかにいったいなにができたでしょう！　ドアをあけてでていこうとしますと、あのおかたはちょっとまつようにいわれました。すぐにふりむくと、またあの表情がお顔にうかんでいました。とたんに、どういうわけだか知りませんが、ひょっとしたらはじめて、その表情の意味がわかったような気がしました。

「ねえ、エスター、ながいあいだ、きみにいいたいとおもってたことがある」

「はい？」

「どう切り出したらいいのか、こまってたんだよ。いまでもこまっているんだがね。これについては慎重にことばをえらびたいし、慎重にかんがえたい。手紙にしたらだめだろうか？」

「わ、わ、わたしのために書いてくださるとおっしゃるのに、どうしていやといえましょう？」

「どうだい」ジャーンダイスさまは陽気にほほえまれました。「いまのわたしはいつもどおりにくつろいで、あけっぴろげで――つまり、率直で、ざっくばらんで、旧弊な人間にみえるかね？」

わたしはおおまじめに「はい」とおこたえしました。ほんとうに、つかの間のためらいはどこかに消えて(それは一分とつづきませんでした)、いつもの分別ゆたかで、したしげな、きりっとした、ごりっぱな態度をとりもどしておられたからです。

「なにかわからないが、かくしごとをしているような、心にもないことをいっているような、腹に一物あるような、そんなふうにみえるかね?」すんだ目をかがやかせて、あのおかたはこちらをごらんになりました。

いいえ、ぜんぜんそのようなことはありません、とおこたえしました。

「きみはわたしを完全に信用することが、わたしのいうことを全面的に信頼することができるかね?」

「はい、もちろんです」といつわりない本心をもうしあげました。

「よくいってくれた。手をだしたまえ」

あのお屋敷をたちまち自分のうちのように感じさせてくださった、あたたかい物腰とすこしもかわらない、誠実できよらかなしぐさで手をとると、ジャーンダイスさまはかるくわたしをだいて、わたしの顔をのぞきこまれました。「ねえ、小母《おば》さん、あの冬の日の馬車以来、きみのおかげでわたしはかわった。いい方向にね、ほんとうだよ」

「でも、あのあとうしろみさまにどれだけご恩をうけたことか!」

「しかし、いまはそれはおいておこう」

「でも、けっしてわすれられませんわ」

「いや、エスター」あのおかたは真顔でやさしくおっしゃいました。「いまはわすれるんだ。しばらくのあいだわすれておくれ。いまはただ、きみの知っているわたしはなにがあってもけっしてかわらない、ということだけをおぼえておくように。そう感じることができるかね?」

「はい、できます。ほんとうにそう感じます」

「そりゃけっこう。それさえわかれば問題なしだ。だがね、きみのことばをすぐにうけいれるわけにはいかん。きみの知っているわたしはなにがあってもけっしてかわらない――それをきみがしっかり確信するまで、わたしはさっきいったかんがえを手紙にしるしてはならんのだ。きみにすこしでも疑念がのこるなら、わたしはぜったいに書かない。ようくかんがえて、判断に自信があるなら、一週間後の晩に、手紙をとりにチャーリーをよこしなさい。自信がもてないなら、彼女をよこしてはだめだよ。いいかい、わたしはこのことについても、ほかのすべてとおなじで、きみの純な心を信じる。自信がもてないなら、チャーリーをよこしてはだめだ！」

「いまでももう自信はあります。ジャーンダイスさまのお気もちがかわらないのとおなじで、わたしの気もちもかわりません。お手紙をいただきにチャーリーをいかせます」

ジャーンダイスさまはわたしの手をにぎり、それ以上はなにもおっしゃいませんでした。一週間この話題はまったくとりあげられませんでした。約束の夜、一人になるとすぐチャーリーに、「ジャーンダイスさまのお部屋にいって、ドアをノックして、わたしにいわれて「お手紙をいただきに」まいりましたっていうのよ」と指示しました。チャーリーは階段をあがり、階段をさがり、廊下をすすみ——ふるいお屋敷のまがりくねった道筋は、あの晩きき耳を立てるわたしにはとてもながく感じられました——そのあと廊下をすすみ、階段をあがり、階段をさがって、もどってきました。「テーブルのうえにおいてちょうだい」とわたしはいい、チャーリーは手紙をテーブルのうえにおくと、床につきました。それを手にとらずにながめながら、わたしはあれこれものおもいにふけりました。

くらい子ども時代にはじまり、おくびょうにおずおずくらしていたころや、おばがなくなってあのかたくなな顔がとてもつめたくきびしくなったおもくるしい時間、ひとのすがたもなく話し相手もないときよりもまだ孤独だったレイチェルさんとの日々。一転して、ともだちにかこまれ、みんなに愛されたうれしい日々。いとしいエイダとのであいが人生にめぐみとうるおいをあたえてくれた、姉妹《きょうだい》の愛にみちた日々。そして、あのさむい月あかりの晩、まさにこの部屋の窓から、期待にあふれるわたしたちの顔にはじめてふりそそいで以来けっして色あせない、あかるい歓迎の光をおもいだしました。それからわたしは頭のなかでもう一度ここでのしあわせなくらしをいとなみ、病気になって、回復しました。じぶんがすっかりかわってしまったのに、まわりのひとたちはすこしもかわっていないようにおもいました。このしあわせはすべてそのまんなかにいる一人のおかたから光のようにかがやきだしており、いま目のまえにある手紙がそのおかたを体現しているのでした。

わたしは手紙を開封して読みました。愛情と、わたしへの利己心のない忠告と、一語一語にあふれるおもいやりに心をうたれ、たびたびなみだがうかんだものですから、いっときにたくさん読めませんでした。それでも、手紙をテーブルにおくまえに三度読みとおしました。読むまえから中身はさっしがついていました。おもったとおりでした。

荒涼館の女主人になっておくれ、と書いてあったのです。

それは愛情にみちた手紙でしたが、ラヴレターではなく、いつもとおなじ口調で書かれていました。どのことばからもジャーンダイスさまのお顔が目にうかび、お声が耳にひびき、やさしい保護者のようなお気づかいが感じられました。この手紙によると、わたしたちの立場はさかさまになっていて、いいことはぜんぶわたしのせいで、いい影響をうけられたのはジャーンダイスさまのほうでした。きみはわかいのに、じぶんは人生のさかりをすぎている。きみはまだ子どもで、じぶんは熟年にたっしてしまった。白髪頭のじぶんにはそれがすべてわかっている、そしてきみがより賢明な結論にたっするようこうして一筆したためる。じぶんと結婚しても、きみはなにも得るところがない、ことわっても、うしなうものはなにもない。これまでとはちがう関係になっても、きみにたいしていだく愛情にかわりはないし、きみがどう返事するにせよ、それはただしい決断にちがいない。さいごに話をしてからあらためてかんがえ、そのうえで、やはりおもいきって一歩ふみだすことにした。この決意が、子ども時代にきかされたあの心ない予言のまちがいを証明するためにみんながよろこんで力をあわせる、そのささやかな一例になればそれだけでじゅうぶんだ。きみがどれだけわたしをしあわせにしてくれるか、きみには見当もつくまい。それについてくどくどいわない。きみはわたしになにも負うところはない。恩をうけたのはわたしのほうだ――しかも、たくさんの恩を。わたしたちの将来についてはしばしばかんがえた。エイダはもうじき成年にたっするので、彼女が家をでて、わたしたちのいまのくらしはいずれかたちがかわるだろう。もしかしたらすぐにかわるかもしれない。だから、プロポーズについてたびたびかんがえるようになった。そしていまこうしてプロポーズしている。かりに、きみの保護者となる権利をわたしにとってもっとものぞましいかたちであたえてもよいと感じてくれているとしよう――かりに、死をのぞくあらゆる転変をのりこえてわたしの余生の親愛なる伴侶として神のまえにただしく、しあわせにくらせると感じてくれるとしよう――それでもなお、この手紙をうけとってすぐにとりかえしがつかない契りをむすばせるのは気がすすまない。じっくりかんがえにかんがえをかさねてもらいたい。かんがえがかわったばあいでも、かわらなかったばあいでも、わたしとしてはこれまでとおなじつきあいを、おなじやりかたとおなじよび名でやっていきたい。かわいい家政婦のダーデンおばさんもなにもかわらないだろう、それはよくわかっている。

手紙にはこのようなことがのべられていました。まるでおともだちのだれかがわたしに求婚したのにたいして、責任ある後見人として私心なく意見をのべておられるかのように、さいごまで品格をもって厳正に書かれていました。

わたしの容姿がもうすこしまともだったときにもおなじことをかんがえていたのだが、口にするのをひかえていた、などとはほのめかされてもいませんでした。むかしの顔が消えさり、わたしになんの魅力がなくなっても、外見がまだましだった日々とおなじように愛することができるとか、わたしの出生がわかってもショックをうけなかったとか、じぶんは心がひろいからわたしのみにくさや母からうけついだ恥など気にしないとか、そういったしんぼうづよい愛情をわたしが必要とするなら、なおさらじぶんをさいごまでかたく信じなさい、といったことも書いてありませんでした。

でも、わたしはわかっていました。よくわかっていました。この手紙はわたしがこれまでずっと読ませていただいていた慈愛にみちた物語のむすびとしておくられてきたのです。わたしにできることはたった一つしかないと感じました。一生をあのおかたのしあわせのためにささげるのです――それでもじゅうぶんな感謝にはならないのですけれど。ほんの数日まえの晩、神さまに、あのおかたのご恩にむくいるあたらしい手立てをさずけてください、とおねがいしたばかりではなかったでしょうか?

けれども、なみだがたくさんでました。それは手紙を読んで胸がいっぱいになったとか、これからさきのことがふしぎにおもえたとかだけでなく――予感はあったのですが、ふしぎではありました――名前のない、はっきりしないなにかがうしなわれたような気がしたからでした。わたしはとてもしあわせで、とても感謝して、とても希望にみちていました。けれども、とてもたくさんなみだをながしました。

しばらくしてから、愛用の鏡をのぞきにいきました。目があかくはれあがっていました。「ああ、エスター、エスター、これがあなたなの！」そうきびしくいうと、鏡のなかの顔はまた泣きだしそうでした。でも、指をつきつけると、泣くのをやめました。「ええ、そのほうが、わたしのさまがわりした顔がうつったときになぐさめてくれた、おちついた表情にちかいわね！」わたしは髪をおろしはじめました。「荒涼館の女主人になったら、陽気にならないとだめよ。そう、いつもほがらかにね。さっそく、いまからはじめましょう」

こういうと気がらくになって、わたしは髪をとかしました。すこしだけまだなみだがでましたけれど、それはさっきののこりでした。あらたに泣いたからではありません。

「エスター、これであなたは一生しあわせね。一番なかのいいひとたちといっしょに、おなじみの家でくらして、いいことはたくさんできるし、これ以上ないひとからもったいないほど愛されて、ほんとにしあわせよ」

このとき突然、もしジャーンダイスさまがだれかほかのひとと結婚なさっていたらわたしはいったいどう感じただろう、なにをしただろう、という疑問がうかびました。それこそ天地がひっくりかえったような変化だったでしょう。人生がいままでとはぜんぜんちがう、からっぽなものになっていたとおもうと、わたしは家の鍵たばをじゃらじゃら鳴らし、かごにかたづけるまえにそれを唇にあてました。

病の跡がのこり出生の事情があきらかになった、だからこそいままで以上にいそがしくはたらいて、しょうじきにいつわりなくひとの役に立ち、ほがらかに奉仕しなければならない――これまで幾度そうおもったか、鏡をみて髪をととのえながらかんがえました。それなのに陰気くさくすわりこんで泣くなんて！　荒涼館の女主人になるということはさいしょふしぎにおもわれました（それがなみだをながしたいいわけにはなりませんが）、でも、どうしてふしぎなのでしょう？　女主人になることをわたしはかんがえませんでしたが、ほかのひとはそれをかんがえたのでした。わたしは鏡をみながらいいました。「ねえ、不器量なあなた、おぼえてないの、こんな跡ができるまえにウッドコートさんのおかあさまがおっしゃったでしょ、あなたが結婚する相手は――」

たぶんその名前がきっかけとなって、かわいた花のことをおもいだしました。すっかりすぎさったむかしをしのぶためにとってあったのですけれど、いまはもう、もっていないほうがいいでしょう。

花は本にはさんでとなりの部屋――エイダとわたしの部屋のあいだにある二人の居間――においてありました。ろうそくをもって、その本を棚からとりだすためにそっと部屋に入りました。本を手にとったとき、ドアのすきまから、うつくしいエイダの寝すがたが目に入りました。わたしはそっと寝室にいき、彼女にキスしました。

わたしはよわい人間でした。わかっています。泣く理由などなかったのに、だいすきな彼女の顔になみだを一粒おとしてしまいました。もう一粒。そしてもう一粒。いえ、もっとよわいところもあります。わたしはかわいた花をとりだして、ほんのわずかのあいだ彼女の唇にあてました。彼女のリチャードへの愛情をかんがえました。花とはなんの関係もなかったのですけれど。それから花をじぶんの部屋にもっていき、ろうそくのほのおで燃やしました。あっというまに灰になってしまいました。

翌朝、朝食の間にまいりますと、いつものように率直で、あけっぴろげで、おおらかなジャーンダイスさまがすわっておられました。なんのきゅうくつなところもないごようすでした。わたしもきゅうくつさは感じませんでした(とおもいます)。家のなかやそとで、午前中何度か二人きりになりました。手紙のことを話されるのではとおもいましたが、ひとこともおっしゃいませんでした。

つぎの日の朝も、そのつぎの日の朝もおなじでした。すくなくとも一週間がそうしてすぎました。そのあいだスキンポールさんはひきつづき滞在しておられました。毎日、ジャーンダイスさまが手紙の話をされるのではとおもいましたが、そうはなりませんでした。

不安になってきて、こちらからお返事を書かないといけないような気がしました。夜に部屋で何度も書きかけましたが、まともなお返事らしいものはできません。そこで毎晩、もう一日まってみようとおもい、さらに一週間まちました。でも、あのおかたはなにもおっしゃいませんでした。

ついにスキンポールさんがおたちになり、ある日の午後わたしたち三人で馬にのってでかけることになりました。エイダよりもはやくきがえができてしたにおりていきますと、ジャーンダイスさまが背をむけて立って、居間の窓からそとをみておられました。わたしが入ると、あのおかたはふりむいてほほえみ、「やあ、小母さん」とおっしゃり、またそとをごらんになりました。

わたしは話をしようと心にきめました。じつはそのつもりでおりてきたのです。「チャーリーがもってきたお手紙にはいつお返事をさしあげればよろしいのでしょう？」と少々ためらいながら、ふるえつつたずねてみました。

「こたえがきまったら」

「こたえはきまっています」

「チャーリーがもってくるのかね？」あのおかたはたのしそうにおっしゃいました。

「いえ、じぶんでもってまいりました」

わたしはジャーンダイスさまの首に腕をまわし、キスしました。これが荒涼館の女主人かね、とたずねられましたので、はいそうです、とおこたえしました。すぐになにかがかわるということもなく、それから三人でそとにでかけました。いとしいエイダにはなにもいいませんでした。

第四十五章　友を託す

ある朝、かごに鍵たばをいれて家をまわるのがおわり、だいすきなエイダと庭を散歩していたとき、たまたまお屋敷のほうに目をむけますと、ヴォールズさんらしいほそながい影が入っていくのがみえました。ちょうどその朝エイダが、リチャードは訴訟に熱心になりすぎてもうじき飽きがくるんじゃないかしら、といっていたばかりでしたので、がっかりさせないように、ヴォールズさんの影についてはだまっていました。

ほどなくチャーリーがしげみのあいだのまがりくねった道をかろやかな足どりでやってきました。わたしのメイドというより、花の女神の従者のようにかわいらしく、血色のよい顔をした彼女は、「あの、すみません、お嬢さま、ちょっとおこしください。ジャーンダイスさまがお話ししたいとおっしゃってます！」といいました。

チャーリーにはみょうなところがあって、伝言をことづかると、とどける相手が目に入ったらすぐに、どんなとおくからでも、用件をしゃべりはじめるのでした。ですから、いつもの口癖の「ちょっとおこしください」がきこえるずいぶんまえにわたしには彼女のすがたがみえていました。声がこちらにとどいたときには、何度も伝言をくりかえしていたので、彼女は息をきらしていました。

すぐにもどってくるわといって、エイダとわかれてお屋敷に入ると、ジャーンダイスさまは男のかたとごいっしょなのでは、とチャーリーに尋ねました。はずかしながら、わたしのおしえかたがわるいために、ことばづかいのあやしいチャーリーは、「リチャードさんといっしょできてたひと」とこたえました。

ヴォールズさんほど、ジャーンダイスさまと対照的なひとをさがすのはむずかしいでしょう。二人はテーブルをはさんでむかいあっておられました。一人はあけっぴろげで、もう一人はうちにこもり、一人は肩幅がひろく背をのばし、もう一人は肩がせまく腰をまげ、一人はゆたかなよくひびく声でおおらかにしゃべり、もう一人はつめたい、あえぐような、魚をおもわせる声でぼそぼそいう。これほど似ていないくみあわせはみたことがありません。

「ヴォールズさんは知ってるね、エスター」ジャーンダイスさまのお声のちょうしには、しょうじきいって、いつもの上品さとすこしちがうところが感じられました。

わたしが部屋に入ると、いつものように手袋をはめてきっちりボタンをとめたヴォールズさんは立ちあがり、また腰かけられました。それはあのひとが馬車でリチャードのとなりにすわられたときとおなじしぐさでした。リチャードがいれば彼のほうをむいておられたでしょうが、いまはヴォールズさんはまっすぐまえをみつめておられました。

ジャーンダイスさまは不吉な鳥のようなむかいの黒ずくめの人物をみながら、「ヴォールズさんはなんとも気のどくなリチャードのわるい知らせをもってきてくださったんだよ」とおっしゃいました。このとき、「なんとも気のどくな」ということばを、あたかもそれがリチャードとヴォールズさんとの関係をさすかのように強調なさいました。

わたしはお二人のあいだにすわりました。ヴォールズさんは黄色い顔にできた赤いニキビを黒い手袋をはめた手でそっとつぶすほかは、なんのうごきもみせずにじっとしておられました。

「きみはリックととても仲がいいから、かんがえをきかせてもらいたいとおもってね。ヴォールズさん、どうか——どうか、もうすこしおおきな声でいってもらえないでしょうか？」

「おおきい」とはおよそいえない声で、ヴォールズさんはつぎのようにおっしゃいました。

「サマソンさま、わたしはカーストンさまの法律顧問という立場上、あのかたの経済状態が現在おもわしくないのをぞんじております、ともうしあげたところでして。借財の額ではなく、むしろ、あのかたの負債の特殊かつ緊急な性質、ならびにそれを解消するためにとりうる手段がやっかいなのです。わたしはあのかたのためにこまごましためんどうをいろいろ処理してまいりましたが、それも限界があります。じつは限界にたっしたのです。みずからのふところをいためて負債をかたがわりしてまいりました分は、当然ながら返済していただけるものと期待しております。わたしは資産家ではありません。それに、家にいる三人のかわいいむすめたちにわずかでも財産をもたせてやりたいですし、トーントン渓谷にいる父のめんどうもみております。じつは、カーストンさまの財政状態からしますと、士官の地位を売却なさるのではと危惧されるのです。ともかく、これについてはあのかたの身内のかたがたに報告しておこうとおもいまして」

ここでことばがきれて、ふたたび沈黙がおとずれました。とはいえ、ヴォールズさんはうちにこもった声でしゃべられたので、沈黙がずっとつづいていたようなものでした。

ヴォールズさんはずっとわたしのほうをむいて話しておられましたが、いまはまたじっとまえをみつめておられました。

「かわいそうに、手もちの資産もなくなったらリックはどうなるだろう」ジャーンダイスさまはわたしにおっしゃいました。「しかし、わたしになにができる？　エスター、きみは彼をよく知っている。彼はわたしから援助はうけないだろう。すくいの手をのばしたら、いや、ほのめかしただけでも、彼を崖っぷちにおいつめるようなものだ――彼をおいつめるものがほかにないとして」

ヴォールズさんはまたわたしに話しかけられました。

「ジャーンダイスさまのおっしゃるとおり、そこが問題なのでして。うつ手があるとはおもえません。いえ、なにか手をうてというのではありません。そんなつもりはまったくありません。わたしは、ただ、すべてを厳正にとりおこなわんがために極秘裡に報告にまいったのです。あとから、すべてが厳正にとりおこなわれたわけではない、などといわれないためです。当方ののぞみはすべてを厳正にとりおこなうことであります。カーストンさまとの関係のみをかんがはずかしくない評判をあとにのこしたいのです。カーストンさまとの関係のみをかんがえるのであれば、わたしはここにいるべきではありません。おさっしのとおり、あのかたはきわめて強固に反対なさるでしょうから。本日は職業上の理由でおじゃましたのではありません。旅費はだれにも請求いたしません。当方の関心はただ社会の一員としての、父としてのものであります——および、息子としての」ヴォールズさんはさいごの点をわすれていたかのようにつけたされました。

どうやらヴォールズさんはしょうじきなお気もちから、リチャードの現況を把握している責任(とでもいうのでしょうか)をわかちあいたいとほのめかしていらっしゃるようでした。わたしにできたのは、リチャードが駐屯しているディールにおもむいて彼にあい、なんとか最悪の事態をさけるよう力をつくしとうございます、と提案することだけでした。これは、ヴォールズさんがやせほそった影を暖炉のまえまでしずかにはこび、お葬式をおもわせる手袋をあたためておられるあいだに、あのひとには相談せずにジャーンダイスさまにささやいたのです。

長旅はつかれるから、と賛成してくださいませんでしたが、ほかに反対理由もなく、いかせてくださいとつよくもうしますと、ご同意いただけました。となると、ヴォールズさんがかえられたらすぐに出発です。

「ヴォールズさん、サマソンさんがカーストン氏に連絡することになりました。手おくれでなければよいとのぞむよりありません。ところで、とおいところをこられたのでしょう、昼食の用意をさせましょうか？」

「お申し出、かたじけのうございます」ヴォールズさんはながい、黒い袖から手をだしてジャーンダイスさまがよび鈴をならすのをとめられました。「しかし、けっこうです。どうぞおかまいなく。この時間にたっぷり食事をとりますと、からだのちょうしがどうなるかわかりません。消化不良になやまされておりまして、常からとても小食なのです。では、すべてが厳正にとりおこなわれたということで。失礼いたします」

「あなたも、われわれみんなも、「失礼いたします」といって例の訴訟にわかれをつげることができればいいのですがね」ジャーンダイスさまはにがにがしくおっしゃいました。

頭のてっぺんから足のさきまで、ヴォールズさんは黒の染料をたくさんつかっておられましたので、暖炉の火でそれが湯気になって、とても不快なにおいがしました。あのひとは頭をすこしかたむけてからゆっくりふって、こういわれました。

「りっぱな同業者たちの尊敬をえたいとのぞむものは、ただ肩を車輪にあてるよりないのでして。みんなひたすらはたらくのです。すくなくとも、わたしはそうします。わたしは同業者たちみんなに敬意をもって接したいとおもっています。サマソンさま、カーストンさまとお話しなさるとき、わたしのことはなにもおっしゃらないよう、おねがいできますでしょうか？」

わたしは、わかっております、ともうしました。

「ありがとうございます。それではまた。ジャーンダイスさま、ご機嫌よう」ヴォールズさんは（なかがからっぽのようにみえる）死の手袋をまずわたしの指にのせ、ついでジャーンダイスさまの指にのせ、それからやつれたほそながい影をそとにつれだされました。わたしはその影が馬車のそとの席にすわり、ここからロンドンまで、日のあたる風景のなかを移動しながら、土のなかの種（「種は土の下に朽ち」ヨエル書一章十七節）を冷気で身ぶるいさせるところを想像しました。

もちろんわたしはなんの用事でどこにでかけるか、エイダにいわねばなりませんでした。もちろん彼女は不安になり、気をもみました。けれども彼女はリチャードに忠実でしたので、彼をあわれみ、ゆるすことばしか口にしませんでした。そして、さらにゆたかな愛情を発揮して――エイダはほんとうに献身的でした！――リチャードにながい手紙を書き、わたしにあずけました。

おともの必要はありませんでしたし、チャーリーを家においてきてもまったくかまわなかったのですけれど、彼女がついてきてくれることになりました。わたしたちはその日の午後ロンドンにつき、郵便馬車に二人の席を確保しました。いつもなら床についている時間に、チャーリーとわたしはケント方面への郵便とともに海にむかってはしっていました。

馬車旅行があたりまえだったあのころ、それは一晩がかりの旅でした。でも、乗客はわたしたちだけで、夜はさほど退屈ではありませんでした。わたしとおなじ状況にいたひとならだれでも似たような時間をすごしたことでしょう。あるときはさきがあかるくみえ、またあるときはまっくらにみえました。じぶんが役に立てるとおもったり、どうしてそんなふうにかんがえたのかふしぎにおもったりしました。こうしてでかけてくるのがなによりもっともなことにおもえ、また、なによりばかげたことにもおもえました。こういう二通りの気もちと、リチャードはどうしているのか、わたしはどういえばいいのか、彼はどういうだろうか、といった問いが交互にあらわれました。そして、馬車の車輪はおなじ曲を一晩じゅうくりかえし奏でているようでした(それにあわせてジャーンダイスさまのお手紙のことばがきこえてきました)。

ようやくのことで、ディールの町のせまい街路に入りました。さむざむとした霧ふかい朝、あたりはずいぶん陰気な感じがしました。ながく平坦な浜辺にれんがづくりや木造のふぞろいのちいさな家々がならび、あちこちにウィンチがおかれ、おおきなボートや小屋があり、ロープと滑車のついたはだかの柱が立ち、砂利だらけで雑草のおいしげるあき地がところどころにみえる――こんなわびしい景色はみたことがありませんでした。海はこい白い霧のしたで波うち、うごくものといえば、早おきしてはたらいている数人のロープつくりの職人たちだけでした。綱をよるための繊維をからだにまきつけているこのひとたちは、まるでいまの生活にうんざりしてロープに変身しようとしているみたいでした。

とはいえ、すてきなホテルのあたたかい部屋におさまり、からだをあらってらくな服にきがえ、(ベッドに入るにはもうおそすぎる時間になっていましたので)はやい朝食をとると、ディールも少々ほがらかな町にみえてきました。わたしたちのちいさな部屋は船室のようで、チャーリーはおおよろこびでした。幕があがるように霧があがりはじめると、ちかくにいるとはわからなかった、たくさんの船があらわれました。そのときケントの沖に錨をおろしている船がどれだけあると給仕がいったか、もうおぼえていません。とにかく、ものすごくおおきな船がいくつかありました。一隻は帰港したばかりのインド貿易船でした。雲をとおして太陽がかがやき、そこここのくらい海上に銀色のプールをつくり、岸と船のあいだをボートがいそがしくいきかい、船内やまわりがにぎやかになるなかで海にうかぶ船が光ったり、かげになったり、すがたをかえるようすはとてもきれいでした。

わたしたちはおおきなインド貿易船にとても興味をひかれました。というのは、それが前夜沖に入ってきたばかりだったからです。船はちいさなボートにとりかこまれていました。のっているひとたちは港についてどれだけよろこんでいることでしょう、とわたしたちはかたりあいました。チャーリーは船旅やインドのあつさ、蛇や虎にも関心をしめしました。彼女は文法よりもこういう知識のほうが頭に入るので、わたしは知っていることをおしえてやりました。それから、そのようなながい航海では船が難破して暗礁にのりあげ、一人のりっぱで勇敢なひとのおかげでみんながたすかるといったできごとがときどきあるのよ、とつけくわえました。チャーリーが、どうしたらそんなことになるんでしょう、とききますので、うちで耳にした例について話してあげました。

リチャードに手紙を書いて、到着を知らせようかとおもいましたが、いきなりあいにいくほうがいいとかんがえなおしました。彼は兵舎に住んでいましたので、いってもあえるのか自信はあまりありませんでした。でも、ともかく、偵察にいきました。兵舎の中庭の門からのぞきこむと、朝のこの時間はまだとてもしずかでした。門番小屋の階段に立っていた騎兵にリチャードがどこに住んでいるのかたずねました。騎兵は部下をよび、そのひとが先頭になってむきだしの階段をあがり、ドアをこぶしでノックし、それからわたしたちをのこして立ちさりました。

「なんだい！」なかからリチャードの声がしました。そこでわたしはせまい通路にチャーリーをまたせて、なかばひらいたドアまでいって、「入ってもいい、リチャード？ダーデンおばさんよ」といいました。

床のうえに服や箱、本、ブーツ、ブラシ、かばんなどが雑然とちらかったまま、彼はテーブルで書きものをしていました。服もきちんときないで——軍服ではなく、ふつうの服でした——髪の毛もとかさず、彼じしんも部屋とおなじくらいみだれた状態にあるようにみえました。そうおもったのは、彼がわたしをあたたかくむかえ、じぶんのそばの椅子にすわらせてくれてからのことです。彼はわたしの声をきくとはっとして、とんできてわたしをだきしめました。やさしいリチャード！　彼はいつもそんなでした。そう、かわいそうに、さいごまで、いつもあの陽気な子どもっぽいちょうしでむかえてくれたのでした。

「おやおや、ダーデンおばさん、どういう風のふきまわしだい？　どうやってここまできたの？　なにかあったんじゃないだろうね？　エイダは元気？」

「ええ、元気よ。いつにもましてきれいだわ！」

「ああ！　かわいそうに！」リチャードは椅子にもたれかかっていいました。「エスター、じつはちょうどきみに手紙を書いてたところなんだ」

リチャードは椅子の背にもたれたまま、びっしり字でうめられた便箋をくしゃくしゃにまるめました。まだはなやかな青春のさかりなのに、彼はとてもやつれて、つかれはてたようでした！

「そんなに苦心して書いたのに、読ませてもらえないの？」

「やれやれ、エスター」彼は絶望をしめす身ぶりをして、「部屋のようすをみれば手紙の中身はわかるだろ。もう軍隊はおわりさ」といいました。

元気をなくさないでちょうだい、とわたしはおだやかにたのみました。そして、あなたがこまっていると耳にはさんだので、どうしたらよいか相談しにきたの、といいました。

「きみらしいよ、エスター。だが、たすけにはならないね――ってことは、つまり、きみらしくないんだ！」彼はかなしげな笑みをうかべました。「きょうで軍隊ともおわかれ、きみが一時間おそくきたら出発してしまってたよ。将校の地位を売りはらったことの説明をしようと手紙を書いてたんだけど、まあ、すんだことはすんだことだ！ けっきょく、このしごともほかとおなじだった。これで、牧師をのぞけば、ジェントルマンむきの職業はぜんぶためしたわけだ」

「ねえ、でも、ほんとにのぞみはないの？」

「ああ、ないんだよ。教理問答でいう「権限をあたえられた」うえの連中は、ぼくなんかひどく不名誉な存在だから、いないほうがいいとおもってる〔英国国教会教理問答に、「国王ならびに国王の下で権限を与えられたものすべてを敬い、その命に服従する」とある〕。むりもないさ。借金はあるわ、取立人はくるわ、ほかにもこのましからざる点はもろもろ。それに、なんてったって、ぼくはこのしごとにすらむいてない。例のことだけが、頭のなかも、心のなかも、魂のなかも占めている。まあ、ここでスッカラカンにならなかったとしても」といいながら、リチャードは書きかけの手紙をこまかくちぎり、不機嫌そうにまきちらしました。「どうせ外国にはいけなかっただろうしね。つまり、うえからの命令で外国いきになったにちがいないんだが、ぼくがいけるわけないだろ？　だって、例の件についてのこれまでの経験からすれば、ヴォールズですら、すぐうしろでみはってないと、信用できないんだから！」

おそらく、わたしの顔をみて、こちらがなにをいおうとしているのかさとったのでしょう、リチャードは彼の腕においたわたしの手をとり、それでわたしの唇をかるくおさえ、口をひらかせないようにしました。

「だめだよ、ダーデンおばさん！　二つの話題はご法度だ――ぜったいに。一つはジョン・ジャーンダイス。もう一つはなにか知ってるだろ。くるってるときみはいうかもしれない、だけど、どうしようもない。正気じゃないんだろうな。でもね、くるってるんじゃない、これこそぼくが追求しなければならない唯一のものなんだ。ひとのいいなりになって、道からはずれてほかのことなんかやらなきゃよかった。これだけ時間と気苦労と努力をついやしたあとで、その道を断念するのはさぞかし賢明な方策だろう！　ああ、まことに賢明な方策だ。よろこぶひともいるだろう。だがね、ぼくはやめないよ」

反論するとかえってリチャードの決意はかたくなるようにおもえました（といっても、

これ以上かたくなる余地などなかったでしょうが)。わたしはエイダの手紙をとりだして、それを彼の手にわたしました。

「いまここで読むのかい?」

そうよとこたえると、彼は手紙をテーブルのうえにおき、頭を片手でささえながら、読みはじめました。なにほどもすすまないうちに、今度は頭を両手でささえました——それはわたしから顔をかくすためでした。すこしたつとあかりのぐあいがわるいのか、立ちあがって窓べにいき、こちらに背をむけて読みおわりました。読みおわった手紙をたたんだあともしばらく手紙をもったまますっとそこに立っていました。もどってきて椅子にすわった彼の目にはなみだがたまっていました。

「エスター、もちろん、きみはエイダがなにを書いてきたか知ってるんだろうね?」

リチャードはおだやかになった声でそうたずねると、手紙にキスしました。

「ええ」

彼は靴で床をコツコツならしながら話をつづけました。「もうじき確実に入ってくる遺産を、わずかながらも全額——つまり、ぼくが浪費してしまったのとおなじ額を——さしだすからどうかうけとってほしい、それで新規まきなおしして、軍隊にのこってほしいって」

「彼女の一番の気がかりはあなたのしあわせなのよ。ねえ、リチャード、エイダはほんとうにすばらしい心のもちぬしだわ」

「ああ、わかってる。ぼくは——ぼくは、死んでしまいたいよ」

彼はまた窓べにいき、腕をよこにして窓ガラスにおしあて、そのうえにうなだれました。彼のそんなようすをみると、胸がとてもいたみました。でも、もうすこしすなおになってくれるのではとおもって、なにもいいませんでした。わたしの経験はかぎられたものでしたので、リチャードがこの精神状態からあらたな被害者意識に目ざめるとは予測できませんでした。

「そのエイダの心を——口にだしてはならない名前だけど——ジョン・ジャーンダイスは、横槍をいれてぼくからひきはなそうとした」彼はおこっていいました。「ジョン・ジャーンダイスの庇護のもとで、ぼくのだいじなエイダはこの寛大な提案をしている。おおかた、ジョン・ジャーンダイスが恩きせがましく同意してけしかけたんだ、ぼくを買収するあたらしい手段としてね」

「リチャード！」わたしはすぐさま立ちあがり、声をあらげていいました。「ききずてなりません、そんなふとどきなこと！」このときはじめてリチャードにほんとうに腹が立ちました。でも、おこったのは一瞬だけでした。わかいのにやつれきった顔をもうしわけなさそうにこちらにむけたので、わたしは彼の肩に手をのせていいました。

「ねえ、おねがい、リチャード、どうか、わたしにそんなものいいかたはしないでちょうだい。よくかんがえて！」

彼はひどくじぶんをせめ、とてもやさしい口調で、まちがっていた、たのむからゆるしておくれ、といいました。それをきいてわたしも顔がほころびました。けれども、すこしからだがふるえました。かっとして、どきどきしていたからです。

「この申し出をうけいれるのは」彼はわたしのとなりにすわって話をつづけました。「──もう一度あやまる、どうかゆるしておくれ、ほんとにすまない──エイダのありがたい申し出をうけいれるのは、いうまでもないけど、むりだよ。それに、もうここはおわりさ。ぼくのもってる手紙とか書類をみればきみもなっとくするだろう。赤い軍服ともおさらばだ。だけどね、いくらなやみくるしんだって、じぶんの権益をしっかり主張することがエイダの財産の確保につながるのはうれしいよ。ヴォールズが肩を車輪にあてれば、いきおいぼくも彼女も利をえるんだ！」

楽観的な希望がわきあがってくるとリチャードの顔はあかるくなりましたが、わたしにとってみれば、その顔はまえよりかなしいものでした。

「いや、いや！」リチャードは上機嫌になっておおきな声でいいました。「たとえエイダのわずかなお金がすべてぼくのものになったとしても、それをじぶんにむいてない、興味のもてない、いやになった職業にしがみつくためにはつかわない。もっとみかえりのいいものに、彼女に貢献するところがもっとおおきいものにつぎこまないと。ぼくのしんぱいは無用だ！　いまは一つのことに集中すればいいんだから。ヴォールズとぼくはがんばるよ。資産がまったくないわけじゃない。将校の地位を売れば、いましつこく返済をもとめてる金貸したちとおりあいがつけられる――ヴォールズはそういってる。いずれにせよお金はあまるはずなんだが、うまくおりあいをつければ、それだけ残額はふえる。さあ！　エイダにあてたぼくからの手紙をもっていっておくれ。きみたち二人はもっとぼくの将来に希望をもってくれなきゃ。おさきまっくらじゃないんだから」

わたしがリチャードになにをいったかはここに記しません。退屈な内容だったのはわかっていますし、気のきいたことばだとはだれもおもわないでしょう。でも、それは真心をこめたものでした。彼はしんぼうづよく、しみじみと耳をかたむけていました。ただ、二つの禁じられた話題については、いまはなにをいってもむだとわかりました。「リックに説教しようとするのは、ほっておくよりもなお罪つくりなんだよ」というジャーンダイスさまのおことばのただしさも、こうしてあって話しているとわかりました、実感できました。

とうとうさいごには、ほんとうにあなたのいうとおり軍隊生活はもうおしまいなのね、あなたがかってにそうおもいこんでるだけじゃないってことをなっとくできるよう説明してちょうだい、とたのむよりありませんでした。彼はなんのためらいもなく、退役手つづきにかかわる一連の文書をみせてくれました。彼のことばから、ヴォールズさんはその文書のうつしをもっており、この件についてずっと相談にのっておられたとわかりました。これをたしかめ、エイダの手紙をわたし、ロンドンにむかうリチャードのおともをする(そんな段どりになったのです)、ということだけがディールまでやってきた成果でした。心のなかでしぶしぶその点をみとめてから、わたしはホテルにかえって彼がむかえにくるまでまっていますとつげました。リチャードはコートをはおり、門までおくってくれました。それからチャーリーと二人で浜べをあるきました。

ひとところにひとがあつまり、ボートをおりて陸にあがってきた海軍の士官たちをとりかこんで、なみならぬ興味をしめしてひしめきあっていました。わたしはチャーリーに、たぶんあのインド貿易船のボートよ、といって見物するために足をとめました。

　この軍人さんたちが岸べからゆっくりちかづいてきて、国にもどれてうれしいのか、まわりのひとやおたがいに上機嫌にかたりかけて、あたりをみまわしていました。わたしは、「チャーリー、チャーリー！　もういきましょう！」といいました。あまりにそそくさとその場をさったので、わたしのかわいいメイドはびっくりしていました。

　二人で船室のような部屋にもどって、息をととのえる時間ができてからはじめて、わたしはなぜあんなにあわてたのかかんがえました。それは、日にやけた顔のもちぬしの一人がアラン・ウッドコートさんだったとわかり、あのかたがわたしに気がつかれたとおもったからでした。かわりはてた顔をみられたくなかったのです。おどろきのあまり、弱気になったのでした。

　こんなことではだめだとわかっていました。わたしはじぶんにこういいきかせました。「ねえ、あなた、いまがこれまでよりもつらいなんてはずはありません、あるわけないでしょう。きょうのあなたは先月のあなたとおなじ。まえよりよくもなければわるくもない。あなたの覚悟ってこんなものだったの？　おもいだしてごらんなさい、エスター、さあはやく！」わたしはからだががたがたふるえて——早足であるいたせいでした——なかなか冷静になれませんでした。でもようやくおちつきました。おちついたのがわかると、うれしくおもいました。

軍人さんたちはホテルにやってきました。階段でしゃべる声がきこえたのです。まちがいなくあのひとたちでした。声にききおぼえがありました——つまり、ウッドコートさんの声にききおぼえがあったのです。ごあいさつをせずに失礼したほうがらくでしたけれど、そうはするまいときめました。「それはだめよ、エスター、だめ、だめ！」わたしは帽子のひもをほどき、半分ヴェールをあげました——つまり、半分だけおろしました(どちらでもいいのですが)——それから、リチャード・カーストン氏といっしょにここにきていますと名刺に書き、それをウッドコートさんのお部屋にとどけました。あのかたはすぐにきてくださいました。わたしは、偶然とはいえあなたのご帰国を歓迎できてうれしうございます、ともうしあげました。あのかたがわたしのことを気のどくにおもってくださっているのがわかりました。

「出発なさってから、船が難破して危険な目にあわれたのですね。でも不運とはいえませんわ、勇敢にふるまってひとの役に立てる機会にめぐまれなさったのですから。わたしたち、興味しんしんで新聞の記事を読みました。おもい病気から回復しつつあったとき、あなたがまえにめんどうをみてくださっていたあわれなフライトさんから、あの事故についておそわったのです」

「ああ、あのフライトさん！　いまでもおなじくらしをされてるんでしょうか？」

「ええ、ちっともかわりません」

じぶんに自信がでてきて、ヴェールはしなくてもよいようにおもえ、はずすことにしました。

「フライトさんがあなたに恩義を感じておられるようすはみていてたのしくなりますわ。あのひとはとっても情がふかいんです、わたしは身をもってそれを知りました」

「あなたは……あなたは知った？　そううかがって、わたしは……わたしはうれしいです」ウッドコートさんはわたしを気のどくにおもってくださるあまり、満足に口がきけないようでした。

「そうなんです、いまお話ししたあのとき、あのひとが同情したりよろこんだりしてくださって、ほんとに心をうごかされました」

「あなたがおもい病気にかかられたときいて、胸がいたみました」

「とてもおもい病気でした」

「でも完全に回復なさったのですね？」

「健康とほがらかさはすっかりとりもどしました。ジャーンダイスさまがどれだけすばらしいおかたで、わたしたちがどれほどしあわせにくらしているかは、よくごぞんじでしょう。ありがたいことばかりで、不満はなに一つありません」

わたしがじぶんじしんに感じた以上のあわれみを、ウッドコートさんはわたしにたいしていだいてくださっているようでした。わたしのほうがあのかたを安心させねばならないのだと気づくと、あたらしい力がわいて心がおちつきました。わたしはあのかたの往復の航海や、将来の計画を話題にし、たぶんまたインドにもどられるのでしょうね、といいました。そうはならないだろうというご返事でした。ここよりむこうで運があるとはおもえない、まずしい船医としてでかけてそれ以上出世しないでかえってきたのだから、とウッドコートさんはおっしゃいました。そうしてお話ししながら、(こんないかたをしてよいならば)わたしのすがたをみてうけられたショックをかるくしてさしあげていると、リチャードがやってきました。彼はしたでわたしの部屋にだれがきているかきいて、二人はとてもたのしそうに再会をよろこびあいました。

さいしょのあいさつがおわり、リチャードの進路の話になると、万事順調ではないようだとウッドコートさんはさっしをつけられました。しばしばリチャードの顔をごらんになり、いたいたしいものがそこにみえるようなごようすでした。わたしが真実を知っているのかたしかめるためでしょうか、幾度となくこちらをむかれました。でも、リチャードは例の陽気なちょうしで機嫌よくふるまい、いつもすきだったウッドコートさんに再会できてとてもうれしそうでした。

リチャードはみんなでロンドンにいこうといいました。ウッドコートさんは、もうすこし船にとどまらないといけないのでそれはむりだ、とおっしゃいましたが、はやめの食事をいっしょになさいました。そのころにはおおかたむかしのごようすにもどられましたので、わたしはあのかたのかなしみをやわらげることができたのだとおもって心がなごみました。けれども、ウッドコートさんはリチャードについてはしんぱいされていました。馬車の準備がほぼととのったので、リチャードが荷物を確認しにでかけると、あのかたは彼を話題にされました。

リチャードについてつつみかくさずしゃべる権利がじぶんにあるのかどうかわかりませんでしたが、ジャーンダイスさまと疎遠になり、不吉な大法官訴訟にのみこまれてしまったことを手みじかにおおしえしました。ウッドコートさんは真剣に耳をかたむけ、まことにざんねんだとおっしゃいました。

「リチャードの顔をじっとみておられたようですが、彼はかわったとおおもいになりますか?」

「かわりました」ウッドコートさんは頭をふって、そうおこたえになりました。

わたしははじめて顔に血がのぼるのを感じました。でもその気もちは一瞬のことで、顔をそむけると、すぐに消えてしまいました。

「わかくなったとか年をとったとか、やせたとかふとったとか、顔色がよくなったとかわるくなったとか――そういうのじゃなくて、顔にきみょうな表情があらわれています。若者にあんなふしぎな表情がでるのはみたことがない。不安だけでああなったのでもないし、疲労だけのせいでもありません。両方です。絶望のきざしみたいなものでしょうか」

「病気だとはおおもいになりません?」

いや、からだはじょうぶそうにみえます、とウッドコートさんはいわれました。

「でも、リチャードの心がやすまらないのは、わたしたちにはよくよくわかっています。ところで、ウッドコートさんはロンドンにいかれるのですね？」

「あすか、あさってに」

「リチャードに一番必要なのはともだちです。彼はずっとあなたをすいていました。ロンドンにいかれたら、彼にあっていただきたいのです。できるなら、ときどき彼の話し相手になって力ぞえしてやってください。それがあなたには見当もおつきにならないくらい、おおきなたすけになるのです。エイダも、ジャーンダイスさまも――このわたしも、ふかく、ふかく、ふかく感謝いたしますわ！」

「きっと彼のいい友人になると約束します！　あなたは彼をわたしに託されたのです、そのお気もちにこたえるのはわたしにとって神へのつとめをはたすのとおなじです！」

ウッドコートさんはこれまで以上に心をうごかされて、そうおっしゃいました。

「あなたに神のおめぐみがありますように！」あっというまに目になみだがたまってきました。でも、じぶんのためでなければ、泣いてもいいとおもいました。「エイダは彼を愛しています――わたしたちはみんな彼を愛しています、エイダのように愛することはできませんが。あなたのおことばをエイダにつたえます。彼女にかわってお礼をもうしあげます。神のおめぐみを！」

あわただしくこんなやりとりをしていますと、リチャードがもどってきました。彼はわたしに腕をかして馬車までおくってくれました。

「なあ、ウッドコート、ロンドンであおうよ!」それがどれだけいまの状況にぴったりのことばか知らずに彼はそういいました。

「あおうだって? いまじゃ、きみのほかには、ほとんどだれもともだちはのこってないよ。で、どこにいけばあえる?」

「そうね、まず下宿をさがさないとな」リチャードはすこしかんがえて、「ともかく、シモンズ・インのヴォールズの法律事務所にきてくれ」とこたえました。

「わかった! すぐにいくよ」

二人は心をこめて握手しました。わたしが馬車のなかにすわり、リチャードがまだ道に立っていたとき、ウッドコートさんは彼の肩にしたしげに手をかけて、わたしのほうをごらんになりました。意味するところはわかりましたので、わたしは手をふって感謝の気もちをしめしました。

立ちさっていく馬車をながめるウッドコートさんの目をみれば、わたしを気のどくにおもっておられるのがよくわかりました。わたしは、死んだひとがもどってきてこの世をみたときのような気もちで、むかしのじぶんのすがたをなつかしみました。そして、じぶんがすっかりわすれさられたのではなく、あたたかくおもいだしてもらい、やさしくあわれんでもらったので、うれしく感じました。

第四十六章　その子を止めて！

トム・オール・アローンズは闇に包まれている。昨日夕陽が沈んで以来、闇は拡大し続け、徐々に膨らんで小路のすべての隙間を埋めてしまった。しばらくの間どこかの安物のランプがむっとするような空気の中で重苦しく燃え（その様子はトムの名を冠した小路で人々が重苦しく生を営む様子と同じだった）、ちらちら揺れて時折目をつむりながらまわりの多くの恐ろしい物事を照らしていた（その様子はこの小路で人々がまわりのことに目をつむる様子と同じだった）。しかし、その明かりも今では完全に消えてしまった。月は鈍い冷たい目でトムを見下ろしている。なぜなら、月はトムが安っぽい物真似をして、火山の炎に焼かれた、生命あるものには適さない砂漠を作ったと考えているからだ。しかしその月も移動して、姿を消してしまった。地獄の厩《うまや》で一番真っ黒な夜の雌馬《ナイト・メア》（悪夢（ナイトメア）にかけた洒落）がトムの小路で草を食《は》み、一方トムは泥のように眠っている。

トム・オール・アローンズ

議会の内外でトムについて多くの力強い演説が行われ、如何にして彼を更生させるか侃々諤々《かんかんがくがく》の議論があった。トムをそこから動かすとすれば巡査にやらせるのか、教区吏員を使うのか、教会の鐘を鳴らすのか、統計の数字の力を使うのか、趣味という真なる原則に訴えるのか、高教会、低教会、無教会のいずれによるのか〔英国国教会の中で儀式を重んじるのが高教会、重んじないのが低教会〕。トムには頭の中でこれら錯綜する議論の束を刃先が歪んだナイフで切り分けさせるのか、それとも石割りの労働をさせるのか。この舌戦の埃と騒音の中でただ一つ完全に明白な事実がある。即ち、トムについて誰かが口でどうこう言いはしても、実際に改革を行う可能性はないかもしれない、いや、ないだろう、そう、決してないということだ。このように先行き明るい中、トムは相変わらずの頑固さで頭から地獄に向かって突き進んでいく。

しかし、彼も黙っていない。風さえも彼の使者となり、この闇の刻《とき》にあって彼に奉仕する。トムの腐った血が一滴したたれば、それは必ずどこかを汚染し、毒を広める。さるノルマン様式の邸宅の敷地には名高い清流があり、その水を分析した化学者はそこに真の高貴性を発見するであろうが、まさにこの晩、その清流がトムの毒に染まる。しかし、屋敷の御主人様はこの恥ずべき縁組を拒むことができない。トムの泥ならびに彼が呼吸する毒性の空気の分子一つ一つ、彼の低俗で堕落した振る舞いの一つ一つ、彼の無知で邪悪で野蛮な行為の一つ一つが、最上層の最も気位の高い面々にまで至る社会のあらゆる階層に対して必ず報復を遂げる。まさしく感染と略奪と破壊を通じてトムは復讐を果たすのである。

昼と夜、どちらのトム・オール・アローンズが醜いかはにわかに決め難い。だが、たくさんの部分が見えるほど衝撃の度合いが強いだろうし、いくら想像をたくましくしたところでどの部分も現実より悪く見えるはずはない、という理屈に従えば、昼に軍配が上がる。今、夜が明けようとしているのだが、実際、トムのような驚異的恥辱の上に日が昇るよりも、時には大英帝国に日が没する方が国の威信にとっては好ましいであろう〔「大英帝国に日の没することはない」とよく言われた〕。

この静かな時間に、小麦色に日焼けした紳士がぶらぶらと歩いてくる。眠れなくなって、数をかぞえているよりは外を歩く方がましだと思っているらしい。好奇心に駆られ、しばしば足を止めて汚い路地の中まで覗き込んでいる。いや、単に好奇心に動かされているのではない。黒い目には同情を込めた関心が輝いている。あちらこちらへ目をやるこの人物は、以前ここをじっくり観察したことがあり、その惨状を理解しているようである。

トム・オール・アローンズの大通り、泥のたまった道の両側に見えるのはただ、閉め切られ、黙り込んでいる、傾いた家だけ。目を覚ましている生き物は彼しかいない。いや、戸口に座っている女の孤独な姿が目に入る。彼はそちらに向かって歩を進める。近寄ってみると、彼女は長旅の後らしく、靴擦《くつず》れができて、服が埃で汚れているのがわかる。肘を膝にのせて頭を手で支え、誰かを待っているような様子で戸口に座り込んでいる。隣には手荷物のズックの鞄か、包みがある。おそらく居眠りをしているのだろう、近寄ってくる彼の足音に何の反応も見せない。

でこぼこの歩道は狭く、女の座っているところまで来たアラン・ウッドコートは、通り過ぎるためにいったん車道に出なければならない。彼女の顔を見下ろすと目が合い、彼は足を止める。

「どうしたんです?」

「別に何も」

「ノックしても人が出てこないんですか? 家の中に入りたいんでしょう?」

「別の家で人が起きるのを待ってるんです――下宿屋です――ここじゃありません。

もう少ししたら陽が差して暖かくなるんで、ここにいるんです」女は根気よく説明する。

「疲れているようですね。かわいそうに、道に座ってるなんて」

「ありがとうございます。でも全然平気です」

彼は普段からしょっちゅう貧しい人たちと話をして、恩着せがましい偉そうな言葉遣いや子供っぽいしゃべり方をしない（反対に、そういうしゃべり方でつづり字の教科書みたいな言葉を使って話しかけるのが多くの方々の得意技である）。したがって、簡単に彼女と打ち解ける。

「額を見せてごらん」彼はかがみ込んで言う。「私は医者だ。大丈夫、絶対手荒なことはしないから」

経験を積んだ器用な手で触れてやると相手がさらに気を落ち着けるのを彼は知っている。彼女は「大したことないんです」と言って、ささやかな抵抗を試みるが、怪我したところに彼が指を置くと、すぐにそこを明るい方に向ける。

「ああ！　ひどい怪我だ、かわいそうに皮膚も裂けてる。痛いだろう、これは」

「ちょっと痛みます」と彼女は答える。涙が頬をつたって落ちる。

「少し楽にしてあげよう。今からハンカチを当てるけど、痛くないから」

「ええ、きっと大丈夫です!」

彼は傷をきれいに拭いて、乾かしてやる。それから慎重に診察し、手のひらで優しく押さえ、ポケットから小さなケースを取り出し、包帯を巻く。この作業をしながら、歩道の上で臨時診療所を開設する羽目になったことに苦笑して言う。

「ところで、あなたの旦那さんは煉瓦《れんが》作りの職人だね?」

「どうしてわかったんです?」女は驚いて訊き返す。

「そりゃ、あなたの鞄と服についている土の色を見ればわかる。それに、煉瓦職人はあちこち移動して請負仕事をするし、残念ながら、奥さんに乱暴をよく働くんでね」

この怪我はそんな理由でできたものではないと抗弁するかのように女はあわてて目を上げる。だが、彼の手が額に置かれるのを感じ、彼の忙しく動く冷静な表情を見ると、また静かに目を下げる。

「旦那さんは今どこにいるんですか?」

「あの人、きのうの晩、もめごとに巻き込まれちまって。でも、あたしを探しに下宿屋に来ると思います」

「がっしりした手をたびたびこんな風に使ってるようだと、旦那さんはそのうちもっと厄介なもめごとに関わるだろう。でも、あなたは許してるんだね、いくら乱暴でも。いや、もう何も言うまい。許す甲斐がある男ならいいんだが。お子さんはいないんですか？」

女は頭を振る。「あたしの子って呼んでるのが一人いるけど、ほんとはリズの子なんです」

「自分のお子さんは亡くなったんですね？　なるほど！　かわいそうに！」

彼はこう言い終わる前にケースを片づけ始め、女が立ち上がって礼をするので、照れ隠しに「自分の家はあるんでしょう、ここから遠いんですか？」とにこやかに尋ねる。

「たっぷり三十キロはあります。セント・オーバンズです。ご存じですか？　心あたりでもあるみたいにびっくりなさいましたけど？」

「ええ、少しね。今度はこちらから一つ訊きますが、宿賃はあるんですか？」

「はい、ちゃんと持ってます、ほんとに」女は金を見せる。彼女が控えめに何度も礼を述べるのに応えて、いいんですよ、ではさようなら、と言って彼は歩み去る。トム・オール・アローンズはまだ熟睡しており、動くものは何もない。

いや、何かが動いている！　戸口に座っている女が最初に目に入った地点に向かって彼が戻っていくと、どれほど汚れた者でも近寄らない方がいいような不潔な壁に沿って身をかがめながら、ぼろ服を着た姿が慎重に手を前に伸ばして、用心深く近寄ってくる。それは少年の姿だ。こけた顔で、目もやつれた光を放っている。誰にも見られずに先へ進むことだけに集中しているので、ちゃんとした身なりの見知らぬ人間が現れても振り返らない。ぼろ服の肘で顔を隠し、心配そうに片手を前に伸ばし、よれよれの服の裂けた裾を垂らしながら、縮み込んで這うように道の反対側を進んでいく。その服はどんな生地で、何のために作られたものか、とんとわからない。色と形からすると、随分前から腐って悪臭を放つ、湿地育ちの草の葉のかたまりのように見える。

アラン・ウッドコートは足を止めて少年の後ろ姿を眺め、かすかに見覚えがあると感じながら、以上のことを観察する。どこで、どうして会ったかは思い出せない。しかし、この姿は心に残っている。おそらくどこかの病院か収容施設で見たに違いない。しかし、それがどうしてこれほど強い力で記憶の底から頭をもたげようとしているのか、わからない。

朝の光の中、そんなことを考えながら、彼はゆっくりトム・オール・アローンズを後にしつつある。その時、後ろから駆けてくる足音がする。振り返ると、少年が女に追いかけられて、猛スピードで走ってくる。

「その子を止めて、止めてください！」女は息を切らしながら叫ぶ。「お願いです、その子を止めてください！」

彼は道に走り出て、通せんぼをする。しかし子供は彼よりもすばしこく、向きを変え、身をかがめ、彼の腕の下をかいくぐり、五メートルほど先に行ったところで体を伸ばし、また駆け出す。女は依然、「お願いです、その子を止めてください！」と叫びながら後を追いかける。てっきり子供が彼女の財布でも奪ったのだろうと思い込んだアランは追跡に加わり、全力で走って十回は追いつく。しかし、そのたびに子供は向きを変え、身をかがめ、腕の下をかいくぐって逃げてしまう。そこで一発くらわせば相手は倒れて走れなくなるのだが、追いかける側はそこまでする決心がつかない。こうして泥まみれの滑稽な追跡が続く。とうとう逃げる方は行き所がなく、狭い道を通って裏町の袋小路に入り込む。腐りかけた板塀を背にして、追い詰められた子供はくずおれ、喘《あえ》ぎながら倒れ込んで追跡者を見上げる。追跡者も息を切らして立ち止まり、子供を眺める。そこに女がやってくる。

「まあ、ジョー！　やれやれ、やっと見つけたわ！」

「ジョー」アランはその名を繰り返し、じっと子供を見つめる。「ジョー、待てよ！　そうだ！　検死官の前にこの子が引き出されたのを覚えてるぞ」

「うん、ケンシなんとかの時にあんたを見たよ」ジョーは小さな声で言う。「それがどうしたっての？　おいらみたいなみじめなやつ、ほっといてくれてもいいじゃん？　これぐらいじゃ、まだみじめさが足らないの？　どこまでみじめになりゃいいんだよ？　いろんな人がつぎからつぎへと出てきちゃいじめるもんだから、おいら、食うものも食えずがりがりになっちまった。あのケンシなんとかはおいらのせいじゃないよ。おいらは何もしてない。あの人はよくしてくれた。ほんとに。おいらの交差点をいつもわたってた人で、話ができたのはあの人だけだった。あの人がケンシなんとかをくらったらいいなんて、思うわけないだろ。おいらがケンシなんとかしてもらいたいよ。川にドンブラいっちまってさ、そう、それでぜんぜんかまわない。ほんとだよ」

そのしゃべり方は何とも哀れっぽく、薄黒い涙も本物のように見えるし、子供が板塀によりかかっている様子は、不衛生な場所に放置されて成長したキノコか汚い生き物そっくりだったので、アラン・ウッドコートは不憫に思う。彼は女に、「かわいそうな子だ。いったい何をしたんですか？」と尋ねる。

彼女は怒るというより驚きながら、地べたに寝そべる子に向かって頭を振り、ただ、「ああ、ジョー、ジョー。やっと見つけたわ」と言う。

「この子が何をしたんです？　あなたの財布を盗ったんですか？」

「いいえ、違います。財布を盗ったですって？　この子はあたしにはいつでも親切でしたよ。不思議なんですけど」

アランはジョーから女へ、女からジョーへと視線を移し、どちらかが謎を解明してくれるのを待つ。

「この子、あたしと一緒にいたんです――ああ、ジョー！――セント・オーバンズで、病気になったこの子をあわれんで、あたしと仲良くしてくださったお嬢さんが、あたしは怖くて何もできなかったのに、この子を家に連れて帰って――」

アランは突如慄然として、子供から一歩離れる。

「ええ、そうなんです。この子を家に連れて帰って、もてなしてくださったんです。なのに、この子は恩知らずの罰当《ばち》たりみたいに夜中に逃げ出して、それ以来、さっきばったり出くわすまで行き方知れずで。とっても器量よしだったお嬢さんは、この子の病気がうつって、きれいな顔も台無しになっちまって。あの天使みたいな優しさと、すっきりした姿と、甘い声がなけりゃ、会っても同じ人とはわからないくらい。ねえ、お前、知ってるの？　この恩知らず、みんなお前のせいなんだよ、お嬢さんがお前に親切になさったばっかりに」女は思い出すと、子供に対する怒りがこみ上げ、感極まって泣き出してしまう。

子供は粗野ななりに今耳にしたことに驚いて、汚い手で汚い額をしきりに拭《ぬぐ》いながら、じっと地面を見つめる。頭の先から足の先まで全身を震わせるので、寄りかかっている壊れそうな板塀がガタガタ鳴り出す。

アランがそっと手を挙げ、女はその意図を汲んで静かになる。

「リチャードの話では――」そこで彼は口ごもる。「つまり、その話は聞いてたんだが――ちょっと失礼」

彼はその場を離れ、表通りに通じるひさしのついた路地を見ながらしばし立ちつくす。戻ってきた時には、落ち着きを取り戻している。ただし少年を不快に思う気持ちに抗っているのがはっきり見て取れるので、それが女の注意を引く。

「この人の言うことを聞いただろ。さあ、立つんだ、はやく！」

ジョーは体を震わせ、歯をガチガチ鳴らしながらゆっくり起き上がり、彼のような子供たちが困った時に見せる独特のやり方で、板塀に横向きに寄りかかるように立ち、吊り上げた片方の肩をもたせかけ、そっと両手、両足をこすり合わせる。

「この人の話を聞いただろ、それは本当なんだ。私は知ってる。で、お前はそれ以来ずっとここにいるのか？」

「トム・オール・アローンズには今朝まで、ぜったいぜったいぜったい近寄らなかったよ」ジョーはしわがれ声で答える。

「じゃ、なぜ今日ここにやってきたんだ？」

ジョーは袋小路をぐるっと見回した後で、質問を投げかけてくる相手の膝より上には目を上げずに答える。

「おいら、何をどうやったらいいのかわかんない。仕事も見つからない。お金もないし、体の調子も悪いから、誰もいない時に戻ってきて、知ってるとこに暗くなるまで隠れてて、それから出かけてってサングズビーさんにちょっとめぐんでもらおうと思ったんだよ。あの人はいっつも喜んで何かくれたから。おくさんは、他のみんなといっしょで、いっつもおいらのこといじめてたけど」

「お前はどこから来たんだ？」

ジョーは袋小路をもう一度見回し、相手の膝をもう一度見てから最後に、諦めたように、横顔を見せる恰好で板塀にもたれかかる。

「どこから来たのかって訊いたのが聞こえただろ？」

「あっちこっちうろついてたんだよ」

「いいか」アランはつとめて不快感を抑えながら子供にぐっと近寄ると、秘密を打ち明けるような表情を浮かべ、おおいかぶさるようにして言う。「その気の毒なお嬢さんが親切にもお前をあわれんで家に連れていったあと、どうしてお前はそこを逃げ出したんだ？」

ジョーは突然諦めの境地を脱し、興奮しながら女に向かって言う——お嬢さんの病気は知らなかった、ぜんぜん聞いたこともない、ひどい目にあわせるつもりなんかなかった、それぐらいなら自分がひどい目にあった方がましだった、あの人のそばに寄らないで自分のみじめな頭を切り落としてたらよかった、あの人はおいらによくしてくれた、ほんとに。この間ずっと彼は、拙《つたな》い言い方ではあるが、本心を述べているかのように見え、最後にはまことに哀れっぽいすすり泣きを始める。

これはお芝居ではない、とアラン・ウッドコートは思う。そして、強張った手を差し伸べ、子供に触れる。「なあ、ジョー、言っておくれ」

「いや、言えねえよ」ジョーはまた横顔展示状態に戻る。「言えねえわけがあるんだ。でなきゃ、言ってるよ」

「わけがあろうがなかろうが、どうしても知りたいんだ。頼むから」

こうして二、三度懇願されると、ジョーは再び頭を上げ、再び袋小路を見回し、低い声で言う。「うん、じゃ、一つだけ。おいら、連れてかれたんだ。ほんとだよ！」

「連れていかれた？　夜中に？」

「しーっ！」立ち聞きされるのを恐れてジョーはあたりを見回す。例の信用ならない人物が陰に潜んで見張っているといけないので、三メートルばかり上方の板塀のてっぺんを見たり、塀の割れ目を覗いたりさえする。

「誰に連れていかれたんだ？」

「名前は言えねえ。言えねえよ」

「だが、あのお嬢さんのために、どうしても知りたいんだ。私を信じてくれ。誰にも言わないから」

「ううん、だって」ジョーは怖そうに頭を振る。「あの人、ひょっとして聞いてるかも」

「ここにはいないよ」

「え、そう、ほんと？　でも、あの人いろんなとこにいるんだ、いっぺんに」

アランは困惑して彼をじっと見つめる。しかし、この不可解な答えは正直なもので、底には何かの意味があると考え、はっきりした返答を辛抱強く待つ。ジョーは何よりも彼の辛抱に戸惑い、ついに根《こん》が切れてある人物の名前を相手の耳に囁《ささや》く。

「え！　いったいお前は何をしでかしたんだ？」

「何もしてねえよ。やばいことにはかかわってない。動けって言われて動かなかったのと、ケンシなんとかは別だけど。でも、今はちゃんと動いてるよ。こうやって動いてって、次の行き先はお墓――そうなるだろな」

「いや、そうはならないようにしてやるよ。しかし彼はお前に何をしたんだ？」

「おいらをビョーインに入れてさ」ジョーは囁き声で答える。「出てきたら、お金をちょっとめぐんでくれて――半クラウンの銭《ぜに》こを四枚――そんで、『消えろ！　ここにいてはならん、失せるんだ。うろつくならどこかよそでやれ』って言った。「ここから離れろ。ロンドンから六十キロ以内のところで見かけたらただじゃおかんぞ」って。だから、あの人に見つかったらまずいんだよ。地下にもぐりでもしないと、きっとばれちまう」不安そうなジョーは先ほどの警戒と調査を再度行う。

アランは小考の後、ジョーに暖かい目を向けながら、女に対して、「彼はあなたが思ってたほど恩知らずじゃない。逃げる理由はあったんです——十分な理由とは言い難いですが」と語りかける。

「ありがと、ありがとよ」ジョーは大きな声を出す。「ほら、ね、そんなに怒らなくてもよかったんだ。でも、あのお嬢さんにこの人が今言ったことを伝えてくれたら、それでいいよ。あんたも、おいらに親切にしてくれた、そりゃよくわかってる」

「いいかい、ジョー」アランはまだ少年を見ながら言う。「私についておいで。そうすれば、ここよりましなねぐらと隠れ場所を見つけてやろう。注意を引かないように、私とお前は道の反対側を歩くことにする——逃げないと約束するな？　逃げたりしないだろ？」

「逃げねえよ、あの人が近寄ってきたら別だけど」

「よし。その言葉を信じよう。もうすでに街の半分は目が覚めている。一時間もすれば、みんな起き出してくる。さあ、行こう。では、もう一度、さようなら」

「さようなら、先生、ほんとうにありがとうございました」

彼女は二人の話に耳を澄ませながら袋の上に座っていたのだが、今は起き上がってその袋を手に持っている。ジョーは再び「あのお嬢さんにちゃんと伝えておくれ、おいら、あの人をひどい目にあわせるつもりなんてなかったって。それと、この人の言ってくれたこともね」と頼み、うなずき、よろめき、身を震わせ、涙を拭い、まばたきし、泣き笑いのうちに彼女に別れを告げる。そしてアラン・ウッドコートとは反対側の歩道を家々に寄り添いながら這うようについていく。こうして二人はトム・オール・アローンズから、広く差し込んでくる太陽の光と、ここに比べればきれいな空気の中へと、歩み出す。

＊

第四十七章　ジョーの遺言

　早朝の光のせいで、教会の高い尖塔も遠くの空もはっきりと近くに見え、ロンドンという都会も熟睡によって元気を回復したように見える。アラン・ウッドコートとジョーはその中を歩いていく。アランはこの連れをどこにどう片づければよいのか思案する。「文明社会のただ中で、野良犬の面倒をみるよりも人間の形をしたこの生き物の面倒をみる方が難しいとは何とも不思議な事実だ」だが、いくら不思議であろうとも事実に変わりはなく、困難は依然として存在する。

　初めのうち、彼はジョーがついてきているか確かめるために、しばしば後ろを振り返る。しかしいつ見ても、子供は道の反対側の家並みに沿って、煉瓦《れんが》を一つ一つ、ドアを一つ一つ、注意深く手さぐりしながら歩いており、這うように進みつつ、彼の方に何度も警戒の目をやる。逃げ出す気はまったくない、とアランはじきに悟る。そして、これからどうするか、その点により考えを集中させながら足を運ぶ。

通りの角で朝食を売る露店が目に入り、まず初めにせねばならないことが頭に浮かぶ。彼は立ち止まり、振り向いて、ジョーを手招きする。子供は道を渡り、ためらいながら足を引きずってくる。彼は左の手のひらのくぼみを右手の拳《こぶし》でゆっくりこすり回す——つまり、天然の乳棒と乳鉢を使って垢をこねる。彼にしてみれば素敵な御馳走が目の前に並べられ、コーヒーをがぶ飲みし、バターを塗ったパンを嚙み始める。そして、怯える獣のように、飲み食いしながら不安げに四方を見回す。

しかし彼は体調がすぐれず、気分も悪く、空腹感すらない。「おいら、腹がへって死にそうだと思ってたけど」彼はじきに皿を置く。「でも、なんにも考えられねえ——すきっ腹のことも。食べる気も飲む気もしねえ」ジョーは震えながら立ちすくみ、不思議そうに朝食を見つめる。

アラン・ウッドコートは子供の脈を取り、胸に手を当てる。「息を吸い込んで!」「息を吸い込んだら、荷馬車を引いてるみたいにきつい」とジョーは答える。「荷馬車みたいな音もする」と付け足してもよかったところだが、彼はただ、「はい、おまわりさん、じっとしてないで動きますよ」とだけつぶやく。

アランは薬局がないか、あたりを見回す。近くにはない。しかし、居酒屋がある。むしろこちらの方がいい。ワインを買い求め、注意深く少量を子供に与える。ほとんどワインが唇に当たると同時に、子供は元気を取り戻す。「後でまた少し飲ませてやろう」アランは熱心な顔で子供を見つめた後で言う。「さあ！　五分休んだら、また出発だ！」

子供が街路の鉄格子にもたれかかって露店のベンチに座っている間、アラン・ウッドコートは早朝の光の中を行ったり来たりし、知らぬふりをしながら時折彼の方をちらっと見る。ジョーが温まって元気を取り戻したのは容易にわかる。これほど暗い翳《かげ》に満ちた顔に「明るくなった」という表現が使えるなら、彼の顔は幾分明るくなっている。そして、食べるのを諦めていたパン切れを少しずつ口に入れる。こうした回復のきざしを認めて、アランは彼に話しかけ、ヴェールをかぶった女性の冒険とその顚末について聞き出す。彼は少なからず驚く。ジョーはゆっくり話をしながら、ゆっくりパンを嚙む。彼が話し終わりパンを嚙み終わると、二人は再び歩き始める。

子供を一時的に預ける場所が見つからないことについて、昔の患者で、血気盛んなフライトさんに相談してみようと考え、アランは彼とジョーが初めて顔を合わせた例の裏町へと歩を進める。だが、古道具屋はすっかり様変わりしている。フライトさんはもうここにはいません、下宿は畳んじゃいました、と厳しい顔をした女がぶっきらぼうに答える(埃で汚れた年齢不詳の顔の持ち主は、何を隠そう、かのジュディーである)。しかし、彼女は鳥と一緒に今はベル・ヤードのブリンダー夫人なる者の家に厄介になっていると聞けば十分で、彼は近くにあるその通りへと向かう。よき友人の大法官閣下が主人役を務める法廷に遅刻しないよう毎日早起きしているミス・フライトは、歓迎の涙を浮かべ、両手を広げながら、階段を駆け下りてくる。

「まあ、先生！　秀でた、立派な、名誉ある将校殿！」言葉遣いこそ奇妙だが、彼女は正気の人間と同じぐらい、いや、もっと、誠実で情に満ちている。アランはとても辛抱強く、彼女が感激の言葉を言い尽くすまで待ち、戸口で震えているジョーを指差して、彼がそこにいる経緯を説明する。

「とりあえず、この近所でこの子が泊まれるところはどこかありませんか？　知識も分別も豊かなあなたなら教えてくださるでしょう」

ミス・フライトはこのお世辞にすっかり気をよくして頭をひねり始める。しかし、名案はすぐに浮かばない。このブリンダー夫人の下宿も満室で、かわいそうなグリドリーの部屋には彼女自身が入ってしまったし。「グリドリー！」この語を二十回繰り返した後、ミス・フライトは手を叩いて叫ぶ。「グリドリー！　そうよ、決まってるわ！　先生！　ジョージ将軍が助けてくださいます」

ジョージ将軍について訊いても無駄だっただろうが――実際、無駄であるが――彼女は縮んだ帽子と貧相なショールを着用し、書類の入った鞄を装着するために階上に行ってしまう。しかし、装備を万端整えて下りてきたミス・フライトの切れ切れの言葉をつなぎ合わせると、どうやら、かの女性がしばしば訪問するこのジョージ将軍とやらは彼女の親友フィッツジャーンダイスと知り合いで、彼女が関わる事柄すべてに大きな関心を寄せているらしい。それなら大丈夫だろうとアランは考える。そこで、歩くのはもう少しだけだと言ってジョーを元気づける。彼らは将軍宅に向かう。幸い、それはここから遠くない。

ジョージの射撃場の外観、細長い入り口、そこから見える屋内のがらんとした様子から、アラン・ウッドコートはこれならよさそうだと判断する。襟をつけずに、シャツの袖から剣とダンベルで鍛えた筋肉隆々の腕を重々しく見せつけ、パイプをくわえて、朝の運動をしながら大股で近寄ってくるジョージ氏の姿も期待を持たせてくれる。

氏は「ようこそ」と言い、軍隊式の敬礼をする。そして、広い額から縮れた髪に至るまで、満面に笑みを浮かべながらミス・フライトに敬意を表する。彼女は大いに勿体《もったい》ぶって長々と紹介の儀式を執り行う。それが終わると、氏は再び「ようこそ」と言い、敬礼する。

「失礼ながら、もしかして海軍の方で?」とジョージ氏は訊く。

「そのように見えるのは嬉しい限りです。しかし、私はただの船医です」

「そうですか? てっきり海軍の軍人さんかと思いましたよ」

では、それをいいことに、こうしてお邪魔したことをお許しいただきたいのですが、とアランは述べ、ジョージ氏が遠慮してパイプを置こうとすると、どうぞお構いなく、と言う。氏は「有り難うございます。フライトさんは気にしないと前から知っていますんで、あなたがいいとおっしゃるなら——」と答え、パイプを口にくわえることでその文を結ぶ。アランはジョーについて知っていることをすべて告げ、騎兵は深刻な顔つきでそれに耳を傾ける。

「で、あれがその子ですな?」と尋ねて、ジョージ氏は入り口の方を眺める。そこではジョーが漆喰を塗った正面に書かれている大きな文字を見つめている。それは彼の目には何の意味も持たない。

「そうです。ジョージさん、あの子をどうしたらよいか、困っておりまして。病院には入れたくありません――すぐに受け入れてくれるところがあったとして、ですが。それに、あの子を病院まで連れていけたところで、すぐに逃げ出してしまうでしょう。救貧院も同じことです。あの子を入れようとしてあちこちで嫌がられ、煙たがられ、たらい回しにされるのを辛抱した挙げ句にね。好きになれない制度です」

「誰だってそう思います」

「きっと、あの子はどっちに行っても長居はしません。ロンドンから出ていけと命じた人物に対してただならぬ恐怖感を抱いています。子供の頭で、この人物はどこにでもいて、何でも知ってると思い込んでいるんです」

「失礼ですが、その人物の名をおっしゃいませんでしたね。秘密なんでしょうか？」

「あの子は秘密にしています。ですが、バケットというんです」

「警察のバケットですか？」

「そうです」

「彼なら知ってます」パイプの煙を吐き出し、胸を突き出して、騎兵は言う。「あれが油断ならない男だってのは子供の言うとおりです、間違いありません」ジョージ氏はこう言うと、意味ありげにパイプをふかし、だまってミス・フライトを見つめる。

「少なくともジャーンダイスさんとサマソンさんにはジョーが姿を見せたと知らせてあげたいのです――あの方たちがお望みなら、彼と話ができるように。あの子は不思議なことを言ってますし。ですから、とりあえずどんなところでもいいですから、まともで、引き受けてくれる気持ちがある人に預けたいんです。ご覧のように」アランは入り口の方を向いたジョージ氏の目を追いながら言う。「ジョーはこれまでまともな人と縁がありませんでした。だからそんなところを探すのが難しいんです。このあたりで、しばらく彼を預かってくれそうな人をどなたかご存じありませんか？　宿賃は先払いします」

この時アランは汚い顔の小男が騎兵のすぐそばに立ち、体と顔を奇妙にゆがめながら騎兵の顔を見上げているのに気づく。騎兵は何度かパイプをふかした後、小男を斜めに見下ろし、小男は騎兵を見上げて目をパチクリさせる。

「実のところ、サマソンさんがお喜びになるなら、俺は、たとえば、いくら頭を叩かれてもいいぐらいに思ってます。ですから、少しでもあの人のお役に立てるなら、有り難いことなんです。ここじゃ、自分もフィルも浮浪者みたいに暮らしてます。それで当たり前だと感じてます。うちはご覧のとおりの有り様です。こんなところでよけりゃ、どこか静かな片隅をあの子に提供しましょう。食費以外はいただかなくて結構です。商売繁盛ってわけじゃありませんから、いつ何時追い出されるかもしれませんが、このむさくるしい射撃場が存続する限り、どうぞ使ってやってください」

ジョージ氏はパイプを大きく振って、建物全体を訪問客に供出する。

「あの哀れな子はもう伝染する病気は持ってないんでしょう？　あなたはお医者さんだからお尋ねするんですが？」

それは大丈夫です、とアランは答える。

「なんてったって、もう、その病気は懲《こ》り懲《ご》りですからね」ジョージ氏は悲しそうに頭を振る。

氏の新しい知人もやはり悲しそうな口調になる。アランは繰り返し大丈夫ですと言った後で、「しかし、ほんとのところ、あの子はひどく弱っていて体力もありません。もしかしたら――断定はできませんが――回復しないかもしれません」と言う。

「もうじき危ないってことですか？」

「ええ、残念ながら」

「それなら」騎兵はきっぱりと言う。「俺は生まれつき浮浪者みたいなもんで、それで思うんですが、あの子は早くうちに来るに越したことはありません。おい、フィル！　その子を中に入れてやれ！」

スクオド氏は体を傾けて、向きを変え、この命令を実行に移す。騎兵はパイプを吸い終わって、それを置く。ジョーがやってくる。彼はパーディグル夫人のトカフーポ・インディアンでもなく、ボリオブーラ・ガーとも関わりがないのでジェリビー夫人の仔羊でもない。遠い異国の見慣れぬ存在なら優美に映るところだが、あいにくそうはいかない。ジョーは純然たる舶来の野蛮人とは異なる、ありふれた国産品である。汚く、醜く、見る者の五感すべてを不快にするこの子は、肉体は野卑な街の野卑な動物で、魂においてのみ人間である（とは言え、キリストの教えに目覚めてはいない）。ありきたりの汚れがとりつき、ありきたりの寄生虫が宿り、ありきたりの病に苛《さいな》まれ、ありきたりのぼろ服を身にまとう。英国の風土で生まれ育まれた無知のおかげで、彼の魂は「滅び失せる獣」〔詩篇四十九篇十二節〕よりも卑しくなっている。ジョー、本当の姿をはっきり見せろ！　足の裏から頭のてっぺんまで、お前には人の興味を引くところなど何一つないのだ〔貧しい人々を美化して考えがちだった当時の風潮に対する皮肉〕。

ジョーはゆっくり足を引きずって射撃場に入ってくる。そして体を丸めてじっと立ち、床を見回す。彼はそこにいる人たちが、一つは彼自身のせいで、もう一つは彼の引き起こした事のせいで、彼を敬遠したがっているのを察しているようである。彼の方もそこにいる人たちを敬遠する。ジョーは万物の中で彼らと同じ範疇に属する存在ではないし、同じ位置を占める存在でもない。彼はどの範疇にも属さず、どの位置を占めるでもない。動物でもなければ、人間でもない。

「いいか、ジョー」アランは言う。「こちらがジョージさんだ」

ジョーはしばらく床を探るように見てから、一瞬顔を上げ、またうつむいてしまう。

「この人は親切な友だちで、お前をここで寝かせてくれるんだ」

ジョーは片手で物をすくうような恰好をする。お辞儀のつもりらしい。それからまた少し考え、後ずさりし、体重をのせる脚を何度か替えた後、「どもありがと」とつぶやく。

「ここなら安全だ。今大事なのは、おとなしくして、元気になることだ。いいか、ここでは嘘はいかんぞ」

「うん、ぜったいぜったいぜったい、嘘はつかない」ジョーは再びお気に入りの科白《せりふ》で自らの強い意志を明らかにする。「おいらがやった悪いことは、先生、ぜんぶ知ってるよ。なんにも知らないのと、腹をへらせるのをのけたら、悪いことは何もしてない」

「その言葉を信じるよ。さあ、ジョージさんの言うことを聞け。お前に話がおありのようだ」

驚くほど肩幅が広く背筋の伸びたジョージ氏は言う。「俺はただ、この子に、たっぷり休みたけりゃどこで寝たらいいか教えようと思っただけです。さて」騎兵はしゃべりながら、みんなを射撃場の向こうの隅に連れていき、いくつか並んでいる小さな小屋の一つを開ける。「ほら！ マットレスがあるからここで寝るがいい。行儀よくして、こちらの先生が――えーっと、失礼、お名前は何でしたっけ」彼は謝りながらアランが渡した名刺を見る。「ウッドコート先生がお認めになる間はいてもいいぞ。銃声を聞いても驚く必要はない。お客が標的をめがけて撃ってるだけだ。お前が的じゃない。さてと」騎兵は客人に向かって言う。「もう一つ提案があります。おい、フィル、こっちに来い！」

フィルはいつものやり方で突進してくる。

「こいつは赤ん坊の時、溝の中で見つかったんです。ですから、この哀れな子に自然と情が湧くんじゃないかと思います。どうだ、そのとおりだろ、フィル？」

「へい、確かに、旦那」

「で、俺の考えでは」ジョージ氏は太鼓をテーブル代わりに使って行う戦場での会議で意見を述べるように、軍人が秘密の話をする調子で言う。「こいつがまず子供と一緒に風呂屋に行軍して、それから一、二シリング出して粗末な服でも支給してやりゃ――」

「ジョージさん、あなたはよく気がつく人だ」アランは財布を取り出して言う。「それこそまさに私がお願いしようとしていたことなんです」

フィル・スクオドとジョーはこの美化作戦のためただちに外へやられる。ミス・フライトは自分の計画の成功にすっかり気をよくし、鼻高々で法廷へと出向く。でなければ、大法官閣下は彼女のことを心配なさるだろうし、彼女が留守のうちに長年待ち望んでいた判決を下されるかもしれない。「先生、将軍、そんなことになったらあまりにも不幸じゃありませんか、今まで何年も待ったのに？」アランも子供の元気を取り戻す薬を購入するために一緒に外に出る。近くで薬を手に入れ、ほどなく戻ってくると、騎兵は射撃場を行ったり来たりしている。アランも歩調を合わせて並んで歩く。

「あなたはサマソンさんをよくご存じなので？」ジョージは尋ねる。

肯定らしき答えが返ってくる。

「彼女の身内の方ではない？」

否定らしき答えが返ってくる。

「ぶしつけな好奇心をお許しください。もしかして、サマソンさんがあの子に興味を抱かれたという不幸なことがあったので、それであなたはあの子に並みならぬ関心を示しておられるのでは？　俺はそうなんです」

「私も同じですよ、ジョージさん」

騎兵はアランの日に焼けた頰と輝く黒い瞳を横目で眺め、彼の背丈と体格をすばやく見定めて、満足したような表情を見せる。

「あなたが出かけてから考えてたんです。バケットにリンカーンズ・イン・フィールズの事務所に連れていかれたってあの子は言ってましたが、俺は間違いなくその場所を知ってます。その持ち主の名をあの子は知りません。教えてあげましょう。タルキングホーンです。それが奴の名前ですよ」

アランは尋ねるように相手を見て、その名を繰り返す。

「タルキングホーン。それが奴の名前です。俺はその男を知ってます。前に奴がある男についてバケットと連絡を取っていたのを知ってます。その男は奴を怒らせたんです、もう死んじまいましたが。俺はその男も知ってます。悲しい話でした」

当然アランはタルキングホーンというのはどんな人物ですか、と尋ねる。

「どんな人物？　外見ですか？」

「見たことはあると思います。関わりを持つとしたらどんな人物か、が知りたいのです。全体の印象として、どうです？」

「ふむ、それなら言ってあげましょう」騎兵は急に足を止め、四角い胸の前で腕を組む。顔面は怒りに紅潮して燃え上がる。「あれはとってもたちの悪い奴です。人をゆっくり拷問にかけるような奴です。古くさい錆《さ》びた鉄砲みたいなもんで、血の通った人間じゃありません。奴のおかげでこっちは気苦労が増え、不安になって、自信をなくしました。世の中の人間全部足したって、俺をそこまでへこませることはできやしません。そんな奴です、タルキングホーンってのは！」

「すみません。痛みの残っている古傷にさわってしまったようで」

「痛み？」騎兵は足を広く開き、大きな右手の手のひらを唾《つば》で湿らせ、今は剃ってなくなってしまった口髭《くちひげ》をひねろうとする。「いや、なに、あなたの落ち度じゃありません。ですが、まあ、ご自分で判断なさってください。俺は奴に弱みを握られてます。さっき、いつ何時追い出されるかもしれませんって言いましたが、その力を持ってるのが奴なんです。奴は、押しては引き、引いては押すって感じで、つきも離れもしない。仮に俺が奴に支払いをせねばならんとか、時間の猶予を与えてほしいとか、是非会わねばならん用事があったとします――奴は会ってくれないし、聞く耳も持ちません。俺はクリフォーズ・インのメルキゼデックのところに行かされ、クリフォーズ・インのメルキゼデックからまた奴のところに行かされるんです。いっつも奴のまわりをぐるぐる回らされます。おおかた、こっちも奴と同じで、石でできてると思っとるんでしょう。いやあ、今じゃ俺は人生の半分を奴の家の戸口のへんをぶらぶらして過ごしてる次第です。で、奴はそれをどれだけ気にかけるでしょう？　全然です。さっき奴を銃にたとえたでしょう、銃が人のことなんざ気にしないのと同じです。奴のおかげでこっちはさんざん苛々したり、悩まされたり、挙げ句の果てに――いやはや、とんだたわごとを！――ついい我を忘れちまったようで。ウッドコートさん」騎兵は再び歩き始める。「とにかく、奴は老人です。ですから、幸いなことに、五分五分の戦いの場で俺が馬に拍車をかけて奴に向かっていく機会など決してないでしょう。仮にそんな機会があったとしたら――

で、それが奴に苛々させられてる時なら――俺は奴をぶっ倒しちまうでしょうな！」
シャツの袖で額を拭《ぬぐ》わねばならないほど、ジョージ氏の興奮は激しい。口笛で国歌を吹いて、その熱気をさまそうとするものの、それでもまだ、無意識に頭を振ったり、胸を膨らませたり、襟がまだ十分開いていないかのように時々慌てて両手でシャツをさわって息がつまるのを防ごうとしたりする。アラン・ウッドコートは、ジョージ氏の言う五分五分の戦いの場でタルキングホーン氏がぶっ倒されることにほとんど疑いを挟まない。

ほどなくジョーとその引率者が帰ってくる。フィルは丁寧にジョーをマットレスに寝かせてやる。アランはジョーに薬を飲ませた後、フィルに投薬の方法を伝授し、指示を与える。この頃までにはかなり時間が経過している。アランは着替えて朝食をとるべく下宿に戻る。それから、休む間もなく、ジャーンダイス氏に今朝の発見を報告するために出かける。

ジャーンダイス氏はアランと二人だけでやってくる。氏は大いに関心を示し、これは内緒にしておいた方がいいと思う、と打ち明ける。ジョーはジャーンダイス氏に今朝の話を繰り返す。話の内容にさしたる違いはないのだが、例の荷馬車は引くのがますますきつくなり、ますます空しい音を立てる。

「ここでそっと寝かせといておくれよ、頼むからもういじめないで。だれでもいいんだけど、おいらが掃除してた交差点の近くを通る人がサングズビーさんに、前からの知り合いのジョーは、場所をかえて、ちゃんとやってるって言ってくれたら、ありがたいんだけど。そしたら、おいら、今より、もっと感謝するよ。おいらみたいなみじめな子供が、もっと感謝する、なんて、できるなら」とジョーはたどたどしく言う。

その日も、次の日も、ジョーがこの文具商の名を何度も出すので、親切なアランはジャーンダイス氏と相談した上で、クックス・コートを訪ねようと決める。荷馬車が今にも壊れそうな気がするからである。

というわけで、彼はクックス・コートに向かう。スナグズビー氏は灰色の仕事着に灰色の袖カヴァーをつけてカウンターの後ろに立ち、代書人から届いたばかりの、何枚かの羊皮紙におよぶ契約書を眺めている。それはまさに紙と法律文書特有の字体からなる広大な砂漠にほかならず、そこここにいくつか大きな字という水飲み場があることで辛うじて恐るべき単調さが破れ、旅する者を絶望から救う。スナグズビー氏はそうしたインクの井戸の一つで立ち止まり、商い一般に対する準備態勢を整える咳をして、見知らぬ訪問者を迎える。

「私のことを覚えていらっしゃらないでしょうね、スナグズビーさん?」

文具商の心臓は音を立てて鳴り始める。例の心配事はまだ完全に消え去ってはいなかったのだ。「ええ、覚えておりません。その、たぶん、有り体に申しますと、お目にかかったことはないと思うのですが」と答えるのが精一杯。

「二度お目にかかってます。一度は貧しい人の枕元で、もう一度は——」

「ついに来た!」哀れな文具商の頭に記憶が蘇る。「もうだめだ、次にドカンと来るぞ!」しかし、彼は訪問客を小さな事務所に招じ入れ、ドアを閉めるだけの平静は保っている。

「あなた、結婚してらっしゃるんで?」

「いいえ」

「独身の方に申し訳ありませんが、できるだけ小声で話すようにしていただけませんか?」スナグズビー氏は沈鬱な囁《ささや》き声で言う。「うちのちっちゃいのはきっとどこかで聞き耳を立ててます。でなかったら、あなたに商売を譲って、おまけに五百ポンド出しますよ!」

氏は悄然として腰かけに座り、机に背中をもたせかけて、こう訴える。

「私は自分の秘密など持った覚えはまったくありません。うちのちっちゃいのが結婚式の日取りを決めて以来、今日に至るまであいつを騙そうとしたことなんて、どう記憶をたぐってみても、一度もありゃしません。仮に必要があったとしても騙そうとはしなかったでしょう、いえ、そんな大それたことはできなかったでしょう。ところが、それにもかかわらず、私は秘密や謎に包まれちまって、生きてるのが辛いぐらいなんです」

客はそれを聞いて残念だと言い、ジョーを覚えているかと問う。スナグズビー氏は抑えつけたうめき声で、そりゃ覚えてますとも、と答える。

「なんてったって、ジョーはうちのちっちゃいのが誰よりも目の敵にしてる相手ですよ、私を除いてね」

アランはその理由を訊く。

「理由ですって?」氏はやけ気味に禿げ頭の後ろに少し残っている髪の毛を引っ掴む。「私に理由なんてわかるもんですか! でも、あなたは独身でいらっしゃる。ああ、妻を持つ男にそんな質問ができる独身のまま、あなたが長生きされますように!」

スナグズビー氏はこの善意溢れる祈願を表白すると共に、陰鬱な諦念のこもった咳をし、仕方なく訪問客の用件に耳を傾ける。

「やっぱり！」強く湧き上がる感情と、声を抑えようとする努力の板挟みで、スナグズビー氏の顔から血の気が失せる。「またあの話！　今度は別口だ！　まず、誰にも、うちのちっちゃいのにも、絶対ジョーの話をしてはならんと言う人物がいて、次は別の人が来て、つまりあなたですが、誰はともあれその人物には絶対ジョーの話はしてはならんと言う。これじゃ精神病院に入れられたようなもんだ！　いやはや、有り体に申しますと、気が狂っちまいますよ！」

しかし、結局のところ、思ったほどひどい事態ではない。足元で地雷がドカンと爆発したわけではないし、落ちた穴の底が深くなったわけでもない。優しいスナグズビー氏はジョーの容体を聞いて心を動かされ、夕方になったら、こっそり行動できる範囲でなるべく早く「寄せてもらいます」と快く約束する。そして、夕方になると彼はこっそり立ち寄る。だが、ひょっとしたら、スナグズビー夫人も彼と同じぐらいこっそり行動できるのかもしれない。

ジョーは友人に会えて喜ぶ。二人きりになると、サングズビーさん、おいらなんかのためにわざわざ来てくれるなんて、ほんとに親切だね、と言う。スナグズビー氏は眼前の光景に胸を打たれ、彼の知るところどんな傷にでもきく万能薬、半クラウン硬貨をただちにテーブルに置く。

「で、かわいそうに、気分はどうだね?」文具商は同情の咳をしてから尋ねる。

「おいら、ついてるよ、ほんとに、なんにも不自由してない。サングズビーさんが見当もつかないほどいい気持ちだよ。あんなことやってごめん、でも、そんなつもりじゃなかったんだ」

文具商はそっと半クラウン硬貨をもう一枚置き、お前は何を謝っているのかと訊く。

「おいら、病気をうつしちまったんだよ、女の人に。その人って、も一人の女の人みたいで、そうじゃなかった人だよ。おいらがうつしたからって、だれもどうこう言わない。みんなやさしくて、おいら、みじめな子供だから。その女の人がきのうやってきて、言うんだよ、「ああ、ジョー! お前にはもう会えないと思ってたわ!」って。そんで、だまって、にこにこして座ってんだ。おいらが病気うつしたのに、そのことはなんにも言わねえし、こわい顔もしねえんだよ。だから、おいら、壁の方を向いちゃったよ。そう、ジャーンダスさんだって壁の方を向いちゃった。ウッドコット先生ってさ、おいらが楽になる薬を朝晩飲ませに来てくれて、おいらの方のぞきこんで、しっかりしたこと言ってんだけど、あの人も泣いてた。おいら見たもん」

ほろりとした文具商は半クラウン硬貨をもう一枚テーブルに置く。かの万能薬を繰り返し処方するよりほかに、彼の感情を鎮める術《すべ》はない。

「考えてたんだけどね」ジョーは続ける。「サングズビーさん、でっかい字書ける？」

「ああ、書けるとも」

「ものすごーくでっかい字だよ？」ジョーは熱心に問う。

「ああ、ジョー」

ジョーは嬉しさのあまり、笑みを浮かべる。「あのね、おいら、じっとしてちゃいけないから、よそに行かなきゃなんねえ。で、できるだけ遠くまで行って、もうそっから先に行けなくなったら、サングズビーさん、だれにでもどこからでも見えるようなでっかい字で、あんなことやってほんとにごめん、でも、そんなつもりじゃなかったって書いてほしいんだ。おいら、なんにもわかってないけど、そのことでウッドコット先生が泣いてたのは知ってる。先生がいつも悲しんでるのも知ってるよ。だから先生に許してほしいんだよ。もしも、でっかい字でそう書いたら、許してくれるんじゃないかな」

「わかった。特大で書いてやるよ」

ジョーはもう一度笑う。「ありがと、サングズビーさん。やさしいね。おいら、これでまた、前よりうんといい気持ちになったよ」

おとなしい小柄な文具商は、不完全なつぶれた咳をし、四枚目の半クラウン硬貨をそっと置いて(これほど多くの硬貨を必要とする事態に遭遇したのは初めてだった)、いたたまれずに立ち去る。ジョーと彼がこの世で会うことはもうない。これが最後だ。

引っぱるのがきつくなった荷馬車は旅の終わりに近づき、石だらけの地面を走行する。ぼろぼろになって、よたよたと一日中でこぼこの坂道を登る。この馬車がきつい道の上にあるのを太陽が目にするのもあと何度とない。

顔に火薬の硝煙がこびりついたフィル・スクオドは、隅の小さなテーブルで、兵器弾薬担当と看護の役を同時にこなす。しばしば振り向いて、緑のラシャの帽子をかぶった頭でうなずき、元気づけるように片方の眉を上げては、「よう、元気出せよ、頑張れよ!」と言う。ジャーンダイス氏も何度も顔を見せ、アラン・ウッドコートはほとんどいつもいる。二人には、大きく隔たった人たちの人生にこの無作法な浮浪児が巻き込まれたことが、不思議に思えてならない。騎兵もまたしばしばやってきては戸口狭しとばかりに筋骨たくましい姿を現し、そのありあまる体力と生命力がジョーに一瞬力を付与するように見える。ジョーは彼の陽気な言葉に対して、かならず普段より元気に返事する。

今、ジョーは眠っているのだろうか、朦朧《もうろう》としているのだろうか、着いたばかりのアラン・ウッドコートは彼のかたわらに立ち、そのやつれた姿を眺める。やがて、子供を見ながら――かつて法律関係の書類の代書人の部屋でそうしたように――枕元にそっと座り、彼の胸と心臓のあたりをさわる。荷馬車はほとんど停止寸前だが、もう少しだけ動き続ける。

騎兵はじっと静かに戸口に立っている。低い金属音を立てて仕事をしていたフィルは、小さなハンマーを握ったまま手を止める。ウッドコートは職業的な注意と関心を示す真剣な面持ちであたりを見回し、意味ありげに騎兵に目をやり、テーブルを外に出すようフィルに合図する。ハンマーが次に使われる時には、小さな一点の錆《さび》がついているだろう。

「ジョー！　どうしたんだ？　怖がることはないぞ」

「おいら」びくっとしたジョーはあたりを見回す。「おいら、またトム・オール・アローンズに戻ったような気がしてたんだ。ここにいるのはウッドコット先生だけ？」

「ああ、そうだ」

「トム・オール・アローンズに連れて帰られたんじゃないよね？」

「大丈夫だよ」

ジョーは目を閉じて、「ありがとと」とつぶやく。

しばらくじっと彼を観察した後、アランは口を子供の耳にうんと近づけて、小声ながらはっきりと、「ジョー、お祈りの言葉を何か知ってるかい？」と訊く。

「いんや、ぜんぜん知らない」

「短いお祈りも？　全然？」

「うん。ぜんぜん。いちどサングズビーさんとこで、チャドバンズさんが祈ってたのを聞いたけど、なんだか、おいらに言ってんじゃなくて、自分に言ってるみたいだった。あの人、いっぱいお祈りしてたけど、おいらにはなんのことかちっともわからなかった。ほかの時に、トム・オール・アローンズにはいろんな人たちが何度もお祈りをしに来たよ。でも、たいていは、だれそれの祈り方がまちがってるとかいう話だけで、おまけに、みんなひとりごと言ってるみたいだった。ほかの人の悪口ばかり言って、おいらたちに話しかけてるんじゃないんだ。みんななんにも教わらなかったよ。おいらには結局なんのことかわかんなかった」

これだけ言うのにかなりの時間がかかる。この声を聞き慣れ、注意深く耳を傾ける者のみが聞きとることができ、聞きとった上で理解できただろう。再び眠ったか、朦朧状態に入った後、突然ジョーはベッドから起き上がろうとする。

「ちょっと待て、ジョー！　どうしたんだ?」

「おいら、もう、あそこのお墓に行かなきゃ」ジョーは興奮した表情を浮かべて返事する。

「おとなしく寝てるんだ。いったい誰のお墓だね?」

「おいらによくしてくれたあの人が埋められてるところだよ、ほんとによくしてくれたんだ、あの人。おいら、もう、あそこのお墓に行って、あの人の隣に入れてもらうよう頼まなきゃ。あそこに行って、埋めてほしいんだ。あの人、いっつもおいらに言ってた、「ジョー、今日はお前と同じくらい貧乏だ」って。おいら、あの人に、「今はおいらもあんたと同じくらい貧乏で、いっしょに埋めてもらいに来たよ」って言うんだ」

「今すぐにじゃない、まあ、いずれな」

「ああ！　たぶん、おいらが一人で行っても、言うとおりにはしてもらえないよね。

先生、約束してくれる？　おいらをあそこまで連れてって、あの人といっしょに埋めてくれるって？」

「ああ、いいとも」

「ありがと、先生、ありがと。おいらを中に入れる前に、まず、門の鍵を持ってこないといけないよ。いつでも鍵がかかってんだ。あそこに階段があって、おいら、よくそこをほうきで掃いてた――暗くなってきたね。もうじき明るくなる？」

「ああ、じきに明るくなるよ」

もうじきだ。荷馬車はがたが来て、でこぼこの道もついに終わりに近づく。

「かわいそうなジョー！」

「声は聞こえるよ。でも、まっ暗だ。おいら、手さぐりでないと――手さぐりで――先生、手をにぎっておくれ」

「ジョー、私の言うことをそのとおり言えるかい？」

「先生の言うことならなんでも言うよ。いいことに決まってるから」

「天にまします」

「天にまします！――ああ、感じいいね」

「我らの父よ」

「われらの父よ――もうじき明るくなる?」

「もうじきだ。願わくは御名《みな》を崇めさせたまえ!」

「ねがわくは――みなを――」

明かりが暗い夜の道にさす。御臨終です!

御臨終です、女王陛下。御臨終です、貴族ならびに紳士の皆様。御臨終です、あらゆる有徳、無徳の聖職者の皆様。御臨終です、天与の憐情を心に宿す皆様。こうして我々のまわりで毎日、人は死んでいくのであります。

第四十八章　近づく最期

リンカーンシャーの屋敷は再び数多い目を閉じ、ロンドンの別邸が目を開ける。リンカーンシャーでは、デッドロック家の御先祖様たちが額縁におさまってまどろみ、弱い風が細長い客間を小声で吹き抜けると、彼らが規則正しく息をしているような音がする。ロンドンでは、現在のデッドロック家の御当主が炎の目を持つ馬車に乗って夜の闇の中を駆けていく。当家のマーキュリーたちはへりくだった従順さを示す灰〔ヨナ書三章六節〕（つまり、髪粉《かみこ》）を頭にまぶして、玄関の小さな窓にもたれかかって眠い朝を過ごす。一周十キロはあろうかという大がかりな球体をなす上流社交界が盛り上がりを示すと、太陽系の諸惑星も定められた距離をおいて敬意をもって運行する。

　レディー・デッドロックは最も多く人が集まり、最も照明が明るく、最も洗練された優美さが味わえるところにいる。自分が獲得した光り輝く高みを留守にしたりはしない。

望みさえすれば何でもプライドという鎧の下に隠しおおせた自分に対するかつての信念は瓦解してしまったが――今日彼女を取り囲む者にとって明日の彼女が同じ価値を持つという何の保証もないが――羨望の眼差しにさらされている時に、屈したりうなだれたりするのは彼女の性格ではない。彼女は最近ますます美しく、ますます気位が高くなってきたという噂がある。ぐったりした従弟は言う――美人の百貨店……彼女一人で在庫十分……しかし、ちょっとこわい類い……ああ……厄介な女……夜も寝ず……世の中めちゃくちゃに……シェイクスピア〔夢遊病のマクベス夫人を指す。『マクベス』五幕一場〕。

タルキングホーン氏は何も言わず、何の様子も見せない。今も、これまでと同じように、部屋の戸口に立ち、よれよれの白いネッカチーフを旧式にゆるく締め、高貴な人々の愛顧を受け、何の合図も送らない。ありとあらゆる男性の中で、彼は奥方に影響を与える力が最もなさそうな人間に見える。ありとあらゆる女性の中で、彼女は彼を恐れる気持ちが最もなさそうな人間に見える。

チェズニー・ウォルドの塔の部屋で最後に会って以来、一つのことが彼女の心に引っかかっている。彼女は今それにけりをつける決心をする。

時刻は偉大な社交界の時計では朝、卑小な太陽によれば午後である。マーキュリーたちは窓から外を見ているのに疲れ、玄関ホールで休息をとる。このきらきらした連中は盛りを過ぎたヒマワリのように重い頭を垂れる。彼らの服の垂れ飾りや縁飾りも、盛りを過ぎたヒマワリのように、ずいぶんくたびれている。サー・レスターは書斎で議会の委員会報告書を読みながらお国のために睡眠中。ローザもそこにいる。レディー・デッドロックはガッピーという名の若者に面会した部屋で座っている。奥方様のために書き物をしたり、本を読んで聞かせたりして、今は刺繍か何か、綺麗なものを作っている。彼女がうつむいてかがみ込みながら仕事をする様子を、奥方は黙って見ている。今日そうするのは今が初めてではない。

「ローザ」

村の乙女のかわいい顔が明るくなる。だが、奥方様の顔が真剣そのものなのを見て、驚き、困惑する。

「ドアを見てきて。ちゃんと閉まってる？」

はい、と返事してローザはドアを見て帰ってくる。そして、さらに驚きを増した様子を見せる。

「これからおまえに秘密を打ち明けます。おまえの判断力はともかく、忠誠心は信頼できるとわかっていますから。今から、少なくとも、自分をつくろったりせずに、おまえに告白します。これからのことは二人だけの秘密です」

臆病な美女はきわめて真剣に、信頼にお応えします、と約束する。

「おまえは知ってるの？」奥方は彼女に椅子を近くに寄せるよう合図する。「ローザ、おまえは知ってるの、わたくしがおまえにはほかの者と違う態度で接しているということを？」

「はい。うんと優しくしていただいてます。私、奥方様のほんとのお姿を存じあげてるような気がよくします」

「わたくしのほんとうの姿を知っている？　哀れな子！」

彼女は一種の軽蔑を交えてそう言う――ただし、ローザに対する軽蔑ではない――そして、物思いにふけりながら、夢でも見ているように彼女を眺める。

「ローザ、おまえは自分がわたくしの慰めになっていると、助けになっていると思う？　若くて、素朴で、わたくしに好意をもって恩義を感じているおまえがそばにいて、わたくしが喜んでいると思う？」

「わかりませんです、奥方様。そんな大それた望みは持てません。でも、本心、そうなればいいと思ってます」

「だいじょうぶ、実際そうなのです」

目の前にある美しい顔の暗い表情を見ると、ローザのかわいい顔に喜びが迸《ほとばし》るのが止まる。彼女はこわごわ説明を求める。

「今日この屋敷を去りなさい、わたくしのもとを離れなさいとおまえに言わねばならないとしたら、わたくしは辛くて、不安で、さびしい思いをするでしょう」

「奥方様！　私のせいでお気を悪くなさったのでしょうか？」

「いいえ、違います。こっちにおいで」

ローザは奥方の足元にある足置きの上にかがみ込む。忘れ難い鉄工所の親方事件の夜に見せた母親じみた仕草で、奥方は手を彼女の黒髪の上に優しく置き、じっとそうしている。

「言ったでしょ、ローザ、おまえには幸せになってほしいって。もしわたくしの手でこの世の誰かを幸せにできるなら、おまえを幸せにしてあげたい。でもそれができない。わたくし、あることを知りました。おまえには何の関係もないのだけれど、そのことがあるから、おまえはここにいないほうがいい。おまえはここにいてはなりません。わたくしは決めました。おまえの恋人の父親に手紙を書きました。明日ここに来てもらいます。おまえのためにここまでしてあげたのです」

娘は泣きながら彼女の手にキスし、奥方様のもとを離れたらどうしましょう、どうしたらいいでしょう、と言う。レディー・デッドロックは彼女の頬にキスするだけで、何も答えない。

「もっと恵まれたところで幸せになりなさい。愛されて、幸せにおなり！」

「奥方様、時々考えたのですけれど――どうか、おこがましいことを申しあげるのをお許しください――奥方様はお幸せではないのでは？」

「わたくしが？」

「私をよそにやったら、幸せになられるのでしょうか？　どうか、どうか、考え直してくださいませ。もう少しここにいさせてください！」

「いいこと、さっき言ったでしょ、わたくしは自分のためではなく、おまえのためを思って行動するのです。もう手遅れです。ローザ、おまえにとってのわたくしは今のわたくしです、これから少し先のわたくしではありません。それを忘れず、秘密を守るのよ。それだけはわたくしのためにしておくれ。二人の間はこれでおしまい！」

レディー・デッドロックは純朴な側仕えから身を離し、部屋を後にする。午後遅くになって、階段に姿を見せる時、彼女は最も高慢で、最も冷ややかな状態にある。すべての情熱や感情や関心は早々と地球の創生期に磨《す》り減ってしまい、雲隠れしたもろもろの怪物と共に地表から消滅したかのように、無頓着そのもの。

彼女が姿を見せたのは、マーキュリーがラウンスウェル氏の到着を告げたからだった。ラウンスウェル氏は書斎にいるわけではないが、彼女は書斎に向かう。サー・レスターがそこにいる。先ず彼に話がある。

「サー・レスター、ちょっとお話が——あら、お忙しいのですか？」

いや、とんでもない！　全然忙しくありません。タルキングホーンさんがいるだけです。

いつでもそばにいて、どこにでも現れる。彼からは一瞬たりとも安全でいられない。

「失礼しました、奥方様。席を外しましょうか？」

彼女は、顔でははっきり「そうしようと思えば居座れるのはわかっているくせに」と言うが、その必要はありませんと口にし、椅子に向かって歩いていく。タルキングホーン氏はぎこちなくお辞儀をしてから、彼女のために椅子を少し前に出し、反対側の窓際へ引き下がる。氏は、今や静まりかえった街路を照らす弱まりゆく陽の光と彼女の間に立っているので、その影が彼女の上に落ち、彼女の前をすっかり暗くする。ちょうど同じ要領で、彼は彼女の人生を暗くする。

外の通りはどうあがいても退屈そのもので、二列に並んだ家が厳しい顔をして睨み合い、一番大きな五、六軒の屋敷にはもともと石で造られたというよりも、睨まれてゆっくり石になってしまったような趣がある。この何とも沈鬱な威厳に満ちた通りは、意地でも元気など出してやるものかと決めて、ドアや窓は黒い塗料と埃で独特の陰気臭い重々しさを保っている。裏手にある、音のよく響く厩舎は、高貴な彫像を乗せて走る石の馬を格納しておくためにしつらえたかのように、無味乾燥で重厚な外観を呈している。この殺風景な通りに面した石段には鉄製の複雑な飾りが巻きつき、石化した邸宅の玄関からは時代遅れの消灯器（松明の火を消すための、中が空になった円錐形の器）が、成り上がり者のガス灯に驚いてあんぐり口を開けている。そこここで、小さい貧弱な鉄製の輪が、今では姿を消したオイル・ランプの尊い思い出に献じられ、錆《さ》びついた葉飾りの中に居座っている（この輪は現在、勇ましい子供たちが友人の帽子を放り投げてそれに通す時にのみ使用される）。いや、オイルもまだ、底に牡蠣《かき》のような突起があるガラス製の小さい珍妙な壺の中に長い間とどまって、貴族院に参じる保守反動的な御主人様のように、毎晩新しいガスの明かりに不機嫌に目をしばたたかせている（旧式のランプは、念入りな装飾を施した鉄製の柱の上についた輪からぶら下げたガラスの壺の中でオイルを燃やした）。したがって、タルキングホーン氏の背後にある窓を通して、椅子に座ったレディー・デッドロックが眺めたいと思うものはあまりない。しかし――だが、しかし――彼女は、その邪魔な姿をどうしても取り除きたいという強い望みを示すような視線をそちらに投げかける。

サー・レスターは奥方に、で、何を言おうとされていたのですかな、と丁重に尋ねる。

「わたくしと約束があって、ラウンスウェル氏がやってきました。あの娘の問題は決着をつけた方がいいでしょう。もう、ほんとに、うんざりしましたから」

「どうすれば――よろしいのですか――それには？」と、サー・レスターはかなり疑わしげに訊く。

「ここであの人に会って片づけてしまいましょう。ここへ通すよう言ってくださいな」

「タルキングホーンさん、すまんが、呼び鈴を鳴らしてもらえるかな――どうも」サー・レスターはすぐに客人の正確な職名を思い出せなかったので、「鉄の人をこちらへ案内するように」と下僕に言う。

マーキュリーは鉄の人を探すために立ち去り、発見し、連れてくる。この鉄分を含有する御仁《ごじん》をサー・レスターは慇懃《いんぎん》に迎える。

「御機嫌いかがですかな。どうぞお座りください。（こちらは当家の弁護士、タルキングホーンさんです。）ラウンスウェルさん」サー・レスターは厳《おごそ》かな手の一振りで巧みに相手を移動させる。「奥があなたと話がしたいと申しております。おほん！」

「レディー・デッドロックの有り難いお言葉を喜んで拝聴させていただきます」と鉄の人は答える。

彼は彼女の方を向く。前回ほどのいい印象は持てない。よそよそしい、傲然とした態度が彼女のまわりに冷たい雰囲気を作っている。前の時のような、率直な意見を求める趣はどこにも見あたらない。

「どうでしょう」レディー・デッドロックは疲れた様子で尋ねる。「息子さんの気まぐれについいて、本人とあなたとの間で何かお話があったのでしょうか？」

こう問いかけた時、その物憂い目で彼に一瞥を与えることすら、彼女には億劫《おっくう》なように見える。

「私の記憶に間違いがなければ、前回お会いした時、息子に――気まぐれを――捨てるようちゃんと忠告します、と申しあげました」鉄工所の親方は奥方の用いた表現を少しばかり強調して繰り返す。

「で、そうなさったんですの？」

「ええ！　もちろん、そのとおりにいたしました」

サー・レスターはうなずいて、その行動を認可する。まことにもっともだ。鉄の人はそうすると言ったのだから、そうせねばならない。この点においては、卑金属も貴金属も変わりはない。まことにもっともだ。

「それで、息子さんは言うことを聞いたのですか？」

「確たる答えはいたしかねます。残念ながら、聞いたとは言えますまい。たぶん、もっと時間をかけないとだめでしょう。私どものような下々の人間は時々自分のしっかりした考えと——気まぐれとを——ごっちゃにしてしまいまして、それを簡単に捨てられなくなってしまいます。どちらかと言うと、私どもは真剣になる性格のようで」

サー・レスターはこの表現にワット・タイラー的な意味合いが隠されているような危惧を覚え、いささかむっとする。ラウンスウェル氏の物腰はきわめて愛想よく礼をわきまえたものであるが、その範囲内で、相手の出方に合わせて言葉の調子を変えている。

「こんな風に訊いたのは」奥方は続ける。「わたくし、このことについてずっと考えていたからです――とても退屈な問題でしたけれど」

「まことに遺憾に存じます」

「サー・レスターがおっしゃったことも、ずっと考えておりました。わたくし、まったく同感です」サー・レスターは嬉しく思う。「息子さんの気まぐれがおさまったという保証がない限り、問題の娘はここを去らねばなりません。それがわたくしの結論です」

「そのような保証を与えることはできかねます、レディー・デッドロック。とても無理です」

「それなら、あの娘に暇を出しましょう」

「ちょっとお待ちを」サー・レスターは思慮深く割って入る。「もしかしたら、そのような措置は娘を不当に傷つける結果になるやもしれません。この娘は」サー・レスターは本件を皿にのせた料理のように右手でいかめしく差し出す。「幸運にも高雅な貴婦人の目にとまり、重用され、その貴婦人の保護のもとで暮らし、かくなる身分が与えるさまざまな利点を享受してきました。あのような身分の若い娘にとっては、その利点は、疑いなく、まことに大きい――私は、疑いなく、まことに大きいもの――と信じておりますが、ですから、問題は、その娘ははたしてそういった多大の利点を奪われてよいものか、ということです。ただ単に彼女が」サー・レスターは鉄工所の親方に向けて、謝るように見えながらも威厳に満ちた様子でうなずき、演説を締めくくる。「ラウンスウェル氏の息子さんの注意を引いたというだけで？　はたして、彼女はこれほどの罰を受けるに値するのか？　それは正当な処置であろうか？　これが前からの了解事項であったのか？」

「失礼ながら」ラウンスウェル氏の息子の父親は口を挟む。「すみません、サー・レスター、皆までおっしゃる必要はございません。つまり、その点は御放念願います。この件についての私の最初の考えは――そんなくだらぬことはいちいち覚えておられないでしょうが――もし覚えておられるならば、私の最初の考えは、彼女がここに残ることには反対だ、というものでした」

デッドロック家の寵遇を放念しろだと？　何ということを！　サー・レスターには由緒ある祖先から受け継いだ耳を信じる義務がある。でなかったら、彼は鉄の人の意見を伝達した我が耳を疑ったかもしれない。

夫君が驚いて息をのむ以上のことができるようになる前に、奥方は最大限に冷ややかな口調で言う。「お互い、そのような問題に立ち入らなくともよいでしょう。この娘はとてもいい子です。わたくしは何の不満もありません。とはいえ、これまでのところ、彼女は自分がどれだけ運よく恵まれているかに考えがおよばず、恋をして――恋をした気になって、と言うべきでしょうか――自分の立場の有り難みがわからないのです」

サー・レスターは、それなら話はまったく変わってきます、と恭《うやうや》しく述べる。奥にはちゃんとした理由があることぐらいわかっているべきでした。奥とまったく同意見です。娘は下がらせた方がよろしい。

「前にこの問題でわずらわされた時、サー・レスターが申しましたとおり」レディー・デッドロックはけだるそうに続ける。「こちらとしてはあなたと交渉することなどできません。とにかく、娘は暇をとった方がいいのです、今の状態では。あの子はここには向きません。本人にもそう言いました。村に戻した方がいいですか、それともあなたが連れて帰るのですか、どうするのがいいでしょう?」

「レディー・デッドロック、率直に申してよろしければ――」

「どうぞ」

「――私としては、最も速やかに奥方様の面倒を取り除き、娘を今の務めから解き放つ方策を選びたいと存じます」

「同感です」彼女は相変わらず無関心を装って答える。「こちらも率直に言わせてもらえば。では、あの子を連れて帰るのですね?」

鉄の人は鉄のお辞儀をする。

「サー・レスター、呼び鈴を鳴らしていただけます?」タルキングホーン氏が窓辺から歩み出て、紐を引く。「あなたのことを忘れていました。ありがとう」彼はいつものお辞儀をし、そそくさと元の位置に戻る。マーキュリーはただちに姿を見せ、誰を連れてくるか指示を受け、滑るように動き、当該の人物を連れてきて、立ち去る。

ローザは今までずっと泣いていた。まだ悲しんでいる。彼女が入ってくると、鉄工所の親方は椅子から立ち上がり、彼女の腕をとる。そして、部屋から出る前にドアのそばで彼女と並ぶ。

「いいこと、その方がおまえを連れていって」奥方はいつもの物憂い調子で言う。「ちゃんと預かってくださるのです。おまえはいい子だと言っておきました。何も泣くことはありません」

「どうやら」タルキングホーン氏は手を後ろで組み、少しばかり前に出てくる。「屋敷を去るのが悲しいようですな」

「いや、育ちが悪いだけです」出てきた弁護士を標的として歓迎するかのごとく、ラウンスウェル氏はただちに言い返す。「経験もない子供で、泣かなくてもよいのがわからないのです。ここにとどまっていれば賢くなったでしょうが――言うまでもなく」

「言うまでもありません」タルキングホーン氏は悠然と答える。

ローザは、奥方様のもとを離れるのは辛うございます、チェズニー・ウォルドでは幸せでした、奥方様にお仕えできて幸せでした、と泣きじゃくり、何度も奥方に礼を言う。

「さあ、行こう、ばかな娘だ！」鉄工所の親方は小声で叱るが、その声は怒っていない。「元気をお出し、ワットが好きなら」奥方はただ手を振って彼女を追いやる。「いいから、泣くのはおよし。いい子だから、もう行きなさい！」サー・レスターはこの話題から厳かに身を遠ざけ、お気に入りの青い上着という聖域の中へ引きこもる。タルキングホーン氏は、今ではあちこちにガス灯が点灯した暗い通りを背にしてはっきりその姿が見えない。しかしそれは、奥方の目には前よりも暗く大きくなっている。

「サー・レスター、レディー・デッドロック」ラウンスウェル氏は少しの間《ま》の後に言う。「では、失礼いたします。私の責任ではありませんが、この退屈な話題で再度お二方をわずらわせまして、申し訳ございません。この些細な事柄が奥方様にとって何とも厄介な問題になってしまったことを、私はよく理解しております、ほんとうです。もし私が自分の対応に満足できないとしたら、それは、それはただ、最初から自分の権威にものを言わせて、あなたがたに御迷惑をかけずにこの娘をここから連れ去っておけばよかったと思うからです。しかし、おそらくは事の重要性を過大に見積もったがために、事情をお二方に説明するのが礼儀であり、そちらの希望や都合を考えるのが公正なやり方だと考えてしまったのです。上流社会の流儀に通じていない点、どうぞ御海容を願います」

この言葉によって聖域から呼び出されたと感じたサー・レスターは、「ラウンスウェルさん、どうぞ御心配なく。弁解は無用です、お互いに」と言う。

「そう伺って安心しました。最後に一言よろしいでしょうか。私は前に、母と御当家との長い御縁と、それが双方に対して持つ大きな意味合いについて述べました。またその点に戻るのですが、今私の腕にすがるこの娘が、別れ際にただならぬ忠誠心と愛着を示しましたのも、おそらくは母の感化があるのでしょう——もちろん、優しい御配慮をたまわり、気さくで親切に接してくださった奥方様の影響の方が大きいのは間違いありませんが」

この発言が皮肉を意図したものなら、それは彼が思っている以上に真実をついている。だが、奥方がいる、部屋の暗いところに向かってこう言った時、彼の話し方は普段の率直な物言いと少しも変わらない。サー・レスターは別れの挨拶を返すために立ち上がる。タルキングホーン氏が再び呼び鈴を鳴らし、マーキュリーがまた飛んできて、ラウンスウェル氏とローザは屋敷を去る。

次いで蠟燭が部屋に運ばれ、タルキングホーン氏が依然手を後ろで組んで窓辺に立ち、正面にいる奥方が昼の景色に次いで夜の景色を見るのもまた妨げている姿が照らし出される。彼女はとても青ざめた顔をしている。彼女が部屋から出ようと立ち上がった時、タルキングホーン氏はそれに気づいて、こう考える。「ふむ、さもありなん！　この女の精神力には驚かされるわい。ずっと芝居をしていたわけだから」しかし、芝居なら彼だってできる――十年一日のごとく何も変わらない人物という役回りだ――彼女のためにドアを開ける氏の姿を、五十人の目がそれぞれサー・レスターの五十倍の眼力をもって観察したとしても、その演技の欠点をどこにも見つけることはできないだろう。

今晩レディー・デッドロックは一人自室で夕食をとる。サー・レスターは議会から召集がかかり、ドゥードル派を助けクードル派をくじくために出陣せねばならない。夕食のテーブルにつき、依然真っ青な顔をした奥方は――その姿はぐったりした従弟の教説を見事に例証している――サー・レスターはもう出かけられたの、と尋ねる。はい、奥方様。タルキングホーンさんは？　まだでございます。しばらくして、彼女はもう一度尋ねる。もう帰った？　いいえ。いったいあの人何をしているの？　書斎で手紙を書いておられると思います、とマーキュリーは答える。タルキングホーン様との御面会を御所望で？　とんでもない。

だが、向こうは奥方様に会いたがる。数分後、彼は召使をよこして、食事がすまれたら、そちらに伺いますので、ちょっとだけお時間を拝借できませんでしょうか、と言ってくる。では、今からどうぞ。彼はやってきて、まだ食事中でいらっしゃいますのに、お許しを得たとはいえ、お邪魔して申し訳ございません、と謝る。二人きりになると、奥方はそのような虚礼を手で払いのける。

「何が望みなのです？」

「奥方様」弁護士は彼女から少し離れて椅子に座り、古びた脚をゆっくり何度もさする。「奥方様のとられた行動には驚きました」

「そう?」

「はい、まったくもって。まるで予想しておりませんでした。これは我々の合意に、奥方様のお約束に、反することです。我々はまったく新しい立場に置かれました。この事態は承認し難いと言わざるを得ません」

彼は脚をさするのを止め、手を膝に当てて彼女をじっと見る。冷静で常に同じ態度を保ってはいるが、彼の仕草には、今までにはなかった、何とも言えない厚かましさがある。彼女はそれを見逃さない。

「意味がわかりませんが」

「いえ、おわかりですとも。わかっていらっしゃるでしょう。奥方様、化かし合いをやっている暇はありません。奥方様はあの娘を好いておられます」

「それで?」

「奥方様は御自分がおっしゃった理由で彼女に暇を出されたのではありません。それは自ら御承知でしょうし、私も知っています。彼女をできる限り――仕事柄、無遠慮に申しあげるのをお許しください――御自身にふりかかるであろう非難や叱責から遠ざけようとなさっています」

「それで？」弁護士は脚を組み、上の方の膝をさする。「私はそれが困ると申しあげているのです。危険な行動です。不必要な行動です。おそらく屋敷の中で臆測や、疑惑や、風評などを呼び起こすでしょう。加うるに、それは我々の合意を破るものです。奥方様は今までどおりの振る舞いをなさる約束でした。それなのに、奥方様も私同様よくおわかりのはずですが、今晩は以前とは全然違う行動をなさいました。いやはや、まったく、明白に違う行動をなさいました！」

「わたくしの秘密がある以上――」と奥方は言いかけるが、彼はそれをさえぎる。

「奥方様、よろしいですか、我々の合意は契約です。契約においては基本的な条件は絶対明確にしておかねばなりません。それは今や奥方様の秘密ではありません。よろしいでしょうか。そこが間違いです。それはサー・レスターと御当家のために私が預かっている秘密なのです。奥方様の秘密であるなら、我々はここにいて話をする必要はありません」

「確かにそのとおりです。例の秘密がある以上、近々わたくしの恥が明るみに出る時に罪のない娘が巻き込まれないよう、尽力してやろうという気になったとしたら——何しろ、わたくしの身の上話をチェズニー・ウォルドの客人の前で披露した時に、あなたが彼女のことを口にしたので——それは重々考えた上での決断です。誰が何と言おうと、その決心は変わりませんし、わたくし、断固揺るぎません」彼女は言葉を選びながら、はっきりこう述べる。弁護士と同じで、内なる情熱は外に出さない。一方、弁護士にしてみれば、相手は取引に用いられる感情のない道具のようなものだから、彼は機械的に契約事項について弁じる。

「そうですか？　では、奥方様は信用なりません。今、非常にはっきりと、正確に、お気持ちを述べられました。それを伺いますと、私は今後奥方様を信用するわけにはまいりません」

「チェズニー・ウォルドで晩に話した時、わたくしはこのことが気にかかると言いました。覚えているでしょう」

「はい」タルキングホーン氏は落ち着きはらって腰を上げ、炉辺に立つ。「覚えております。奥方様は確かに娘の件を持ち出されました。しかし、あれは我々が合意に至る前のことです。あの合意は字句においても精神においても、私の発見以後、奥方様がいかなる行動をとることも禁じていました。その点に何の疑いもありません。娘をかばうとおっしゃいますが、あれにどれだけの価値が、重要性があるのですか？　かばうですと！　奥方様、御当家の名誉が地に堕ちんとしているのですぞ。取る道は一本しかありますまい——何物をも乗りこえて、右にも左にもよらず、邪魔物は一切無視し、容赦なく、すべてを踏みにじって、真っ直ぐに進むのです」

奥方はじっとテーブルを見ていたが、目を上げて彼を見る。彼女は厳しい表情を浮かべ、下唇を嚙んでいる。再び彼女が目を下げた時、「この女はこちらの言い分を理解している」とタルキングホーン氏は思う。「自分は救われない。なのに、どうして他人を救わねばならないのか？」

しばし二人は沈黙を守る。レディー・デッドロックは夕食には手をつけないが、しっかりした手つきで二、三度水を注いで飲む。彼女はテーブルから立ち上がり、寝椅子に横になり、手をひさしのように顔の上にもってくる。その振る舞いに弱さを表したり、同情心を搔き立てるようなところはない。沈鬱な物思いにふけり、精神を集中させている。炉辺に立つタルキングホーン氏は、再び、彼女の視界をさえぎる暗い物体となる。「この女はなかなかの見物《みもの》だ」と彼は考える。

しばらく何も言わず、彼はゆっくり奥方を眺める。彼女の方もゆっくり何かを眺めている。こちらから最初に口を開くつもりはない。真夜中までそこに立っていても何も言ってくれそうにないので、さすがのタルキングホーン氏も自ら沈黙を破らざるを得ない。

「レディー・デッドロック、この会見の最も不愉快な部分がまだ残っております。しかしながら、ビジネスはビジネスです。我々の合意は破棄されました。奥方様は分別も気骨もお持ちですから、私がこの合意は無効と宣言し、独自の道を選ぶと申しましても、その覚悟はできておられるでしょう」

「覚悟しています」

タルキングホーン氏は軽くうなずく。「当方の用件は以上です」

氏が出ていこうとすると、奥方は、「今のがわたくしが受ける約束になっていた警告ですか？　誤解したくありませんから」と尋ねて彼の足を止める。

「厳密に言いますと、若干異なります。なぜなら、先日申しました警告というのは我々の合意の遵守を前提にしているからです。ただ、実際上は同じです。実際上は。弁護士の頭の中にある理屈の上では異なりますが」

「では、もう警告はないのですね？」

「はい、ありません」

「今夜、サー・レスターに真実を告げるのですか？」

「単刀直入の質問ですな！」タルキングホーン氏はかすかな笑みを浮かべ、手で隠された顔に向かって用心深く頭を振る。「いえ、今晩ではありません」

「では、明日ですか？」

「あらゆる点を考慮に入れますと、その質問には答えない方がいいでしょう。いつとははっきりわかりませんと答えても信用してもらえない、つまり、答えにならないのですから。明日かもしれません。それ以上は言いたくありません。奥方様は覚悟はできているとおっしゃる。当方としては、見込みのない望みを抱いてもらいたくありません。では、これで失礼いたします」

彼女は手をのけて、青ざめた顔を向けて彼が静かにドアまで行くのを見守り、いざドアを開けようとしたところで、再度彼を止める。

「今日はまだ屋敷に残るつもりですか？　書斎で書き物をしていたと聞きましたが。あそこに戻るのですか？」

「帽子を取りに行くだけです。それから家に帰ります」

彼女は頭ではなく、目を下げる。そのほんの僅かな動きは不思議なものだ。彼は退出する。部屋を出たところで自分の懐中時計を見るが、一分ほど狂っているように思う。屋敷の廊下には豪勢な時計が置いてあり、これは豪勢な時計にはあまりないことだが、正確さで名高い。「さて、お前は何と言う?」タルキングホーン氏は置き時計に問いかける。「お前は何と言う?」

もしその置き時計が、「うちへ帰ってはいけません!」と言ったとしたらどうだろう。これまで時を刻んできた日の中でよりによって今日、これまでその置き時計の前に立った、老いも若きも、すべての人の中でよりによってこの老人に向かって、「うちへ帰ってはいけません!」と言ったとしたら、どれだけ名高い時計になっただろう! その置き時計は鋭い、澄んだ音で、七時四十五分を告げ、またカチカチと時を刻む。「おや、お前は思ってた以上に狂っとる」タルキングホーン氏は懐中時計にぶつぶつ小言を言う。「二分も違うぞ。この調子では、私より先にお陀仏《だぶつ》だな」もし、その時計がそれに答えて、「うちへ帰ってはいけません!」と告げたなら、善をもって悪に報いる〔箴言十七章十三節〕、何と立派な時計になっただろう!

彼は通りに出て、背中の後ろで手を組み、背の高い家々の陰を歩き続ける。そこに並ぶ多くの家の秘密、困窮、抵当など、あらゆる種類の微妙な問題が、彼の古臭い黒いサテンのチョッキの下に貯め込まれている。彼は家々の煉瓦《れんが》とセメントの秘密まで知っている。背の高い煙突は彼に一家の秘密を送信してくる。しかし、煙突が一キロばかり立ち並んでいても、その中で一つとして、「うちへ帰ってはいけません！」と囁《ささや》くものはない。

彼は低級な通りの賑やかな動きの中を、たくさんの馬車の音、足音、話し声の喧騒の中を、明るく輝く店の照明に照らされ、西風に吹かれ、群衆に押されていく。容赦なく押しやられる彼に会う誰も「うちへ帰ってはいけません！」と囁きはしない。氏はようやく退屈な自分の部屋に戻り、蠟燭に火を灯し、あたりを見回し、上を向いて、ローマ人が天井で指差しているのを眺める。今宵、ローマ人の指にも、彼のまわりの者たちの動きにも、「ここへ戻ってきてはなりません！」と遅まきの警告を与える新しい意味は読み取れない。

今宵は月明かりの夜だ。しかし、十五夜を過ぎた月は、今頃になってようやくロンドンという茫漠とした広がりの上に昇る。星はチェズニー・ウォルドの塔の鉛屋根の上で輝いていた時のように輝いている。（タルキングホーン氏が最近採用するようになった呼び名を拝借すると）この女は窓からそれを眺めている。心中は大いに乱れている。気分が悪く、落ち着きがない。屋敷の大きな部屋は窮屈で狭苦しい。その圧迫感に耐えられず、彼女は一人ですぐそばの庭の中を歩きたいと言う。

彼女は常に気まぐれで横柄だから、何をしてもまわりの者はあまり驚かない。軽くシヨールをかけて、この女は月明かりの中に出る。マーキュリーは鍵を持ってついてくる。庭の門を開けた後、求めに応じて鍵を彼女に渡すと、屋敷に戻るよう命じられる。彼女は頭が痛いので、しばらく散歩すると言う。もしかしたら一時間か、もう少し。お供はいりません。ばねのついた門は大きな音を立てて閉まり、マーキュリーは彼女を置いて去る。彼女は木々の暗い翳《かげ》に入っていく。

よく晴れた夜で、月は明るく大きく、星もたくさん出ている。タルキングホーン氏は地下室におもむき、音を立てて響くドアを開け閉めする。その途中で、牢獄のような中庭を横切ることになる。彼は何気なく空を見上げて思う――何ともよく晴れた夜、明るく大きな月、たくさんの星！　静かな夜。

実に静かな夜だ。月が明るく輝き、そこから孤独と静寂が放出されるような感がある。その力は活気溢れる人ごみにすら及ぶ。静かになっているのは埃っぽい街道や、のんびりと広がる田園を望む山の頂上だけではない。空を背景に広がって灰色の幽霊を思わせる花をつけた木々の奥に入り込むほど静けさは増す。静かになっているのは庭や森や、氾濫の後にできた牧草地が生き生きと緑を茂らせている川の上や、居心地のよい小島と、ごぼごぼ音を立てる堰と、風にそよぐ葦《あし》の間をきらきら流れる川の上だけではない。静けさがあるのは、密集する家の間を川が流れるところや、たくさんの橋が水面に映るところや、波止場や船舶のせいで川が黒く恐ろしく見えるところや、川が美観を損なうこれらのものから離れて、岸に打ち寄せられた骸骨さながらに気味の悪い航路標識が立っている湿地帯を通り抜けるところや、麦畑と水車と尖塔がたくさんある丘陵部の斜面の間を川幅を広げながら進むところや、波打つ海と交わるところだけではない。帆を広げた船が(おそらく彼にしか見えない)光の道を横切るのを眺める沿岸監視員が立つ岸の上と、海の上だけが静かなのではない。よそ者にとってみれば荒れ野でしかない、このロンドンにすら何ほどかの安らぎがある。ロンドンの塔や尖塔、そしてかの巨大なドーム〔セント・ポール大聖堂〕も一層霊妙な趣を帯びる。青ざめた輝きの中では、煤《すす》に汚れた家々の屋根も下卑た感じがしなくなる。通りから聞こえてくる騒音も和らげられ、かすかになり、歩道の足音もより静かに消え去っていく。タルキングホーン氏の住むリンカーンズ・イン・フィールズという草地《フィールズ》では、普段は牧童たちが指穴のない笛を吹く（手練手管で囲いの中に誘い込んだ羊の毛を丸裸に刈り取る彼らの企みにも穴はない）。今宵ここでは月明かりの下、すべての音が混じり合って、かすかなブーンという響きを立てている──あたかもこの都会が巨大なガラスのコップと化して共鳴しているかのように。

あれは何の音だ？　誰だ、大砲かピストルを撃ったのは？　どこだ？

数人の歩行者が驚き、立ち止まって、あたりを見回す。いくつかのドアや窓が開いて、人々が顔を出す。銃声は大きく、あたりに轟然《ごうぜん》と響き渡った。家がぐらぐら揺れたぞ、と通りがかりの者が言う。おかげで近所の犬がみんな目を覚まし、激しく吠え始める。犬がまだ賑やかに吠えている間──悪魔のような遠吠えをする犬がいる──あちこちの教会の時計がこれまた驚いたかのように時を打ち始める。通りの雑音も叫び声のように大きくなる。しかし、じきにすべてはおさまる。一番遅い時計が十時を告げ始める前に、あたりはいったん静かになる。時計の音が止んだ後、晴れた夜と、明るい大きな月と、たくさんの星に再び平穏が戻る。

タルキングホーン氏の眠りはこれによって掻き乱されたのだろうか？　彼の窓は暗く静かで、ドアは閉じられている。よほど尋常ならざる事件でなければ、彼をこの殻から引っ張り出すことはできない。彼の姿を見た者も、彼の話をする者もいない。あの古びた老人が変わらぬ沈着ぶりを捨てるには、どれだけ強力な大砲が必要だろう？

例のしつこいローマ人は、何年間も、何の意味もなしに、天井から指差し続けてきた。今晩の彼が新たな意味を持っているとは考え難い。いったん指差せば、単純なローマ人らしく——いや単純な英国人らしくと言ってもよいだろう——一意専心ずっとその方向を指し示す。そう、間違いなく、あのとんでもない姿勢で、彼は一晩中何の役にも立たないのに指差している。月光、暗闇、夜明け、昇る太陽、昼。ローマ人はまだそのまま熱心に指差しており、誰も彼に注意は払わない。

しかし、日が昇って少し経つと、部屋を掃除する人たちが入ってくる。この時、ローマ人が前には表現していなかった何か新しい意味を持ったのか、それとも先頭を切って入ってきた者が狂ったのか、この者は伸ばされた手を見上げ、その手の示す下を見ると、叫び声を上げて走り去る。他の者たちも、先頭の者が目を落としたところを見ると、叫び声を上げて走り去る。外の通りは大騒ぎになる。

いったいどうなっているのだ？　暗い部屋に明かりは持ち込まれず、今までここに一度も足を踏み入れたことがない者がやってきて、静かにのっそり歩を進め、寝室に重い

ローマ人の持つ新しい意味

ものを運び込んでそこに置く。一日中、人々は囁き、ぐるぐる歩き回り、部屋の隅々を綿密に捜査し、足跡を慎重に辿り、用心深くすべての家具の配置を調べる。皆の目がローマ人を見上げ、皆の声が「彼が目撃したことを語ってさえくれれば！」とつぶやく。彼はテーブルを指差している。その上にはまだほとんど手つかずのワイン・ボトルと、グラスと、灯された後すぐに急いで吹き消された二本の蠟燭がある。彼は誰も座っていない椅子と、そのすぐ前の床にある、片手で覆うことができるほどのしみを指差している。これらは直接彼の指が示す範囲内にある。そういった物の中に、絵の残りの部分、すなわち、お供の太い脚の子供たちに加えて、雲や花や柱も――要するに、寓意画の全体が、その頭が――完全に狂ってしまうほど恐ろしい何かがある。興奮して想像力を働かせると、そんな風にさえ思えてくる。この暗い部屋に入り、これらの物を見ると、誰もが間違いなくローマ人を見上げる。畏れと謎に包まれたローマ人は、誰の目にも、体の動きと言葉を失った目撃者のように映る。

容易に覆い隠せるが容易に消し去れない、床の上のしみについて、間違いなくこれから先何年にもわたって、不気味な話が語られるだろう。天井で指差すローマ人は、埃と湿気と蜘蛛が許す限り、タルキングホーン氏の時代に持っていたよりもはるかに大きな、物騒な意味合いを持って、指差し続けるだろう。なぜなら、タルキングホーン氏の時代は完全な終局を迎えたからだ。ローマ人は氏の命を奪うべく挙げられた手を指差していたのだった。心臓を射貫かれ一晩中床にうつぶせに倒れていた氏を為す術《すべ》もなく指差していたのだった。

第四十九章　義務感に満ちた友情

元砲兵で現在はバスーン奏者、リグナム・ヴィータイことバグネット氏の所帯で、年に一度の大きな行事が執り行われる。饗宴と祝祭の一席、家族の一員の誕生を賀する会である。

バグネット氏の誕生日ではない。楽器販売業を続ける中で、その節目に際して氏はただ朝食前にいつもより愛情を込めて子供たちにキスし、昼食後にいつもよりたくさんパイプをふかし、夕方近くになると、哀れな老母はこの日についてどう考えるか思い巡らすだけである――彼女は二十年前にこの世を去ったのだから、この問題はいくら思案してもきりがない。ある種の男性は長じてのち父親をほとんど思い出さず、記憶の貯金通帳の中で、子としての愛情をすべて母親名義にしてしまうようだ。バグネット氏もその一人である。母の美点を大いに称讃する彼にとって、「善」は通常女性名詞になるのだろう。

三人の子供の誰かの誕生日でもない。これらの節目はある種の別格扱いを受けはするが、それは通例「おめでとう」の言葉とプディングにとどまる。確かに、ウリッジの去年の誕生日、バグネット氏は彼の発育と成長を祝した後、時のもたらす変化について深く考えさせられた挙げ句、洗礼の教理問答に及んだことがあった。お前の名前は何か？　その名をお前に与えたのは誰か？　という第一、第二の問いはまことに正しくなされたが、次の段階で記憶に厳密さを欠いた氏は、お前はその名をどう思う？　などという替え玉の質問を発してしまった〔正しい問いは、「お前の代父と代母はお前のために何をしたか？」〕。しかし、氏の重々しい口調自体がいかにも有意義かつ啓発的であり、もっともらしい雰囲気を醸し出していた。とはいえ、これはその誕生日に限った特別な出来事であり、例年の儀礼ではない。

今日は夫人の誕生日なのだ。それはバグネット氏のカレンダーにおける最大の祝日であり、最も特別な記念日である。このめでたい出来事はかならず、何年か前に氏によって制定された式次第に則って祝福される。正餐のテーブルに鶏を二羽出すのが帝国臣民の最大限の贅沢であると深く信じる氏は、例年自らこの日は早朝より鶏を二羽買いに出かける。そして、例年のように業者にだまされ、ヨーロッパ全土の鶏小屋中の最長老をつかまされる。この全欧硬肉選手権保持者を青と白のきれいな綿のハンカチ（これも儀式の不可欠な部分）にくるんで戻ってくると、氏は朝食の席でさりげなく、夫人に、昼に何が食べたいか明言するよう求める。夫人は不変の偶然により、鶏ですと答える。即座に、氏が隠してあった包みを取り出し、一座は驚嘆と歓喜の渦に投げ込まれる。次いで氏は彼女に、今日は一日何もしてはいかん、一張羅を着て座ってなさい、用事は自分と子供たちがするから、と言う。彼の料理の腕前は名人級ではないので、彼女にとってみれば、これは楽しみというよりは儀式である。だが、彼女はこの儀式をこれ以上はないと思える上機嫌でもって遂行する。

今年の誕生日も、バグネット氏は例年どおりの準備をする。昔の格言が正しいとすれば、もみがらで捕まえられたのではない鶏〔年とった（老練な）鳥はもみがらでは捕まえられないという諺がある〕を串焼きにすべく二羽購入する。次いで意外にもそれをいきなり取り出し、一座を驚嘆させ、歓喜させる。そして陣頭指揮をとり、鶏をローストする。夫人は事がうまく運んでいないのを目にして、（日に焼けて健康な）手を出したくてうずうずしながらも、賓客として、着飾って座っている。

ケベックとマルタはテーブルの用意をし、ウリッジは、年相応に、父親の監督下で串にささった鶏を回転させる。折に触れて夫人は子供たちにウィンクしたり、頭を振ったり、顔をしかめたりして、彼らの間違いを指摘してやる。

「一時半かっきりに焼き上がるぞ」とバグネット氏は言う。

夫人は片方の鶏が炎の上で止まり、焦げ始めるのを見て苦悩する。

「なあ、おい、女王様にお出ししても恥ずかしくない食事を作ってやるからな」とバグネット氏。

夫人は陽気に白い歯を見せるが、内心の大いなる不安は息子の知るところとなり、母思いの息子は、どうしたのと目で尋ねる。少年はこうして目を大きく見開き、鶏はさらに忘却の彼方へ遠のく。そのままずっと上《うわ》の空が続きそうに見えるが、幸い、上の妹が夫人の胸中にある動揺の原因を察知し、体をつついて兄に警告を与え、我に返らせる。止まっていた鶏は再び回転し始める。夫人は胸をなでおろして目を閉じる。

「ジョージは四時半に来る予定だ。きっかりに。なあ、おい、何年になるかな、ジョージが来るようになって。この日に」

「大昔からよ。その間に若い娘が年寄りになってしまうほど昔から――この頃はそんな風に思えるわ。そう、ちょうどそれぐらい昔よ」夫人は笑いながら答え、頭《かぶり》を振る。

「おやおや、何を言っとるんだ。お前は相変わらず若い。前より若くはなってないがね。ほんとうだとも。誰だって知ってるぞ」

ケベックとマルタは手を叩きながら、おじさんはきっとお母さんにお土産を持ってくるよと言い、それが何か予想し始める。

「ねえ、あなた」夫人はテーブルクロスに一瞥を与え、右目でマルタに「塩!」とウインクし、頭を振ってケベックが胡椒で悪さをしないように注意する。「どうやらまたジョージの放浪癖が始まったんじゃありませんか」

「ジョージは絶対に昔の戦友を窮地において逃げ出したりせんよ。心配しなくていい」

「いえ、あのね、逃げ出すとは言いません。逃げたりはしないでしょう。でも、このお金の問題を解決できたら、あの人はどこかへ行くわ」

バグネット氏は、どうして、と尋ねる。

「それはね」夫人は考えながら返事する。「ジョージは近頃かなり苛々して落ち着かないようじゃない? 今までどおりの気ままな暮らしをしてないとは言いません。もちろんしてるでしょう。でなかったら、ジョージじゃありません。でも、苛々して、参ってるみたい」

「特別にしごかれてるんだろ。弁護士の奴に。あれにかかりゃ、悪魔だって参っちまうよ」

「そうかもね」夫人は同意する。「そうね、きっと」

バグネット氏が食事の準備に全神経を集中させねばならないので、会話はいったん中断される。その準備は危殆《きたい》に瀕している。さっぱりした気質の鶏はさっぱり肉汁《グレーヴィ》を出してくれないし、グレーヴィ・ソースは風味がなく、黄色がかっている。ジャガイモもやはり言うことを聞かず、フォークに刺して皮をむいている最中に、地震が起こったかのように、中心からさまざまな方向へ隆起してバラバラと崩れる。鶏の脚もひょろ長く、みすぼらしい。氏はこれらの難局をできうる限り乗り切り、ようやく料理を皿に盛って出し、全員が食卓につく。夫人は彼の右手の来賓席に座る。

誕生日が年に一回しかないのは彼女にとって有り難いことだ。年に二度こんな鶏の御馳走にあずかれば体をこわすかもしれない。本来鶏の体に備わっているすべての腱《けん》と靱帯《じんたい》は、この二羽にあっては発達を遂げてギターの弦のようになっている。樹齢を重ねた木が大地に根を下ろすような具合に、これらの鶏の脚は胸や胴に根を生やしている。しかも、その長い苦難の生涯の大部分を脚の鍛練と競歩の試合に費やしたのではと思えるほど硬い。だが、バグネット氏はこのような些細な欠陥には気づかず、頑として目の前の佳肴《かこう》を夫人にたっぷり食してもらいたがる。善良な夫人はいつだって一瞬たりとも彼に失望を味わわせたくない。この日は尚更である。そこで彼女は消化器官をひどい危機にさらすことになる。ダチョウの親戚でもないウリッジがどうしてこの腿肉をきれいに平らげられるのか、心配な母親はとんと理解できない。

夫人は食事が済むと、盛装で座ったまま、部屋が整頓され、暖炉が掃除され、裏庭で食器が洗われ磨かれるのを眺めるという、また別の試練をくぐらねばならない。二人の娘が母親を真似てスカートの裾をたくし上げ、かわいい底高の靴《パッテン》をはいて滑るように出たり入ったりしてこれらの仕事に精を出す姿は将来への大きな希望を抱かせるが、現在に関する不安も生じさせる。これらの作業は、言葉が千々《ちぢ》に乱れ〔創世記十一章九節〕、必要以上に陶器がカチャカチャ、金属のマグがガチャガチャ、箒《ほうき》がサッサッと音を立て、水がどんどん使われるという事態を引き起こす。夫人にとって、女の子たち自身がびしょ濡れになる光景は、彼女のような地位の人間にふさわしい落ち着きをもって眺めるにはあまりにも涙ぐましい。最後に、ようやくさまざまな清掃が見事に成し遂げられ、ケベックとマルタは濡れた服を着替えて、笑顔を浮かべながら新たないでたちで登場する。パイプと煙草と飲み物が食卓の上に置かれる。この楽しい息抜きの一日において、ようやく夫人は初めて心の平静を得る。

バグネット氏がいつもの席についた時、時計の針は四時半のすぐ手前を指している。時計が四時半ちょうどを示すと、氏は「ジョージが来たぞ！　軍人らしい正確さだ」と友人の到着を告げる。

確かにジョージ氏が到着する。彼はバグネット夫人、子供たち、バグネット氏に心から祝いの言葉を述べる（夫人には、この大きな記念日にあたり、キスを捧げる）。「お誕生日おめでとう、皆さん！」とジョージ氏は言う。

「でも、ジョージ！」　夫人は、不思議そうに彼を見つめ、「いったいどうしたの？」と訊く。

「どうしたって？」

「だって、あなたにしてはいやに青い顔をして、ひどいショックを受けたみたい。そうじゃない、リグナム？」

「ジョージ、女房に言ってやれ。どうしたんだ？」

「真っ青な顔をしてるとは思いませんでした」騎兵は額に手を当てる。「ショックを受けたような顔をしてるとも思いませんでした。失礼しました。実は、うちに引き取った例の子供が昨日の昼過ぎに死んじまって、それが少々こたえてるんです」

「まあ、かわいそうに」夫人は母親らしい憐れみを覚えて言う。「死んでしまったの？　かわいそうに！」

「誕生日の話題じゃないんで、腹にしまっておくつもりでした。だけど、席に座る前にあなたが引っ張り出しちまった。もうちょっとしたら、空元気《から》でごまかせたでしょうが」彼はつとめて陽気な話し方をする。「奥さんは実に目が鋭い」

「そのとおり！　女房は鋭い。銃剣なみだ」

「今日は奥さんが主役だから、奥さんの話をしましょう。ほら、こんなブローチを持ってきました。どうってことない代物ですが、形見なんです。それだけの値打ちしかありません」

ジョージ氏はプレゼントを取り出す。家族の幼いメンバーは喜んで飛び跳ねたり手を叩いたりしてこれを歓迎し、バグネット氏はある種の恭《うやうや》しさをもってほれぼれと眺める。

「おい、お前、俺の意見を言ってやれ」

「まあ、すばらしいわ、ジョージ！」夫人は大きな声を上げる。「こんなきれいなブローチ、見たことないわ！」

「そうだ！　それこそ俺の考えだ」とバグネット氏。

「ほんとにきれい」夫人はブローチを持った手を伸ばし、ためつすがめつ眺める。

「あたしにはもったいないみたい」

「違う！」バグネット氏は言う。「それは俺の考えじゃないぞ」

「何にしろ、ジョージ、心から感謝するわ」夫人は嬉しさで目を輝かせ、彼の方に手を伸ばす。「あたし、時々あなたに対して、気難しい軍人の妻みたいな振る舞いをしたけれど、あたしたちはいいお友だちよね、ほんとに。じゃあ、幸運のために、あなたが着けてちょうだい」

子供たちはその儀式を見ようと押し寄せ、バグネット氏もウリッジの頭越しに見物しようとする。その様子が大人らしく無表情でありながら、同時に子供っぽくて愉快なものだから、夫人はいつもの陽気な調子で笑ってしまう。「まあ、リグナム、あなたって人は、ほんとに！」ところがジョージ氏はブローチを着けることができない。緊張して手が震え、落としてしまう。「こんなこと、信じられますか？」落としたブローチを受け止め、彼は一同を見回す。「よっぽど参ってるんだな、こんな簡単なことができないなんて!」

バグネット夫人は、このような場合パイプに勝る薬はない、と結論する。そして、あっという間に自分でブローチを着けると、騎兵をいつもの心地よい席に案内し、パイプを手渡して憩いの時間の始まりを告げる。「もしそれがきかないなら、時々ちらっとあなたがくれたこのプレゼントを見てみるのよ。その両方をすれば、きっと気分は直りますよ」

「両方もいらない、あなた一人で十分です。そいつは間違いありません。なに、あれやこれやで俺はふさぎの虫にとりつかれちまったんです。哀れな子でした。あんな風に死ぬのを黙って見ているだけで、何もしてやれないなんて、辛いもんでしたよ」

「どういうこと、ジョージ? あなた、助けてあげたじゃないの、うちに引き取ってあげて」

「そこまではしてやりました。だけど、そんなもの、全然大したことじゃありません。奥さん、あの子は右手と左手の違いぐらいしか教わらないうちに死んじまった。何とかしてやろうにも、もう手遅れでした」

「かわいそうにねえ!」

「それから」騎兵はまだパイプに火をつけず、重そうな手でしきりに髪の毛をなでる。「グリドリーのことを思い出しました。あの男も、様子は違いましたが、やっぱり重症でした。で、この二人が頭の中で、例の血も涙もない悪党に結びつくんです。奴は二人と縁があったもんで。あの古臭い錆《さ》びた鉄砲みたいな野郎が、冷ややかに、我関せずって顔で、何だって落ち着きはらって受け止めて、部屋の隅につっ立ってる――あの姿を思い出しただけで、全身怒りで燃え上がりそうになりますよ、ほんとに」

「パイプに火をおつけなさい。燃やすのはそれだけで十分。その方が安全だし、楽ちんで、体にいいわよ」

「そのとおりですな、そうしましょう」

彼はパイプに火をつけるが、まだ腹を立てて深刻な顔をしているので、子供たちはただならぬ気配を感じ、バグネット氏ですら夫人の健康を祈念する乾杯の儀式に入るのをためらう(これは毎回氏によって、称讃に値する簡潔さでもって執り行われる)。しかしながら、氏が「ミックス」と称する飲み物を娘たちが作り終わり、ジョージのパイプにも今や赤々と火がともったので、氏は義務として本日の乾杯を始めねばならないと考える。彼は一同に呼びかける。

「ジョージ、ウリッジ、ケベック、マルタ。今日は女房の誕生日だ。あちこち一日中歩き回っても、こんないい女は見つからんぞ。女房に乾杯！」

熱狂的な乾杯の後、夫人も同様に短く要を得た答礼を行う。この模範的式辞は簡潔の極みで、彼女は「みんなに乾杯！」とだけ言うと、順番に各人を見ながらうなずき、グラスに注いだミックスを巧みなペース配分で口に運ぶ。ところがこの日は意外にも、大きな声で、「お客様よ！」とつけ加える。

なるほど一同全員が驚いたことに、客が現れ、居間のドアから覗き込む。鋭い目の男だ。すばしこい、抜け目のない男。全員の視線を――個別に、かつ、まとめて――一挙に受け止める。そのやり方は明らかに彼が尋常ならざる人間であることを示している。

「ジョージ」男はうなずきながら言う。「御機嫌いかがかな？」

「おや、バケットじゃないか！」ジョージは思わず大声になる。

「そうとも」男は入ってきてドアを閉める。「音のいい中古のチェロを探している友だちがいるもんで、通りを歩きながら、楽器屋の窓を覗いてみると、楽しそうなパーティをやってる。で、部屋の隅にジョージがいるじゃないか。ジョージを見間違うわけはない。どうだ、景気は？　順調かね？　御機嫌いかがですか、奥さん？　旦那さん、そっちはどうです？　おやおや！　子供たちだ！」バケット氏は両手を広げる。「子供にはほんとに目がなくてね。さあ、キスしておくれ。君らのお父さん、お母さんが誰か尋ねる必要はないな。まったく、生き写しってやつだ！」

バケット氏は、一応歓迎の意を表すジョージ氏の隣に腰を下ろし、ケベックとマルタを膝にのせる。「かわいい子たち、もう一度キスしておくれ。この点だけは欲張りでしてね。いやあ、なんて健康そうなんだ！　奥さん、お二人は何歳ぐらいですかな？　八歳と十歳と見ましたが？」

「かなり近いですわ」

「大体いつも正確なんです。子供好きなもんで。友だちに十九人も子供がいる奴がいてね、全部同じ母親なんですよ。彼女はいまだに朝露みたいに新鮮で、元気いっぱいです。奥さんには及びませんがね。でも、いい勝負です！　さあて、これは何だね？」バケット氏はマルタの頰をつねって言う。「これはモモだよ、まさしく。すごいもんだ！　なあ、どうだろう、お父さんのことだけど、お父さんはバケットさんの友だちが使える音のいい中古のチェロを持ってるかな？　私の名前はバケットっていうんだ。妙な名前だろ？」

バケット氏はこうした甘い言葉で一家の心を捉える。バグネット夫人は自分の誕生日もどこへやら、バケット氏にパイプと酒を勧め、愛想よく接待する。そして、あなたのような愉快な人はいつでも大歓迎ですが、今日お会いするのは格別嬉しいんです、なぜって、友だちのジョージにいつもの元気がないものですから、と言う。

「いつもの元気がない？」バケット氏は叫ぶ。「そりゃまた珍しい！　どうしたんだ、ジョージ？　元気ないってことないだろ？　どうしてまた？　心配事なんかないだろうに」

「別に何もありませんよ」と騎兵は答える。

「そりゃ、そうだろうとも。あるはずないよな？　このかわいい子たちには心配事があるかな？　ありません。しかし、いずれこの子たちのせいで若者どもが大いに悩んですっかり元気をなくすでしょう。私は予言者じゃないが、それぐらいはわかりますよ、奥さん」

夫人はすっかり上機嫌になって、バケットさんにもお子さんがいらっしゃるの、と尋ねる。

「いやあ！　それがですね、実のところ、いないんです。家族といえば、家内と下宿人だけでして。家内も私と同じぐらい子供好きなんで、子供を欲しがってますがね。でも授からないんです。仕方ありませんな。この世の中、公平にものが分けられるってことはないですから。男は不平を言っちゃいけません。ところで、奥さん、すてきな裏庭ですな！　あそこから外に出られるんで？」

いいえ、外には出られません。

「そうなんですか？　出られるんじゃないか、って思いましたがね。こんなすてきな裏庭にはお目にかかったことがありませんよ。ちょっと見せてもらってもいいですか？　どうも。なるほど、外へは出られませんな。しかし、何ともきれいな形の裏庭だ！」

鋭い視線であたりを見回した後、バケット氏は友人ジョージ氏の隣の椅子に戻り、氏の肩を親しげに軽く叩く。

「どうだ、元気は？」

「もう元に戻りましたよ」と騎兵は答える。

「そうこなきゃ！　どうしてまた元気がなかったんだ？　お前みたいに頑丈で健康な人間には元気をなくす権利はないぞ。その胸は元気がなくなるような胸じゃない、そうだろ？　それに、何にも心配事はないんだし。心配事はないはずだろう！」

語彙豊富な氏の弁舌を考えると、少々くどいほど彼はその言葉を使い、火をつけたパイプに向かって二度三度繰り返し、人の話を聞く時に見せる独特の表情を浮かべる。しかし、彼の太陽のような社交性はすぐにこの短期日食から回復して、また輝き出す。

「で、こちらが君らの兄さんだね?」バケット氏はウリッジについてケベックとマルタに情報を求める。「すてきな兄さんだ――つまり、腹違いの兄さんですな。いくらなんでも、奥さん、あなたのお子さんにしては年が行き過ぎてますから」

「間違いなく、他の誰の子でもありません」夫人は笑いながら答える。

「ほほう、こりゃ驚きですな! しかし、あなたに似てますね、確かに。いや、驚くほどよく似てる。だが、額のあたりって言いますか、その辺は父親そっくりですな!」バケット氏が片目を閉じて顔を見比べている間、バグネット氏はいかめしく満足のパイプをくゆらす。

この機に夫人は、息子はジョージが名づけ親になった子です、とバケット氏に教える。

「ほほう、ジョージが名づけ親ですか?」バケット氏はきわめて親しげに応じる。「じゃあ、是非その息子さんともう一度握手させていただきたいですな。名前をつけた方とつけられた方、お互い立派なもんだ。将来は何にさせるおつもりですか、奥さん?

楽器の才能はどうです？」

突然バグネット氏が会話に闖入《ちんにゅう》してくる。「横笛をやります。名人です」

「信じられん。私も子供の時、横笛を吹いてました」バケット氏は偶然の一致に強く心を動かされる。「息子さんはちゃんとした奏法を教わったんでしょうが、私は見よう見まねでね。いやあ、近衛歩兵第一連隊の歌、あれはいいですな、あれこそ英国人の血を騒がせる曲です！　ねえ、ちょっとあれを吹いてみてくれませんかな？」

一家にとってウリッジに対するこの要望ほど嬉しいものはない。彼はただちに横笛を取ってきて、胸の高鳴るメロディーを奏でる。大いに活気づいたバケット氏は拍子を取って、繰り返しの「だいいちれーんたい」の部分はかならず元気よく大きな声で歌う。こうして彼がすばらしい音楽の趣味を見せるものだから、バグネット氏はわざわざパイプを口からはなして、この人は間違いなく立派な歌手だと太鼓判を押す。この音楽批評を受け止めたバケット氏は、心中の思いを吐き出すために昔少しだけ歌いましたが、それで友だちを楽しませるなどという大それた考えは抱いたことはありません、と至極謙虚に言うので、一同は彼に是非歌ってくれと頼む。今宵の団欒に加わりたいと望むバケット氏は同意する。そして、「信じておくれ、もしもこの若き魅力が」〔同時代のトマス・ムーア編『アイルランド歌

バケット氏の友好的な態度

曲集』に収載の、よく知られた曲〕を朗唱する。この曲は娘時代のバケット夫人の心を動かして挙式へと導くのに――これを氏は「試合開始線へと導く」〔ボクシングの用語〕と表現する――最も強力な援軍でした、とバグネット夫人に教える。

　活気に満ちた客人はその夕べを彩る新しい愉快な一員となり、彼がやってきた時は大して楽しそうでもなかったジョージ氏も、いつの間にか、彼を誇りに思うようになる。実に気さくで、多才で、愛想のよいバケット氏を一家に引き合わせたのはちょっとした手柄である。バグネット氏はパイプをもう一服した後、彼との交誼の価値を痛感し、女房の来年の誕生日には是非またおいでくださいと求める。バケット氏は、この日の祝賀の理由を知って当家の皆さんに対する敬意はさらに堅固なものになりました、と応じる。彼は狂喜に近い熱烈さでもってバグネット夫人に乾杯を捧げ、単なる感謝以上の気持ちを込めて十二か月後のこの日の出席を約し、帯紐《おびひも》のついた大きな黒い手帳にそのことを記入する。次いで、その日が来る前にバケット夫人とバグネット夫人が姉妹のように仲よくなれますように、との希望を表白し、私的な絆のない公的生活とは何でしょう、自分はささやかながら公僕である、しかし自分が幸せを見出すのはその職域においてではない、幸せは家庭の福の中に探し求められるべきものである、と弁じる。

こういう次第であるから、バケット氏の方も、先々楽しみなつき合いのきっかけを作ってくれた友人を有り難く思うのは自然な成り行きである。そう、実際、とても有り難く思っている。氏はずっとジョージ氏のすぐ傍にいて、一座の話題が何であれ、いつも情のこもった目で彼を見つめている。彼はジョージ氏を送りがてら一緒に帰ると言い、氏のブーツにすら関心を示す。ジョージ氏が暖炉の片隅で脚を組んで座り、パイプをくゆらす間、彼は氏のブーツを一層熱心に注視する。

とうとうジョージ氏が席を立つ。同時に、友情の目に見えない絆で結ばれたバケット氏もやはり立ち上がる。彼は最後まで子供たちに愛想を振りまき、ここにはいない友人に頼まれた用事を思い出す。

「中古のチェロですが、どうです、お薦めの楽器がありますかね？」

「何十とあります」とバグネット氏。

「そいつぁ、ありがたい」バケット氏は相手の手を握る。「困った時の友だちってやつですな。音のいいのをお願いしますよ！　友人はかなりの腕前でね、モーツァルトとかヘンデルとか、その手の大家の曲をきちんとこなします。いいですか」バケット氏は気配りを見せて内緒の話をするような調子で続ける。「無理して値段を下げようなんて思っていただく必要はありません。友人のためですからあまり高い値段は困りますが、私はあなたに正当な利益を得てもらいたい、探すのにかかった時間に見合う手数料を得てもらいたいんです。そりゃ、当たり前の話です。誰だって生きるために稼がなきゃならんし、稼ぐべきなんですから」

バグネット氏は女房に向けて頭を振り、これは宝物みたいな人だぞと知らせる。

「明日の朝十時半に、お店を覗きに来ます。その頃には、音のいいチェロがどのくらいの値で手に入るか、教えていただけるでしょうね？」とバケット氏は言う。

お安い御用。バグネット夫妻はその情報を仕入れておきますと二人で請け合い、手にとって見てもらうためにいくつか実物を揃えておこうか、と相談しさえする。

「ありがとう、どうも。御機嫌よう、奥さん。御機嫌よう、旦那さん。御機嫌よう、お子さんたち。生まれてこのかた、こんなに楽しい時間を過ごした覚えはありませんよ」

一方、夫妻は氏が来てくれたおかげで座が盛り上がったことを深謝する。かくして彼らは厚情をふんだんに示し合ってから別れる。「なあ、ジョージ、一緒に行こうや！」バケット氏は店の出口で彼の腕をとる。バグネット夫妻はしばらく路地を歩く彼らの後ろ姿をじっと眺める。夫人はリグナム殿に、バケットさんは「ジョージにくっつくみたいにして、あの人のこと、とっても好きみたいね」と言う。

このあたりの道は狭く、舗装がちゃんとできていないので、二人が腕を組んで並んで歩くのは少々やりにくい。じきにジョージ氏は離れて歩こうと提案する。しかしながら、友情の絆をほどく決心がつかないバケット氏は、「まあ待て、その前にちょっと話したいことがある」と答える。と、その直後、彼はジョージ氏の体の向きをぐいっと変えてパブに押し込み、個室に入り、背中をドアにぴったりくっつけ、ジョージ氏に向き合う。

「いいか、ジョージ。義務は義務、友情は友情だ。できれば、この二つがぶつからないようにしたい。これでも今日は事を円満に進めようと苦心したんだ、うまく行ったかどうかはお前の判断にまかせるが。今からお前の身柄を拘束する」

「拘束？　何でまた？」騎兵は仰天して尋ねる。

「いいか、ジョージ」バケット氏は太い人差し指を使って、相手に分別を働かせるよう説く。「お前もよくわかってるだろう、友だち同士の語らいと義務は別物だ。俺は職務上、お前がこれから述べることはお前に不利益な供述として用いられる可能性がある、と告知せねばならん。したがって、用心してしゃべるように。お前は殺人事件のことを聞いてないか？」

「殺人！」

「いいか、ジョージ」ここでまたバケット氏の人差し指が活躍する。「俺が言ったことをちゃんと頭に入れておけよ。無理に何かを訊こうっていうんじゃない。お前は今日の午後元気がなかったな。で、殺人事件のことは聞いてないんだな？」

「ええ。どこであったんです？」

「いいか、ジョージ。取り返しがつかなくなるような発言はするな。お前を拘束する理由を言ってやろう。リンカーンズ・イン・フィールズで殺人があった。タルキングホーンという紳士が被害者だ。昨晩射殺された。その件でお前の身柄を拘束する」

騎兵は後ろにあった椅子に座り込む。玉の汗が額から吹き出し、顔面は蒼白となる。

「バケット！　まさか、タルキングホーンさんが殺された？　それで、俺が容疑者だって？　そんなはずはないだろう？」

「ジョージ」バケット氏は人差し指を運用し続ける。「それがあるんだ。実際そういう事態なんだ。事件が起きたのは昨晩十時。お前は昨晩十時にどこにいたか覚えてるな？　それを証明することはできるな？」

「昨日の晩！　昨日の晩？」騎兵は思案しながら繰り返す。そしてはっとする。「なんてこった、あそこにいたぞ！」

「俺もそう思ってた」バケット氏は非常に慎重に言う。「そう思ってたんだ。昨日もそうだが、お前はしばしばあそこに行ってるな。お前があの建物のまわりをうろうろしているのを目撃した者がいるし、タルキングホーン氏と言い争うのを一度ならず聞いた者もいる。氏がお前を指して、脅しをかける物騒で凶暴な人間だと言ったっていう可能性もある――事実とは言わん、可能性だ」

口を開けば相手の言い分をすべて認めてしまうとでもいうような按配《あんばい》で、騎兵は息をのむ。

「いいか、ジョージ」バケット氏はテーブルの上に帽子を置く。その素振りはむしろ室内装飾を生業《なりわい》とする人を思わせる。「俺としては、今日ずっとそうしてきたように、事を円満に進めたい。正直に言うとな、この犯人逮捕にはサー・レスター・デッドロック准男爵が百ギニーの懸賞金を出している。俺とお前はいつも仲よくやってきた。しかし、義務は果たさねばならんし、誰かがその百ギニーを手にするとしたら、それが俺であるに越したことはない。わかるだろう、これだけの理由があるんだ。俺はお前を捕まえねばならん、いや、何としても捕まえる。さて、助太刀を呼ぼうか、それとも神妙にするか?」

ジョージ氏は気を取り直し、軍人らしく立ち上がる。「わかった。行こう」

「ちょっと待て!」バケット氏は室内装飾屋よろしく、ジョージ氏を今から壁にはめ込む窓のように扱い、ポケットから手錠を取り出す。「深刻な嫌疑だからな、こうするのが俺の義務だ」

騎兵は立腹して顔を赤らめ、一瞬ためらいを見せる。しかし、両手を揃えて差し出し、「さあ、手錠をかけろ!」と言う。

バケット氏はたちまち手錠をぴったり装着する。「どうだ? 具合はそれでいいか? 痛けりゃ言ってくれ。務めに抵触しない範囲でできるだけ楽にしてやりたいからな。ポケットには別の手錠を用意してある」彼の仕草は、注文をきちんと処理して客に百パーセント満足してもらいたい大店《おおだな》の商人を思わせる。「これでいいか? よし! さて、ジョージ」彼は部屋の隅から外套を取ってきて騎兵に着せ、首のあたりを整えてやる。「外へ出た時のお前の気持ちを考えて、これを準備しておいたんだ。さあ! こうすりゃ、誰にもわからん」

「俺以外はな。だが、俺にはわかってる。ついでに、帽子を目深《まぶか》にしてくれないか？」

「え！　本気か？　見てくれが悪くならないか？　恰好悪いぞ」

「こんなものを手にはめてりゃ、通りを行く人の顔をまともに見れやしない」ジョージは口早に返事する。「なあ、頼むから、帽子を深くかぶせてくれ」

こう強く請われてバケット氏は要求を受け入れ、自分も帽子をかぶり、獲物を表通りへ連れ出す。騎兵は頭《こうべ》を垂れているものの、いつものしっかりした足取りで歩く。バケット氏は肘を摑んで彼を誘導しながら、交差点を渡り、角を曲がって進んでいく。

＊

荒涼館《こうりょうかん》（三）〔全4冊〕 ディケンズ作

2017年10月17日 第1刷発行

訳 者 佐々木徹《ささきとおる》

発行者 岡本 厚

発行所 株式会社 岩波書店
〒101-8002 東京都千代田区一ツ橋 2-5-5

案内 03-5210-4000 営業部 03-5210-4111
文庫編集部 03-5210-4051
http://www.iwanami.co.jp/

印刷 製本・法令印刷 カバー・精興社

ISBN 978-4-00-372403-3 Printed in Japan

読書子に寄す

——岩波文庫発刊に際して——

岩波茂雄

真理は万人によって求められることを自ら欲し、芸術は万人によって愛されることを自ら望む。かつては民を愚昧ならしめるために学芸が最も狭き堂宇に閉鎖されたことがあった。今や知識と美とを特権階級の独占より奪い返すことはつねに進取的なる民衆の切実なる要求である。岩波文庫はこの要求に応じそれに励まされて生まれた。それは生命ある不朽の書を少数者の書斎と研究室とより解放して街頭にくまなく立たしめ民衆に伍せしめるであろう。近時大量生産予約出版の流行を見る。その広告宣伝の狂態はしばらくおくも、後代にのこすと誇称する全集がその編集に万全の用意をなしたるか。千古の典籍の翻訳企図に敬虔の態度を欠かざりしか。さらに分売を許さず読者を繋縛して数十冊を強うるがごとき、はたしてその揚言する学芸解放のゆえんなりや。吾人は天下の名士の声に和してこれを推挙するに躊躇するものである。このときにあたって、岩波書店は自己の責務のいよいよ重大なるを思い、従来の方針の徹底を期するため、すでに十数年以前より志して来た計画を慎重審議この際断然実行することにした。吾人は範をかのレクラム文庫にとり、古今東西にわたって文芸・哲学・社会科学・自然科学等種類のいかんを問わず、いやしくも万人の必読すべき真に古典的価値ある書をきわめて簡易なる形式において逐次刊行し、あらゆる人間に須要なる生活向上の資料、生活批判の原理を提供せんと欲する。この文庫は予約出版の方法を排したるがゆえに、読者は自己の欲する時に自己の欲する書物を各個に自由に選択することができる。携帯に便にして価格の低きを最主とするがゆえに、外観を顧みざるも内容に至っては厳選最も力を尽くし、従来の岩波出版物の特色をますます発揮せしめようとする。この計画たるや世間の一時の投機的なるものと異なり、永遠の事業として吾人は微力を傾倒し、あらゆる犠牲を忍んで今後永久に継続発展せしめ、もって文庫の使命を遺憾なく果たさしめることを期する。芸術を愛し知識を求むる士の自ら進んでこの挙に参加し、希望と忠言とを寄せられることは吾人の熱望するところである。その性質上経済的には最も困難多きこの事業にあえて当たらんとする吾人の志を諒として、その達成のため世の読書子とのうるわしき共同を期待する。

昭和二年七月

《イギリス文学》〔赤〕

ユートピア　トマス・モア　平井正穂訳
完訳カンタベリー物語　全三冊　チョーサー　桝井迪夫訳
ヴェニスの商人　シェイクスピア　中野好夫訳
ジュリアス・シーザー　シェイクスピア　中野好夫訳
十二夜　シェイクスピア　小津次郎訳
ハムレット　シェイクスピア　野島秀勝訳
オセロウ　シェイクスピア　菅泰男訳
リア王　シェイクスピア　野島秀勝訳
マクベス　シェイクスピア　木下順二訳
ソネット集　シェイクスピア　高松雄一訳
ロミオとジューリエット　シェイクスピア　平井正穂訳
リチャード三世　シェイクスピア　木下順二訳
対訳シェイクスピア詩集 ―イギリス詩人選(1)　柴田稔彦編
失楽園　全二冊　ミルトン　平井正穂訳
ロビンソン・クルーソー　全二冊　デフォー　平井正穂訳
ガリヴァー旅行記　スウィフト　平井正穂訳
ジョウゼフ・アンドルーズ　全二冊　フィールディング　朱牟田夏雄訳
トリストラム・シャンディ　全三冊　ロレンス・スターン　朱牟田夏雄訳
ウェイクフィールドの牧師 ―むだばなし　ゴールドスミス　小野寺健訳
幸福の探求 ―アビシニアの王子ラセラスの物語　サミュエル・ジョンソン　朱牟田夏雄訳
対訳バイロン詩集 ―イギリス詩人選(8)　笠原順路編
対訳ブレイク詩集 ―イギリス詩人選(4)　松島正一編
ブレイク詩集　寿岳文章訳
ワーズワース詩集　田部重治選訳
対訳ワーズワス詩集 ―イギリス詩人選(3)　山内久明編
キプリング短篇集　橋本槙矩編訳
高慢と偏見　全二冊　ジェーン・オースティン　富田彬訳
説きふせられて　ジェーン・オースティン　富田彬訳
エマ　全二冊　ジェーン・オースティン　工藤政司訳
対訳テニスン詩集 ―イギリス詩人選(5)　西前美巳編
虚栄の市　全四冊　サッカリー　中島賢二訳
床屋コックスの日記・馬丁粋語録　サッカレ　平井呈一訳
デイヴィッド・コパフィールド　全五冊　ディケンズ　石塚裕子訳
ディケンズ短篇集　小池滋　石塚裕子訳
オリヴァ・ツウィスト　全二冊　ディケンズ　本多季子訳
大いなる遺産　全二冊　ディケンズ　石塚裕子訳
鎖を解かれたプロメテウス　シェリー　石川重俊訳
対訳シェリー詩集 ―イギリス詩人選(9)　アルヴィ宮本なほ子編
ジェイン・エア　全二冊　シャーロット・ブロンテ　河島弘美訳
嵐が丘　全二冊　エミリー・ブロンテ　河島弘美訳
教養と無秩序　マシュー・アーノルド　多田英次訳
アルプス登攀記　全二冊　ウィンパー　浦松佐美太郎訳
ハーディ テス　全二冊　井上宗次　石田英二訳
ハーディ短篇集　井出弘之編訳
緑の木蔭 和蘭派田園画　トマス・ハーディ　阿部知二訳
緑の館 ―熱帯林のロマンス　ハドソン　柏倉俊三訳
宝島　スティーヴンスン　阿部知二訳
ジーキル博士とハイド氏　スティーヴンスン　海保眞夫訳
プリンス・オットー　スティーヴンスン　小川和夫訳
新アラビヤ夜話　スティーヴンスン　佐藤緑葉訳

南海千一夜物語　スティーヴンスン　中村徳三郎訳
若い人々のために 他十一篇　スティーヴンスン　岩田良吉訳
マーカイム・壜の小鬼 他五篇　スティーヴンソン　高松雄一・高松禎子訳
怪談 —不思議なことの物語と研究　ラフカディオ・ハーン　平井呈一訳
サロメ　ワイルド　福田恆存訳
人と超人　バーナド・ショー　市川又彦訳
ヘンリ・ライクロフトの私記　ギッシング　平井正穂訳
闇の奥　コンラッド　中野好夫訳
コンラッド短篇集　中島賢二編訳
対訳イエイツ詩集　高松雄一編
月と六ペンス　モーム　行方昭夫訳
読書案内 —世界文学　W・S・モーム　西川正身訳
世界の十大小説 全二冊　W・S・モーム　西川正身訳
人間の絆 全三冊　モーム　行方昭夫訳
夫が多すぎて　モーム　海保眞夫訳
サミング・アップ　モーム　行方昭夫訳
モーム短篇選 全二冊　行方昭夫編訳

お菓子とビール　モーム　行方昭夫訳
荒地　T・S・エリオット　岩崎宗治訳
悪口学校　シェリダン　菅泰男訳
パリ・ロンドン放浪記　ジョージ・オーウェル　小野寺健訳
動物農場 —おとぎばなし　ジョージ・オーウェル　川端康雄訳
対訳キーツ詩集 —イギリス詩人選(10)　宮崎雄行編
キーツ詩集　中村健二訳
20世紀イギリス短篇選 全二冊　小野寺健編訳
イギリス名詩選　平井正穂編
タイム・マシン 他九篇　H・G・ウエルズ　橋本槇矩訳
透明人間　H・G・ウエルズ　橋本槇矩訳
モロー博士の島 他九篇　H・G・ウエルズ　橋本槇矩・鈴木万里訳
トーノ・バンゲイ 全二冊　ウェルズ　中西信太郎訳
回想のブライズヘッド 全二冊　イーヴリン・ウォー　小野寺健訳
愛されたもの　イーヴリン・ウォー　中村健二・出淵博訳
イギリス民話集　河野一郎編訳
白衣の女 全三冊　ウィルキー・コリンズ　中島賢二訳

夢の女・恐怖のベッド 他六篇　ウィルキー・コリンズ　中島賢二訳
対訳英米童謡集　河野一郎編訳
完訳ナンセンスの絵本　エドワード・リア　柳瀬尚紀訳
灯台へ　ヴァージニア・ウルフ　御輿哲也訳
船出 全二冊　ヴァージニア・ウルフ　川西進訳
夜の来訪者　プリーストリー　安藤貞雄訳
イングランド紀行 全二冊　プリーストリー　橋本槇矩訳
アーネスト・ダウスン作品集　南條竹則編訳
スコットランド紀行　エドウィン・ミュア　橋本槇矩訳
狐になった奥様　ガーネット　安藤貞雄訳
ヘリック詩鈔　森亮訳
たいした問題じゃないが —イギリス・コラム傑作選　行方昭夫編訳
英国ルネサンス恋愛ソネット集　岩崎宗治編訳
文学とは何か —現代批評理論への招待 全二冊　テリー・イーグルトン　大橋洋一訳
D・G・ロセッティ作品集　南條竹則・松村伸一編訳

《アメリカ文学》〔赤〕

ギリシア・ローマ神話 付インド・北欧神話 ブルフィンチ 野上弥生子訳
中世騎士物語 ブルフィンチ 野上弥生子訳
フランクリン自伝 松本慎一 西川正身訳
フランクリンの手紙 蕗沢忠枝編訳
スケッチ・ブック 全二冊 アーヴィング 齊藤昇訳
アルハンブラ物語 全二冊 アーヴィング 平沼孝之訳
ウォルター・スコット邸訪問記 アーヴィング 齊藤昇訳
ブレイスブリッジ邸 アーヴィング 齊藤昇訳
完訳 緋文字 ホーソーン 八木敏雄訳
哀詩 エヴァンジェリン ロングフェロー 斎藤悦子訳
黒猫・モルグ街の殺人事件 他五篇 ポオ 中野好夫訳
対訳 ポー詩集 ―アメリカ詩人選(1) 加島祥造編
黄金虫・アッシャー家の崩壊 他九篇 ポオ 八木敏雄訳
ポオ評論集 八木敏雄編訳
森の生活（ウォールデン） 全二冊 ソロー 飯田実訳
白鯨 全三冊 メルヴィル 八木敏雄訳

幽霊船 他一篇 ハーマン・メルヴィル 坂下昇訳
対訳 ホイットマン詩集 ―アメリカ詩人選(2) 木島始編
対訳 ディキンソン詩集 ―アメリカ詩人選(3) 亀井俊介編
不思議な少年 マーク・トウェイン 中野好夫訳
王子と乞食 マーク・トウェーン 村岡花子訳
人間とは何か マーク・トウェイン 中野好夫訳
ハックルベリー・フィンの冒険 全二冊 マーク・トウェイン 西田実訳
いのちの半ばに ビアス 西川正身訳
新編 悪魔の辞典 ビアス 西川正身編訳
ヘンリー・ジェイムズ短篇集 大津栄一郎編訳
大使たち 全二冊 ヘンリー・ジェイムズ 青木次生訳
ワシントン・スクエア ヘンリー・ジェイムズ 河島弘美訳
赤い武功章 他三篇 クレイン 西田実訳
シカゴ詩集 サンドバーグ 安藤一郎訳
大地 全四冊 パール・バック 小野寺健訳
シスター・キャリー 全二冊 ドライサー 村山淳彦訳
熊 他三篇 フォークナー 加島祥造訳

響きと怒り 全二冊 フォークナー 平石貴樹 新納卓也訳
アブサロム、アブサロム! 全二冊 フォークナー 藤平育子訳
八月の光 全二冊 フォークナー 諏訪部浩一訳
楡の木陰の欲望 オニール 井上宗次訳
日はまた昇る ヘミングウェイ 谷口陸男訳
ヘミングウェイ短篇集 全二冊 谷口陸男編訳
怒りのぶどう 全三冊 スタインベック 大橋健三郎訳
ブラック・ボーイ ―ある幼少期の記録 全二冊 リチャード・ライト 野崎孝訳
オー・ヘンリー傑作選 大津栄一郎訳
小公子 バアネット 若松賤子訳
アメリカ名詩選 亀井俊介 川本皓嗣編
20世紀アメリカ短篇選 全二冊 大津栄一郎編訳
孤独な娘 ナサニエル・ウェスト 丸谷才一訳
魔法の樽 他十二篇 マラマッド 阿部公彦訳
青白い炎 ナボコフ 富士川義之訳
風と共に去りぬ 全六冊 マーガレット・ミッチェル 荒このみ訳

《ドイツ文学》〔赤〕

ニーベルンゲンの歌 全二冊　相良守峯訳
若きウェルテルの悩み　ゲーテ　竹山道雄訳
ヴィルヘルム・マイスターの修業時代 全三冊　ゲーテ　山崎章甫訳
イタリア紀行 全三冊　ゲーテ　相良守峯訳
ファウスト 全二冊　ゲーテ　相良守峯訳
ゲーテとの対話 全三冊　エッカーマン　山下肇訳
ヴィルヘルム・テル　シラー　桜井政隆・桜井国隆訳
ヘルダーリン詩集　川村二郎訳
青い花　ノヴァーリス　青山隆夫訳
夜の讃歌・サイスの弟子たち 他一篇　ノヴァーリス　今泉文子訳
完訳グリム童話集 全五冊　金田鬼一訳
水妖記（ウンディーネ）　フーケー　柴田治三郎訳
O侯爵夫人 他六篇　クライスト　相良守峯訳
影をなくした男　シャミッソー　池内紀訳
ハイネ歌の本 全二冊　井上正蔵訳
流刑の神々・精霊物語　ハイネ　小沢俊夫訳
冬物語 ―ドイツ　ハイネ　井汲越次訳
ユーディット 他一篇　ヘッベル　吹田順助訳
芸術と革命 他四篇　ワーグナー　北村義男訳
ブリギッタ・森の泉 他一篇　シュティフター　宇多五郎・高安国世訳
みずうみ 他四篇　シュトルム　関泰祐訳
美しき誘い 他一篇　シュトルム　国松孝二訳
聖ユルゲンにて・後見人カルステン 他一篇　シュトルム　国松孝二訳
村のロメオとユリア　ケラー　草間平作訳
夢小説・闇への逃走 他一篇　シュニッツラー　池内紀・武村知子訳
花・死人に口なし 他七篇　シュニッツラー　番匠谷英一・山本有三訳
リルケ詩集　高安国世訳
ドゥイノの悲歌　リルケ　手塚富雄訳
ブッデンブローク家の人びと 全三冊　トーマス・マン　望月市恵訳
トオマス・マン短篇集　実吉捷郎訳
魔の山 全二冊　トーマス・マン　関泰祐・望月市恵訳
トニオ・クレエゲル　トオマス・マン　実吉捷郎訳
ヴェニスに死す　トオマス・マン　実吉捷郎訳
講演集ドイツとドイツ人 他五篇　トーマス・マン　青木順三訳
車輪の下　ヘルマン・ヘッセ　実吉捷郎訳
デミアン　ヘルマン・ヘッセ　実吉捷郎訳
シッダルタ　ヘッセ　手塚富雄訳
美しき惑いの年　カロッサ　手塚富雄訳
若き日の変転　カロッサ　斎藤栄治訳
幼年時代　カロッサ　斎藤栄治訳
指導と信従　カロッサ　国松孝二訳
マリー・アントワネット 全二冊　シュテファン・ツワイク　高橋禎二・秋山英夫訳
ジョゼフ・フーシェ ―ある政治的人間の肖像　シュテファン・ツワイク　高橋禎二・秋山英夫訳
変身・断食芸人　カフカ　山下肇・山下萬里訳
審判　カフカ　辻瑆訳
カフカ短篇集　池内紀編訳
カフカ寓話集　池内紀編訳
肝っ玉おっ母とその子どもたち　ブレヒト　岩淵達治訳
天と地との間　オットー・ルートヴィヒ　黒川武敏訳
ほらふき男爵の冒険　ビュルガー編　新井皓士訳

憂愁夫人　ズーデルマン　相良守峯訳
短篇集 死神とのインタヴュー　ノサック　神品芳夫訳
悪童物語　ルウドヰヒ・トオマ　実吉捷郎訳
芸術を愛する一修道僧の真情の披瀝　ヴァッケンローダー　江川英一訳
大理石像・デュランデ城悲歌　アイヒェンドルフ　関泰祐訳
改訳 愉しき放浪児　アイヒェンドルフ　関泰祐訳
ホフマンスタール詩集　川村二郎訳
陽気なヴッツ先生 他一篇　ジャン・パウル　岩田行一訳
蜜蜂マアヤ　ボンゼルス　実吉捷郎訳
インド紀行 全二冊　ボンゼルス　実吉捷郎訳
ドイツ名詩選　生野幸吉・檜山哲彦編
蝶の生活　シュナック　岡田朝雄訳
聖なる酔っぱらいの伝説 他四篇　ヨーゼフ・ロート　池内紀訳
ラデツキー行進曲 全二冊　ヨーゼフ・ロート　平田達治訳
暴力批判論 他十篇 —ベンヤミンの仕事1　ヴァルター・ベンヤミン　野村修編訳
ボードレール 他五篇 —ベンヤミンの仕事2　ヴァルター・ベンヤミン　野村修編訳
人生処方詩集　エーリヒ・ケストナー　小松太郎訳

三十歳　インゲボルク・バッハマン　松永美穂訳

《フランス文学》〔赤〕

ラブレー第一之書 ガルガンチュワ物語　渡辺一夫訳
ラブレー第二之書 パンタグリュエル物語　渡辺一夫訳
ラブレー第三之書 パンタグリュエル物語　渡辺一夫訳
ラブレー第四之書 パンタグリュエル物語　渡辺一夫訳
ラブレー第五之書 パンタグリュエル物語　渡辺一夫訳
トリスタン・イズー物語　ベディエ編　佐藤輝夫訳
ピエール・パトラン先生　渡辺一夫訳
日月両世界旅行記　シラノ・ド・ベルジュラック　赤木昭三訳
ロンサール詩集　ロンサール　井上究一郎訳
エセー 全六冊　モンテーニュ　原二郎訳
ラ・ロシュフコー箴言集　二宮フサ訳
ドン・ジュアン —石像の宴　モリエール　鈴木力衛訳
完訳 ペロー童話集　新倉朗子訳
クレーヴの奥方 他二篇　ラファイエット夫人　生島遼一訳
カラクテール —当世風俗誌 全三冊　ラ・ブリュイエール　関根秀雄訳

偽りの告白　マリヴォー　鈴木力衛訳
贋の侍女・愛の勝利　マリヴォー　佐藤実枝・井村順一訳
カンディード 他五篇　ヴォルテール　植田祐次訳
哲学書簡　ヴォルテール　林達夫訳
孤独な散歩者の夢想　ルソー　今野一雄訳
危険な関係 全二冊　ラクロ　伊吹武彦訳
美味礼讃 全二冊　ブリア-サヴァラン　関根秀雄・戸部松実訳
恋愛論 全二冊　スタンダール　杉本圭子訳
赤と黒 全二冊　スタンダール　桑原武夫・生島遼一訳
パルムの僧院 全二冊　スタンダール　生島遼一訳
ヴァニナ・ヴァニニ 他四篇　スタンダール　生島遼一訳
知られざる傑作 他五篇　バルザック　水野亮訳
サラジーヌ 他三篇　バルザック　芳川泰久訳
艶笑滑稽譚 全三冊　バルザック　石井晴一訳
レ・ミゼラブル 全四冊　ユーゴー　豊島与志雄訳
死刑囚最後の日　ユーゴー　豊島与志雄訳
ライン河幻想紀行　ユーゴー　榊原晃三編訳

ノートル＝ダム・ド・パリ 全二冊 ユーゴー 辻昶・松下和則訳
エルナニ ユーゴー 稲垣直樹訳
モンテ・クリスト伯 全七冊 アレクサンドル・デュマ 山内義雄訳
三銃士 全二冊 デュマ 生島遼一訳
カルメン メリメ 杉捷夫訳
メリメ怪奇小説選 杉捷夫編訳
愛の妖精（プチット・ファデット） ジョルジュ・サンド 宮崎嶺雄訳
ボオドレール 悪の華 鈴木信太郎訳
ボヴァリー夫人 全二冊 フローベール 伊吹武彦訳
感情教育 全二冊 フローベール 生島遼一訳
紋切型辞典 フローベール 小倉孝誠訳
椿姫 デュマ・フィス 吉村正一郎訳
サフォ パリ風俗 ドーデ 朝倉季雄訳
プチ・ショーズ ―ある少年の物語 ドーデ 原千代海訳
神々は渇く アナトール・フランス 大塚幸男訳
ジェルミナール 全三冊 エミール・ゾラ 安士正夫訳
水車小屋攻撃 他七篇 エミール・ゾラ 朝比奈弘治訳

氷島の漁夫 ピエール・ロチ 吉氷清訳
マラルメ詩集 渡辺守章訳
脂肪のかたまり モーパッサン 高山鉄男訳
ベラミ 全二冊 モーパッサン 杉捷夫訳
モーパッサン短篇選 高山鉄男編訳
地獄の季節 ランボオ 小林秀雄訳
にんじん ルナアル 岸田国士訳
ぶどう畑のぶどう作り ルナアル 岸田国士訳
博物誌 ルナアル 辻昶訳
ジャン・クリストフ 全四冊 ロマン・ローラン 豊島与志雄訳
ベートーヴェンの生涯 ロマン・ロラン 片山敏彦訳
ミケランジェロの生涯 ロマン・ロラン 高田博厚訳
フランシス・ジャム詩集 手塚伸一訳
三人の乙女たち フランシス・ジャム 手塚伸一訳
背徳者 アンドレ・ジイド 川口篤訳
贋金つくり 全二冊 アンドレ・ジイド 川口篤訳
続コンゴ紀行 ―チャド湖より還る アンドレ・ジイド 杉捷夫訳

レオナルド・ダ・ヴィンチの方法 ポール・ヴァレリー 山田九朗訳
ムッシュー・テスト ポール・ヴァレリー 清水徹訳
精神の危機 他十五篇 ポール・ヴァレリー 恒川邦夫訳
若き日の手紙 フィリップ 外山楢夫訳
朝のコント フィリップ 淀野隆三訳
海の沈黙・星への歩み ヴェルコール 河野與一・加藤周一訳
恐るべき子供たち コクトー 鈴木力衛訳
地底旅行 ジュール・ヴェルヌ 朝比奈弘治訳
八十日間世界一周 ジュール・ヴェルヌ 鈴木啓二訳
海底二万里 全二冊 ジュール・ヴェルヌ 朝比奈美知子訳
プロヴァンスの少女（ミレイユ） ミストラル 杉冨士雄訳
結婚十五の歓び 新倉俊一訳
モーパン嬢 全二冊 テオフィル・ゴーチエ 井村実名子訳
死都ブリュージュ ローデンバック 窪田般彌訳
シェリ コレット 工藤庸子訳
生きている過去 レニエ 窪田般彌訳
シュルレアリスム宣言・溶ける魚 アンドレ・ブルトン 巖谷國士訳

ナジャ　アンドレ・ブルトン　巖谷國士訳
不遇なる一天才の手記　ヴォーヴナルグ　関根秀雄訳
チェルミニィ・ラセルトゥウ　ゴンクウル兄弟　大西克和訳
ゴンクールの日記 全二冊　斎藤一郎編訳
D・G・ロセッティ作品集　南條竹則・松村伸一編訳
フランス名詩選　安藤元雄・入沢康夫・渋沢孝輔編
繻子の靴 全二冊　ポール・クローデル　渡辺守章訳
A・O・バルナブース全集 全二冊　ヴァレリー・ラルボー　岩崎力訳
自由への道 全六冊　サルトル　海老坂武・澤田直訳
物質的恍惚　ル・クレジオ　豊崎光一訳
悪魔祓い　ル・クレジオ　高山鉄男訳
女中たち バルコン　ジャン・ジュネ　渡辺守章訳
楽しみと日々　プルースト　岩崎力訳
失われた時を求めて 全十四冊(既刊十冊)　プルースト　吉川一義訳
丘　ジャン・ジオノ　山本省訳
子ども 全二冊　ジュール・ヴァレス　朝比奈弘治訳
シルトの岸辺　ジュリアン・グラック　安藤元雄訳

冗談　ミラン・クンデラ　西永良成訳

《東洋文学》〔赤〕

- 杜甫詩選　黒川洋一編
- 李白詩選　松浦友久編訳
- 蘇東坡詩選　小川環樹・山本和義選訳
- 陶淵明全集　全二冊　松枝茂夫・和田武司訳注
- 唐詩選　全三冊　前野直彬注解
- 玉台新詠集　全三冊　鈴木虎雄訳解
- 完訳 三国志　全八冊　小川環樹・金田純一郎訳
- 金瓶梅　全十冊　小野忍・千田九一訳
- 完訳 水滸伝　全十冊　吉川幸次郎・清水茂訳
- 西遊記　全十冊　中野美代子訳
- 菜根譚　洪自誠　今井宇三郎訳注
- 浮生六記 ―浮生夢のごとし　沈復　松枝茂夫訳
- 野草　魯迅　竹内好訳
- 阿Q正伝・狂人日記 他十二篇（吶喊）　魯迅　竹内好訳
- 寒い夜　巴金　立間祥介訳
- 駱駝祥子 ―らくだのシアンツ　老舎　立間祥介訳
- 新編 中国名詩選　全三冊　川合康三編訳
- 聊斎志異　全二冊　蒲松齢　立間祥介編訳
- 李商隠詩選　川合康三選訳
- 柳宗元詩選　下定雅弘編訳
- 白楽天詩選　全二冊　川合康三訳注
- タゴール詩集（ギーターンジャリ）　タゴール　渡辺照宏訳
- マハーバーラタ ナラ王物語 ―ダマヤンティー姫の数奇な生涯　鎧淳訳
- バガヴァッド・ギーター　上村勝彦訳
- 朝鮮民謡選　金素雲訳編
- 朝鮮短篇小説選　全二冊　大村益夫・長璋吉・三枝壽勝編訳
- 尹東柱詩集 空と風と星と詩　金時鐘編訳
- アイヌ神謡集　知里幸惠編訳
- アイヌ民譚集 付 えぞおばけ列伝　知里真志保編訳
- サキャ格言集　今枝由郎訳

《ギリシア・ラテン文学》〔赤〕

- ホメロス イリアス　全二冊　松平千秋訳
- ホメロス オデュッセイア　全二冊　松平千秋訳
- イソップ寓話集　中務哲郎訳
- アンティゴネー　ソポクレース　中務哲郎訳
- ソポクレス オイディプス王　藤沢令夫訳
- ヒッポリュトス ―パイドラーの恋　エウリーピデース　松平千秋訳
- バッカイ ―バッコスに憑かれた女たち　エウリーピデース　逸身喜一郎訳
- ヘシオドス 神統記　廣川洋一訳
- アリストパネース 蜂　高津春繁訳
- アポロドーロス ギリシア神話　高津春繁訳
- 黄金の驢馬　アープレーイユス　呉茂一・国原吉之助訳
- アベラールとエロイーズ 愛の往復書簡　沓掛良彦・横山安由美訳
- オウィディウス 変身物語　全二冊　中村善也訳
- 恋愛指南 ―アルス・アマトリア　オウィディウス　沓掛良彦訳
- ギリシア奇談集　アイリアノス　松平千秋・中務哲郎訳
- ギリシア・ローマ神話 付 インド・北欧神話　ブルフィンチ　野上弥生子訳
- ギリシア・ローマ名言集　柳沼重剛編
- ローマ諷刺詩集　ペルシウス・ユウェナーリス　国原吉之助訳
- 内乱 ―パルサリア　全二冊　ルーカーヌス　大西英文訳

《南北ヨーロッパ他文学》〔赤〕

- ダンテ 神曲 全三冊 ― 山川丙三郎訳
- ダンテ 新生 ― 山川丙三郎訳
- 抜目のない未亡人 ― ゴルドーニ 平川祐弘訳
- 珈琲店・恋人たち ― ゴルドーニ 平川祐弘訳
- 夢のなかの夢 ― タブッキ 和田忠彦訳
- ルネッサンス巷談集 ― フランコ・サケッティ 杉浦明平訳
- カルヴィーノ イタリア民話集 全二冊 ― 河島英昭編訳
- むずかしい愛 ― カルヴィーノ 和田忠彦訳
- パロマー ― カルヴィーノ 和田忠彦訳
- カルヴィーノ アメリカ講義 ―新たな千年紀のための六つのメモ ― 米川良夫・和田忠彦訳
- 愛神の戯れ ―牧歌劇『アミンタ』 ― トルクァート・タッソ 鷲平京子訳
- タッソ エルサレム解放 ― A・ジュリアーニ編 鷲平京子訳
- わが秘密 ― ペトラルカ 近藤恒一訳
- ペトラルカ 無知について ― 近藤恒一訳
- 無関心な人びと 全二冊 ― モラーヴィア 河島英昭訳
- 流刑 ― パヴェーゼ 河島英昭訳
- 祭の夜 ― パヴェーゼ 河島英昭訳
- 月と篝火 ― パヴェーゼ 河島英昭訳
- シチリアでの会話 ― ヴィットリーニ 鷲平京子訳
- 休戦 ― プリーモ・レーヴィ 竹山博英訳
- ウンベルト・エーコ 小説の森散策 ― 和田忠彦訳
- タタール人の砂漠 ― ブッツァーティ 脇功訳
- 七人の使者・神を見た犬 他十三篇 ― ブッツァーティ 脇功訳
- キリストはエボリで止まった ― カルロ・レーヴィ 竹山博英訳
- ラサリーリョ・デ・トルメスの生涯 ― 会田由訳
- ドン・キホーテ 前篇 全三冊 ― セルバンテス 牛島信明訳
- ドン・キホーテ 後篇 全三冊 ― セルバンテス 牛島信明訳
- セルバンテス短篇集 ― 牛島信明編訳
- ドン・フワン・テノーリオ ― ホセ・ソリーリャ 高橋正武訳
- 葦と泥 付バレンシア物語 ― ブラスコ・イバニェス 高橋正武訳
- 人の世は夢・サラメアの村長 ― カルデロン 高橋正武訳
- 恐ろしき媒 ― ホセ・エチェガライ 永田寛定訳
- 作り上げた利害 ― ベナベンテ 永田寛定訳
- エスピノーサ スペイン民話集 ― 三原幸久編訳
- エル・シードの歌 ― 長南実訳
- プラテーロとわたし ― J・R・ヒメーネス 長南実訳
- オルメードの騎士 ― ロペ・デ・ベガ 長南実訳
- 父の死に寄せる詩 ― ホルヘ・マンリーケ 佐竹謙一訳
- サラマンカの学生 他六篇 ― エスプロンセーダ 佐竹謙一訳
- セビーリャの色事師と石の招客 他一篇 ― ティルソ・デ・モリーナ 佐竹謙一訳
- ティラン・ロ・ブラン 全四冊 ― J・マルトゥレイ M・J・ダ・ガルバ 田澤耕訳
- 完訳アンデルセン童話集 全七冊 ― 大畑末吉訳
- 即興詩人 全二冊 ― アンデルセン 大畑末吉訳
- 絵のない絵本 ― アンデルセン 大畑末吉訳
- ヴィクトリア ― クヌート・ハムスン 冨原眞弓訳
- フィンランド叙事詩 カレワラ 全二冊 ― リョンロット編 小泉保訳
- イプセン 人形の家 ― 原千代海訳
- イプセン ヘッダ・ガーブレル ― 原千代海訳
- ポルトガリヤの皇帝さん ― ラーゲルレーヴ イシガオサム訳
- スイスのロビンソン 全二冊 ― ウィース 宇多五郎訳

- クオ・ワディス 全三冊 シェンキェーヴィチ 木村彰一訳
- おばあさん ニェムツォヴァー 栗栖継訳
- 兵士シュヴェイクの冒険 全四冊 ハシェク 栗栖継訳
- 山椒魚戦争 カレル・チャペック 栗栖継訳
- ロボット (R・U・R) チャペック 千野栄一訳
- 絞首台からのレポート ユリウス・フチーク 栗栖継訳
- 尼僧ヨアンナ イヴァシュキェヴィッチ 関口時正訳
- 灰とダイヤモンド 全二冊 アンジェイェフスキ 川上洸訳
- 牛乳屋テヴィエ ショレム・アレイヘム 西成彦訳
- 冗談 ミラン・クンデラ 西永良成訳
- 小説の技法 ミラン・クンデラ 西永良成訳
- ルバイヤート オマル・ハイヤーム 小川亮作訳
- 中世騎士物語 ブルフィンチ 野上弥生子訳
- 王書 —古代ペルシャの神話・伝説 フェルドウスィー 岡田恵美子訳
- 悪魔の涎・追い求める男 他八篇 —コルタサル短篇集 木村榮一訳
- 遊戯の終わり コルタサル 木村榮一訳
- ペドロ・パラモ ファン・ルルフォ 杉山晃 増田義郎訳

- 伝奇集 J・L・ボルヘス 鼓直訳
- 創造者 J・L・ボルヘス 鼓直訳
- 続審問 J・L・ボルヘス 中村健二訳
- 七つの夜 J・L・ボルヘス 野谷文昭訳
- 詩という仕事について J・L・ボルヘス 鼓直訳
- 汚辱の世界史 J・L・ボルヘス 中村健二訳
- ブロディーの報告書 J・L・ボルヘス 鼓直訳
- アレフ J・L・ボルヘス 鼓直訳
- グアテマラ伝説集 M・A・アストゥリアス 牛島信明訳
- 緑の家 全二冊 バルガス＝リョサ 木村榮一訳
- 密林の語り部 バルガス＝リョサ 西村英一郎訳
- 弓と竪琴 オクタビオ・パス 牛島信明訳
- 失われた足跡 カルペンティエル 牛島信明訳
- やし酒飲み エイモス・チュツオーラ 土屋哲訳
- 薬草まじない エイモス・チュツオーラ 土屋哲訳
- ジャンプ 他十一篇 ナディン・ゴーディマ 柳沢由実子訳
- マイケル・K J・M・クッツェー くぼたのぞみ訳

岩波文庫の最新刊

江戸川乱歩
少年探偵団・超人ニコラ
怪人二十面相と明智探偵、少年探偵団の活躍する少年向けシリーズの代表作。黒い魔物の挑戦に明智探偵のなすすべはあるのか。（解説＝小中千昭、解題＝吉田司雄）〔緑一八一‐三〕 本体九五〇円

J・L・ボルヘス／木村榮一訳
語るボルヘス
—書物・不死性・時間ほか—
「書物」「不死性」「エマヌエル・スヴェーデンボリ」「探偵小説」「時間」——。一九七八年六月、ブエノスアイレスの大学で行われた連続講演の記録。〔赤七九二‐九〕 本体五八〇円

ディケンズ／佐々木徹訳
荒涼館（三）
生死の淵から帰還したエスターを待ち構える衝撃の数々。鏡に映る姿、「母」の告白、そして求婚。一九世紀イギリスの全体を描くディケンズの代表作。（全四冊）〔赤二二九‐一三〕 本体一一四〇円

時枝誠記
国語学史
日本語とはいかなる言語か？ 平安～明治期の文人や国学者の探究を跡づけ日本語の本質に迫らんとする、高らかな宣言とその豊饒なる成果。（解説＝藤井貞和）〔青N一一〇‐四〕 本体九〇〇円

……今月の重版再開……

ディケンズ／伊藤弘之・下笠徳次・隈元貞広訳
イタリアのおもかげ
〔赤二二九‐八〕 本体一〇四〇円

三木竹二／渡辺保編
観劇偶評
〔緑一七三‐一〕 本体一〇六〇円

ド・クインシー／野島秀勝訳
阿片常用者の告白
〔赤二六七‐一〕 本体七二〇円

穂積陳重
復讐と法律
〔青一四七‐三〕 本体九七〇円